U0570446

國家社科基金
GUOJIA SHEKE JIJIN HOUQI ZIZHU XIANGMU
後期資助項目

《楚辭》校證

Textual Criticism on the Verses of Chu

王偉 著

中華書局
ZHONGHUA BOOK COMPANY

圖書在版編目（CIP）數據

《楚辭》校證/王偉著. —北京:中華書局,2017.7
（國家社科基金後期資助項目）
ISBN 978-7-101-12516-0

Ⅰ.楚⋯　Ⅱ.王⋯　Ⅲ.楚辭-注釋　Ⅳ.I222.3

中國版本圖書館 CIP 數據核字（2017）第 059523 號

書　　　名　《楚辭》校證
著　　　者　王　偉
叢　書　名　國家社科基金後期資助項目
責任編輯　許慶江
出版發行　中華書局
　　　　　　（北京市豐臺區太平橋西里 38 號　100073）
　　　　　　http://www.zhbc.com.cn
　　　　　　E-mail:zhbc@zhbc.com.cn
印　　　刷　北京市白帆印務有限公司
版　　　次　2017 年 7 月北京第 1 版
　　　　　　2017 年 7 月北京第 1 次印刷
規　　　格　開本/710×1000 毫米　1/16
　　　　　　印張 26½　插頁 2　字數 310 千字
印　　　數　1-3000 冊
國際書號　ISBN 978-7-101-12516-0
定　　　價　98.00 元

國家社科基金後期資助項目
出版説明

後期資助項目是國家社科基金設立的一類重要項目,旨在鼓勵廣大社科研究者潛心治學,支持基礎研究多出優秀成果。它是經過嚴格評審,從接近完成的科研成果中遴選立項的。爲擴大後期資助項目的影響,更好地推動學術發展,促進成果轉化,全國哲學社會科學規劃辦公室按照"統一設計、統一標識、統一版式、形成系列"的總體要求,組織出版國家社科基金後期資助項目成果。

全國哲學社會科學規劃辦公室

目　録

凡　例

（一）本文以《四部叢刊》初編集部上海商務印書館縮印江南圖書館藏明覆宋刊本《楚辭補注》爲校證底本，校證中所舉《楚辭》異文若無特殊説明，則悉據底本。校證條目所列文字盡量據底本保持原貌，但其避諱缺筆以及僅因刻寫或刊刻習慣而致筆劃歧異等字如倚、處、賓、顛、隕、歧、執、恒、蒐、諛、騎、鸞、敦、靥、奇、冥、寄、高、馮、圓、娟、宜、乘、栢等，則在不影響全文討論的情況下其迻録及於相關論述中則一般徑寫作倚、處、賓、顛、隕、歧、執、恒、蒐、諛、騎、鸞、敦、靥、奇、冥、寄、高、馮、圓、娟、宜、乘、柏等字。

（二）參校本主要有上海古籍出版社 1986 年出版李善注《文選》胡克家刻本（簡稱《文選》本），上海古籍出版社 2008 年重印柳宗元《柳河東集・天對》之宋世綵堂本，楊萬里《天問天對解》之《叢書集成續編》本，上海古籍出版社 1979 年出版朱熹《楚辭集注》端平本（簡稱朱本）及北京圖書館出版社 2003 年出版中華再造善本之宋嘉定六年章貢郡齋刻本，《續修四庫全書》據北京圖書館藏宋刻影印錢杲之《離騷集傳》本（簡稱錢本或《集傳》），中華書局 1985 年重印《叢書集成初編》據李錫齡《惜陰軒叢書》翻刻汲古閣排印本《楚辭補註》（簡稱李錫齡本），中華書局 1957 年抽印

《四部備要》據金陵書局重刊汲古閣本《楚辭補注》(簡稱金陵
本)以及歷代以來重要《楚辭》傳本或載其相關內容之典籍等。①

（三）本文分篇分目按順序統一編號校證。

（四）本文主要陳述作者的一得之見，因此爲行文簡潔起見，
除論述及學術史梳理需要外，一般概不過多引用已有的研究成
果。惟聞一多先生《楚辭校補》，筆者校證《楚辭》前後十二年，其
於先生《校補》一書獲益最多。因此，凡於《校補》有所發明、補充
者，則多陳列己見。

（五）歷代《楚辭》校證成果豐富，本文部分結論或每與前修
時賢暗合者，目之所及，則多已刪除。但倘若所用資料不一，論述
有別者則酌情保留。

（六）本文所反復引用的同一文獻資料，一般而言，除在注釋
中第一次詳注外，餘皆從簡。但倘若首次詳注以後因校證需要同
一文獻所用版本有別者則另注之，以示與引用之通行本有別。此
外，本文所徵引文獻，一般都儘量落實到了頁碼，以便讀者覆核利
用與批評。但參校之主要本子如李善注《文選》本"騷類"及朱熹
《集注》、李錫齡本、金陵本等以其常見易尋則一般不標頁碼。而
個別材料或因近十年來輾轉東西，居處不定，圖書筆記不能集中
利用者，則暫付闕如。

（七）本文在校證《楚辭》文本之際，爲使讀者利用方便，也常
常注重《楚辭》校證學術史中的一些重要舊説來龍去脈的梳理，
其中或有所辯駁發難者，皆秉公心，旨在求真，而非爭勝。而引述
到前修時賢學説時，爲簡略起見，一般徑稱學者之名。凡此種種，

---

①中華書局 1957 年抽印《四部備要》本原出版説明謂"用四部備要據汲古閣宋刻
洪本排校紙型重印"，而崔富章先生《楚辭書録解題》(高等教育出版社，2010 年，55—
56 頁)則謂《四部備要》本乃"據金陵書局重刊汲古閣本排印"。今從崔先生説徑稱金
陵本。

則祈請相關專家及前輩見諒。

（八）本文主要引用著作在不影響前後文理解的情況下一般徑簡稱如下：

汪瑗《楚辭集解》簡稱《集解》；蔣驥《山帶閣注楚辭》簡稱《山帶閣注》；胡文英《屈騷指掌》簡稱《指掌》；劉師培《楚辭考異》簡稱《考異》；劉永濟《屈賦通箋》簡稱《通箋》；聞一多《楚辭校補》簡稱《校補》；譚介甫《屈賦新編》簡稱《新編》；姜亮夫《重訂屈原賦校注》簡稱《校注》；朱季海《楚辭解故》簡稱《解故》；于省吾《澤螺居楚辭新證》簡稱《新證》；湯炳正《楚辭類稿》簡稱《類稿》；何劍熏《楚辭新詁》簡稱《新詁》；蔣天樞《楚辭校釋》簡稱《校釋》；黃靈庚《楚辭異文辯證》簡稱《辯證》；馬瑞辰《毛詩傳箋通釋》簡稱《通釋》；孫詒讓《墨子閒詁》簡稱《閒詁》；孫詒讓《周禮正義》簡稱《正義》；劉文典《莊子補正》簡稱《補正》；郝懿行《爾雅義疏》簡稱《義疏》；劉文典《淮南鴻烈集解》簡稱《集解》；錢繹《方言箋疏》簡稱《箋疏》；王念孫《廣雅疏證》簡稱《疏證》；歐陽詢等《藝文類聚》簡稱《類聚》；胡之驥《江文通集彙注》簡稱《彙注》；王念孫《讀書雜志》簡稱《雜志》。

緒　論

　　本緒論主要由以下幾方面組成，即《楚辭》校證學術史回顧；選題的主要内容及學術意義；研究思路與研究材料以及研究方法。

一、《楚辭》校證學術史回顧

　　《楚辭》研究，自漢代以來，即吸引了衆多學者的參與。至於今日，更是學術界尤其是"先秦文學"研究界的熱點。因歷代成果衆多，爲論述方便起見，特分爲以下這樣幾個時期以作述評。即兩漢六朝時期；隋唐至於清末時期；民國時期；1949 年以來時期。

（一）兩漢六朝時期

　　《楚辭》研究，漢代即已方興未艾。據史籍所載，漢淮南王劉安作《離騷傳》即最早開始了《楚辭》的研究。劉安之後，劉向、揚雄等曾對《天問》等《楚辭》作品作過注釋研究；其後班固、賈逵曾有《離騷經》章句等。但這些著述大都已散逸。今天兩漢著述能比較完整見到的則是王逸《楚辭章句》。王逸距屈原時代較近，且其本爲楚人，故其注釋常常能以楚地方言注之，并且或許其曾爲校書郎、侍中之故，能閲讀到當時他能見到的很多《楚辭》著述，其《楚辭章句》當是儘量吸收了這方面的成果。如其中引“或曰”之説多近六十條。而某些訓釋雖未交代來源，但比較相關載籍則尚可揣測。如《離騷》“女嬃之嬋媛兮”。王逸注：“女嬃，屈原姊也。”而據《説文·女部》“嬃”字條許慎引賈逵説“楚人謂姊爲嬃”。① 是王逸或本於賈逵之《離騷經》章句。因此我們認爲王逸的《楚辭章句》應當是吸收了兩漢《楚辭》研究的集大成之作。

王逸《章句》之後，整個魏晉南北朝時期或有論述之作，但今天見來比較多的是典籍中的間或引用以及評價。如《顔氏家訓·音辭》《文心雕龍·辨騷》等。而語言訓釋、校勘考證之作則以胡小石輯郭璞楚辭注爲代表。② 郭璞注《山海經》等所引《楚辭》往往與今日傳本有異，據之可以考訂文字、詞句，并可以窺見此時期《楚辭》之傳本。

（二）隋唐至於清末時期

隋唐之際今天能够見到有益於校勘訓釋的則是敦煌發現隋釋智騫之《楚辭音》殘卷。按《隋書·經籍志》載：“隋時有釋道騫，善讀之，能爲楚聲，音韻清切，至今傳《楚辭》者，皆祖騫公之音。”③ 是智騫善爲“楚聲”之載。《楚辭音》以音訓爲主，游國恩《楚辭講録》計爲“音訓共二百八十條，其中正文音訓一百八十四

---

① 段玉裁《説文解字注》，鳳凰出版社，2007 年，1073 頁。
② 胡小石《〈楚辭〉郭注義徵》，詳氏著《胡小石論文集》，上海古籍出版社，1982 年，26—76 頁。
③ 魏徵等《隋書》，中華書局，1973 年，1056 頁。另，“騫”原誤爲“騫”，今徑改。

條,注文音訓九十六條"。① 其次亦間涉及《楚辭》異文及訓釋。如《離騷》"望崦嵫而勿迫"之"崦嵫",殘卷作"奄兹"。智騫引《山海經》等典籍證"奄兹"當作"崦嵫"。② 凡此皆可爲《楚辭》校證之一途。

　　李唐時期柳宗元作《天對》及其自注,可主要用爲《天問》校勘之助。如《天問》:"鮓堆焉處?"王逸注:"鮓堆,奇獸也。"而據柳宗元《天對》"鮓雀峙北號,惟人是食"及自注"堆,當爲雀,王逸注誤"云云,是知"鮓堆"當爲"鮓雀"之誤無疑。③

　　而南唐王勉《楚辭釋文》一書所録異文最多,反切與義訓則較少。因此《釋文》主要功績之一即考釋異文。如《天問》"曜靈安藏"之"藏"字,《釋文》作"臧"。姜亮夫以爲"臧,正字;藏,後起俗字也"。④

　　唐代以降,宋代尤其是南宋爲王逸以後《楚辭》研究的另一高峰。其中則以洪興祖《楚辭補注》以及朱熹《楚辭集注》爲代表。《楚辭補注》主要是就《楚辭章句》所作的進一步校勘疏證。由於洪氏曾得蘇軾等多家《楚辭》校本參校,因此可以説《楚辭補注》也是一部集宋代《楚辭》研究的大成之作。如其中《楚辭考異》所引文字版本異同或即録自蘇軾等校本。并且由於《楚辭補注》之故,得以保存南唐王勉《楚辭釋文》。因此《楚辭補注》與《楚辭章句》可謂雙峰並峙。而朱熹《楚辭集注》於文字訓詁則以簡約見長。如謂"攝提"爲"星名"⑤等皆可自立其説。其《楚辭

---

①游國恩《楚辭講録》,游國恩著,游寶諒編《游國恩楚辭著作集》,中華書局,2008年,第四卷,209 頁。

②姜亮夫《楚辭學論文集》,上海古籍出版社,1984 年,377 頁。

③洪興祖《楚辭補注》,52 頁引。而柳宗元《柳河東集》(上海古籍出版社,2008 年,240 頁)內容與此略有區別,今據洪《補》。

④姜亮夫《楚辭學論文集》,406 頁。

⑤朱熹《楚辭集注》,上海古籍出版社,1979 年,3 頁。

辯證》多就《楚辭》疑難辨析,亦多有可取之處。

　　唐宋以降,元代爲《楚辭》研究的沉悶期。至於明清《楚辭》研究則又大放異彩。有明一代校勘訓釋的代表性著述則有汪瑗《楚辭集解》、王夫之《楚辭通釋》等。汪瑗《集解》於詞語訓釋多有可取之處。如釋《離騷》"夏康娛以自縱"句謂"康娛,猶言逸豫也",①則糾正過去學者以"夏康"連讀之誤而導夫戴震先路;王夫之《楚辭通釋》於詞語訓釋多取平易中正之説,然其中亦多有可資參考者。如王氏釋《離騷》"謇朝誶而夕替"之"替"謂"讒毀也";釋"汝何博謇而好脩兮"之"博"爲"猶言過"②,也皆較舊義爲長。

　　清代是兩漢以來傳統小學大放異彩的時期,其中反映在《楚辭》研究上則有戴震《屈原賦注》、蔣驥《山帶閣注楚辭》等。戴震《屈原賦注》言必有據而簡約精審。如釋《思美人》"申旦以舒中情兮"之"申旦"爲"達旦。申者,引而至之謂";釋《悲回風》"魚葺鱗以自別兮"之"葺"爲"言其鱗次"等,皆可深味。蔣驥《山帶閣注》雖於作家生平事跡、作品創作時地最見功力,然其中於詞語訓釋亦有可取處。如謂《抽思》"何回極之浮浮"之"回極"爲"天極回旋之樞軸"説即爲聞一多《九章解詁》所本。至於其所附《餘論》二卷,性質則近於朱熹《集注》之《辯證》,考辨疑難,駁斥舊義,亦時有新義。此外清人的學術筆記中也保存有大量相關《楚辭》研究之内容。如徐文靖《管城碩記》卷十四至十七、王念孫《讀書雜志・餘編下》、孫詒讓《札迻》卷十二《〈楚辭〉王逸注》等都爲專門的《楚辭》札記,其中所論不乏精彩之處。如王念孫論《九歎・逢紛》"行叩誠而不阿兮"之"叩誠"爲"款誠"等,皆勝

---

①汪瑗《楚辭集解》,北京古籍出版社,1994 年,61 頁。
②王夫之《楚辭通釋》,《續修四庫全書》本,1302 册,192 頁、194 頁。

舊義。另外,清人筆記中除了專門的《楚辭》札記外,還有大量的《楚辭》心得散見於各種著述中。如王念孫《廣雅疏證》、王引之《經義述聞》等。其中如王氏《疏證》闡釋詞義,多引《楚辭》以例證。如對《抽思》"悲秋風之動容兮"之"動容"以及《惜往日》"妒佳冶之芬芳兮"之"佳"等都有精闢闡釋,①可供《楚辭》研習者利用。

(三)民國時期

辛亥以後,西學東漸,《楚辭》文獻研究則出現了一批新生力量。其中劉師培、陸侃如、劉永濟、游國恩、聞一多等都有高品質的論著問世。

劉師培是較早有意識從事《楚辭》考校的學者,據其《楚辭考異·題詞》所謂"辛亥正月劉師培題",②是其《楚辭考異》成書較早。而該書也頗有特點,其錄《楚辭》異文,多不引相關《楚辭》專書,而側重於它書對《楚辭》之注引,即主要是從傳統的古書注及類書等典籍中著錄,收集範圍擴大到了學術筆記、詩話等類別。雖然所列異文,未稱完備,然首創之功,誠不可没。而後來之學者也多有取材於劉氏者。此外,其所下案語也多有可取,如《天問》"胡維嗜不同味",洪興祖引一本作"胡維嗜欲同味",劉師培《考

---

①A. 戴震《屈原賦注》,中華書局,1999 年,60 頁、66 頁;B. 蔣驥《山帶閣注楚辭》,上海古籍出版社,1984 年,122 頁;C. 聞一多《九章解詁》,見《聞一多全集》第五卷《楚辭編·樂府詩編》,湖北人民出版社,1993 年,673 頁;D. 徐文靖《管城碩記》,中華書局,1998 年,251—311 頁;E. 王念孫《讀書雜志》,上海古籍出版社,2014 年,2645—2663 頁;F. 孫詒讓《札迻》,中華書局,1989 年,391—402 頁;G. 王念孫《廣雅疏證》,中華書局,1985 年,129 頁、82 頁。

②劉師培《劉申叔遺書·楚辭考異》,江蘇古籍出版社,1997 年,1135 頁。另,後所注《考異》頁碼皆指在該書中的位置。

異》曰:"據注文審之,當作嗜欲同味,不字誤。"①劉説是。如劉永
濟即謂:"劉氏以叔師章句正本文,知不字誤衍,與一本同,兹從
之。"而陸侃如所謂:"王逸注云,'何特與衆人同嗜欲',則古本當
無'不'字。"②其説與劉氏同。

　　陸侃如也堪爲《楚辭》研究之大家,早在 1923 年陸氏即有
《屈原評傳》《宋玉評傳》等著述問世,而其所附《屈賦校勘記》
《宋玉賦校勘記》等對屈宋賦皆有所訂正。③ 如陸氏校《橘頌》
"類可任兮"條,謂"王逸注云,'可任以道而事用之',則古本當作
'可任道'。無'可'字則於義欠妥,無'道'字則失韻"之説即爲
聞一多《校補》"當從一本作'類任道兮',道與醜韻。如今本,則
失其韻矣。……王《注》曰'故可任以道而事用也',是王本尚不
誤。朱本,元本亦作'類任道兮'"説先導。④ 而其所總結的《楚
辭》部分行文規律也爲校讀《楚辭》之梁津,後游國恩撰《楚辭校
讀舉例》即多有稱引。⑤

　　劉永濟也爲著作豐富之《楚辭》研究大家。劉氏此時期著有
《離騷通箋》《九歌通箋》《天問通箋》《九章通箋》等,後統一收入
《屈賦通箋》出版。劉氏《楚辭》研究功力甚深,所下論斷亦時多
新解。其研究成果多爲當時及後世學者所取。如聞一多《校補》
徵引學者凡 34 人,引用其學術意見凡 53 次。而其中直接引用劉

　　①劉師培《考異》,1145 頁。
　　②A. 劉永濟《屈賦通箋》,見氏著《屈賦通箋 箋屈餘義》本,中華書局,2007 年,125
頁。另,後所注《通箋》頁碼皆指在該書中的位置;B. 陸侃如《屈賦校勘記》,見氏著《陸
侃如古典文學論文集》,上海古籍出版社,1987 年,323 頁。
　　③以上著述今收入陸侃如著《陸侃如古典文學論文集》,310—325 頁;516—520 頁。
　　④A. 陸侃如《屈賦校勘記》,見氏著《陸侃如古典文學論文集》,310;B. 聞一多《楚
辭校補》,巴蜀書社,2002 年,88—89 頁。此外,顧炎武《唐韻正》"醜"字條引此也作
"類任道兮"(見氏著《音學五書》,中華書局,1982 年,362 頁);王念孫《古韻譜》"道
醜"條也指出《橘頌》"無道字者非"。(《續修四庫全書》本,245 册,567 頁。)
　　⑤游國恩《楚辭校讀舉例》,見《游國恩楚辭論著集》第四卷,228 頁、236 頁。

永濟意見者達 6 次，爲諸家之冠。如聞氏論《離騷》“固時俗之工巧兮”與《河伯》“日將暮兮悵忘歸”等皆據劉説。①

游國恩爲二十世紀《楚辭》研究的“集大成者”。游氏畢生精力即主要集中於《楚辭》研究，對“楚辭學”發展貢獻至巨。其著述計有《楚辭概論》《讀騷論微初集》《楚辭論文集》《楚辭講録》《離騷纂義》《天問纂義》等。② 在此時期相關文字校勘訓釋之作多存於《讀騷論微初集》。如疏證《天問》“昏微遵跡，有狄不寧。何繁鳥萃棘，負子肆情”以及“啓代益作后，卒然離蠥。何啓惟憂，而能拘是達”③等，都是融文字訓釋與古史疏證爲一體的力作。而游氏後來主編之《離騷纂義》《天問纂義》，其輯録材料則不僅爲一時之冠，且其所下按語亦非泛泛之談，啓迪後人多矣。

而聞一多則堪稱楚辭研究之巨擘。聞氏學貫中西，學術視野異常開闊，其於楚辭研究相關成果有《楚辭校補》《天問疏證》《九歌解詁　九章解詁》等。④ 而成書於此時期之《楚辭校補》則堪稱《楚辭》校勘的經典之作。觀聞氏之《校補》，其特點大致如次：首先，聞氏具有深厚的傳統小學功底，特別於乾嘉諸子校勘訓詁之學瞭若指掌。其所論材料或引自前人、或每與前人暗合、或受前人啓發而及楚辭之治學。其次，聞氏善用民俗材料、田野考古等校勘疏證《楚辭》，如校《天問》“何肆犬體而厥身不危敗”等，皆爲傳統校勘所不逮。再次，聞氏作爲卓有成就的詩人，其“文心”體驗則絕非普通研究者可相提並論。如聞氏校《離騷》“女嬃之嬋媛兮”等皆可謂善於體會文心之例。此外，聞氏往往善於利用

---

① 詳聞一多《校補》，7 頁、34 頁。
② 以上著述見游國恩著，游寶諒編《游國恩楚辭論著集》（全四卷）。
③ 游國恩《讀騷論微初集》，見《游國恩楚辭論著集》第三卷，383—386 頁、388—397 頁。
④ 聞一多《天問疏證》，三聯書店，1980 年。

語法、文例等總結《楚辭》作品本身的規律以進行作品的校讀。如校《離騷》"時亦猶其未央",《湘夫人》"鳥萃兮蘋中",《天問》"鮫魚何所"等都是從具體的校勘中總結出《楚辭》本身的行文特點。① 最後,聞氏爲學虛懷若谷,凡與其相關之學術成果聞氏皆廣采博納。如檢閱《校補》所作,其論述中直接稱引諸家及其學説者具體情況可如下表所示:

序號	1	2	3	4	5	6	7	8	9	10	11	12	13	14	15	16	17
人名	朱熹	洪興祖	屈復	劉永濟	孔廣森	姚鼐	梁章鉅	江有誥	朱駿聲	王引之	王夫之	季鎮淮	郭沫若	王樹枏	孫作雲	王念孫	游國恩
次數	4	4	1	6	1	1	2	1	2	1	2	1	2	1	1	1	2
序號	18	19	20	21	22	23	24	25	26	27	28	29	30	31	32	33	34
人名	牟庭相	王闓運	王國維	劉師培	劉盼遂	陳本禮	丁晏	俞正燮	鄧廷楨	馬其昶	黃文煥	賀寬	孫詒讓	武延緒	馬瑞辰	陸侃如	俞樾
次數	1	1	1	1	1	1	2	1	1	1	1	1	1	2	1	1	1

據上表,其引用學者凡 34 人,引用其學術意見達 53 次。其所徵引,或補充其所不足,或發揮其精義。而凡此種種,使得聞氏的《校補》成爲楚辭學術史乃至古典學術校勘史上的典範之作。

上述諸家之外,胡小石、劉盼遂等此時期也都有高品質的《楚辭》著述問世。如胡小石《〈楚辭〉郭注義徵》②從傳世文獻中輯録出郭璞《楚辭注》,也爲《楚辭》文獻校勘之一途。雖然其輯録偶有失誤,但總的説其輯佚郭注爲後學利用郭注及以此爲基礎而研究此時期楚辭學者提供了極大便利。

---

①以上聞氏關於"何肆犬體""女嬃之嬋媛""時亦猶其未央""鳥萃兮蘋中""鮫魚何所"等句之論述見其《校補》50—51 頁、8—9 頁、19 頁、26 頁、44—45 頁。
②胡小石《〈楚辭〉郭注義徵》,詳氏著《胡小石論文集》,26—76 頁。

（四）1949 年以來時期

　　建國後,《楚辭》文獻研究較之建國前幾十年的成就有所不逮。舉其要者,有王泗原《離騷語文疏解》,[①]陸侃如、高亨、黄孝紓《楚辭選》,[②]姜亮夫《屈原賦校注》,[③]馬茂元《楚辭選》,[④]劉永濟《屈賦音注詳解 屈賦釋詞》,[⑤]朱季海《楚辭解故》[⑥]等。而劉永濟、姜亮夫、朱季海則堪爲代表。

　　劉永濟早年即有《屈賦通箋》著作問世,而其《屈賦音注詳解 屈賦釋詞》雖首版於 1983 年,然實可視爲文革前劉氏《楚辭》之總結性著作。其注《楚辭》,皆先定音,然後釋義,每下一義,皆深思熟慮,不强作解人。其《屈賦釋詞》分"釋虚詞""釋詞彙"等,"釋詞彙"又分爲"單用詞""複用詞","複用詞"又分爲"聯綿詞""重疊詞"等,分類詳盡,且時多精義。

　　姜亮夫《屈原賦校注》爲姜氏早年《楚辭》研究之代表性著作。姜氏曾留學法國,後又於清華園隨王國維、趙元任等大師遊,也是學貫中西的一代宗師,其一生業績主要體現於"楚辭學"。姜氏自謂一生治學"以語言及歷史爲中心"。[⑦] 其《屈原賦校注》即體現了這一宗旨。《校注》並及校和注,如其論《離騷》"彼堯舜之耿介兮"之"耿介"爲"耿光"等,皆可備一説。[⑧]

---

①王泗原《離騷語文疏解》,上海文藝聯合出版社,1954 年。

②陸侃如等《楚辭選》,古典文學出版社,1956 年。

③姜亮夫《屈原賦校注》,人民文學出版社,1957 年首版。本文據天津古籍出版社 1987 年版《重訂屈原賦校注》。

④馬茂元《楚辭選》,人民文學出版社,1958 年。

⑤劉永濟《屈賦音注詳解 屈賦釋詞》,上海古籍出版社 1983 年首版。本文據中華書局 2007 年重版本。

⑥朱季海《楚辭解故》,上海古籍出版社 1963 年首版,本文據該社 2011 年重版本。

⑦姜亮夫《楚辭通故》(一)之《自叙》,雲南人民出版社,1999 年,2 頁。

⑧姜亮夫《重訂屈原賦校注》,15 頁。

　　朱季海爲章太炎之高足,朱氏於傳統小學造詣甚深。其《楚辭解故》及《續編》雖首版於 1963 年,然實爲其幾十年覃思積慮之作。《解故》"根據荆楚、淮楚之間的方言、風土、習俗等文獻資料和出土文物,從校勘、訓詁、謠俗、名物、音韻五個方面,作了比較全面的探索"。① 作者對其中有關謠俗與名物,多據楚語以定之,②所下論斷亦頗見功力。如校《卜居》"將哫訾栗斯,喔咿儒兒,以事婦人乎"之"哫訾"爲"忸怩",校《漁父》"寧赴湘流"之"湘"爲"常"等皆是精義紛呈,③堪稱傑作。

　　"文革"期間,所出版的"楚辭學"著作乏善可陳。"文革"結束後,一批老學者積數十年之力的《楚辭》書稿或遺著得以出版。如譚介甫《屈賦新編》、林庚《天問論箋》、姜亮夫《楚辭通故》、湯炳正《屈賦新探》與《楚辭類稿》、孫作雲《天問研究》、于省吾《澤螺居楚辭新證》、詹安泰《離騷箋疏》、何劍熏《楚辭新詁》、徐仁甫《楚辭別解》、陳子展《楚辭直解》、蔣天樞《楚辭校釋》、王泗原《楚辭校釋》等。④

---

　　①詳《楚辭解故·出版説明》,1 頁。

　　②楊建忠《楚系出土文獻語言文字考論》(浙江大學出版社,2014 年)所附録《〈楚辭解故〉楚語詞表》(323—367 頁)對《解故》所謂楚語進行了詳盡統計,可資參考。

　　③朱季海《解故》,162 頁、164 頁。

　　④A. 譚介甫《屈賦新編》,中華書局,1978 年;B. 林庚《天問論箋》,人民文學出版社1983 年首版。本文據清華大學出版社 2006 年版《林庚楚辭研究兩種》之《天問論箋》本;C. 姜亮夫《楚辭通故》,齊魯書社 1985 年首版,本文據雲南人民出版社 1999 年重版本;D. 湯炳正《屈賦新探》,齊魯書社,1984 年;湯炳正《楚辭類稿》,巴蜀書社,1988 年;E. 孫作雲《天問研究》,中華書局 1989 年首版,本文據河南大學出版社 2003 年版《孫作雲文集》之《〈楚辭〉研究》本;F. 于省吾《澤螺居楚辭新證》,見氏著《澤螺居詩經新證澤螺居楚辭新證》,中華書局 1982 年首版,本文據該社 2003 年再版本;G. 詹安泰《離騷箋疏》,湖北人民出版社,1981 年;H. 何劍熏《楚辭新詁》,巴蜀書社,1993 年。何氏《新詁》是吳賢哲先生在何氏《楚辭拾瀋》(四川人民出版社,1984 年)基礎上所整理;J. 徐仁甫《楚辭別解》,載氏著《古詩別解》,四川人民出版社,1984 年;K. 陳子展《楚辭直解》,江蘇古籍出版社,1988 年;L. 蔣天樞《楚辭校釋》,上海古籍出版社,1989 年;M. 王泗原《楚辭校釋》,人民教育出版社,1990 年。

　　譚介甫《屈賦新編》是上揭著作中出版相對較早且影響較大
者,該著“對屈原的生平史實、屈作各篇的寫作年代、作品的章節
錯簡等都作了考訂”。而其中於文本之校訂言之鑿鑿,或非定
論,然其視野開闊而立論亦多新穎可喜。誠如學者所評“譚氏之
研究方法雖有可議之處,但在文本的校正方面頗有值得參考的價
值”。①

　　湯炳正亦系章太炎高足,其《屈賦新探》《楚辭類稿》爲其代
表性著作。觀湯氏《楚辭》研究,大體皆以傳統小學爲根基而不
廢考古發現之新材料。其所論常常是微觀與宏觀結合,由微觀入
手,而能引申出大的問題。如湯氏《類稿》這部“札記”類專著,涉
及到《楚辭》文獻研究的方方面面,其於文字校勘疏證也比比皆
是,且精義紛呈,字字璣珠。如謂“拂日”即“曊日”等皆自成一
說。而《屈賦新探》釋“左徒與登徒”及“顧菟在腹”等也皆由文
字考辨入手而涉及楚國官職、神話傳説等大的問題。② 總之,湯
氏所論皆信而有徵,而其研究方法、撰寫體例也足可爲後來者之
典範。

　　于省吾精於古文字學,其撰《澤螺居楚辭新證》公開張揚以
“同一時代或時代相近的地下所發現的文字和文物與典籍相證
發”。③《新證》一書創獲甚多,如其依據金文通例,釋《離騷》
“朕皇考曰伯庸”之“朕”爲“我的”,“欲遠集而無所止兮”之
“‘之’字本作‘止’”;而謂《大招》“醢豚苦狗”之“苦”爲

———————

①關於譚介甫《新編》內容之介紹據該書中華書局之出版説明。而學者之評價乃
某匿名專家評審筆者申請國家社科基金後期資助項目《〈楚辭〉校證》書稿時建議參閱
譚著時所作評語。在此,謹向該專家表示誠摯的謝意。
②A. 湯炳正《楚辭類稿》,200 頁;B. 湯炳正《屈賦新探》,48—57 頁,261—270 頁。
③于省吾《澤螺居楚辭新證》,見《澤螺居詩經新證　澤螺居楚辭新證》本,154 頁。
其後所注《新證》頁碼皆指在該書中的位置。

“枯”，“苦狗者，言殺狗刳其胸腹，使之枯乾，以爲乾肉”等皆勝舊義。①

　　林庚《天問論箋》融注釋考辨、詩文翻譯、歷史議論爲一爐，爲《天問》研究的力作。如對“射鞠”和“播降”等詞語的訓釋疏證皆超邁前修。② 孫作雲《天問研究》也爲《天問》研究不可多得的名作。孫氏精于史學，其作《天問研究》立足於歷史闡釋，但其文字考辨也頗見功力。如校“受禮天下，又使至代之”爲“授履天下，又使摯代之”等皆可深味。③

　　姜亮夫《楚辭通故》洋洋二百餘萬言，分爲“詞部、史部、地部”等，列條目三千六百條左右，涉獵範圍甚廣，遍及歷史、哲學、考古、文化等領域。資料翔實，亦時有新義。如謂《哀時命》“下合矩矱於虞唐”之“虞唐”爲“唐虞”之倒，《九歎·惜賢》“心隱惻而不置”之“隱惻”爲“惻隱”，謂《九思·悼亂》“鸇鵄兮軒軒”之“軒”爲“騫之借”等皆勝舊義。④ 總之，《楚辭通故》可視爲一部大型的《楚辭》工具書。但縱觀姜先生之楚辭研究，雖其功甚巨，但其弊也夥。如其代表性著作《重訂屈原賦校注》《二招校注》《楚辭通故》《楚辭學論文集》等都存在著大量引用古今學者之説而不予説明之現象，如其《二招校注》之校文部分，幾乎全部本於聞一多《校補》之《二招》部分；而其《楚辭學論文集》所載《爲屈子庚寅日生進一解》一文則全本於岑仲勉《周金文所見之吉凶宜忌日》一文。此文雖與校證稍遠，但鑒於姜先生此文有很大影響，我們録之以窺一斑。

　　離騷：惟庚寅吾以降

①于省吾《新證》，157 頁、168 頁、197—198 頁。
②林庚《天問論箋》，見氏著《林庚楚辭研究兩種》，203—204 頁。
③孫作雲《天問研究》，見氏著《孫作雲文集》之《〈楚辭〉研究》本，682—683 頁。
④引文見姜亮夫《通故》（二）8 頁，《通故》（四）578—579 頁、347 頁。

　　姜亮夫《楚辭學論文集·爲屈子庚寅日生進一解》之"庚寅當爲戰國時楚民間慣用之吉宜日"章謂周金中以干支記日者,於二百七十三器中分配如下:

甲	乙	丙	丁	戊	己	庚	辛	壬	癸
28	36	12	95	12	11	38	16	13	12

十二支分配在二百六十九器中爲:

子	丑	寅	卯	辰	巳	午	未	申	酉	戌	亥
2	11	33	32	5	19	28	12	17	14	16	90

　　并謂:"依上兩表之分配計之,以丁亥爲最多,其次則曰庚寅。庚凡三十八見,寅凡三十三見,皆佔最高數次之第二位,則其爲民俗所最重要之吉日,僅次於丁亥矣。""屈子所以言庚寅日降爲内美者,吉宜之日生,與周金所傳全可調遂。故《離騷》此語,非泛泛之言生之日也。"①後來之學者論"庚寅日"爲吉祥之日者多折中於夫子。然論者似乎都未注意到歷史學者岑仲勉氏於上世紀四十年代《東方雜志》1946 年 5 月所刊之《周金文所見之吉凶宜忌日》一文。今中華書局出版岑氏《兩周文史論叢》一書即載有該文。岑氏謂"以金文之紀日者循十干及六十甲子次序",其十干分配之數如下表:

甲	乙	丙	丁	戊	己	庚	辛	壬	癸
28	36	12	95	12	11	38	16	13	12

　　又謂:"除去不著支之四器外,十二支之分配如下表。"

子	丑	寅	卯	辰	巳	午	未	申	酉	戌	亥
2	11	33	32	5	19	28	12	17	14	16	90

　　岑氏在此基礎上謂:"丁亥之外,乙亥獨多,計十六例。""庚占三十八例,尤其是庚寅,獨佔十五例,居乙亥之次。""亥之外寅爲獨多,占三十三例,豈取'寅'有敬恭之義歟?"②

是據其刊佈時間來看,岑仲勉當是較早注意到典籍多言"庚

①姜亮夫《楚辭學論文集》,83—84 頁。
②岑仲勉《兩周文史論叢》,中華書局,2004 年,163—167 頁。

寅日”這一特殊現象的學者。總之,姜先生的楚辭學著作大多存
在着這一難以令人理解之現象。

　　此外,徐仁甫《楚辭别解》亦時有新義,如謂《大招》“出若雲
只”爲“士若雲只”即勝舊義。① 而何劍熏《新詁》則爲其幾十年
研治《楚辭》的力作。該書也爲札記體類專著,但其中於文字考
辨甚見功力。觀何氏治學,大致承聞一多《楚辭》研究之方法。
即以語言文字爲根本,而輔之以民俗,如釋《離騷》“恐鵜鴂之先
鳴兮”即爲此類;②此外,聞氏囿於歷史原因,很多出土材料未能
見到而加以利用,何氏則充分關注出土材料,如釋《離騷》“余既
滋蘭之九畹兮,又樹蕙之百畝”即受益於銀雀山所出《孫子兵法》
簡策。③ 而蔣天樞《楚辭校釋》僅就屈宋作品予以校理,其篇目序
次以《釋文》本爲準的,其文字則“參校明正德黄省曾刊《章句》
本、嘉靖豫章夫容館刊《章句》本、及汲古閣合刊《章句補注》
本”。④ 蔣先生爲陳寅恪之高足,其《校釋》一書取材詳博而審慎,
每有所論,皆信而有徵,非泛泛者可比。而王泗原早年即有《離
騷語文疏解》著作問世,其《校釋》則可以看作是王氏於《楚辭》研
究之總結。王氏《校釋》一書其主要成績則是對《楚辭》所載“屈
宋”以外作品皆予以充分的關注。過去學者對“屈宋”以外作品
整理者少,雖然聞一多、徐仁甫、何劍熏等皆有札記所及,然不如
王氏全面系統。王氏是書詳細有加,并時有精義,如謂《九歎·
遠逝》“垂明月之玄珠”之“玄,同懸。古玄字本是懸系之象。‘懸

---

　　①徐仁甫《楚辭别解》,載氏著《古詩别解》,49 頁。另,後所注《楚辭别解》頁碼皆
指在該著作中的位置。

　　②何劍熏《新詁》,53—58 頁。

　　③參周建忠《出土文獻·傳統文獻·學術史——論楚辭研究與楚文化研究的關係
與出路》,載《中國古代、近代文學研究》,2007 年第 2 期,68 頁。

　　④蔣天樞《楚辭校釋·凡例》,1 頁。

珠’也見漢書東方朔傳。珠懸則光明周徹，古云垂。語本李斯
‘垂明月之珠’”①等即可備一説。

而改革開放以來，《楚辭》學界也湧現了一大批新人。其於
《楚辭》文獻研究也成果突出。如郭在貽《〈楚辭〉解詁》，蕭兵
《楚辭新探》，金開誠等《屈原集校注》，趙逵夫《屈原與他的時
代》《屈騒探幽》，崔富章、李大明主編《楚辭集校集釋》，黃靈庚
《楚辭異文辯證》《楚辭章句疏證》《楚辭與簡帛文獻》等即爲其
中代表。②

金開誠本爲游國恩助手，其領銜的《屈原集校注》博納衆説、
提要鉤玄，或出己見，時有新義，亦可補游氏《離騒纂義》《天問纂
義》之所未備。趙逵夫先生楚辭文獻考辨功力頗深，所作結論皆
以堅實的文獻考辨爲基礎，常見人之所見，而發人之所未發。如
謂《離騒》“伯庸”爲“句亶王熊伯庸”之説，雖然段熙仲、李嘉言
先生即曾先後指出，③而趙逵夫先生《屈氏先世與句亶王熊伯庸》
一文，則融舊學新知爲一爐，在前輩學者的基礎上以更加嚴密詳
細的手段考證《離騒》之“伯庸”即《史記·楚世家》所載句亶王
熊伯庸這一結論迄今仍爲人所津津樂道。④　而《屈騒探幽·〈離
騒〉辨證》札記四十一條皆爲精審獨到之作。論者譽爲“頗有朱

　　①王泗原《校釋》，412 頁。
　　②A. 郭在貽《〈楚辭〉解詁》，見氏著《訓詁叢稿》，上海古籍出版社，1985 年，1—15
頁；B. 蕭兵《楚辭新探》，天津古籍出版社，1988 年；C. 金開誠等《屈原集校注》，中華書
局，1996 年；D. 趙逵夫《屈原與他的時代》，人民文學出版社，1996 年；《屈騒探幽》，巴
蜀書社，2004 年；E. 崔富章、李大明主編《楚辭集校集釋》，湖北教育出版社，2003 年；F.
黃靈庚《楚辭異文辯證》，中州古籍出版社，2000 年；《楚辭章句疏證》，中華書局，2007
年；《楚辭與簡帛文獻》，人民出版社，2011 年。
　　③A. 段熙仲《楚辭札記》，載《文史哲》，1956 年第 12 期，63—64 頁；B. 李嘉言《〈離
騒〉校釋》，詳氏著《李嘉言古典文學論文集》，上海古籍出版社，1987 年，69 頁。
　　④趙逵夫《屈原與他的時代》，1—26 頁。

熹、蔣驥治學之遺風”。①

　　崔富章、李大明主編之《楚辭集校集釋》堪爲近些年來《楚辭》文獻校勘疏證的集大成之作。雖然成於衆手,或時有優劣之別,但總的來説,瑕不掩瑜。其引述取材基本忠實於原著,其編撰體例也頗有利於《楚辭》研習者的按圖索驥。

　　黃靈庚幾十年來猶致力於《楚辭》異文的考辨和《章句》的疏證。其成果大致集中於《楚辭異文辯證》《楚辭章句疏證》《楚辭與簡帛文獻》等。《楚辭與簡帛文獻》一書爲黃先生最近所出,該書踵武王國維所倡之“二重證據法”,以出土簡帛文獻與楚辭相印證,爲楚辭研究中之第一部全面利用簡帛文獻研究楚辭的學術專著。該書所涉楚辭内容較爲全面也頗爲深厚,其中於《楚辭》文字也多有所訂正,但此部分多是將《楚辭》中之文字與簡牘中之文字一一比附而得出相應結論。如謂《離騷》“繼之以日夜”,秦簡作“夜以接日”等皆是。② 屈原等之創作文字原貌究竟如何在目前尚無確切文獻出土以前,王逸所傳《楚辭》文本仍當是我們研究的起點,而不能概以今日所見之簡帛文獻而定《楚辭》中之某字爲簡帛之某字。如上所舉《睡虎地墓竹簡·爲吏之道》雖然有“夜以楼(接)日”語,但并不能就此證明《離騷》“繼之以日夜”就應當作“夜以接日”。此外,是書第一章以外的部分内容多有與第一章内容大量重複者,此或爲黃先生未嘗留意。而黃先生《疏證》一書則專就王逸注疏證,用力甚勤,堪爲王注之功臣。《辯證》一書則於《楚辭》異文收集宏富,堪爲一時之冠。且其校語也多切中肯綮。并且難得的是《辯證》一書對《楚辭》所載漢人

①A. 趙逵夫《屈騷探幽》,303—368 頁;B. 周建忠、湯漳平主編《楚辭學通典》,湖北教育出版社,2003 年,553 頁。

②黃靈庚《楚辭與簡帛文獻》,151 頁。

作品也都予以如屈賦作品一般同等重視，如《惜誓》“眩白黑之美惡”句，一本“眩”下有“於”字。黃先生謂：“王逸注曰‘眩於白黑，不能知人善惡之情也’。王本有“於”字。此猶《懷沙》‘變白以爲黑’也。《韻補》卷五‘石’條引眩下有於字。”①黃先生所言甚是，揣情度理，王注本有“於”字，而黃先生再援引北宋末吳棫《韻補》以證，是更具説服力。此外如《招隱士》“樹輪相糾兮，林木茷骫”句，一本無“林木”二字，黃先生於此也是旁徵博引，援引諸例以證當有“林木”二字方是。② 凡此種種，皆其勝義。但觀其《辯證》一書，雖成就突出，但也有若干欠缺之處。如徵引前人學説未予説明或未能探本溯源者等等。③ 而其中《辯證》一書在學術批評的態度上尤其值得學者反思。如黃先生對於《辯證》一書非常自信，不僅謂“凡《楚辭》正文有異文者必皆校之”“《楚辭》異文至此得稱完備”。而於前修時賢之批評在某種程度上也偏離了學術討論的範圍。如《辯證》“簫鍾兮瑤簴”條下謂“豈聞氏未嘗見乎”；“既含睇兮又宜笑”之“睇”字下謂“劉既誤在前，姜氏蹈襲其後，誠‘宜笑’之事也”；“菟”字條下謂程嘉哲“《天問新注》誤同姜校，蓋剿其文襲其誤而不自知也”；“該秉季德”條下謂“然後人一歸諸觀堂，何也”。此外如“寧溘死”句下謂“蓋姜氏誤作《御覽》者也，其粗鄙竟至此”等批評之語可謂欠妥。④ 姜亮夫所著《屈原賦校注》凡有錯訛處，《辯證》必一一指摘。黃先生於該書《自序》謂姜書之訛“必以正之”，但遺憾和不解的是其參考文獻明明列有《重訂屈原賦校注》，但《辯證》於論述指摘中幾乎

---

①黃靈庚《辯證》,759 頁。

②黃靈庚《辯證》,773—774 頁。

③筆者另撰有《黃靈庚〈楚辭異文辯證〉失誤舉隅》(未刊稿)一文逾萬字,故此處不贅。

④詳黃靈庚《辯證》,208 頁、221 頁、246 頁、289 頁、456 頁。

未引是書,而對於其已有研究成果也常視而不見。① 如《天問》
"帝乃降觀"之"乃"字條及《哀郢》"方仲春而東遷"條等皆如
此。② 并且如前所引"誠'宜笑'之事""粗鄙竟至此"的話語似也
不是學者正常的批評態度。而此種批評態度在黃先生最近所出
《楚辭與簡帛文獻》一書中仍一以貫之,如批評高正"如果不是故
意譁衆取寵、搞新聞'炒作',則顯得十分輕率了";③而討論《楚
辭》篇次問題時黃先生批評湯炳正也謂"湯先生的結論僅僅以五
代時期王勉《楚辭釋文》的目錄篇次爲基礎,没有其他文獻材料
得以支撑,未免有些脆弱、單薄。《楚辭釋文》的目錄是否即是劉
向、王逸《楚辭》十七卷本的原始面貌,尤需慎重,未可妄下斷
語";④而討論"狐"字條時黃先生又謂"湯氏與鄙説不謀而合"。⑤
凡此種種,不一而足。且黃先生《楚辭與簡帛文獻》一書以其近
出而對於之前所稱許的如湯炳正、郭在貽、趙逵夫等先生的同一
研究成果往往又持否定之態度。⑥ 雖然,學者的認識是不斷進步

---

①另外,代生《中國大陸 20 世紀考古發現與〈天問〉研究》(《社會科學評論》,2009
年,第 2 期,121 頁)一文也指出黃著存在着類似問題,如代文指出:"……姜亮夫先生
把'順欲'解釋爲'川谷',有學者在其《楚辭異文辨證》(2000 年 9 月出版)中批評'姜
氏無端改字,信爲多事';而在另一篇文章中,他根據新出簡帛改正己説,指出'郭店楚
墓竹簡凡言順者皆作川,言欲者皆作谷。'最後卻言'其(姜亮夫先生)説與余合也,惜
其書無證耳。'姜亮夫先生頗具慧眼指出此事,而學者學識不足却妄加批判(郭店楚簡
已於 1998 年公佈),又説'其説與余合也',功勞全在自己,'不足'全在他人,如此態度
令人汗顏。"由此而言,黃先生在其它論文中似乎也存在着本著作中徵引他人成果所存
在的遺憾也。并且由這些現象看出黃先生似乎於姜氏指責雖多,但其引用化用姜氏而
不言其所出者也不少。
　　②詳見黃靈庚《辯證》,287 頁、362 頁;姜亮夫《校注》,339 頁、445 頁。
　　③黃靈庚《楚辭與簡帛文獻》,44 頁。
　　④黃靈庚《楚辭與簡帛文獻》,46 頁。另,黃先生此説最早見其《〈楚辭〉十七卷成
書考辯》,載《復旦學報》,2008 年第 3 期,2 頁。
　　⑤黃靈庚《楚辭與簡帛文獻》,139 頁。
　　⑥參見黃靈庚《楚辭與簡帛文獻》,46 頁、88 頁、102 頁、117 頁、139 頁、276 頁等對
相關先生的評價與黃先生之前如《〈楚辭〉文獻學百年巡視》等文之評價迥然有別。

的,昨日之是爲今日之非也未可奇,但其變化之大則引人深思。
比較而言,則胡文英《屈騷指掌·凡例》所言"其有是者,無論前
賢時彦,必表其名,不肯竊美";余嘉錫《四庫提要辨證·序録》所
謂"易地以處,紀氏必優於作《辨證》,而余之不能爲《提要》決
也";劉永濟《屈騷釋詞·序》所言"我研究的結果是否能避免本
文所説的過失,我還不敢保證。晉陸士衡《豪士賦》序有'笑古人
之未工,忘己事之已拙'之論,正可作我今日的藥石"等前儒時賢
之言或許對於我們未嘗不是一種啓迪和風範。① 并且,倘以黄先
生之標準而質之《辯證》,則《辯證》一書也有未備處。如《辯證》
"躚"字條、"會朝争盟"條、"哈"字條,桂馥《札樸》卷一、卷三分
别有所討論,以《辯證》行文特點揣測,黄先生似未注意《札樸》之
相關論述。而"菊芳椒兮成堂"條、"穆王巧梅"條,鄧廷楨《雙硯
齋筆記》卷五、卷二也有專門論述,而《辯證》似也未嘗注意。② 由
此可見,黄先生《辯證》一書也還有許多可待改進之處。但其批
評之態度與方法則值得我們後來學者以反思。③

　　而近些年來,相應的學位論文則有馬駿鷹《王逸〈楚辭章句〉
文獻研究》,④黄建榮《〈楚辭〉古代注本研究》,⑤葛文傑《王逸〈楚

　　①A. 胡文英《屈騷指掌·凡例》,見氏著《屈騷指掌》,北京古籍出版社,1979 年,3
頁;B. 余嘉錫《四庫提要辨證·序録》,見氏著《四庫提要辨證》,雲南人民出版社,2004
年,48 頁;C. 劉永濟《屈騷釋詞·序》,見氏著《屈賦音注詳解 屈賦釋詞》,239 頁。
　　②A. 桂馥《札樸》,中華書局,1992 年,26 頁、113 頁;B. 鄧廷楨《雙硯齋筆記》,中華
書局,1987 年,379 頁、117—118 頁。
　　③如果從黄先生之批評角度看,則其《楚辭與簡帛文獻》也尚存在或學術上可討論
之問題,或技術性之錯誤等。如謂《天問》"犬體"當作"犬豕"條(257 頁)則於相應學
術史未能探本溯源;而引《離騷》之"三后"爲"三後"(62 頁),謂徐復先生爲劉復(363
頁)等皆不審。凡此種種,兹不贅。
　　④馬駿鷹《王逸〈楚辭章句〉文獻研究》,浙江師範大學,2002 年碩士學位論文。
　　⑤黄建榮《〈楚辭〉古代注本研究》,華東師範大學,2002 年博士學位論文。

辭章句〉訓詁研究》,①張麗萍《〈楚辭章句〉和〈楚辭補注〉訓詁比較》,②徐廣才《考古發現與〈楚辭〉校讀》,③代生《考古發現與楚辭研究——以古史、神話及傳說爲中心的考察》,④朱佩弦《洪興祖〈楚辭補注〉研究》⑤等。這些研究生對於《楚辭》文獻的關注,也表明青年學者開始漸漸的加入到了《楚辭》文獻研究的隊伍,爲楚辭研究注入了年輕新鮮的血液。

二、選題的主要内容及學術意義

(一)選題的主要内容

1.《楚辭》文本的校證。《楚辭》文本的校證是本文集中論述的主體和重中之重。《楚辭》一書向無善本,歷代以來《楚辭》文本頗多歧異,眾多學者針對此已作了很多工夫,本文擬在前修時賢研究的基礎上,對《楚辭》文本的相關問題尤其是校勘方面的問題提出一些看法。

2.《楚辭》文本校證相關學術史的梳理。我們在校證《楚辭》的過程中,學習和瀏覽了古今部分學者的部分研究成果,發現很多時候學者們對於同一問題常常有類似之看法,但同樣很多時候,尤其是二十世紀以來,學者們囿於主客觀條件所限,常常忽略了其他學者對於同一内容之近似意見。有鑒於此,我們擬就目力

---

①葛文傑《王逸〈楚辭章句〉訓詁研究》,南京師範大學,2005 年,碩士學位論文。

②張麗萍《〈楚辭章句〉和〈楚辭補注〉訓詁比較》,蘭州大學,2007 年碩士學位論文。

③徐廣才《考古發現與〈楚辭〉校讀》,吉林大學,2008 年博士學位論文。

④代生《考古發現與楚辭研究——以古史、神話及傳說爲中心的考察》,南京大學,2011 年博士學位論文。

⑤朱佩弦《洪興祖〈楚辭補注〉研究》,華中師範大學,2015 年博士學位論文。

所及,對一些較有影響的舊説陳列己見,以見學術之傳承。此部分内容我們雖然少有發明,但希望通過此項工作,能對《楚辭》校證的學術史有所裨益。當然,囿於自身學力所限,我們在校證過程中,也常犯下"笑古人之未工,忘己事之已拙"之毛病,則請批評指正。

3.通過對《楚辭》文本的校證及其學術史的梳理,試圖對《楚辭》異文的主要表現形式及其生成原因,校勘《楚辭》異文的原則與方法以及其校記的撰寫法則作出一些規律性的總結。

(二)選題的學術意義

據上述歷代及目前的研究狀況來看,楚辭文獻學的研究仍然有很多可以值得深入探討的地方。因爲自漢代以來《楚辭》文獻校證雖然成果突出,蔚爲大觀。但從另一個角度來看,《楚辭》校證的研究還没有達到盡善盡美的程度。總的來説,就已刊佈的研究成果而言,數量多,但精品少。尤其改革開放以來,很多文章其結論或材料多見於歷代尤其是清人學術筆記,但作者或不自知而以爲新説,或知其所以而諱言其所出;此外,就所涉及的《楚辭》内容而言,很多論述大多集中在傳統的"屈原賦"篇目上,而對於《楚辭》所載漢人作品關注尤其不够,并且少有精到論述。因此,此方面的選題及工作仍有其積極的意義。而一時代有一時代之學術,處在二十一世紀的今天,從技術層面而言,我們有許多可資借鑒利用的科學輔助手段,如電腦檢索等。此外,二十世紀以來,地下出土的文物資料越來越多,過去的學者在這方面雖然多有創獲,但由於受時代條件的限制,如發掘報告及文字考釋的滯後等,因此他們的研究仍還留有足够的空間可供開拓。因此,我們在立足文本的基礎上,利用好相關的文獻資料和合理使用好科學輔助手段,可以得出一些有益於楚辭研究的新的結論。同時也能發掘出一些有益於楚辭研究的新的材料,對於楚辭學術史的一些重要問題也能予以重新判斷。

三、研究思路與研究材料以及研究方法

（一）在研究思路上,筆者本着“楚辭研究,書内與書外相結合”的思想,在充分吸收楚辭已有研究成果的基礎上,儘量利用最早的原始文獻和訓詁材料以與《楚辭》文本及王逸注相佐證。希望能在一定程度上恢復《楚辭》之原貌。此外,儘量發掘或提供過去不太爲人所熟悉的有利於楚辭研究的散見材料以爲研究之一途。

（二）在材料的選擇和運用上,首先以《楚辭》文本及王逸注以及歷代重要的相關《楚辭》校勘、疏證等方面的研究成果爲根本。在此基礎上,合理的利用好以下幾方面材料:

1. 先秦兩漢原典及魏晉南北朝的重要典籍,找出能與楚辭相佐證的材料。

2. 儘量借鑒兩漢至唐的重要訓詁材料。尤其是兩漢與王逸時代相近的訓詁成果。以其時代相近之故,庶幾能與王逸注相印證。其次則兩漢以降至於唐人的重要訓詁成果。

3. 清儒以來對於先秦兩漢魏晉南北朝等重要典籍的校勘疏證成果。

4. 歷代重要的學術筆記及歷代重要的小學類著述。歷代很多重要的學術筆記大多言簡意賅,雖然很多議論并非專爲楚辭立論,但其中所論多有可供借鑒之處。如王念孫《讀書雜志》等。而歷代重要的小學類著述如段玉裁《説文解字注》、王念孫《廣雅疏證》等可資取材的地方也很多,本文在論述過程中將儘量利用,或其論述雖少有發明,但至少給學者提供便利之材料和資訊。

　　5.考古、民俗和方言材料。本文的寫作,也將盡可能利用出土材料和中國尤其是南方的民俗材料以及方言材料以爲校勘疏證之一途。

　　(三)在研究方法上,本文在傳統研究如由文字、音韻、訓詁入手及"三重證據法"等基礎上,又利用新的技術手段,如電腦檢索、網絡利用等,在充分吸收前修時賢已有研究成果的基礎上,本文尤其注意楚辭之外的相關材料及其研究成果,充分利用先秦兩漢及中古文獻,考古成果和古今學術成果予以實證。同時謹慎的從文學本身的角度進行言之有理的校勘。凡此體現作者綜合考辯材料與文學感悟相結合而予以校理之方法。希望藉以解決以往楚辭研究中一些懸而未決的問題,試圖在一定程度上恢復《楚辭》之原貌。

第一章：屈原作品校證

一、離騷

001. 攝提貞于孟陬兮

孫作雲《〈離騷〉校勘記》謂："'貞'當爲'直'之誤。"①

按：據王注"貞，正也"云云，是王本不誤。郭璞注《爾雅》、吳棫《韻補》、顧炎武《唐韻正》、郝懿行《爾雅義疏》及張文虎等引此即皆作"貞"字。②《文選》本、朱本、錢本、李錫齡本、金陵本并同。

002. 紛吾既有此内美兮，又重之以脩能

"既"字疑衍。

---

①孫作雲《〈離騷〉校勘記》，見《孫作雲文集》之《〈楚辭〉研究》本，190 頁。以下凡引本篇所注頁碼皆指在本書中的位置。

②A. 郭璞注據胡小石《〈楚辭〉郭注義徵》引，見《胡小石論文集》，31 頁；B. 吳棫《宋本韻補》，中華書局，1987 年，3 頁。另，後引本書徑稱《韻補》；C. 顧炎武《唐韻正》，見氏著《音學五書》，233 頁。另，其後所注《唐韻正》頁碼皆指在該書中的位置；D. 郝懿行《爾雅義疏》，上海古籍出版社，1983 年，744 頁；E. 張文虎意見據許維遹《呂氏春秋集釋》引，中華書局，2009 年，273 頁。

　　按：雖然如顧野王《玉篇》"紛"字注引此亦同王本。① 然本篇從"紛吾既有此內美兮，又重之以脩能"到"乘騏驥以馳騁兮，來吾道夫先路"凡十六句，除本兩句外，其餘十四句兩句之間上句皆七字句，惟獨本句上句爲八字，與其餘不類已爲可疑。此外，據王注"言己之生，內含天地之美氣，又重有絕遠之能"云云，是王注并未釋"既"字。因此可定"既"字當係後人誤增。

003. 扈江離與辟芷兮

　　孫作雲謂："劉師培《楚辭考異》、聞先生《楚辭校補》云'離'爲'蘺'之借字，甚是。《説文》作'蘺'，曰'江蘺，靡蕪，从草離聲'。"

　　按："離""蘺"常通相用，如《文選‧吳都賦》劉淵林注引此即或作"蘺"或作"離"是證。② 而李賢注《後漢書》、顧炎武《唐韻正》"能"字注引此作"江蘺"，許慎《説文》"蘺"字注也謂"楚謂之蘺"，段玉裁注引此亦同。③ 是"蘺"説有所本。然據王注"江離、芷皆香草名"云云，是王本作"離"。此外，顧野王《玉篇》、顏師古注《漢書》、李善注張衡《思玄賦》、王念孫《廣雅疏證》、錢繹《方言箋疏》引此也俱作"離"。④ 而據于鬯《香草校書》"九五。王用三驅"條所謂"凡偏旁之字多後出之專字"説，⑤ 是疑"蘺"字乃後

────────────

　　①顧野王《玉篇》，《續修四庫全書》本，228 冊，630 頁。另，後凡引本書所注頁碼皆指在該冊中的位置。

　　②A. 孫作雲《〈離騷〉校勘記》，195 頁；B. 蕭統《文選》，上海古籍出版社，1986 年，209 頁，220 頁。

　　③A. 范曄《後漢書》，中華書局，2005 年，672 頁；B. 顧炎武《唐韻正》，301 頁；C. 段玉裁《説文解字注》，43 頁。

　　④A. 顧野王《玉篇》，506 頁；B. 班固《漢書》，中華書局，2005 年，2610 頁；C. 蕭統《文選》，652 頁；D. 王念孫《疏證》，869 頁、1258 頁；E. 錢繹《方言箋疏》，上海古籍出版社，1983 年，270 頁。

　　⑤于鬯《香草校書》，中華書局，1984 年，19—20 頁。

出之專字。而《文選》本、朱本、錢本、李錫齡本、金陵本亦同
王本。

004. 汩余若將不及兮

不,一作弗。

孫作雲謂:"今本作'汩余若將不及兮,恐年歲之不吾與'二
句有'不'字,讀之拗口,疑前句'不'字應作'弗',《遠遊》篇'往
者余弗及兮,來者吾不聞',前句作'弗'而後句作'不',可證。洪
氏《補注》《考異》曰'不,一作弗';錢杲之《集傳》本作'弗',云
'弗,一作不'。今改爲弗字。"①

按:孫先生言之有理,可備一說。然"弗"者實"不"字之借。
如羅福頤即指出臨沂漢簡《晏子》"所求於下者,弗務於上;所禁
於民者,弗行於身"之"弗"即"不"字之借。且據五臣云"歲月行
疾,若將追之不及"云云,則王本當作"不及"。王念孫《疏證》、錢
繹《箋疏》、宋翔鳳《小爾雅訓纂》引此即皆作"不及"。②《文選》
本、朱本、李錫齡本、金陵本并同。

005. 朝搴阰之木蘭兮,夕攬洲之宿莽

洪興祖謂:"搴音蹇。《説文》'攓,拔取也。南楚語'。引
'朝攓阰之木蘭'。"

(1)按:今本《説文》、丁度《集韻》、王念孫《疏證》、錢繹《箋
疏》、王煦《小爾雅疏》等引"搴"皆作"攓"。③

---

①孫作雲《〈離騷〉校勘記》,197 頁。

②A. 羅福頤《臨沂漢簡通假字表》,載中國古文字研究會、中華書局編輯部編《古
文字研究》第十一輯,中華書局,1985 年,67 頁;B. 王念孫《疏證》,71 頁;C. 錢繹《箋
疏》,385 頁;D. 宋翔鳳意見據遲鐸《小爾雅集釋》引,中華書局,2008 年,129 頁。

③A. 段玉裁《説文解字注》,1052 頁;B. 丁度《集韻》,上海古籍出版社,1985 年,
389 頁;C. 王念孫《疏證》,54 頁;D. 錢繹《箋疏》,106 頁;E. 王煦意見據遲鐸《小爾雅集
釋》引,37 頁。

（2）洲，一作中洲。

按：據王注"水中可居者曰洲"云云，是王本作洲。郭璞注
《爾雅》及明胡之驥《江文通集彙注》、清王念孫《疏證》等引此也
皆作"洲"。而錢繹《箋疏》雖誤作"州"，然亦無"中"字可爲明
證。①《文選》本、朱本、李錫齡本、金陵本并同王本。

006. 惟草木之零落兮

零，一作苓。

按：據王注"零、落，皆墮也，草曰零，木曰落"云云，當作零
是。郝懿行《義疏》引此即作"零"。②《文選》本、朱本、錢本、李
錫齡本、金陵本并同。

007. 不撫壯而棄穢兮，何不改此度。乘騏驥以馳騁兮，來吾道夫先路

乘，一作椉。

按：椉爲乘之異體。據王注"言乘駿馬"云云，當作"乘"是。
顧炎武《唐韻正》"馳"字注引此即作"乘"。③《文選》本、錢本、李
錫齡本、金陵本并同。

008. 何桀紂之猖披兮，夫唯捷徑以窘步

猖，一作昌。

劉永濟謂："考異曰'猖一作昌，釋文作倡，披一作被'。按戴
本作昌披，今從之。"此外，聞一多也謂："……《易林·觀之大壯》
曰'心志無良，昌披妄行'，亦作昌披。是猖字古本當作昌。今作

---

①A. 郭璞注據胡小石《〈楚辭〉郭注義微》引，詳《胡小石論文集》，31 頁；B. 胡之驥
《江文通集彙注》，中華書局，1984 年，112 頁；C. 王念孫《疏證》，55 頁、1355 頁；D. 錢繹
《箋疏》，185 頁。

②郝懿行《義疏》，68 頁。

③顧炎武《唐韻正》，250 頁。

猖者,蓋後人以訓詁字改之。"①

　　按:雖然王念孫《疏證》引此亦作"猖披",并謂"猖"與"昌","披"與"被"并"字異而義同"。② 然揆之事實,作"昌披"是。"猖""昌"其字常混,如《淮南子·詮言訓》"少則昌狂"之"昌"字,《道藏》本即作"猖",而王引之論此謂"《説文》無'猖'字,古但作'昌'。《漢書·趙充國傳》'先零昌狂'"是證。③ 此外如《莊子·山木》:"不知禮之所將,猖狂妄行。"劉文典《補正》謂"唐寫本'猖'作'昌'"是證。④ 而唐李善注《文選》本正作"昌披",此外李賢注《後漢書·馮衍傳》也謂"《離騷》曰'昔三后之純粹,何桀紂之昌披'",是唐人所見猶如此。朱熹《集注》、明陸時雍《楚辭疏》、清胡文英《屈騷指掌》、江有誥《楚辭韻讀》本也作"昌",⑤是説有所本。而據聞一多、劉文典所引《易林》《莊子》"昌披""倡狂"之文,是"昌披"即"猖狂",也即放縱之態也。而朱駿聲以爲"'當讀爲倀跛。倀,狂也;跛,行不正也'。似失之鑿"。⑥

009. 惟夫黨人之偷樂兮,路幽昧以險隘

　　劉永濟謂:"考異曰'一無夫字'。按逸訓惟爲念,則無夫字是。"此外,孫作雲也謂:"……無夫字是;'惟'爲他動詞,他動詞後不能係以介詞'夫',故無夫字。"

　　按:《文選》本、朱本、汪瑗《集解》本及顧炎武《唐韻正》引此

---

① A. 劉永濟《通箋》,33 頁;B. 聞一多《校補》,5 頁。

② 王念孫《疏證》,727 頁。

③ 王引之説見王念孫《雜志》(2516 頁)"弟十四卷"條。

④ 劉文典《莊子補正》,安徽大學出版社,雲南大學出版社,1999 年,542 頁。

⑤ A. 蕭統《文選》,1489 頁;B. 范曄《後漢書》,667 頁;C. 陸時雍《楚辭疏》,見《續修四庫全書》,1301 册,378 頁;D. 胡文英《指掌》,4 頁;E. 江有誥《楚辭韻讀》,見氏著《音學十書》,中華書局,1993 年,131 頁。以下凡引該著所注頁碼皆指在《音學十書》中的位置。

⑥ 蔣天樞《校釋》,11 頁。

即皆作"惟黨人",①是劉、孫二先生説皆有本。然揣之《楚辭》,則疑"夫"爲"此"字之誤。《楚辭》中,"惟此"連用,如《離騷》"惟此黨人其獨異""惟此黨人之不諒兮"等其辭皆言"惟此黨人"是證。此或以"夫""此"形近而訛。

010. 反信讒而齌怒

齌,一作齊。

聞一多謂:"顏師古《匡謬正俗》七,《太平御覽》(後稱《御覽》)九一三,又九八一,《事類賦注》二四,⋯⋯引并作齊。唐寫本《文選》作齊,載陸善經説曰:'反信讒而同怒己也',正以同訓齊。今本《文選》亦作齊,五臣説與陸同。《釋文》曰'齊或作齌',是《釋文》本亦作齊。疑古本如此。今作齌,亦後人以訓詁字改。"②

按:劉永濟即謂"劉師培楚辭考異曰'顏師古匡謬正俗七,御覽九百十三,事類賦注二十四,並引作齊怒'。按六臣本文選作齊,引逸注'齊,疾也',與爾雅釋詁合,作齊是"。③ 是爲聞説先導。而劉永濟、聞一多所謂"齌當作齊",信然。吳棫《韻補》"怒"字注引此即作"齊",④是北宋人所見猶有不誤者。但聞先生謂"以同訓齊"及"今作齌,亦後人以訓詁字改"之説則不然。"齊"當如古訓訓"疾","齊怒"即"疾怒""大怒"。而"齌"爲"齊"之借。如《爾雅·釋詁上》:"齊,疾也。"郝懿行謂:"齊者,壯之疾也。《釋言》云'齊,壯也'。《尚書大傳》云'多聞而齊給'。《荀子·臣道篇》云'齊給如響',《性惡篇》云'齊給便敏而

---

①A. 劉永濟《通箋》,33 頁;B. 孫作雲《〈離騷〉校勘記》,198 頁;C. 汪瑗《集解》,41 頁;D. 顧炎武《唐韻正》,527 頁。

②聞一多《校補》,5 頁。

③劉永濟《通箋》,33 頁。

④吳棫《韻補》,60 頁。

無類'。鄭注及楊倞注竝云'齊,疾也'。郭引《詩·仲山甫》'徂
齊',以齊爲疾。蓋本三家詩説也。……又通作齋。《説文》云
'齋,炊餔疾矣'。《離騷》云'反信讒而齋怒'。王逸注'齋,疾
也'。聲轉爲捷。故《淮南·説山篇》云'力貴齊知貴捷'。高誘
注'齊、捷皆疾也'。齊訓疾,故衛太叔疾字齊,見《左傳》亦其證
也。"①郝氏説"齊"爲"疾"至詳。是"齊"當如王注訓"疾"而不得
訓"同"。而其謂"齋"乃"齊"之假借也至確。段玉裁《説文解字
注》、錢繹《箋疏》引此則仍作"齋怒"也。②

011. 余固知謇謇之爲患兮,忍而不能舍也

一本"忍"上有"余"字。

徐仁甫謂:"按第二句有'余'者是。第一句'余'是代詞,第
二句'余'當訓'何',爲疑問副詞。《楚辭》文例,凡偶用'也'字
者,前句讀'耶',爲反詰問,必有疑問或反詰副詞。此句正偶用
'也'字的前句,因此,'余'非訓'何'不可。"

按:吴棫《韻補》"舍"字注引此即作"余忍而不能舍也",是
徐説有所本。但本句前"余固知"之"余"已統攝本句,是不當有
"余"字更合文法。且就文氣言,無此"余"字更覺暢然。如張文
虎《舒藝室餘筆》引此即無"余"字是不誤。③《文選》本、朱本、錢
本、李錫齡本、金陵本并同。

012. 曰黄昏以爲期兮,羌中道而改路

洪興祖曰:"一本有此二句,王逸無注;至下文'羌内恕己以

---

①郝懿行《義疏》,133—134 頁。

②A. 段玉裁《説文解字注》,842 頁;B. 錢繹《箋疏》,44 頁。

③A. 徐仁甫《楚辭文法概要》,見氏著《廣古書疑義舉例 楚辭文法概要》本,中華書
局,2014 年,191 頁。另,以下凡引該著所注頁碼皆指在該本中的位置;B. 吴棫《韻補》,
86 頁;C. 張文虎《舒藝室餘筆》,見氏著《舒藝室隨筆》,遼寧教育出版社,2003 年,201 頁。

量人’始釋羌義,疑此二句後人所增耳。《九章》曰‘昔君與我誠言兮,曰黄昏以爲期。羌中道而回畔兮,反既有此他志’。與此語同。”此後學者多據洪《補》删此二句。如屈復《楚辭新集注》謂“此二句與下‘悔遁有他’意重。又王逸無注,又通篇皆四句,此多二句,明係衍文”;此外,胡文英《指掌》本正文雖有此二句,但其自注謂“此二句衍文,……余按黄昏爲期,《抽思》篇有此二句。或係重出也”。而譚介甫《新編》也謂此“二句是從《抽思》錯入的”,“洪興祖謂‘王逸無注,疑後人所增’,極是;因爲《抽思》四句,(按:指‘昔君與我成言兮,曰黄昏以爲期。羌中道而回畔兮,反既有此他志’四句)《離騷》只作(1)、(4)二句(按:指‘曰黄昏以爲期’,‘後悔遁而有他’這兩句),後人又妄加(2)、(3)二句,(按:指‘羌中道而改路’與‘初既與余成言兮’兩句),文字稍有改動,‘曰’字也未删去,且《離騷》上文二句‘舍’‘故’協韻,下文二句‘他’‘化’協韻,此一句‘路’韻無偶,必是後加無疑。”而王力《楚辭韻讀》其自注也謂“洪興祖疑此二句爲後人所增。按《文選》没有這兩句,洪興祖的話是對的”。此外,饒宗頤據唐鈔《文選集注》也謂“唐本無‘曰黄昏以爲期’二句。六臣本《文選》亦無之。洪興祖疑後人誤以《九章》二句增此。今唐本正無二句,可爲洪説佐證”。是上揭諸説正如岡村繁所謂“從文脉、押韻、與别本的異同、王注的處理方式等諸方面看,該二句顯然爲後人緣《抽思》而妄增所致”。①

①A. 屈復《楚辭新集注》,見《續修四庫全書》,1302 册,311 頁;B. 胡文英《指掌》,6頁;C. 譚介甫《新編》,22—23 頁;D. 王力《楚辭韻讀》,見氏著《詩經韻讀 楚辭韻讀》,中國人民大學出版社,2004 年,408 頁;E. 饒宗頤《唐本〈文選集注·離騷〉殘卷校記第四》,見《饒宗頤二十世紀學術文集》卷十一《文學》卷,中國人民大學出版社,2009 年,224 頁;F. 岡村繁《周漢文學史考》,見岡村繁著、陸曉光譯《岡村繁全集》第一卷,上海古籍出版社,2002 年,96 頁。

　　按:洪説誤。如蔣天樞即以爲"删去二句,即無以屬通下文"。且王注《楚辭》并非一定釋第一次出現的詞語,如《離騷》"皇剡剡其揚靈兮,告余以吉故"。王注:"言皇天揚其光靈,使百神告我,當去就吉善也。"而《九歌·湘君》"横大江兮揚靈",王注"靈,精誠也"。是"揚靈"一詞於《離騷》第一次出現,但王逸并没有單獨釋"靈"字,而是於《九歌》出現時才釋的。此外象"便娟"一詞按今本《楚辭》則首次出現於《遠遊》"雌蜺便娟以增撓兮"句,王注"神女周旋,侍左右也",是王逸并未釋該詞。而出現於《大招》"體便娟只"句時,王注"便娟,好貌也。已解於上"。此外《七諫·初放》謂"便娟之脩竹兮,寄生乎江潭",王注又謂"便娟,好貌"也。是《章句》之注比較複雜,而不能單純的以王逸是否第一次釋某詞而作爲判斷之依據。是蔣驥《山帶閣注》本即秉承王本,而朱熹《集注》則謂:"洪説雖有據,然安知非王逸以前此下已脱兩句耶?"其説有致。明林兆珂《楚辭述注》對此即謂"不敢妄爲删補",而清江有誥《楚辭韻讀》則謂此爲"衍文或脱偶句"。① 所以我們認爲既然不能依據洪氏之判斷,那我們毋寧認爲此下或脱二句也。

013. 初既與余成言兮,後悔遁而有他

　　洪興祖謂:"成言,……《九章》作誠言。"

　　按:成,古誠字,不煩校改。如《逸周書·柔武篇》:"以信爲動,以成爲心。"盧曰:"以成,趙疑是以誠。"而王念孫《雜志》則指出:"'誠',古通作'成',不煩改字。"(原注:《大戴記·文王官人篇》"非誠質者也",《周書》"誠"作"成",《小戴記·經解篇》"衡誠縣"注:"誠,或作成。"《墨子·貴義篇》:"子之言則成善矣。"

---

①A. 蔣天樞《校釋》,13 頁;B. 蔣驥《山帶閣注》,35 頁;C. 林兆珂《楚辭述注》説據崔富章先生《楚辭書録解題》(上册)引,106 頁;D. 江有誥《楚辭韻讀》,131 頁。

“成”即“誠”字。)①而洪興祖所指《抽思》“昔君與我誠言兮”之
“誠”字,洪興祖引一本及朱熹《集注》本則皆作“成”。且據聞一
多考證“誠當從一本作成”。② 是《抽思》之“誠言”本作“成言”。
而吳棫《韻補》“化”字注引《離騷》此句也作“成言”,③是北宋人
所見猶不誤。《文選》本、朱本、李錫齡本、金陵本并同。

014. 余既不難夫離別兮,傷靈脩之數化

(1)孫作雲謂:“此句既字無意義,尋繹全句之意,謂我雖不
憚於離別,然所惜者爲君之變化無常耳。此句無既字義,既字必
爲雖字之誤。”④

按:孫先生言之有理,可備一說。然“既不”爲《楚辭》習語,
且吳棫《韻補》“化”字注引此亦作“既不”,⑤是北宋時人所見也
如此。《文選》本、朱本、李錫齡本、金陵本并同。

(2)一本無“夫”字。

按:無“夫”字是。而“難”疑爲“憚”之誤。王注:“言我竭忠
見過,非難與君離別也。”而本句前所出“豈余身之憚殃兮”句與
本句意義近似,王注“憚,難也”。是本句當是後人以訓詁字而易
本字,又覺“余既不難”句辭氣不律,故又徒增“夫”字以足文義。
是“余既不難夫離別兮”宜作“余既不憚離別兮”爲是。

(3)化當讀爲訛。

按:吳棫《韻補》“化”字注引此亦同王本,是作“化”字自古
有據。但我們認爲“化”當讀爲“訛”。《説文》無“訛”字,錢大昕
指出經典多借它字如“爲”字等爲之。而“化”,古音也即“訛”,

---

①王念孫《雜志》,20 頁。
②聞一多《校補》,77 頁。
③吳棫《韻補》,40 頁。
④孫作雲《〈離騷〉校勘記》,199 頁。
⑤吳棫《韻補》,40 頁。

如明陳第《屈宋古音義》於本句自注即謂“化(古音訛)”可爲明
證。① 是“訛、化古竝通用”。② 而“訛”即“詐”也。此作化者,或
因“訛,化也”(《爾雅·釋言》)之訓而以訓詁字易本字。清何焯
《義門讀書記》正謂“化與訛同。數訛、屢訛其路也”,③其説得之。

015. 余既滋蘭之九畹兮,又樹蕙之百畝

滋,一作葘。

孫作雲謂:“葘字見《唐韻》、《集韻》云‘同栽’。栽,《説文》
云‘草木之植曰栽’。滋,《説文》以爲水名,則‘滋蘭’之‘滋’應
作‘栽’,未識然否。”④

按:孫先生所引《説文》滋以爲水名,即滋水之説僅是“滋”字
在《説文》中的第二個義項,其第一意義則是“滋,益也”,如段注
謂“凡經傳增益之義,多用此字”。且段玉裁於“畹”字注也謂“滋
蘭九畹”。⑤ 是本篇“滋蘭之九畹”乃言其多也。歐陽詢等《藝文
類聚》、《文選·魏都賦》注、吳棫《韻補》、胡之驥《彙注》、顧炎武
《唐韻正》等引此即皆作“滋蘭”,⑥是不誤。《文選》本、朱本、錢
本、李錫齡本、金陵本并同。

016. 畦留夷與揭車兮,雜杜衡與芳芷

揭,一作藒;衡,一作蘅。

---

①A. 吳棫《韻補》,40 頁;B. 錢大昕《十駕齋養新錄》“南訛”條,江蘇古籍出版社,
2000 年,10—11 頁;C. 陳第《屈宋古音義》,見氏著《毛詩古音考 屈宋古音義》本,中華
書局,2008 年,193 頁。另,後引是書所注頁碼皆指在該本的位置。

②馬瑞辰《毛詩傳箋通釋》,中華書局,1989 年,514 頁。

③筆者於 2014 年 12 月 7 日晚見何焯此説,益信吾道不孤。何説見氏著《義門讀書
記》,中華書局,1987 年,941 頁。

④孫作雲《〈離騷〉校勘記》,199 頁。

⑤段玉裁《説文解字注》,960 頁、1209 頁。

⑥A. 歐陽詢等《藝文類聚》,上海古籍出版社,1999 年,1390 頁;B. 蕭統《文選》,272
頁;C. 吳棫《韻補》,56 頁;D. 胡之驥《彙注》,61 頁、182 頁;E. 顧炎武《唐韻正》,374 頁。

按：唐李賢注《後漢書・馮衍傳》引此作“畦留夷與揭車，雜杜衡與芬芷”，吳棫《韻補》“歑”字注引此作“畦留夷與揭車兮，雜杜衡與芳芷”，是唐宋人所見通行本皆作“揭、衡”。而明胡之驥《彙注》引此“衡”雖亦作“蘅”，但清王念孫《疏證》、段玉裁《說文解字注》、郝懿行《義疏》引此則并同王本。① 《文選》本、朱本、李錫齡本、金陵本也并同。而作艸字頭者，或爲後起之專字。如前揭于鬯《香草校書》即指出“凡偏旁之字多後出之專字”。② 揆之事實，信然。

017. 憑不猒乎求索

憑，一作憑。

按：憑、憑、馮常相爲用。本句以外，如《離騷》“喟憑心而歷茲”句，洪興祖《考異》謂“憑，一作憑，一作馮”是證。而據王念孫《疏證》卷一上“《昭五年・左傳》‘今君奮焉，震電馮怒’。杜預注云‘馮，盛也’。《楚辭・離騷》‘憑不猒乎求索’。王逸注云‘憑，滿也。楚人名滿曰憑’。憑與馮同”③之說，是憑、憑皆馮之借也。④

018. 苟余情其信姱以練要兮，長顑頷亦何傷

臺靜農謂：“‘練要’即《詩・陳風・月出》‘舒夭紹兮’之‘夭紹’，‘夭’與‘要’通假，‘練’是‘紹’字之誤。‘紹要’即‘夭紹’，疊韻連語，猶‘嬋娟’之爲‘娟嬋’也。馬瑞辰曰：按《西京賦》‘要紹修態’注‘要紹謂嬋娟作姿容也’。又《南都賦》‘要紹便娟’。

---

① A. 范曄《後漢書》，671 頁；B. 吳棫《韻補》，56 頁；C. 胡之驥《彙注》，12 頁；D. 王念孫《疏證》，1224 頁；E. 段玉裁《說文解字注》，1209 頁；F. 郝懿行《義疏》，1017 頁。

② 于鬯《香草校書》，20 頁。

③ 王念孫《疏證》，29 頁。

④ 此外，王念孫《雜志》(2605 頁)“馮氣”條及段玉裁《說文解字注》(814 頁)“馮”字條也言之甚詳，可參。

胡承珙曰'諸言要紹者,皆與夭紹同'。……觀《西京賦》'要紹'
與'修態',《南都賦》'要紹'與'便娟',皆美之對文;本句之'信
美'與'紹要'亦美之形容也。"①

　　按:臺先生所言極有見地,因陳地風俗方言多染楚俗,如于鬯
《香草校書》即謂"陳國於楚之北。陳南方之郊原。非即鄰楚北
方之郊原與。陳楚接近。則陳之巫風染楚俗也。"此外童恩正也
指出"春秋之陳國於公元前 479 年爲楚所滅,故漢代所記陳地風
俗實即楚俗"。② 故余疑《陳風》尤其《月出》之語言多不經見於
《詩經》者,或即《月出》之語本即爲楚聲之故。而"練要"與"顧
頷"并舉,正可證臺先生"練要爲夭紹"之説。

019. 矯菌桂以紉蕙兮,索胡繩之纚纚

　　戴震《屈原賦注》"菌"作"箘",戴氏并於《通釋》釋之曰"箘
桂,或謂之筒桂,或謂之小桂。箘,如《禹貢》'箘簬'之箘。"而臺
靜農則引《本草》以證其言爲是。③

　　按:孫詒讓《周禮正義》指出"漢隸从艸从竹字多互通",此或
是其致誤之由。而吳棫《韻補》"纚"字注引此作"菌",是北宋人
所見猶與王本同。王念孫《疏證》引此也作"菌"是不誤。④《文
選》本、朱本、錢本并同。

020. 長太息以掩涕兮,哀民生之多艱

　　胡文英謂:"此二句脱簡。宜作哀民生之多艱兮,長太息以

---

　　①臺靜農《讀騷析疑》,見氏著《臺靜農論文集》,安徽教育出版社,2002 年,425 頁。
　　②A. 于鬯《香草校書》,259 頁;B. 童恩正《從出土文物看楚文化與南方諸民族的關係》,見氏著《中國西南民族考古論文集》,文物出版社,1990 年,201 頁。
　　③A. 戴震《屈原賦注》,10 頁、93 頁;B. 臺靜農《讀騷析疑》,見氏著《臺靜農論文集》,426 頁。
　　④A. 孫詒讓《正義》,2174 頁;B. 吳棫《韻補》,57 頁;C. 王念孫《疏證》,294 頁、1232 頁。

掩涕。"此外,徐昂《楚辭音》也謂"涕、替協韻兼同聲。當云'哀民
生之多艱兮,長太息以掩涕'"。而于省吾更謂"宋周密《齊東野
語》謂'若移長太息以掩涕一句在哀民生之多艱下,則涕與替正
協'。按姚鼐《古文辭類纂》注和方績《屈子正音》也主二句誤倒
之説。而有些學者多謂'艱'與'替'諧,爲古音之通轉,或改
'替'爲'嚌',又以'嚌'爲'譖'之省,謂真文與侵覃相通,皆不可
據。按'長太息以掩涕'二句之誤倒,與此文'惟兹佩之可貴'二
句之誤倒完全相同。倒之則乖於音,正之則合於韻"。①

　　按:此二句雖因果倒置,但於詩文辭賦此皆習見,不必拘泥。
且段玉裁《六書音均表》"艱"字條也指出"離騷合韻替字,學者多
不得其韻矣"。段説甚覈。馬瑞辰《通釋》引此即同王本,并亦謂
"替與艱韻"。此外馬其昶《屈賦微》也謂"戚學標曰'艱,籀文作
囏。故艱有喜音,與涕、替、茝、悔爲韻"。而吳棫《韻補》"替"字
條引此正同王本。②《文選》本、朱本、李錫齡本、金陵本并同。

021. 余雖好脩姱以鞿羈兮,謇朝誶而夕替

　　魏炯若謂:"清臧庸《拜經日記》認爲'余雖好'的'好'字是
衍文,因爲王逸注不釋'好'字,可見王逸本没有'好'字。……但
是,有'好'字的本子較勝。"

　　按:魏先生所言甚是。本處之誤不在"好"字,而在"姱"字
也。"姱"字疑衍。《楚辭》或言"好脩",或言"脩姱",如《離騷》
"汝何博謇而好脩兮""苟中情其好脩兮""莫好脩之害也"等皆
言"好脩"也;而《抽思》"覽余以其脩姱"是言"脩姱"也;"脩姱"

---

①A. 胡文英《指掌》,10 頁;B. 徐昂《楚辭音》説據崔富章先生《楚辭書録解題》(下
册)引,499 頁;C. 于省吾《新證》,171 頁。
②A. 段玉裁《六書音均表》,見《説文解字注》,1432 頁;B. 馬瑞辰《通釋》,1039 頁;
C. 馬其昶《屈賦微》,《續修四庫全書》,1302 册,662 頁;D. 吳棫《韻補》,19 頁。

或也作"姱脩",如《大招》"姱脩滂浩"。但覽之典籍,言"好脩姱"者則甚罕見,且本句"好脩姱以鞿羈兮"與其後之"余獨好脩以爲常"句意頗近。是綜合言之,或以"余雖好修以鞿羈兮"於義爲長。①

022. 忳鬱邑余侘傺兮

孫作雲謂:"洪氏《考異》曰'邑,一作悒'。雲按'邑'爲'悒'之假借。《説文·心部》曰'悒',不安也。《玉篇》曰'悒,憂也'。《天問》曰'武發殺殷何所悒'。知'悒'爲本字,'邑'爲借字。汪瑗《集釋》本作'悒'。"②

按:揆之情理,孫先生所言甚是。如據歐陽詢《類聚》載梁陸倕《感知己賦》"忳鬱悒其誰語"句,③知陸氏所見尚不誤。而《大廣益會玉篇》"傺"字注、吳棫《韻補》"時"字注、王念孫《疏證》、錢繹《箋疏》引此則皆同王本。④

023. 何方圜之能周兮

圜,一作圓。

按:據王注"言何所有圜鑿受方枘而能合者"云云,是王本作"圜"。而吳棫《韻補》"安"字注引此作"何方圓之能周兮,夫孰異道而相安"⑤。是北宋人所見已有誤作"圓"字者。朱本、錢本、李錫齡本、金陵本則并同王本。

---

①A. 魏炯若《離騷發微》,見氏著《楚辭發微　杜庵説詩》本,華齡出版社,2013 年,46 頁;B. 2009 年 9 月 18 日晨見孫作雲《離騷校勘記》(204—205 頁)所論略同。惟孫先生以爲當作"余唯好修以鞿羈"。

②孫作雲《〈離騷〉校勘記》,208 頁。

③歐陽詢《類聚》,559 頁。

④A. 顧野王《大廣益會玉篇》,14 頁;B. 吳棫《韻補》,80 頁;C. 王念孫《疏證》,228 頁;D. 錢繹《箋疏》,455 頁。

⑤吳棫《韻補》,32 頁

024. 製芰荷以爲衣兮

王嘉《拾遺記》卷六謂："或剪以爲衣,或折以蔽日,以爲戲弄。楚辭所謂'折芰荷以爲衣',意在斯也。"① 是"製"作"折"也。

按:折、制聲近義通,如王念孫即謂"折制古同聲",此外于鬯也謂"折制在今爲雙聲。在古爲疊韻。故二字多通用"。而如《老子》"始制有名"之"制"字,郭店甲本即假作"折"是證。② 然據《説文》"製,裁衣也",是當作"製"是。段玉裁注引此即作"製芰荷以爲衣"。而歐陽詢《類聚》"衣裳"條、"芙蕖"條、"菱"字條以及李善注《文選·北山移文》、胡之驥《彙注》、王念孫《疏證》、郝懿行《義疏》引此也皆作"製"。③ 而據王注"製,裁也"云云,是王本不誤。《文選》本、朱本、李錫齡本、金陵本、蔣驥《山帶閣注》、胡文英《指掌》并同。④

025. 民生各有所樂兮,余獨好脩以爲常

(1)民生,疑作百生。

按:民生,各本皆同王本,歷代注家也無異議。但我們認爲屈原在此所强調"余獨好脩以爲常"之相對比之人或階層當是與之同一層次的而非普通之老百姓可比。而百生即百姓,也即與之相對的官員或貴族等統治階層。"百生"或寫作"民生",如馬王堆漢墓帛書《老子》乙本《德經》篇"百生之不治也"之"百生",其甲

---

①王嘉《拾遺記》,見上海古籍出版社編《漢魏六朝筆記小説大觀》,上海古籍出版社,1999 年,529 頁。

②A. 王念孫《疏證》,131 頁;B. 于鬯《香草校書》"釋幣制玄纁束"條,544 頁。此外,其《香草續校書》"衣折券"條也有相關論述可參。中華書局,1963 年,86 頁;C. 郭店甲本《老子》内容詳陳偉等《楚地出土戰國簡册[十四種]》,經濟科學出版社,2009 年,141 頁。

③A. 段玉裁《説文解字注》,58 頁;B. 歐陽詢《類聚》,1187 頁、1400 頁、1405 頁;C. 蕭統《文選》,1959 頁;D. 胡之驥《彙注》,45 頁;E. 王念孫《疏證》,1210 頁;F. 郝懿行《義疏》,1004 頁。

④A. 蔣驥《山帶閣注》,38 頁;B. 胡文英《指掌》,14 頁。

本作"百姓",①而今本"百"則作"民"是爲證。而"百生"也習見
於出土文獻,如西周晚期《史頌鼎》及上博所出楚簡《鮑叔牙與隰
朋之諫》等皆載其例。② 而針對西周銅器《獄簋銘》"用匀百福、邁
(萬)年,俗(欲)兹百生(姓)"之内容,裘錫圭指出"'百姓'在西
周、春秋金文裏都作'百生',本是對族人的一種稱呼,跟姓氏並
無關係。在宗法制度下,整個統治階級基本上就由大小統治者們
的宗族構成,所以'百姓'同時又成爲統治階級的通稱"。③ 裘先
生所言甚是。出土文獻中,"生"常爲"姓"之假借,如羅福頤即指
出臨沂漢簡《孫臏》"不取去不善,百生弗畏"之"生"即爲"姓"之
借。此外秦景公四年(前573年)銘文也有"□百生(姓),□□帝
宫"語,王輝也指出"'百姓'應爲秦之異姓貴族"。④ 綜上所述,
此處之"百生"當是整理者不慎而以此句前"哀民生之多艱"之
"民生"常見而於此以"民"易"百"也。殊不知"百生"即"百姓",
也即屈原所强調之集團統治階層也。

(2)脩,一作循。

按:據王注"我獨好脩正直以爲常行也"云云,是王本作
"脩"。吳棫《韻補》"懲"字注引此亦同王本。⑤ 而朱熹《集注》本
其字作"修",朱氏并謂"修,一作循,非是"。而《文選》本、錢本、李

_____

①參高明《帛書老子校注》,中華書局,1996年,459頁、434頁。

②A.《史頌鼎》内容詳曹錦炎編《商周金文選》,西泠印社出版社,2015年,117頁;
B.《鮑叔牙與隰朋之諫》内容詳李守奎等編著《上海博物館藏戰國楚竹書〈1—5〉文字
編》,作家出版社,2007年,896頁。

③裘錫圭《獄簋銘補釋》,見《裘錫圭學術文集》卷三《金文及其他古文字卷》,復旦
大學出版社,2012年,176頁、185頁。而林沄先生《"百姓"古義新解——兼論中國早
期國家的社會基礎》(《吉林大學學報》,2005年第4期,193—200頁)一文於此也有討
論,可參。

④A.羅福頤《臨沂漢簡通假字表》,載《古文字研究》第十一輯,60頁;B.王輝、王偉
《秦出土文獻編年訂補》,三秦出版社,2014年,20頁。

⑤吳棫《韻補》,43頁。

錫齡本、金陵本并作"脩",是皆不作循。進而論之,朱本作"修"者當爲"脩"之本字。如羅福頤即指出臨沂漢簡《晏子》"故明王脩道"之"脩"即爲"修"之借。① 是朱本作"修"者當更近原貌。

026. 女嬃之嬋媛兮,申申其詈予

(1)嬋媛,一作撣援。

按:《文選》本、朱本、錢本、李錫齡本、金陵本及顧炎武《詩本音》"顛倒思予"條引此并作"嬋媛",然據王念孫《疏證》卷六上云:"撣之言蟬連,援之言援引,皆憂思相牽引之貌也。《楚辭·離騷》'女嬃之嬋媛兮',王逸注云'嬋媛,猶牽引也'。一作撣援。《九歌》'女嬋媛兮爲余太息',《九章》'心嬋媛而傷懷',注竝與《離騷》同。又《九章》'忽傾寤以嬋媛',一作僤佪,僤佪與嬋媛古聲相近,亦牽引之意也。憂思相牽謂之嬋媛。"②是嬋媛乃撣援之借也。

(2)予,一作余。

按:先秦典籍"予、余"常混,如段玉裁"《詩》、《書》用予不用余,《左傳》用余不用予"說可爲明證。而于省吾謂"經傳予字。甲骨文金文均作余。無作予者"。此外,裘錫圭也謂"《禮記·曲禮下》'予一人'鄭玄注說'余'和'予'是古今字。這是很對的。在我們現在所能看到的商代甲骨文和西周春秋金文裏,第一人稱代詞｛余｝都寫作'余'。古人開始用'予'表｛余｝,不會早於春秋時代。但是在傳世的《尚書》、《詩經》兩書所包含的那些西周時代作品里,第一人稱代詞'余'確全都已經被後人改作'予'了。如果根據傳世的《尚書》、《詩經》來反駁鄭玄'余予古今字'的說法,那就錯了"。揆之事實,于、裘二先生所言甚是,如《淅川下寺

---

①羅福頤《臨沂漢簡通假字表》,載《古文字研究》第十一輯,65頁。
②A. 顧炎武《詩本音》,見氏著《音學五書》,101頁;B. 王念孫《疏證》,722頁。

春秋楚墓》"余不忒在天之下,余臣兒難得"之"余"即可爲佐證
也。① 是本篇作"余"是。

027. 曰鲧婞直以亡身兮,終然殀乎羽之野

（1）聞一多謂："古字亡忘互通。亡身即忘身,言鲧行婞直,
不顧己身之安危也。王《注》如字讀之,非是。五百家《注》《韓昌
黎集》三《永貞行》祝《注》引此作忘,足正王《注》之失。"②

按：聞先生所言甚是。古字亡忘互通其例甚多,如王念孫
《雜志》"正肝膽"條、于鬯《香草續校書》"入國而不存其士則亡
國矣"條即言之甚詳。③ 而《荀子·勸學》所謂"怠慢忘身,禍災乃
作",其意與此相仿,而其辭正用"忘身"可爲佐證。此外,今本
《老子》"死而不亡者"之"亡",帛書甲乙本也皆作"忘"也可爲本
篇"亡身"當作"忘身"之旁證。是清人王闓運《楚辭釋》正文及
注即皆作"忘身"。而劉永濟《通箋》所謂"亡身即忘身"之説則
爲聞説先導。④

（2）羽,一作羽山。

何劍熏謂："宋援《蘇詩〈和致仕張郎中春畫詩〉注》引作'鲧
婞直以忘身兮,終然殀乎羽山之野。'有山字,當據補。"⑤

按：雖然"羽山"於《楚辭》及王注爲恒言。然增此"山"字則
文氣阻隔。後人增此字者,當因王注"不順堯命,乃殛之羽山"云
云而誤衍。

---

①A. 段玉裁《説文解字注》,87 頁;B. 于省吾《雙劍誃諸子新證》,中華書局,2009
年,1050 頁;C. 裘錫圭《文字學概要》,商務印書館,2013 年,258 頁;D. 淅川下寺文據
《近出殷周金文集録》引,劉雨、盧岩編著,中華書局,2002 年,242 頁。

②聞一多《校補》,9 頁。

③A. 王念孫《雜志》,2118 頁;B. 于鬯《香草續校書》,177 頁。

④A. 王先謙《荀子集解》,中華書局,1988 年,6 頁;B. 王闓運《楚辭釋》,《續修四庫
全書》本,1303 册,622 頁;C. 劉永濟《通箋》,35 頁。

⑤何劍熏《新詁》,21 頁。

028. 紛獨有此姱節

聞一多謂:"節與服不叶,朱駿聲謂當爲飾之訛,是也。飾節形近,往往相亂。"

按:雖然李賢注《後漢書·馮衍傳》引此也作"夸節",且段玉裁《六書音均表》"節"字條也謂"離騷合韻服字,讀如側"。然揆之情理,聞説甚是。"節""飾"二字形近易混,聞先生舉之甚詳外,王樹枏《離騷注》也謂"節當爲飾字之誤,飾與服爲韻,古音皆在之部。若作節字,則在脂部,古音鮮有相通者"。此外,劉永濟《通箋》也謂"朱駿聲離騷補注曰'節當作飾,方合古韻,亦與前後文義一貫'","姱飾,即上文繁飾"。[①] 是皆爲聞説先導。

029. 五子用失乎家巷

巷,一作居。

按:朱熹《集注》謂"一作居,非是"。其言甚是。"家巷"常語也,如陳直《史記新證》引《隸釋》卷十《漢幽州刺史朱龜碑》"潛於家巷"是證。巷字或亦作"降",如孫詒讓《札迻》引"《文苑》揚雄《宗正箴》云'昔在夏時,太康不恭,有仍二女,五子家降"是證。[②] 但未有作居字者。且據王注"兄弟五人,家居閭巷"云云,是王本不誤。《文選》本、錢本、李錫齡本、金陵本并同。

030. 羿淫遊以佚畋兮,又好射夫封狐

(1)畋,一作田。

按:本句宜作"羿淫佚以遊田兮"。試述如次:

首先,"佚畋(田)"一詞《楚辭》以外罕見於四部典籍。而

①A. 聞一多《校補》,10 頁;B. 范曄《後漢書》,671 頁;C. 段玉裁《六書音均表》,見《説文解字注》,1410 頁;D. 王樹枏説據《游國恩楚辭論著集》第一卷《離騷纂義》194 頁引;E. 劉永濟《通箋》,36 頁、40 頁。

②A. 陳直《史記新證》,中華書局,2006 年,7 頁;B. 孫詒讓《札迻》,212 頁。

“淫佚”“遊田”則不僅典籍習見，且也習見於出土文獻。如“淫佚”一詞。《墨子·尚同中》：“富貴佚而錯之也。”孫詒讓《閒詁》謂：“王云‘佚’上有‘游’字，而今本脱之，則語意不完。下篇曰‘非特富貴游佚而擇之也’。是其證。游佚即淫佚，語之轉耳。”《非樂》：“啓乃淫溢康樂。”孫詒讓謂：“惠云‘溢與泆同’。”①據孫注，“淫溢”即“淫泆”，也即“淫佚”。典籍中“淫佚、淫泆”使用無別。《淮南子·本經訓》：“淫泆無別。”②《説苑·政理》：“而淫泆之路興矣。”《修文》：“淫泆暴慢。”其例皆用“淫泆”。而《説苑·指武》“淫佚之事也”，向宗魯謂《越語》作“淫泆之事”；此外，《談叢》：“無以淫泆棄業。”注曰：“‘泆’，俗本‘佚’。”《反質》：“生於奸邪淫佚之行。”向宗魯謂：“盧校‘……佚作泆’，下同。”③所謂“下同”，即指“淫佚者，久饑之詭也。”“男女飾美以相矜，而能無淫佚者，未嘗有也。”“而富足者爲淫佚”等。④ 凡此乃“淫佚、淫泆”相通且習見於典籍之證。而《睡虎地 11 號秦墓竹簡·語書》“鄉俗淫失（泆）之民不止”“而長邪避（僻）淫失（泆）之民”之“淫失（泆）”則增出土之明證。⑤ 而“遊田”一詞甲骨卜辭及典籍也習見。甲骨卜辭如“王叀斿田”（《合》，29217）、“叀斿田”（《合》29219，29220，29221）等皆是。⑥ 典籍如《尚書·無逸》：“文王不敢盤于遊田。”⑦《文選·潘岳〈射雉賦〉》：“彼遊田之致

---

① 孫詒讓《墨子閒詁》，中華書局，2009 年，86 頁、262 頁。

② 劉文典《淮南鴻烈集解》，安徽大學出版社，雲南大學出版社，1998 年，250 頁。

③ 上引《説苑·政理》等文見向宗魯《説苑校證》，中華書局，1987 年，172 頁、507 頁、368 頁、391 頁、518—519 頁。

④ 向宗魯《説苑校證》，519 頁。

⑤《語書》内容詳陳偉主編《秦簡牘合集》（壹·上）引，武漢大學出版社，2014 年，30 頁。

⑥ 胡厚宣主編《甲骨文合集釋文》，中國社會科學出版社，2009 年，1446 頁。

⑦ 孔穎達《尚書正義》，《十三經注疏》（標點本），北京大學出版社，1999 年，433 頁。

獲,咸乘危以馳騖。"陸士衡《辨亡論下》:"高張公之德,而省遊田之娛。"凡此"遊田"也即"游畋","田""畋"乃古今字。嵇康《贈秀才入軍》:"盤于遊田,其樂只且。"《文選》李善注"《西京賦》曰'盤于游畋,其樂只且'"是證。① 且以上引諸例來看,言及"打獵"之事,典籍也通言"遊田",而罕言"佚畋(田)"。因此,從"淫佚、佚畋、遊田"等詞來看,"羿淫遊以佚畋兮"宜作"羿淫佚以遊田兮"爲妥。《左傳·襄公四年》:"而虞羿于田。"杜預注:"樂之以遊田。"②是也以"遊田"釋羿之行爲。而《後漢書·西羌傳》:"昔夏后氏太康失國。"李賢注:"太康,夏啓之子,盤于遊田,不恤人事,爲羿所逐,不得返國也。"③則李賢注也以"遊田"釋太康之行爲。且"游、田"同義,如《詩·秦風·駟驖》:"游於北園。"陳奐《詩毛氏傳疏》謂:"《書·無逸篇》云'于觀于逸,于游于田'。渾言之游亦田也'。"④是"遊田"同義複詞也合於《離騷》"覽相觀"等同義複詞并舉之例。凡此皆證作"遊田"似較作"佚畋"者爲妥。

其次,"淫遊"一詞《楚辭》兩見,且皆出於《離騷》。但王逸注却略有區別。如《離騷》:"羿淫遊以佚畋兮,又好射夫封狐。"王注:"言羿爲諸侯,荒淫遊戲。"《離騷》:"日康娛以淫遊。"王注:"日自娛樂以遊戲自恣。"是王注兩處之"淫遊"略有區別。而王注"羿淫遊以佚畋兮"爲"荒淫遊戲"却與其注《天問》"帝降夷羿,革孽夏民。胡射夫河伯,而妻彼雒嬪"意合。其注謂:"言羿弑夏家,居天子之位,荒淫田獵。"是其兩處中心之意皆言羿行

① 《射雉賦》等文見蕭統《文選》,422 頁、2322 頁、1128 頁。
② 孔穎達《春秋左傳正義》,《十三經注疏》(標點本),北京大學出版社,1999 年,837 頁。
③ 范曄《後漢書》,1940 頁。
④ 陳奐《詩毛氏傳疏》,《續修四庫全書》本,第 70 册,146 頁。

“荒淫”。而就上引諸例來看，表示“荒淫縱欲”這一意義時，先秦、西漢典籍多作“淫佚”而非“淫遊”。“淫遊”一詞最初主要是指目光流動邪眄，後則引申爲娛樂遊戲乃至荒淫娛樂。其義有別於“淫佚”。《廣雅》卷五上：“淫，遊也。”王念孫《疏證》謂：“《曲禮》‘毋淫視’。《正義》云‘淫謂流移也。目當直視，不得流動邪眄也’。”① 是王注宓妃之行爲爲“娛樂遊戲”，而注羿行則謂“荒淫遊戲”。是正文本有區別也。

綜上所論，則“羿淫遊以佚畋兮”當作“羿淫佚以遊田兮”爲宜。明汪瑗《集解》釋此謂“淫，過也。無事而漫遨曰遊。佚，縱恣也。《書》多作‘泆’。畋，獵也。此句亦參錯之文，本謂淫佚於遊畋也”。② 則汪瑗也以“淫佚”與“遊畋”爲詞，其說得之。

（2）聞一多謂：“夷考古籍，不聞羿射封狐之説。狐疑當爲豬，字之誤也。”

按：雖聞先生言之鑿鑿，然“封豬”不辭。而“封”者大也，“大狐”一詞則甲骨已見之。③ 且據王注“封狐，大狐也”云云，是王本作“狐”。顧炎武《唐韻正》“家”字注及錢繹《箋疏》引此即皆作“封狐”是不誤。④《文選》本、朱本、錢本、李錫齡本、金陵本并同。

031. 固亂流其鮮終兮

鮮，一作尟。

按：尟當爲鮮之借字。李善注張衡《西京賦》“慘則尟於驪”句即謂“尟，少也，與鮮通也”。而據王注“鮮，少也”云云，是王本

---

① 王念孫《疏證》，569 頁。
② 汪瑗《集解》，62 頁。
③ A. 聞一多《校補》，11 頁；B. 詳徐中舒主編《甲骨文字典》，四川辭書出版社，2014 年，320 頁。
④ A. 顧炎武《唐韻正》，266 頁；B. 錢繹《箋疏》，53 頁。

不誤。此外，顧炎武《唐韻正》"家"字注引此也作"鮮"。①《文選》本、朱本、錢本、李錫齡本、金陵本并同。但王注"鮮，少也"或誤，此"鮮"當讀爲《左傳·昭公五年》"葬鮮者自西門"之鮮，而據杜注"不以壽終爲鮮"云云，②是"鮮終"正是其行爲之後果。

032. 瞻前而顧後兮，相觀民之計極

朱駿聲謂："計，讀爲既，實爲訖，猶終也。"此外，王樹枏《離騷注》也謂："計，當爲訖字之誤，謂觀人善惡成敗之終極。"③

按：諸説俱是。而極則標準之義，訖極簡言之即最根本的原則。

033. 阽余身而危死兮

一本"死"下有"節"字。汪瑗謂"非是"。

按：顧野王《玉篇》"阽"字注引此也作"危死"。然疑有"節"字者是。而"危"字何劍熏以爲"詭的借字"則非。"危"當與"死"字形近而衍。《楚辭》中多言"死節"，如《九章·惜往日》"或忠信而死節兮"，《七諫·沈江》"終不變而死節兮"等皆是。此外，從《漢書·郅都傳》"身固當奉職死節官下"。④《後漢書·張酺傳》"乃上疏薦青三世死節"；《董卓傳》注引《袁宏紀》"旌死節也"；⑤《搜神記·溫序》"賊趨欲殺序，荀宇止之曰'義士欲死節'。賜劍，令自裁"⑥等等來看，"死節"一詞不僅普遍，并且都是

---

①A. 蕭統《文選》，48 頁；B. 顧炎武《唐韻正》，266 頁。

②孔穎達《春秋左傳正義》，1211 頁。

③朱駿聲説據于省吾《新證》（162 頁）引，王樹枏説據孫作雲《〈離騷〉校勘記》（218 頁）引。余之前即有此念，後 2014 年 1 月 25 日見其所説，更信吾道不孤，故特舉出。另，劉永濟《屈賦通箋》（53 頁）也贊同朱駿聲等計爲訖之説。

④A. 汪瑗《集解》，446 頁；B. 顧野王《玉篇》，553 頁；C. 何劍熏《新詁》，29 頁；D. 班固《漢書》，2703 頁。

⑤范曄《後漢書》，1031 頁、1583 頁。

⑥干寶《搜神記》，見《漢魏六朝筆記小説大觀》，398 頁。

作正面肯定之褒義性質用。如《文選·辯亡論上》"忠臣孤憤，烈士死節"，①即以"死節"與"忠臣烈士"并言。而《楚辭》此句下正是"覽余初其猶未悔"，似乎正是對自己"死節"之自慰。并參之以《漢書·文帝紀》"或阽於死亡"，②《後漢書·張衡傳》"阽身以徼幸"③等句式之使用。本篇作"阽余身而死節兮"庶幾近之。

034. 不量鑿而正枘兮，固前脩以菹醢

"不"字當衍。

按："量鑿正枘"本相合之義，喻指聖人之行。如《淮南子·俶真訓》："各欲行其知僞，以求鑿枘於世，而錯擇名利。"劉文典《三餘札記》謂："《離騷》'不量鑿而正枘兮'，錢杲之《集傳》'鑿，穿孔也。枘，刻木端以入鑿也。……'鑿枘'本相合之義，故《莊子·天下篇》以'矩不方，規不可以爲圓'與'鑿不圍枘'并言，方鑿、圓枘，始是不相合之謂耳。近人誤以鑿枘爲不相合，實爲巨謬。"④劉說甚是。如《周禮·冬官·考工記》："三材既具，巧者和之。"鄭注："調其鑿內而合之。"而"鑿內"即"鑿枘"。如《釋文》云："內，依字作枘。"⑤此外如《淮南子·人間訓》："事有所至，而巧不若拙，故聖人量鑿而正枘。"⑥凡此皆可證成劉說。是"量鑿正枘"固乃聖人知其不可爲而爲之所以招禍也。王注"臣不度君賢愚，竭其忠信，則被罪過，而身殆也。自前世脩名之人，以獲菹醢，龍逄、梅伯是也"云云，雖誤衍"不"字，但也是強調忠臣之士竭智盡忠而招禍也。

---

①蕭統《文選》，2318 頁。

②班固《漢書》，82 頁。

③范曄《後漢書》，1284 頁。

④劉文典《三餘札記》，黃山書社，1990 年，160—161 頁。

⑤孫詒讓《周禮正義》，中華書局，1987 年，3142 頁。

⑥劉文典《集解》，637 頁。

035. 駟玉虬以桀鷖兮,溘埃風余上征

王夫之謂:"埃當作竢。傳寫之譌。"聞一多謂:"王説殆是也。"此外,黄靈庚也謂:"埃當作竢,形誤字也,亦作俟,颺即俟字之音誤。俟風,言待風、承風之意。"①

按:揣其文意,正如蘇雪林所謂"'溘埃風余上征'寫得極有聲勢,亦極有力量,萬不可改"。而此埃字當讀如《莊子·逍遥遊》"野馬也,塵埃也,生物之以息相吹也"之"埃"。崔譔所謂"天地間氣翁鬱,似塵埃揚也"之説正可爲"溘埃風余上征"之注脚。故游國恩謂"王夫之以埃爲竢之譌,則臆説不可從。且俟風上征,亦不辭矣"。而徐英引或曰"埃疑培之訛。培讀爲馮。馮乘也。言乘風而上也"之説也誤把"埃風"分解故也不可從。而敦煌所出《楚辭音》正作"埃",是不誤。②

036. 欲少留此靈瑣兮

瑣,一作璅。

按:瑣、璅常混,但璅當爲瑣之俗字。如陸德明《經典釋文·周易音義》"瑣瑣"條即謂"或作璅字者非也",此外其《毛詩音義上》"璅兮"條注謂"依字作瑣",其《毛詩音義中》"瑣瑣"條注也謂"本或作璅,非也"是證。而據王注"瑣,門鏤也,文如連瑣"云云,是王本作"瑣"。段玉裁注"鋃"字也謂"故《楚辭》注曰'文如連瑣'",是皆作"瑣"。而敦煌所出智騫《楚辭音》及宋吳棫《韻

---

①A. 王夫之《楚辭通釋》,《續修四庫全書》本,1302 册,196 頁;B. 聞一多《校補》,12 頁。另,所據巴蜀本"竢"字誤爲"俟",今據《聞一多全集》及《古典新義》本校改;C. 黄靈庚《辯證》,83 頁。

②A. 蘇雪林《楚騷新詁》,武漢大學出版社,2007 年,103 頁;B. 崔譔説據劉文典《補正》(4 頁)引;C. 游國恩《離騷纂義》,見《游國恩楚辭論著集》,第一卷,252 頁;D. 徐英《楚辭札記》,鍾山書局,中華民國二十四年,41 頁;E. 智騫《楚辭音》,據饒宗頤《楚辭書録》引,詳《饒宗頤二十世紀學術文集》卷十一《文學》卷,240 頁。

補》"圃"字注引此即作"瑣"與"瑣"是不誤。①《文選》本、朱本、錢本、李錫齡本、金陵本并同。

037.日忽忽其將暮

忽忽疑爲昧昧之誤。

按："忽""曶"通假，如段玉裁注《説文·曰部》"曶"字即多詳之。而《楚辭》"忽"或作"曶"已然。如《九章·悲回風》之"歲曶曶其若頹兮"，《七諫·自悲》作"歲忽忽其若頹"是其證。但據之《説文·心部》："忽，忘也。"《曰部》："曶，出氣詞也。"②是無論作"忽"或作"曶"都難與本篇所表述意義吻合。而段注《説文·日部》"昒"字謂"漢人曶、昧通用不分"。《説文·日部》："昧，……一曰，闇也。"段注謂："明闇字用此，不用暗。暗者，日無光也。"③而王煦也謂："《説文》'暗，日無光也'。通作'闇'。《禮記·祭統》云'夏后氏祭其闇'。"④是"闇、暗"統言無別。"昧"也即"日無光"之謂也。而"日昧昧"除典籍習見外，《楚辭·懷沙》"進路北次兮，日昧昧其將暮"，其詞也作"日昧昧"也。故疑本篇當是"漢人曶、昧通用不分"之故，而以"曶曶"易"昧昧"，後人不察，又以"忽忽"常見之故而易"曶曶"遂成今本。

038.路曼曼其脩遠兮

曼，《釋文》作漫。

按：作曼是。如章太炎即指出"《毛詩·魯頌》傳曰'曼，長也'。淮南、吳、越謂甚長即曰曼曼長"。此外，王念孫也謂"曼，

---

①A.陸德明《經典釋文》，上海古籍出版社，2013年，116頁、227頁、308頁；B.段玉裁《説文解字注》，1239頁；C.智騫《楚辭音》，據饒宗頤《楚辭書録》引，詳《饒宗頤二十世紀學術文集》卷十一《文學》卷，240頁；D.吳棫《韻補》，84頁。

②"忽""曶"兩字引文見段玉裁《説文解字注》，890頁、359頁。

③"昒""昧"兩字引文俱見段玉裁《説文解字注》，531頁。

④王煦説據遲鐸《小爾雅集釋》引，53頁。

長也。重言之則曰曼曼。《楚辭·離騷》'路曼曼其脩遠兮',《釋文》作'漫漫',字亦通作蔓。"是錢繹《箋疏》、郝懿行《義疏》引此即皆作"曼曼"。① 《文選》本、朱本、錢本、李錫齡本、金陵本并同。

039. 鸞皇爲余先戒兮,雷師告余以未具

先,一作前。

按:顧炎武《唐韻正》"屬"字條引此及蔣天樞《校釋》本即皆作"前",蔣先生自注謂"黃本、夫容館本作'前'"。② 但據王注"言己使仁智之士,如鸞皇,先戒百官,將往適道"云云,是王本作"先戒"。此外,宋吳棫《韻補》"屬"字注引此也作"先戒"。③ 是其所見猶不誤。《文選》本、朱本、錢本、李錫齡本、金陵本并同。

040. 紛總總其離合兮,斑陸離其上下

斑,一作班。

按:如顧炎武《詩本音》"顛倒思予"條引此即作"班"。④ 然據王注"斑,亂貌"云云,是王本作"斑"。而敦煌所出《楚辭音》也作"斑"是爲佐證。此外,胡之驥《彙注》、王念孫《疏證》引此即皆作"斑",是不誤。⑤ 朱本、錢本、李錫齡本、金陵本并同。

041. 吾令帝閽開關兮,倚閶闔而望予

倚,疑作踦。

按:《説文·足部》"踦,一足也"。⑥ 而《廣雅·釋詁》:"踦,

---

①A. 章太炎《新方言》,見《章太炎全集》之《新方言 嶺外三州語 文始 小學答問 説文部首均語 新出三體石經考》卷,上海人民出版社,2014 年,19 頁;B. 王念孫《疏證》,676—677 頁;C. 錢繹《箋疏》,78 頁;D. 郝懿行《義疏》,73 頁。

②A. 顧炎武《唐韻正》,426 頁;B. 蔣天樞《校釋》,41 頁。

③吳棫《韻補》,85 頁。

④顧炎武《詩本音》,見氏著《音學五書》,101 頁。

⑤A. 智騫《楚辭音》,據饒宗頤《楚辭書録》引,詳《饒宗頤二十世紀學術文集》卷十一《文學》卷,241 頁;B. 胡之驥《彙注》,52 頁;C. 王念孫《疏證》,729 頁。

⑥段玉裁《説文解字注》,144 頁。

塞也。"王念孫《疏證》謂："《説文》'踦，一足也'。《方言》'踦，
奇也。梁楚之間凡全物而體不具謂之踦。雍梁之西郊凡獸支體
不具者謂之踦'。《魯語》'踦跂畢行'，韋昭注云'踦跂，跰蹇
也'。跰蹇即《大傳》所云其跳也。《廣韻》'掎，牽一脚
也'。……《公羊傳》'相與踦閭而語'。"①是凡此皆證"踦"乃指
脚有殘缺而獨立之貌。而詩前句言"閽"，"閽"也即刖足之人。
如《莊子》"其命閽也不以完"，孫詒讓《札迻》謂："此言齊人鬻其
子者，各以職事自名，其欲爲閽者則必刖之。後文説子綦使子梱
於燕，盗得之，全而鬻之則難，不若刖之則易，即此所謂不以完
也。"②此外如《左傳・莊公》十九年："（鬻拳）遂自刖也。楚人以
爲大閽。"楊伯峻注："古人常以刖者守門。"③近代以來學者釋
"閽"者也多持類似説法，但一直未得文獻以外之考古依據。而
宋鎮豪《夏商社會生活史》指出："刖者守門，上古習見，1989 年山
西聞喜出土一西周青銅六輪小車，車廂前門旁即鑄一斷右足拄杖
人，扶其門閂。""利用刖足者守門，商代也有之。1971 年殷墟後
崗發現的一座三期貴族墓，二層臺上殉一生前被刖去一足的守
者，隨帶著青銅兵器戈。"④則《楚》"閽"之釋據宋先生之説而得
考古之依據也。因此"倚閶闔"之"倚"當可確證爲"踦"，與"閽"
相對，前後意義一致。⑤ 而據李善注楊雄《甘泉賦》"登椽欒而羾
天門兮，馳閶闔而入凌兢"句引此作"令帝閽開閶闔而望予"，⑥是
所見已誤。

　①王念孫《疏證》，291 頁。
　②孫詒讓《札迻》，159—160 頁。
　③楊伯峻《春秋左傳注》，中華書局，1990 年，211 頁。
　④宋鎮豪《夏商社會生活史》，中國社會科學出版社，1994 年，458 頁。
　⑤2008 年 11 月 9 日上午檢閲朱季海《解故》（59 頁），知其已謂"倚，讀與踦同"。
然本文所論尚可與朱先生之説相補，故仍存之。
　⑥蕭統《文選》，324 頁。

042. 朝吾將濟於白水兮，登閬風而緤馬

“朝”字疑衍。

按：首先，《楚辭》中“朝”字凡表時間用時，皆與“夕”并舉，如《離騷》“夕歸次於窮石兮，朝濯髮乎洧盤”“朝發軔於天津兮，夕余至乎西極”，《湘君》“朝騁騖兮江皋，夕弭節兮北渚”，《湘夫人》“朝馳余馬兮江皋，夕濟兮西澨”，《涉江》“朝發枉陼兮，夕宿辰陽”，《遠遊》“朝濯髮於湯谷兮，夕晞余身兮九陽”“朝發軔於太儀兮，夕始臨乎於微閭”等皆無例外。其次，《離騷》本段從“朝吾”句到“雖信美而無禮兮，來違棄而改求”句凡二十句，除本兩句外，其餘兩句之間皆上七下六結構，且《楚辭》中“吾將”一詞使用雖夥，但該詞皆獨立使用，詞前無任何修飾語。此外王注上舉“朝、夕”并舉之句，“朝”之含義必於注文出現，如注《離騷》“夕歸次”句謂“暮即歸舍窮石之室，朝沐洧盤之水”等，而王注本句謂“言己見中國溷濁，則欲渡白水，登神山”云云，是王本并無“朝”字。

043. 吾令豐隆桀雲兮

（1）桀，一作乘。

按：據段玉裁注《説文》“乘”字謂“人乘其車是其一耑也”云云，則作“乘”是。[1] 如《文選》本、朱本皆作“乘”字外，吳棫《韻補》、胡之驥《彙注》、汪瑗《集解》、王念孫《疏證》引此也皆作“吾令豐隆乘雲兮”是證。[2] 而桀者乃乘之異體字也。

（2）何劍熏謂：“句末雲字，當爲雷字之誤。《九歌·東君》‘駕龍辀兮乘雷，載雲旗兮委蛇’。乘雷二字，已見於彼處。此處的乘

---

①段玉裁《説文解字注》，418 頁。
②A. 吳棫《韻補》，56—57 頁；B. 胡之驥《彙注》184 頁；C. 汪瑗《集解》，76 頁；D. 王念孫《疏證》，1081 頁。

雲,亦是乘雷,因豐隆既是雷神,所乘的當然是雷車,不是雲。"①

按:何先生所言有致,但據王注"豐隆,雲師"云云,是"雲"字不誤。而傳統本子如《文選》本、朱本、錢本、李錫齡本、金陵本等皆作"雲"字外,吳棫《韻補》、胡之驥《彙注》、王念孫《疏證》等引此并同。②

044. 覽相觀於四極兮,周流乎天余乃下

覽相,一作求覽。

劉永濟謂:"覽字或後人旁注以釋相者,誤入正文耳,今删。"

按:據王注"言我乃復往觀視四極"云云,是王本作"覽相"。而敦煌所出《楚辭音》及吳棫《韻補》"下"字注引此也皆作"覽相觀"。是唐宋人所見猶有不誤者。王念孫《疏證》引此并同王本。③《文選》本、朱本、錢本、李錫齡本、金陵本亦同。

045. 雄鳩之鳴逝兮

雄,《釋文》作鳩。

按:據王注"言又使雄鳩銜命而往"云云,是王本作"雄"。王念孫《雜志》"雄鳩"條、錢繹《箋疏》"布穀"條引此即作"雄",④是取捨有本。《文選》本、朱本、錢本、李錫齡本、金陵本并同。

046. 閨中既以邃遠兮,哲王又不寤

一本無以字。

按:錢杲之《離騷集傳》本及顧炎武《唐韻正》引此即無"以"

---

①何劍熏《新詁》,39 頁。

②A. 吳棫《韻補》,56—57 頁;B. 胡之驥《彙注》,184 頁;C. 王念孫《疏證》,1081 頁。

③A. 劉永濟《通箋》,37 頁;B. 智騫《楚辭音》,據饒宗頤《楚辭書録》引,詳《饒宗頤二十世紀學術文集》卷十一《文學》卷,242 頁;C. 吳棫《韻補》,63—64 頁;D. 王念孫《疏證》,32 頁。

④A. 王念孫《雜志》,924 頁;B. 錢繹《箋疏》,468 頁。

字，①然王本實不誤，"以……，又……"爲楚辭習見句式，無"以"字者非。而汪瑗《集解》本及王煦《小爾雅疏》引此即皆有"以"字。② 朱本、李錫齡本、金陵本并同。

047. 索藑茅以筳篿兮，命靈氛爲余占之。曰兩美其必合兮，孰信脩而慕之

（1）篿，或作專。

按：《後漢書·方術列傳》"其流又有風角、遁甲、七政、元氣、六日七分、逢占、日者、挺專、須臾、孤虛之術"。李賢注："挺專，折竹卜也。《楚辭》曰'索瓊茅以筳專'。"是其字作"專"。然據王注"楚人名結草折竹以卜曰篿"云云，是王本作"篿"。且如《漢書·揚雄傳》："費椒稰以要神兮，又勤索彼瓊茅。"晉灼注："《離騷》云'索瓊茅以筳篿'。"是晉人所見猶有作"篿"者。此外，《大廣益會玉篇》"篿"字注及段玉裁注《説文》"篿"字引王注也作"篿"也。而《廣韻》"篿"字注引此也作"筳篿"是皆不誤。③ 至於歐陽詢《類聚》"茅"字條引此作"專"字者，當如孫詒讓《周禮正義》所指"漢隸从艸从竹字多互通"故而致誤。雖然，亦足證作"篿"是。④《文選》本、朱本、錢本等并同。

（2）"占"疑爲"卜"之誤，而"占之"之"之"字疑衍。

王樹枏《離騷注》云："或謂二之字爲韻。案下文蔽之折之，以蔽折爲韻，則此文占之慕之亦當與彼同。占當爲卜，與慕爲韻。

---

①A. 錢杲之《離騷集傳》，《續修四庫全書》本，1301 册，9 頁；B. 顧炎武《唐韻正》，499 頁。

②A. 汪瑗《集解》，84 頁；B. 王煦意見據遲鐸《小爾雅集釋》引，2 頁。

③A. 范曄《後漢書》，1826 頁；B. 班固《漢書》，2612 頁；C. 顧野王《大廣益會玉篇》，70 頁；D. 段玉裁《説文解字注》，343 頁；E. 陳彭年等《廣韻》，據《宋本廣韻·永禄本韻鏡》本，江蘇教育出版社，2005 年，39 頁。另，後凡注《廣韻》頁碼，皆指在此本中的位置。

④A. 歐陽詢《類聚》，1412 頁；B. 孫詒讓《正義》，2174 頁。

後人誤從下文欲從靈氛之吉占句,妄添口於卜下耳。"此外,劉永濟《通箋》也謂:"占慕二音,絕不相近,疑占本作卜。"①二説俱是,或有疑者,如聞一多以爲"凡言筮者,皆自筮而神占之。……凡此悉與此文'命靈氛爲余占之'同例。後文'欲從靈氛之吉占兮',又'靈氛既告余以吉占兮',俱曰占,不曰卜,尤其確證。王注本文曰'靈氛,古之明占吉凶者',《漢書·揚雄傳》《注》引晉灼説曰'靈氛,古之善占者'。足證漢人所見《離騷》字亦作占。然則此文之誤,不在占字,明甚。"②聞先生所言甚辯。但我們以爲王樹枏等謂"占"爲"卜"之説不誤。余於前輩基礎上次俱數證如下:

按:典籍言"筳篿"者,多言"卜",如《後漢書·方術傳》注:"挺專,折竹卜也。《楚辭》曰'索瓊茅以筳專'。"而言"靈氛"者,或有如王逸言"古明占吉凶者",但也有言"卜"者,如《雲麓漫鈔》卷一謂:"按《楚詞》'索瓊茅以筳篿,命靈氛爲余占之'。注'瓊茅,靈草也;筳篿,算也'。又云'……靈氛,古之善卜者'。"是趙彦衛所見晉灼注作"善卜"者,此與聞先生據顔師古引晉灼注異。此外,《南村輟耕録》"九姑玄女課"條引此也謂"《離騷經》云'索璃茅以莛篿兮,命靈氛爲余卜'。"③是其字正作"卜",而與"慕"爲韻。而據陶宗儀所引,則"之"字或衍,雖古人引此如"之、兮"等字或有省略者,但若如陶氏所引無"之"字,則覺詞氣更暢。并且此也合於此兩句皆上七下六之句式結構。

①A.王樹枏説據《游國恩楚辭論著集》第一卷《離騷纂義》引,356頁;B.劉永濟《通箋》,40頁。

②聞一多《校補》,17—18頁。

③A.范曄《後漢書》,1825—1826頁;B.趙彦衛《雲麓漫鈔》,遼寧教育出版社,1998年,7頁;C.陶宗儀《南村輟耕録》,遼寧教育出版社,1998年,243頁。

048. 何所獨無芳草兮，爾何懷乎故宇

宇，一作宅。

洪興祖謂："若作宅，則與下韻叶。"而徐英也謂"今本作故宇。按宇字叶上而不叶下。惡字孤立無韻。非也。當從別本作宅。洪曰。若作宅。則與下韻叶。是也"。而聞一多則謂"一本作宅，非是"。①

按：敦煌所出《楚辭音》正作"宅"字，云"如字，或作宇音"。是朱季海謂"舊無作宇之本，或音專行，遂改其字耳。段氏《六書音均表·第五部入聲》引《離騷》'宅、惡'，是也"。而饒宗頤也謂"宅正與惡叶也。聞一多《校補》謂作宅爲非；或據陳第擬音以斥洪説，蓋於騫《音》未細核故"。② 是其作"宇"者，或以宅"作宇音"故。

049. 世幽昧以眩曜兮

眩，一作眩。

按：《文選》本、朱本、明陳第《屈宋古音義》本以及顧炎武《唐韻正》、錢繹《箋疏》引此并作"眩"。是唐宋以來大皆如此。而敦煌所出《楚辭音》正作"眩"，是足證諸家所説不誤。故蔣天樞《校釋》本也即作眩，其自注并謂"從《楚辭音》及洪氏《考異》引一本作目旁'眩'"。③ 是也取捨有本。

---

①A. 徐英《楚辭札記》，49 頁；B. 聞一多《校補》，18 頁。

②A. 智騫《楚辭音》，據饒宗頤《楚辭書錄》引，詳《饒宗頤二十世紀學術文集》卷十一《文學》卷，243 頁；B. 朱季海《解故》，66 頁；C. 饒宗頤《隋僧道騫〈楚辭音〉殘卷校箋第三》，見《饒宗頤二十世紀學術文集》卷十一《文學》卷，221 頁。

③A. 蕭統《文選》，1502 頁；B. 陳第《屈宋古音義》，198 頁；C. 顧炎武《唐韻正》，499 頁；D. 錢繹《箋疏》，199 頁；E. 敦煌《楚辭音》據饒宗頤《楚辭書錄》引，詳《饒宗頤二十世紀學術文集》卷十一《文學》卷，243 頁；F. 蔣天樞《校釋》，56 頁。

050. 孰云察余之善惡

善惡,一作中情。

按:一本是。《楚辭》"中情"一詞習見。如《離騷》"孰云察余之中情""荃不察余之中情兮"以及《惜誦》"又莫察余之中情"等皆是。此外,該詞也習見於其它典籍,如《管子·形勢解》:"中情信誠則名譽美矣。"《吕覽·論人》"離世自樂,中情潔白,不可量也"等皆是。① 而《離騷》《惜誦》"中情"前皆爲"察余之"三字結構。無獨有偶,本句"善惡"前也爲"察余之"三字,依此,"善惡"當作"中情"無疑。朱熹《集注》謂一本作"中情"。而宋錢杲之《集傳》本正作"中情"是不誤。本處作"善惡"者當涉王注"不分善惡"而誤。

051. 覽察草木其猶未得兮,豈珵美之能當。蘇糞壤以充幃兮,謂申椒其不芳

(1)聞一多謂:"此文疑當作'蘇糞壤以充幃兮,謂申椒其不芳。覽察草木其猶未得兮,豈珵美之能當'。……今本四句中,上二句與下二句互易,則鰓理亂而文義晦矣。姑著此疑,以俟達者。"孫作雲《〈離騷〉的主要錯簡》一文即從師説。而徐仁甫則謂"聞一多疑'蘇糞壤'二句,當在'覽察草木'二句之上。按'覽察草木'二句直貫上下文,則原文自通,非有脱簡錯亂"。②

按:諸家皆以聞先生首創此説則非。至遲汪瑗《集解》即謂"或曰,蘇糞壤二句宜在不可佩下,當是錯簡耳。容更詳之"。是汪瑗或也聞之他人。而汪瑗、徐仁甫皆以爲不必校改則至確。此

---

①A. 黎翔鳳《管子校注》,中華書局,2004 年,1180 頁;B. 許維遹《吕氏春秋集釋》,75 頁。

②A. 聞一多《校補》,18—19 頁;B. 孫作雲《〈離騷〉的主要錯簡》,見《孫作雲文集》之《〈楚辭〉研究》本,162—163 頁;C. 徐仁甫《楚辭文法概要》,229 頁。

外,王念孫《疏證》、段玉裁《説文解字注》、錢繹《箋疏》引此"蘇
糞壤以充幃兮"等內容也皆本於王本,不聞錯簡之説也。①

　　(2)劉永濟《屈賦釋詞》謂:"《論語·公冶長》篇'糞土之牆,
不可圬也',《釋文》'糞作坋',《説文》'塵也'。此糞字即塵義,
坋,其本字也。"②

　　按:劉説不可從。覽之典籍,"糞即土,土即糞"。王注即謂
"言蘇糞土以滿香囊"。此外如《莊子·讓王》:"其土苴以治天
下。"成玄英《疏》:"土,糞也。"③此外《博物志》"地"部謂"三尺
以上爲糞,三尺以下爲地"。④ 是"糞、土"其義一也。而揆之本篇,
此處之"糞壤"即"臭土"也。《莊子·至樂》:"陵舄得鬱棲,則爲烏
足。"成玄英《疏》:"鬱棲,糞壤也。"⑤而高亨《諸子新箋·莊子新
箋》"至樂"條則謂:"鬱棲,臭土也。《廣雅·釋器》'鬱,臭也'。
《荀子·正名篇》'香、臭、芬、鬱、腥、臊、灑、酸、奇臭以鼻異'。楊注
'鬱,腐臭也'。……棲讀爲甄。《廣雅·釋地》'甄,土也'。……棲、
甄古得通用。……故鬱棲之義爲臭土,李頤訓爲糞壤,允矣。"⑥高説
甚是。是"糞壤"即"臭土",與"申椒"相對而言。

052.百神翳其備降兮,九疑繽其並迎。皇剡剡其揚靈兮,告余以吉故

　　(1)疑,一作嶷。

---

①A.汪瑗《集解》,86 頁。然汪瑗究竟本於某氏,則尚未明,存此闕疑,以俟達者;
B.王念孫《疏證》,55 頁、896 頁;C.段玉裁《説文解字注》,571 頁、630 頁;D.錢繹《箋
疏》,184 頁。
②劉永濟《屈賦釋詞》,見氏著《屈賦音注詳解 屈賦釋詞》,372 頁。
③劉文典《補正》,776 頁。
④張華《博物志》,見《漢魏六朝筆記小説大觀》,186 頁。
⑤劉文典《補正》,505 頁。
⑥高亨著,董治安編《高亨著作集林》第六卷《諸子新箋》,清華大學出版社,2004
年,93 頁。

　　聞一多謂："王鰲本，朱燮元本，大小雅堂本亦作巎。"而孫作
雲則謂："作'疑'爲是。諸書皆言舜南征不復，死於九疑，二妃追
至蒼梧，展望九山，一一相似，因曰'九疑'。後人以其爲山名，因
於疑字上加'山'作'巎'，實俗字，非正文也。"①

　　按：孫説是。《文選·吳都賦》云"陁以九疑，襫以沅湘"，劉
淵林注"九疑，山名"。而李賢注《後漢書·郡國志》"營道南有九
疑山"句謂"郭璞《山海經》注曰'其山九谿皆相似，故曰九疑'。
《湘州營陽郡記》曰'山下有舜祠，故老相傳，舜登九疑'"。而胡
之驥《彙注》引此亦謂"《後漢·郡國志》曰'零陵郡，營道南九疑
山，舜之所葬。九山相似，行者疑惑，故名九疑'"②。是其所見一
致。而吳棫《韻補》、王念孫《雜志》、馬瑞辰《通釋》引此亦皆作
"九疑"是不誤。③《文選》本、朱本、錢本、李錫齡本、金陵本并同。

　　（2）朱季海謂："繽故書當爲賓，讀如賓于四門。王逸以爲繽
紛字，非也。……'九疑賓，夔龍舞。'此楚聲也，字正作賓。"④

　　按：朱先生求之恐深，"繽其"一詞不當分釋，"繽其"當爲"紛
其"之誤。首先，《楚辭》及其它典籍中之"紛其"一詞皆反復出
現，且并列使用。如《九章·涉江》"霰雪紛其無垠兮，雲霏霏而
承宇"；《哀時命》"虹霓紛其朝霞兮，夕淫淫而淋雨"等篇之"紛
其"皆未分釋。而《楚辭》以外如《文選·甘泉賦》："風漎漎而扶
轄兮，鸞鳳紛其銜蕤。"《蕪城賦》"灌莽杳而無際，叢薄紛其相依"
等之"紛其"一詞也皆未分釋。⑤　其次，王注《哀時命》等篇之"紛
其"皆以"紛然"釋之，如謂"虹霓紛其朝霞兮"爲"紛然炫燿"云

---

①A. 聞一多《校補》，19 頁；B. 孫作雲《〈離騷〉校勘記》，225 頁。
②A. 蕭統《文選》，223 頁；B. 范曄《後漢書》，2373 頁；C. 胡之驥《彙注》，16 頁。
③A. 吳棫《韻補》，86 頁；B. 王念孫《雜志》，181 頁；C. 馬瑞辰《通釋》，835 頁。
④朱季海《解故》，67 頁。
⑤蕭統《文選》，330 頁、505 頁。

云皆是,而本篇注也謂"舜又使九疑之神,紛然來迎"云云,是據《章句》"紛然"之注也可證本篇王本本作"紛"。再次,本篇注"繽,盛也"也當爲"紛,盛皃"之誤也可證"繽"當爲"紛"之誤。如《離騷》:"紛吾既有此内美兮。"王注:"紛,盛皃。"《九歌·東皇太一》:"五音紛兮繁會。"王注"紛,盛皃"。是其注皆言"紛,盛皃"是證。而段注《説文》謂:"古書也、皃二字多互譌。"段説是,如《説文·辵部》:"巡,視行也。"段注"也,各本作'皃'"是證。① 是王注"繽,盛也"爲"紛,盛皃"之誤也可證本文之"繽其"當爲"紛其"之誤無疑。

(3)陸侃如謂:"'迎'與下文'故'字不叶,故當作'迓'(迓、故二字均在古音魚部)。"此外,游國恩也謂:"'百神翳其備降兮,九疑繽其并迎',按下文云'皇剡剡其揚靈兮,告余以吉故'。'迎'與'故'不叶。"②

按:陸、游二先生皆謂"'迎'與'故'不叶",其實不然。如段玉裁《六書音均表》"迎"字條即謂"離騷合韻故字。讀如魚"是證。③ 而兩先生皆以江有誥、戴震等諸家謂"迎"爲"迓"之説則亦未能探其本源。因"迓""迎"二字實爲雙聲,字形雖別,音義實同。④ 所以饒宗頤即據敦煌所出《楚辭音》而謂"今證以此卷,知'迎'字自不訛,戴説非也"。⑤ 而胡文英《指掌》謂此"二句疑脱簡,應作'告余以吉故兮,皇剡剡其揚靈'"⑥之説則於此雖有發

①段玉裁《説文解字注》,33 頁、124 頁。
②A. 陸侃如《屈賦校勘記》,見氏著《陸侃如古典文學論文集》,317 頁;B. 游國恩《楚辭校讀舉例》,詳《游國恩楚辭論著集》第四卷,234 頁。
③段玉裁《六書音均表》,見《説文解字注》,1422 頁。
④説詳陳澧《東塾讀書記》,上海古籍出版社,2012 年,207 頁。
⑤饒宗頤《隋僧道騫〈楚辭音〉殘卷校箋第三》,見《饒宗頤二十世紀學術文集》卷十一《文學》卷,222 頁。
⑥胡文英《指掌》,30 頁。

明，然猶未達一間也。

053.曰勉陞降以上下兮，求榘矱之所同。湯禹嚴而求合兮，摯咎繇而能調

（1）此二句"同、調"爲韻，或有疑者，如孫詒讓《札迻》力主"同"當作"周"，而劉永濟《通箋》、孫作雲《〈離騷〉校勘記》、湯炳正《類稿》、何劍熏《新詁》等也持如是觀。但蔣天樞《校釋》則指出"宋以來各本均作'同'，道騫作音時亦作'同'，漢許慎《説文》所引亦作'同'，殊難必其爲'周'字之誤。"①

按：蔣先生所言甚是。"同"字不誤，"同、調"雙聲即韻。如俞正燮《癸巳類稿·書古韻標準後》即謂"《離騷》云'求矩矱之所同，摯皋陶而能調。《七諫》云'恐矩矱之不同，恐操行之不調。同調雙聲即韻也'"。② 俞説甚是。如《詩·小雅·車攻》："弓矢既調，射夫既同。"錢大昕《十駕齋養新録》"雙聲亦韻"條即謂"雙聲亦可爲韻。《小雅》'決拾既佽，弓矢既調。射夫既同，助我舉柴。''佽''柴'固韻，'調''同'雙聲，亦韻也"。③ 是爲俞説先導。而王念孫《雜志》也謂："'調'從周聲，古讀若'稠'，而《小雅·車攻篇》《楚辭·離騷》《七諫》《韓子·揚搉篇》並以'同'與'調'韻，'銅'從同聲。而《史記·衛青傳》'大當户銅離'，徐廣曰'一作稠離'。《漢書》作'調雖'，'同'與'調''稠'同聲……"此外，馬瑞辰《通釋》於此也有與王念孫氏類似論述，其言謂："此詩以中二句調、同爲韻，與《楚詞》'求矩矱之所同'與'摯咎繇而能調'韻，及東方朔《七諫》'恐矩矱之不同'與'恐操行之不調'

---

① A.孫詒讓《札迻》，392 頁；B.劉永濟《通箋》，37—38 頁；C.孫作云《〈離騷〉校勘記》，226 頁；D.湯炳正《類稿》，221—223 頁 E.何劍熏《新詁》，52—53 頁；F.蔣天樞《校釋》，59—60 頁。

② 俞正燮《癸巳類稿》，遼寧教育出版社，2001 年，233 頁。

③ 錢大昕《十駕齋養新録》，336 頁。

韻合。又《韓非·揚權篇》‘形名參同，上下和調’亦同與調韻。
……錢大昕謂‘同、調以雙聲爲韻’。……錢説是也。《詩》古音
有正韻，有通韻，其通韻多以同聲相轉，即雙聲也。如造與戚雙
聲，而《小明》詩以戚與奧韻，即讀戚如造也。……以此推之，則
錢氏雙聲亦韻之説益信。是知調、同雙聲，即可讀調如同矣。
《史記·衛青傳》‘大當户銅離’，徐廣曰‘一作稠離’。此亦調、
同互通之類。”①諸説并是。而《説文·萑部》“蒦”字注、吴棫《韻
補》“調”字注及張文虎《舒藝室餘筆》等引此也皆作“同”。且段
玉裁《六書音均表》“調”字條并謂“車攻以韻同字，屈原離騷以韻
同字，東方朔七諫以韻同字，皆讀如重。此古合韻也。……江氏
謂車攻調同非韻，離騷七諫爲古人相效之誤，其説似是而非。”②
此外王念孫《古韻譜》也以“同調”爲韻，而王氏《疏證》引此即作
“求榘蒦之所同”。③　是本篇“同”字當不煩校改。《文選》本、朱
本、錢本、李錫齡本、金陵本并不誤。④

　　（2）榘，一作矩。

　　按：許慎《説文解字》與《文選》本即作“矩”，但據郝懿行《義
疏》“矩者，《説文》作巨或作榘。經典相承省作矩。……《離騷》
云‘求榘蒦之所同’”之説，⑤則作“矩”者爲“榘”之省耳。王念孫
《疏證》及其《雜志》“巨蒦”條及張文虎《舒藝室餘筆》引此及錢

---

①A. 王念孫《雜志》，644 頁；B. 馬瑞辰《通釋》，555 頁。
②A. 段玉裁《説文解字注》257 頁；B. 吴棫《韻補》，1 頁；C. 張文虎《舒藝室餘筆》，
見氏著《舒藝室隨筆》，246 頁；D. 段玉裁《六書音均表》，見《説文解字注》，1425 頁。
③A. 王念孫《古韻譜》，《續修四庫全書》，245 册，537 頁。另，後所注《古韻譜》頁
碼皆指在改册中的位置；B. 王念孫《疏證》，102 頁。
④此外黄承吉認爲“調”字是與“媒、疑”爲韻，而不是與“同”字爲韻（説詳黄生撰，
黄承吉合按《字詁義府合按》，中華書局，1984 年，115 頁。）是無論何種情況，“同”字都
不煩校改。
⑤A. 段玉裁《説文解字注》，257 頁；B. 郝懿行《義疏》，44 頁。

本、李錫齡本、金陵本并作"枑"，是不誤。①

（3）嚴，一作儼。

按："嚴、儼"本通，如吳棫《韻補》"調"字與"差"字注引此即分別作"嚴"與"儼"。此外顧炎武《唐韻正》"差"字注引亦作"嚴"，而郝懿行《義疏》則謂"《離騷》云'湯禹儼而求合兮'。《文選·思玄賦》云'僕夫儼其正策兮'。王逸注及舊注並云'儼，敬也'。通作嚴"。是"嚴、儼"常相通用之證。但據出土楚簡《五行》"不敬不嚴，不嚴不竴"及"嚴而謂之，竴也"云云，是作"嚴"最是。且據王注"嚴，敬也"云云，是王本作"嚴"。而李大明謂"當以'嚴'爲本字"，其説亦然。②

054. 苟中情其好脩兮，又何必用夫行媒

劉永濟謂："考異曰'一無又字'。按無又字是。"③

按：劉先生所言甚是。"何必"本身即含有否定意味。不必再加"又"字。如《離騷》："爾何懷乎故宇？"王逸注："何必思故居而不去也。"《遠遊》："奚久留此故居？"王注："何必舊鄉，可浮游也。"《九辯·六》："食不媮而爲飽兮。"王注："何必秔粱與芻豢也。"是王注"何必"皆如是。該詞至西漢表否定意義使用時也不必加"又"字。如《漢書·揚雄傳》"知衆嫭之嫉妒兮，何必揚累之蛾眉"是證。④ 且據王注"不必須左右薦達"云云，是王本無"又"字。《文選》本、陳第《屈宋古音義》本皆無"又"字是不誤。⑤

---

①A. 王念孫《疏證》，102 頁；B. 王念孫《雜志》，1081 頁；C. 張文虎《舒藝室餘筆》，見氏著《舒藝室隨筆》，246 頁。

②A. 吳棫《韻補》，1 頁、39 頁；B. 顧炎武《唐韻正》，249 頁；C. 郝懿行《義疏》，177 頁；D.《五行》內容據陳偉等《楚地出土戰國簡冊［十四種］》引，182 頁—183 頁；E. 李大明《文選"騷類"校文舉例》，載《四川師範大學學報》，2006 年第 6 期，87 頁。

③劉永濟《通箋》，38 頁。

④班固《漢書》，2610 頁。

⑤陳第《屈宋古音義》，199 頁。

055. 時亦猶其未央

聞一多謂:"'猶其'二字當互乙。上文'雖九死其猶未悔','唯昭質其猶未虧','覽余初其猶未悔','覽察草木其猶未得兮',并作'其猶未',可證。"①

按:雖王念孫《疏證》、馬瑞辰《通釋》引此亦同王本。然揆之事實,聞先生所言甚是。而李賢注《後漢書·馮衍傳》《史弼傳》《楊倫傳》等引此即皆作"雖九死其猶未悔"。② 是唐人所見猶有不誤者。

056. 恐鵜鴂之先鳴兮,使夫百草爲之不芳

(1)鵜,一作鶗。

按:《文選》本及敦煌所出《楚辭音》以及李賢注《後漢書》引此即皆作鶗。而又或有作鷤字等者,如宋陸佃《埤雅》"杜鵑"條引此則作"鷤鴂",凡此皆音近字通之字。如王念孫《疏證》於"鶗鴂"條即謂"鶗鴂,又名杜鵑。《廣韻》'鶗鴂鳥,春三月鳴也。又云'鶗鴂即杜鵑也。《離騷》'恐鵜鴂之先鳴兮,使夫百草爲之不芳',土逸注云鵜鴂一名買鵑,常以春分鳴。《漢書·揚雄傳》'鵜鴂'作'鶗鴂'。枚乘《梁王菟園賦》作'蜆蛙'。張衡《思元賦》作'鷤鴂'。"其說是也。此外,郝懿行《義疏》説同。③ 而據王注"鵜鴂一名買鵑"云云,是王本作"鵜鴂"。朱本、錢本并同。

(2)一本無夫字。

孫作雲謂:"洪氏《考異》曰'一無夫字,一無爲字'。劉師培

---

①聞一多《校補》,19 頁。

②A. 王念孫《疏證》,142 頁;B. 馬瑞辰《通釋》,567 頁;C. 范曄《後漢書》,664 頁、1427 頁、1731 頁。

③A. 智騫《楚辭音》,據饒宗頤《楚辭書録》引,詳《饒宗頤二十世紀學術文集》卷十一《文學》卷,244 頁;B. 范曄《後漢書》,1296 頁;C. 陸佃《埤雅》,浙江大學出版社,2008 年,87 頁;D. 王念孫《疏證》,1422 頁;E. 郝懿行《義疏》,1232 頁。

《楚辭考異》云‘案《事類賦》注二十四引作‘使百草兮不芳’,《爾雅翼》所引亦無夫字.’雲按:無夫字是,無爲字非,‘使’爲他動詞,其下不應有夫字,例與‘惟黨人之偷樂’同."①

　　按:孫先生所言甚是,《楚辭》"使夫"一詞僅此一見,而它篇如《九歌·湘君》"使江水兮安流"及《九章·惜往日》"使芳草爲藪幽"等結構類此,但皆不言"使夫"之詞,且據王注"言我恐鵜鴂以先春分鳴,使百草華英摧落"云云,是王本無"夫"字.而《文選》本及《太平御覽》等引此也皆作"使百草爲之不芳",②是所見不誤.

057. 惟此黨人之不諒兮,恐嫉妒而折之

　　(1)諒,一作亮.

　　按:諒、亮常相借用,如陸德明《經典釋文·尚書音義上》"亮"字條謂"本又作諒",其《毛詩音義上》"不亮"條注也謂"本亦作諒"是證.而《説文》雖無"亮"字,然據丁度《集韻》"亮,信也,或作諒"云云,是"諒"當作"亮"是.敦煌所出釋智騫《楚辭音》正作"亮",朱季海據此謂"是《楚辭》故書本作‘亮’".《文選》本、陳第《屈宋古音義》即皆作"亮"是不誤.③

　　(2)湯炳正謂:"此句王逸注云‘言楚國之人,不尚忠信之行,共嫉妒我正直,必欲折挫而敗毀之也’.而《文選·離騷》此句王逸注則作‘恐妒我正直’,‘共’作‘恐’.以正文之意推之,上文言‘何瓊佩之偃蹇兮,衆薆然而蔽之’,則此句正文自當作‘共嫉

---

①孫作雲《〈離騷〉校勘記》,201 頁.

②李昉等撰《太平御覽》,中華書局,1960 年,4098 頁.

③A.陸德明《經典釋文》,169 頁、232 頁;B.丁度《集韻》,217 頁;C.智騫《楚辭音》,據饒宗頤《楚辭書録》引,詳《饒宗頤二十世紀學術文集》卷十一《文學》卷,245 頁;D.朱季海《解故》,70 頁;E.陳第《屈宋古音義》,199 頁.

妒而折之。‘共’正與上句‘衆’互相對應。”①

　　按：湯先生謂“恐”爲“共”可備一說，但因湯先生未能全面考察《離騷》中類此“惟此黨人之不諒兮，恐嫉妒而折之”之句式，致使其説或誤。孫作雲曾謂“作思字解之惟字，在《離騷》中恒與恐字對文：‘惟草木之零落兮，恐美人之遲暮’，‘惟黨人之偷樂兮’與下‘恐皇輿之敗績’爲隔句對；‘惟此黨人之不諒兮，恐嫉妒而折之’，皆‘惟’、‘恐’對文”。揆之本文，孫先生所言信然。如顧炎武《唐韻正》“折”字注引此即作“恐”是不誤。②《文選》本、朱本、錢本、李錫齡本、金陵本并同。

058.何昔日之芳草兮，今直爲此蕭艾也

　　一本無“蕭”字。

　　姜亮夫謂：“王逸注此句云‘言往昔芬芳之草，今皆直爲蕭艾而已’，則王本有蕭字也。”此外譚介甫也謂：“蕭即艾蒿，見《説文》。‘無蕭字’者，認爲薌蒿，故删去之，實爲錯誤。”③

　　按：無“蕭”字是。《周禮·天官·甸師》：“祭祀，共蕭茅。”鄭注：“杜子春讀爲蕭。蕭，香蒿也。玄謂《詩》所云‘取蕭祭脂’。《郊特牲》云‘蕭合黍稷，臭陽達於牆屋。故既薦然後炳蕭合馨香’。合馨香者，是蕭之謂也。”④是“蕭”爲香草用於祭祀，則與此喻人才之變質不類。且“蕭艾”并用喻人之不肖是較晚的事了。如《淮南子·俶真訓》：“膏夏紫芝與蕭艾同死。”高注謂：“蕭、艾賤草，皆喻不肖。”⑤《後漢書·張衡傳》：“珍蕭艾於重笥兮，謂蕙芷之不香。”李賢注：“蕭，蒿也。笥，篋也。蕙、芷，并香草也。貴

　　①湯炳正《類稿》，232 頁。

　　②A.孫作雲《〈離騷〉校勘記》，191 頁；B.顧炎武《唐韻正》，485 頁。

　　③A.姜亮夫《校注》，111 頁；B.譚介甫《新編》，262 頁。

　　④孫詒讓《正義》，289 頁。

　　⑤劉文典《集解》，74 頁。

蕭艾,喻任小人。謂蕙芷爲不香,喻棄賢人也。"[1]此則以"蕭艾"喻人才之變質,但高、李兩家之注或皆肇始於此本之誤也。此本之誤,據劉安《淮南》所言"蕭艾"義,其誤疑在劉安前。而歐陽詢《類聚》"艾"字條引此正作"今直爲此艾"也,[2]是其時所見猶有不誤者。

059. 椒專佞以慢慆兮

慢慆,疑作謾詑。

按:慢,一作謾。當作"謾"是。如《莊子》"天知予僻陋慢訑"之"慢",章太炎以爲即爲"謾"之借。而"慆,一本作謟",是別本有作"謟"者,而據王注"慆,淫也"云云,疑本作"謟"是。因爲據《説文》,"謟,説也",而無"淫"義。而"謟"也當爲"詑"形近之誤。"謾詑"正與"專佞"相對而言也。而"謾詑"或也作"訑謾",如《惜往日》"或訑謾而不疑"即是。據王注"慆,淫也"云云,是王本已誤。[3]

060. 固時俗之流從兮,又孰能無變化

流從,一作從流。

汪瑗謂"非是"。而聞一多謂:"當從一本作從流。'從流',古之恒語。《孟子·梁惠王下篇》曰'從流下而忘反謂之流,從流上而忘反謂之連',《韓詩外傳》一'從(原誤促,據《御覽》七四引及《列女傳·貞順篇》改)流而挹之,奐然而溢之,'本書《哀郢》曰'順風波以從流兮',《九歎·怨思》曰'願(原誤顧)屈節以從

---

①范曄《後漢書》,1294—1295 頁。

②歐陽詢《類聚》,1413 頁。

③A. 章太炎《莊子解故》,見《章太炎全集》之《齊物論釋 齊物論釋定本 莊子解故 管子餘義 廣論語駢枝 體撰録 春秋左氏疑義答問》卷,174 頁;B. 段玉裁《説文解字注》,885 頁。

流兮'。……《類聚》八六,《御覽》九三二并引作從流,是從流即順流也。王《注》曰'隨從上化,若水之流',是王本正作從流。《文選》亦作從流。錢本,王鏊本,朱燮元本,大小雅堂本并同。"①

按:聞説至確。宋錢杲之《集傳》、明陳第《屈宋古音義》本即作"從流",而顧炎武《唐韻正》"蘿"字注引此也作"固時俗之從流兮,又孰能無變化"。② 是聞説有本。

061. 折瓊枝以爲羞兮,精瓊靡以爲粻

(1)精,薛綜注《文選·西京賦》"屑瓊蕊以朝飱"句引作"屑",而劉淵林注《文選·吴都賦》"瓊枝抗莖而敷藥"句則引作"精"。

按:胡刻本《西京賦》"屑"字誤。饒宗頤即指出《文選》"各刻本誤'精'爲'屑'",而永隆(公元 680 年)寫本《西京賦》"'精'字不誤"。是據饒先生説是今本《文選》注引作"屑"者乃沿《西京賦》俗本之誤。王念孫《疏證》、胡承珙《小爾雅義證》、孫詒讓《正義》引《離騷》此句即皆作"精"。③ 而據王注"精,鑿也"云云,是王本不誤。朱本、錢本并同。

(2)孫作雲謂:"洪興祖《補注》曰'靡音糜'。雲按'靡'假借字,'糜'正字。《説文·火部》云'糜,爛也'。《米部》云'糜,糁糜也'。按'靡'訓爛,經典多假'糜'爲之。'糜'即粥之稠者,今鄉俗猶曰'糜'。'糜'爲爛熟之粥,米粒爲屑,故'糜'又得訓爲

---

①A. 汪瑗《集解》,451 頁;B. 聞一多《校補》,19—20 頁。此外,《校補》所據巴蜀本"從流上而忘反謂之連"之"反"誤爲"返",今據《古典新義》本及《聞一多全集》本徑改。

②A. 錢杲之《集傳》,10 頁;B. 陳第《屈宋古音義》,200 頁;C. 顧炎武《唐韻正》,248 頁。

③A. 蕭統《文選》,60 頁、208 頁;B. 饒宗頤《敦煌本〈文選〉斠證》,詳《饒宗頤二十世紀學術文集》卷十一《文學》卷,411 頁;C. 王念孫《疏證》,189 頁;937 頁;D. 胡承珙意見據遲鐸《小爾雅集釋》引,163 頁;E. 孫詒讓《正義》,456 頁。

屑。《離騷》王逸注曰‘廳，屑也……言精鑿玉屑以爲儲糧’，而《廣雅·釋器》曰‘糜，屑也’，可知‘廳’即‘糜’字。”①

按：孫説誤。《廣雅》“糜，糒也”。王念孫《疏證》謂“米麥屑謂之糜，猶玉屑謂之廳。《楚辭·離騷》‘精瓊廳以爲粻’，王逸注云‘廳’，屑也”。是玉屑謂之“廳”，而米屑謂之“糜”也。據王注“精鑿玉屑”云云，是王本不誤。《文選》本、朱本、錢本、李錫齡本、金陵本及王念孫《疏證》引此皆作“廳”。② 是不誤。

062. 鳳皇翼其承旂兮，高翱翔之翼翼

《考異》謂“翼其”之“翼”，《文選》作“紛”。

姜亮夫謂：“王逸爲翼字作注，敬也，則王本作翼。”而譚介甫則謂：“翼其，應據《文選》作紛其，猶云紛然。”此外，徐仁甫或謂“‘翼’當作‘翳’。……與‘翼’同音”。③

按：譚説是。《楚辭》中“紛其”一詞反復出現，且皆并列使用。如《九章·涉江》“霰雪紛其無垠兮，雲霏霏而承宇”；《哀時命》“虹蜺紛其朝霞兮，夕淫淫而淋雨”等篇之“紛其”皆未分釋。此外，《文選·甘泉賦》：“鸞鳳紛其銜蕤。”《蕪城賦》：“叢薄紛其相依。”④其“紛其”一詞也未分釋，且本句下“翼翼”已重疊出現，上句似不宜再出“翼”字。故當從洪氏所見《文選》本。⑤

063. 神高馳之邈邈

徐仁甫謂：“‘神’當作‘申’。……‘申高馳之邈邈’，謂約束

---

①孫作雲《〈離騷〉校勘記》，227—228 頁。
②A. 王念孫《疏證》，937 頁、189 頁；B. 錢杲之《集傳》，11 頁。
③A. 姜亮夫《校注》，122 頁；B. 譚介甫《新編》，267 頁；C. 徐仁甫《楚辭別解》，27 頁。
④蕭統《文選》，330 頁、505 頁。
⑤2009 年 7 月 24 日上午見孫作雲《〈離騷〉校勘記》（228 頁）所論，筆者所論與先生結論一致，而論述略有不同，故仍予保留。此外，胡刻《文選》（1506 頁）則仍作“翼其”，則洪氏所見《文選》本與胡刻本異。

高馳之邈邈，即不用高馳邈邈。如此，則與‘抑志彌節’按轡徐行，意義一貫。只因申訛爲神，古今遂不得其解矣。”

　　按：洪興祖《考異》謂一本作“邁高馳”，而朱熹《集注》謂一本作“邁高地”，并謂非是。而徐先生所解或也求之過深，“志”“神”二義本一張一弛，不必如徐先生校“神”爲“申”并訓爲“約束”也。王念孫《疏證》、錢繹《箋疏》引此并作“神高馳”，是皆不誤。①

064. 蜷局顧而不行

　　蜷局，胡之驥《彙注》引作“踡跼”。

　　按：據王注“蜷局，詰屈不行貌”云云，是王本不誤。而顧炎武《唐韻正》“行”字注及王念孫《疏證》引此亦作“蜷局”。②《文選》本、朱本、錢本、李錫齡本、金陵本并同。

二、九歌

（一）東皇太一

065. 撫長劍兮玉珥，璆鏘鳴兮琳琅

　　璆，一作糾。

　　按：“糾”疑爲“玌”之誤。孫詒讓《札迻》卷十引《風俗通義·十反》“高唐令樂安周糾孟玉”句謂“盧云‘糾’，范《書》作

---

①A. 徐仁甫《楚辭別解》，27—28 頁；B. 王念孫《疏證》，31 頁；C. 錢繹《箋疏》，380 頁、725 頁。此外，劉耀華《〈楚辭解難〉辨證》(《首都師範大學學報》，1994 年第 2 期，36 頁)對徐説也有批駁，可參。
②A. 胡之驥《彙注》，33 頁；B. 顧炎武《唐韻正》，290 頁；C. 王念孫《疏證》，741—742 頁。

‘璆’。案‘糾’疑‘玏’之誤，古從翏聲丩聲字多通用。《集韻》五十一《幼》有‘玏’字，云‘玉器’”。孫氏所言極是。而《楚辭》本篇所言乃玉器，王逸注“璆、琳琅，皆美玉名也”；顏師古注《漢書·禮樂志》“璆磬金鼓”句也謂“璆，美玉名，以爲磬也”。據此，則“璆”不宜或爲“錯也”之“糾”。《招隱士》之“樹輪相糾兮”，王逸注：“交錯扶疏”。是此“糾”表“交錯”之義。而洪興祖曰：“糾，一作紏。”《九章·悲回風》“紏思心以爲纕兮”，洪注：“紏，繩三合也。”則就《楚辭》而言，表“交錯”意義時，“糾，或作紏。”但無“糾，或作璆”之例。是本篇“璆或作糾”大概乃“璆或作玏”之誤。如此理解，則也符合郭在貽先生所總結的“異文的兩方爲同義或近義詞”之規律。[1]　而據上揭王注，則作“璆”是。

066. 蕙肴蒸兮蘭藉，奠桂酒兮椒漿

（1）“蒸”字疑衍

按：典籍雖通言“肴蒸”，然亦通言“蕙肴”，如《藝文類聚》卷五十七《七誘》“玉饌方丈，蕙肴果器”。卷七十九《祀魯山神文》“桂醑溢於羽樽，蕙肴盈於蘭藉”等皆是。[2]　且據王注“蕙肴，以蕙草蒸肉也”云云，是王逸也以“蕙肴”爲詞。此外，據今本《楚辭》，“蒸”第一次出現於本篇，但王逸未釋。而《天問》：“何獻蒸肉之膏，而后帝不若？”王注：“蒸，祭也。”是王於《天問》第一次釋“蒸”也。雖然王逸《章句》并非《楚辭》第一次出現某詞語就一定第一次注釋，但此也可爲“蒸”字誤衍之參考。此外，雖然李善注《文選·三月三日曲水詩序》引此亦作“蕙肴蒸兮蘭藉”，然《後漢書·文苑列傳》謂：“蘭肴山竦，椒酒淵流。”李賢注：“椒酒，置

---

①A. 孫詒讓《札迻》，330 頁；B. 班固《漢書》，902—903 頁；C. 郭在貽《訓詁叢稿》，88 頁。此外，“玉珥”之“玉”，底本誤爲“王”，今徑改。
②歐陽詢《類聚》，1034 頁、1354 頁。

椒酒中也。《楚詞》曰'蕙肴兮蘭籍'。"①是唐人所見亦有作"蕙肴"者。本篇衍"蒸"者,當係王注"蕙肴,以蕙草蒸肉也"之"蒸"字而衍。

(2)奠,疑爲酌之誤。

按:謝惠連《雪賦》"燎薰爐兮炳明燭,酌桂酒兮揚清曲"。②曹丕《大牆上蒿行》:"酌桂酒,鱠鯉魴。"③是皆言"酌桂酒"。且據王注"進桂酒椒漿"云云,是作"酌"字爲宜。

067. 揚枹兮拊鼓

聞一多謂:"本篇通例,無間兩句叶韻者,此不當獨爲例外,疑此句下脫去一句。"此外,蘇雪林也謂:"本歌共分四節,每節四句。第三節第二句脫落,一則全歌皆用陽韻,忽轉歌韻,於韻不協;二則全歌皆以四句爲一節,第三節忽變爲三句,於體制亦不合。"④

按:明代汪瑗《集解》於此即謂"歌韻所協未詳。或三句爲韻,或有脫文,不可考矣"。⑤ 是爲諸説先導。但我們以爲脫文當在下句"靈偃蹇兮姣服"句下,其句式當爲□□兮□□。考《東皇太一》全篇句式如下:

(1)吉日兮辰良,□□兮□□(212)

(2)穆將愉兮上皇,□□□兮□□(312)

(3)撫長劍兮玉珥,□□□兮□□(312)

(4)璆鏘鳴兮琳琅。□□□兮□□(312)

(5)瑤席兮玉瑱,□□兮□□(212)

①A. 蕭統《文選》,2067 頁;B. 范曄《後漢書》,1783—1784 頁。

②蕭統《文選》,596 頁。

③郭茂倩《樂府詩集》,中華書局,1979 年,570 頁。

④A. 聞一多《校補》,22 頁;B. 蘇雪林《屈原與〈九歌〉》,武漢大學出版社,2007 年,144 頁。

⑤汪瑗《集解》,111 頁。

（6）盍將把兮瓊芳。□□□兮□□（312）

（7）蕙肴蒸兮蘭藉,□□□兮□□（312）

（8）奠桂酒兮椒漿。□□□兮□□（312）

（9）揚枹兮拊鼓,□□兮□□（212）

（10）疏緩節兮安歌,□□□兮□□（312）

（11）陳竽瑟兮浩倡。□□□兮□□（312）

（12）靈偃蹇兮姣服,□□□兮□□（312）

（13）芳菲菲兮滿堂。□□□兮□□（312）

（14）五音紛兮繁會,□□□兮□□（312）

（15）君欣欣兮樂康。□□□兮□□（312）

從上看出,“芳菲菲兮滿堂”句以上其句式皆“212、312、312、312”,四句一節,而“靈偃蹇兮姣服”句下三句也皆爲“□□□兮□□（312）”結構,與上三節最後三句完全一致,是以上三節爲參照,所脱句當是“靈偃蹇兮姣服”句下,而爲□□兮□□（212）結構。

068. 陳竽瑟兮浩倡

浩倡,疑作浩唱。

按:“浩唱”典籍習語,例不勝舉。而“浩倡”除《楚辭》一見外,先秦兩漢典籍罕見。而《説文·口部》謂:“唱,導也。从口,昌聲。”段注:“古多以倡字爲之。”[1]是“倡”當爲“唱”之借。此外,《淮南子·原道訓》謂:“揚鄭、衛之浩樂,結《激楚》之遺風。”劉文典《集解》引陶方琦語“……《説文·人部》‘倡,樂也’,《楚辭》‘陳竽瑟兮浩唱’”。[2]是陶氏引此亦作“浩唱”。而聞一多《九歌解詁》也謂:“倡讀爲唱。《初學記》一五引正作唱。‘陳竽瑟兮浩倡’當讀爲‘陳竽瑟兮之浩唱’。”此外,何劍熏也謂:“浩唱與

---

①段玉裁《説文解字注》,100 頁。

②劉文典《集解》,35 頁。

上句安歌相對。安歌,緩歌也。此言浩唱、大唱。"①其説皆得之。而胡克家刻《文選》本雖作"陳竽瑟兮浩倡",然何焯《義門讀書記·文選·騷》類則謂"浩唱、閒歌也",②是何氏所據《文選》本也尚有作"唱"字者。

（二）雲中君

069.浴蘭湯兮沐芳,華采衣兮若英

何劍熏謂:"此二句,第一句當從歐陽詢《藝文類聚·歲時部·五月五日》、徐堅《初學記》、徐鍇《説文繫傳》從'華'字斷句,王逸從'芳'字斷句,蓋以其押韻故也。殊知第一句可不押韻。'沐芳'亦不成詞,故'沐芳華'好。"

按:"浴蘭湯兮沐芳華,采衣兮若英"不辭。如徐仁甫即謂"徐鍇《説文系傳通釋》讀'沐芳華'爲句,皆不知《九歌》每章首句有韻也"。而王念孫《疏證》引此也作"浴蘭湯兮沐芳"可爲佐證。但"華采"當作"虹采"。王注本句謂"華采,五色采也",而據《説文·華部》"華,榮也"。是"華"并無"五色"之訓。故朱季海也謂"此言華者,正謂衣飾之美曄如也。……不以華采爲義"。而"虹采"喻衣見於《楚辭》,如《九懷·通路》"紅采兮驊衣",古本作"虹采兮霓衣",李大明謂:"虹、霓皆雜色有五采,而紅、驊僅紅赤之色而已。《淮南子·天文》云'虹霓彗者,天之忌也',高注'虹者,雜色也'。……《楚辭·遠遊》有'建雄虹之采旄兮,五色雜而炫燿'之句。《九歎·遠逝》亦有'建虹采以招指'之句,以

---

①A.聞一多《九歌解詁 九章解詁》,見《聞一多全集》第五卷,460頁;B.何劍熏《新詁》,77頁。

②何焯《義門讀書記》,944頁。此外,本條目"竽"字底本原誤爲"竿",今徑改。

'虹采'喻五色旗,蓋從《遠遊》及《九懷》句化出。"①是"虹采"常語也。因此,綜合言之,"華采"疑作"虹采"是。此或聲近致誤。

070. 靈連蜷兮既留,爛昭昭兮未央

(1)一本"靈"下有"子"字。

按:"靈子"於此詞氣不暢。吳棫《韻補》、段玉裁《説文解字注》、王念孫《疏證》引此即皆作"靈"。②《文選》本、朱本、李錫齡本、金陵本并同。

(2)昭昭,疑作焰焰。

按:吳棫《韻補》"英"字注引此也作"爛昭昭",是北宋人所見猶如此。而王念孫《疏證》引此并同。③ 然據班固《西都賦》"登降焰爛"云云,是"焰爛"連文。且據李善注"《廣雅》曰'焰,明也,音照。爛,亦明也"云云,④是焰、爛同義複指。而"爛"字從火,故疑"昭昭"亦當是從火之"焰焰"而於義爲長。

071. 猋遠舉兮雲中

何劍熏謂:"猋應從朱熹本作焱,從三火。唯不能釋'去疾貌'。"

按:洪興祖謂"《大人賦》曰'猋風湧而雲浮',李善引此作'焱',其字从火,非也"。其言甚是。據王注"猋,去疾貌",是王本作"猋"。而《説文》"猋"字許慎謂"犬走皃",正與王注吻合,段玉裁注引此也作"猋",且李大明指出《楚辭章句》各本如明正

---

①A. 何劍熏《新詁》,78 頁;B. 徐仁甫《楚辭別解》,29 頁。此外,徐氏《楚辭文法概要》(215 頁)説略同;C. 王念孫《疏證》,1172 頁;D. 段玉裁《説文解字注》,484 頁;E. 朱季海《解故》,87 頁;F. 李大明《漢楚辭學史》,中國社會科學出版社,2006 年,398—399 頁。

②A. 吳棫《韻補》,47 頁;B. 段玉裁《説文解字注》,31 頁;C. 王念孫《疏證》,463 頁。

③A. 吳棫《韻補》,47 頁;B. 王念孫《疏證》,142 頁、460 頁。

④蕭統《文選》,12 頁。

德本等字皆作"猋",是王本不誤。①

072. 極勞心兮忉忉

忉,一作忡。

按:據王注"忉忉,憂心皃"云云,是作"忉"是。《文選》本、朱本、李錫齡本、金陵本并同。此外陳彭年《廣韻》及其重修《大廣益會玉篇》也謂"忉忉(忉忉),憂也。出《楚詞(辭)》"。是唐宋以來所見王本皆如此。而陳第《屈宋古音義》、蔣驥《山帶閣注》本及顧炎武《唐韻正》、王念孫《疏證》、馬瑞辰《通釋》引此也皆作"極勞心兮忉忉",②是足證王本不誤。

(三)湘君

073. 美要眇兮宜脩

眇,一作妙。

按:"眇"字不誤。"眇""妙"爲古今字,如桂馥《札樸》即謂"古妙字皆作眇",且引本篇"要眇"爲證。而段注《説文》"㛒,眇也"條所謂"眇,各本作妙,今正"是也可爲佐證。此也與徐富昌所强調的《老子》王弼本"以觀其妙""衆妙之門"之"妙"字,"帛甲本、帛乙本皆作'眇'"者同例也。而郝懿行《義疏》引此即作"要眇"。③《文選》本、朱本、李錫齡本、金陵本并同。

---

①A. 何劍熏《新詁》,81 頁;B. 段玉裁《説文解字注》,834 頁;C. 李大明《〈九歌〉語詞訓釋商榷》,《四川師範大學學報》,2005 年第 6 期,32 頁。

②A. 陳彭年等《廣韻》,7 頁;B. 顧野王《大廣益會玉篇》,39 頁;C. 陳第《屈宋古音義》,203 頁;D. 蔣驥《山帶閣注》,52 頁;E. 顧炎武《唐韻正》,233 頁;F. 王念孫《疏證》,668 頁;G. 馬瑞辰《通釋》,78 頁。

③A. 桂馥《札樸》,178 頁;B. 段玉裁《説文解字注》,656 頁;C. 徐富昌《從簡帛本〈老子〉觀察古籍用字問題——以古今字與通假字爲中心》,載武漢大學簡帛研究中心主辦《簡帛》第二輯,上海古籍出版社,2007 年,99 頁;D. 郝懿行《義疏》,434 頁。

074. 望夫君兮未來

未,一作歸。

按:據王注"瞻望於君,而未肯來"云云,則王本作"未"。李善注《雜擬下》"爲我吹參差"句及《三月三日曲水詩序》"發參差於王子"句以及明胡之驥《彙注》先後引此即皆作"未",①是所見不誤。朱本、李錫齡本、金陵本并同。

075. 薜荔柏兮蕙綢,蓀橈兮蘭旌

(1)柏,一作拍。

劉永濟《通箋》引戴震説,并謂"戴説是。字本作拍"。而聞一多則謂:"柏拍皆帕之誤。帕帛古本同字。"②

按:劉説是。《文選》本即作"拍",而明陳第《屈宋古音義》本即作"拍",其自注并謂:"拍,《周禮·醢人》'豚拍、魚醢'。綢,衾褥也,以薜荔與蕙爲之,言其香潔。"③據陳注,作"拍"爲是。清蔣驥《山帶閣注》、胡文英《指掌》本即皆作"拍",而歐陽詢《類聚》、胡之驥《彙注》、王念孫《疏證》、畢沅疏證《釋名》引此也并作"拍"。④ 是皆取捨有本。

(2)蓀,一作荃。

按:據王注"蓀,香草也"云云,當作"蓀"是。錢繹《箋疏》、葛其仁《小爾雅疏證》引此即皆作"蓀"。⑤ 朱本、李錫齡本、金陵本并同。

---

①A. 蕭統《文選》,1455 頁、2067 頁;B. 胡之驥《彙注》,140 頁、373 頁。

②A. 劉永濟《通箋》,92 頁;B. 聞一多《校補》,24 頁。

③陳第《屈宋古音義》,203 頁。

④A. 蔣驥《山帶閣注》,53 頁;B. 胡文英《指掌》,46 頁;C. 歐陽詢《類聚》,1393 頁;D. 胡之驥《彙注》,59 頁;E. 王念孫《疏證》,435 頁;F. 畢沅意見據王先謙《釋名疏證補》引,200 頁。

⑤A. 錢繹《箋疏》,546 頁;B. 葛其仁意見據遲鐸《小爾雅集釋》引,307 頁。

076.女嬃媛兮爲余太息

太息，當作大息。

按：《説文·心部》"憸"字注"大息皃"。段王裁注謂："大各本作太，皃各本作也，皆誤，今正。古無'太息'連文者，淺人爲之也。《口部》'嘆'下曰'大息也'。大息者，呼吸之大者也。"①段説是，它處太息皆仿此。

077.隱思君兮陫側

段玉裁謂："《屈原賦》'隱思君兮陫側'。陫蓋同厞。"此外馬瑞辰也謂："《楚辭·九歌》'隱思君兮陫側'，陫讀如厞，側讀如側陋之側。……側陋、側微皆謂隱藏不出者，是知《詩》言屋漏，《書》言側陋，《爾雅》言厞陋，《楚辭》言陫側，其義一也。"②

按：郝懿行《義疏》於"厞、陋，隱也"條説與段氏略同，并引本篇"陫側"爲證，而顧野王《玉篇》"厞"字注引此則徑作"厞側"，是段、馬二氏説有所本。然事實上，"陫側"即"悱惻"，與隱爲痛義正相吻合。如聞一多即謂"陫側即悱惻，蕭士贇《李太白集注》二二《代寄情楚詞體》《注》引正作悱惻。"此外，徐英、譚介甫、黃靈庚説并同。③

078.朝騁騖兮江皋，夕弭節兮北渚

騁騖，疑作馳騖。

按：《楚辭》"馳騖"一詞習見，如《離騷》"忽馳騖以追逐兮"，《遠遊》"舒并節以馳騖兮"，《惜誓》"馳騖於杳冥之中兮，休息虖

---

①段玉裁《説文解字注》，894 頁。

②A. 段玉裁《説文解字注》，783 頁；B. 馬瑞辰《通釋》，954—955 頁。

③A. 郝懿行《義疏》，375 頁；B. 顧野王《玉篇》，506 頁；C. 聞一多《校補》，24 頁；D. 徐英《楚辭札記》，69 頁；E. 譚介甫《新編》，305 頁；F. 黃靈庚《辯證》，159 頁。此外，據姜亮夫《校注》（196 頁）謂"俞樾以陫側即悱惻，申洪、朱義也、（俞説見《雜纂》第二）"。是俞説又爲聞氏先導。

崑崙之墟",《七諫·自悲》"駕青龍以馳騖兮,班衍衍之冥冥"等
皆是。而"騁騖"僅此一見,據《楚辭》文例,似作"馳騖"是。此
外,孔稚圭《北山移文》:"雖假容於江皋,乃纓情於好爵。"《文
選》李善注:"《楚辭》曰'將馳騖兮江皋'。"① 是唐人所見猶有作
"馳騖"者。

079. 鳥次兮屋上,水周兮堂下

　　譚介甫謂:"按鳥不會常棲屋上。據注'水'當爲'魚'的誤
字。……蓋謂鳥棲屋上,魚游堂下,必無此事,作爲上文的
譬詞。"②

　　按:譚先生所言新穎可從。本句當與《小雅·白華》"有鶖在
梁,有鶴在林"意義相仿佛,即皆以鳥獸失所而喻所求不得。而
參之《白華》篇"鶖、鶴"并舉之例,則本句"鳥"相對應的不當是
"水",而應正是譚先生所言之"魚"也。

(四)湘夫人

080. 帝子降兮北渚,目眇眇兮愁予

　　愁,疑爲瞅之借。

　　按:王逸以來皆釋"愁予"爲"使我憂愁"之意,而引此也皆作
"愁予",如李善注《文選·雜擬下》及顧炎武《詩本音》"顛倒思
予"條及錢大昕《十駕齋養新錄》"一字兩讀"條以及郝懿行《義
疏》引此皆同。③ 然反覆文義,終覺欠安。王逸注謂:"眇眇,好
貌。"以今日之言例之,"目眇眇"即一往情深之眼神。而既言帝

---

　　① 蕭統《文選》,1958 頁。
　　② 譚介甫《新編》,307 頁。
　　③ A. 蕭統《文選》,1477 頁;B. 顧炎武《詩本音》,見氏著《音學五書》,101 頁;C. 錢
大昕《十駕齋養新錄》,92 頁;D. 郝懿行《義疏》,117 頁。

子秋波若水，則釋“愁予”爲令我心碎，於義欠妥。事實上，“愁予”即“瞅予”，二字皆從“秋”得聲，例可通假。今日黔東方言猶尚用之。男女私心喜悦，偶爾偷觀，即謂之“瞅”。其詞猶多用於女子。如“她偷偷的瞅了他一眼”，即指心有所眷而滿含深情的觀望。是本句既言“目眇眇”，則此處之“愁予”宜作“瞅予”爲是。而不必以使動用法釋之爲“使我傷悲”。“瞅”之爲字，檢之《説文》《玉篇》等皆不載，是其書面使用起源當晚。然訓詁之旨，本於聲音。且黔東故地戰國之時本爲楚屬，是驗之故楚遺音，《湘夫人》殆以“愁”爲“瞅”是。

081. 白蘋兮騁望

一本此句上有“登”字。

劉永濟謂：“明朱燮元重刻宋本、黄省曾校刻本，皆作‘登白蘋’。戴霞（筆者按：霞應爲震）本作‘登白蘋’，今從戴本。”此外，聞一多也謂：“當從一本於句上補‘登’字。……《合璧事類外集》五，《李太白集注》一《悲清秋賦》注引有登字，朱本，元本，王鏊本，朱燮元本，黄省曾本，大小雅堂木亦有。”譚介甫則在此基礎上以爲“登，同蹬，《廣雅·釋詁》（一下）‘蹬，履也’。蓋白蘋爲陸生草，可以履蹬；或誤作蘋，蘋是水草，後人以爲不可蹬，故删登字”。[①]

按：諸説可從。李大明也謂“舊拓歐陽詢手書《九歌》作‘登白蘋兮騁望’，有‘登’字，可資校勘”。然“登”不得爲“登履”之“登”或譚先生所謂之“蹬”。據王注“蘋，草，秋生，今南方湖澤皆有之”以及《漢書·司馬相如傳》“薛莎青蘋”句，張揖曰：“青蘋

---

①A. 劉永濟《通箋》，93 頁；B. 聞一多《校補》，25—26 頁；C. 譚介甫《新編》，310 頁。

似莎而大，生江湖，雁所食。"①是"蘋"生於湖澤平緩之地，故不得言"登履"也。登，當之爲言"瞪"也。《廣韻·證韻》："瞪，直視兒。"②所謂直視即注目遠視也。今日湘黔方言仍普遍存有此詞之用法，如口語"眼睛直瞪瞪的"等。而"騁望"也極目遠視之意，乃進一步張揚"登（瞪）"之意義。故"登（瞪）白蘋"當指極目遠視帝子所降之北渚。而木葉下、飛鳥集當也爲目之所見，而非真有其事登于白蘋之上也。

082. 沅有茝兮醴有蘭

醴，一作澧。

按：據王注"言沅水之中有盛茂之茝，澧水之内有芬芳之蘭，異於衆草，以興湘夫人美好亦異於衆人也"云云，是王本作"澧"。而酈道元《水經·澧水注》引此也謂"《離騷》曰'沅有茝兮澧有蘭'"，是同王本。此外，《文選》本、朱本、李錫齡本、金陵本及明胡之驥《彙注》引此也皆作"沅有茝兮澧有蘭"。③ 過去我們也認爲當作"澧"是，但近來意見則認爲醴字不誤。如《尚書·禹貢》"東至於醴"。孔《傳》："醴，水名。"北大點校本《尚書正義》所出阮元校勘記謂："'醴'，《史記》、《漢書》俱作'醴'，鄭氏以醴爲陵名，亦不從水。《史記索隱》曰'騷人聽歌，濯余佩於醴浦'，明醴是水，孔安國、馬融解得其實。又虞喜《志林》以醴是江沅之別流，而'醴'字作'澧'也。據此則以'醴'爲'澧'始於虞喜《志林》。安國本作'醴'，與馬、鄭同耳。"④阮校甚覈，而虞喜爲西晉人，是證"沅有茝兮醴有蘭"之"醴"字不誤，後人多見從水之

---

①A. 李大明《文選"騷類"校文舉例》，載《四川師範大學學報》，2006 年第 6 期，89 頁；B. 班固《漢書》，1929 頁。

②陳彭年等《廣韻》，126 頁。

③A. 陳橋驛《水經注校證》，中華書局，2007 年，868 頁；B. 胡之驥《彙注》，111 頁。

④孔穎達《尚書正義》，163 頁。

"澧"多爲水名而易"醴"爲"澧"也。且本篇"遺余褋兮醴浦"之"醴",一本雖也作"澧",然如王念孫《疏證》、段玉裁《説文解字注》引此也皆作"醴浦"是亦可爲佐證。①

083. 荒忽兮遠望,觀流水兮潺湲

"觀"字疑衍。

按:李善注謝靈運《七里瀨》"石淺水潺湲"句引此也作"觀流水"。② 然此處上下句本五言相偶,上既言"遠望",下可不必再用"觀"字。且"遠望"一詞《楚辭》習見,但凡"遠望"出現在上句者,下句皆無表示相同意義之"觀""視"諸字。如《九章·悲回風》"登石巒以遠望兮,路眇眇之默默",《九懷·匡機》"撫檻兮遠望,念君兮不忘"等皆是,故疑"觀"字或因旁披誤入正文,或因王注"但見"二字而誤增。而《九思·哀歲》"流水兮沄沄,黿鼉兮欣欣"意與此近,其句式結構或亦可爲旁證。

084. 麋何食兮庭中? 蛟何爲兮水裔

食,一作爲。

何劍熏謂:"作'食'是,作'爲'者,乃淺人不知食可訓爲,故以下句'蛟何爲兮水裔'之'爲'以改之。"③

按:據王注,疑作"爲"是。王注常以"當在"釋"何爲",如本篇"鳥萃兮蘋中,罾何爲兮木上",王注"罾當在水中"云云。而王注本句謂"麋當在山林,而在庭中,蛟當在深淵,而在水涯",也是以"當在"釋"何爲"。且"鳥萃兮蘋中,罾何爲兮木上"句,一本"萃"上有"何"字。聞一多謂:"當從一本補'何'字。'鳥何萃兮

---

①A. 王念孫《疏證》,871 頁;B. 段玉裁《説文解字注》,685 頁、929 頁。
②蕭統《文選》,1241 頁。
③何劍熏《新詁》,88 頁。

蘋中’與下‘罾何爲兮木上’句法一律。"①聞説是。而"鳥何萃兮
蘋中"句，王注"萃，集。……夫鳥當集木巓"云云，是"萃"義見於
注文，而本句并没有釋"食"字，是王本應無"食"字。據此，"何
食"當作"何爲"。此或"食""爲"篆書形近而訛。陳第《屈宋古
音義》、李陳玉《楚辭筆注》、蔣驥《山帶閣注》、胡文英《指掌》本
皆作"何爲"是不誤。②

085. 朻芳椒兮成堂

朻，一作播。

按：《文選》本即作"播"，但據洪興祖注"朻，古播字"云云，
是作"朻"是。李錫齡本及文淵閣四庫全書《楚辭章句》《楚辭補
注》本也皆作"朻"。③ 此外，近年出版的中華再造善本《楚辭集
注》據國家圖書館藏宋嘉定六年章貢郡齋刻本影印，時代比端平
本早二十二年，也作"朻"字。而北宋末吳棫《韻補》"壇"字注引
此亦同。④ 是其時所見之本當皆作"朻芳椒兮成堂"。顧炎武《唐
韻正》"蘅"字條引此及蔣驥《山帶閣注》、胡文英《指掌》本皆作
"朻"，⑤是不誤。

086. 擗蕙櫋兮既張

櫋，一作楥。

按："櫋"字不誤，如《淮南子·本經訓》"縣聯房植"句，莊逵
吉即云"縣，即‘櫋’字，辟帶之義，見《楚辭·九歌》"。是以"櫋"

---

①聞一多《校補》，26 頁。

②A. 陳第《屈宋古音義》，204 頁；B. 蔣驥《山帶閣注》，55 頁；C. 李陳玉《楚辭筆
注》，見《續修四庫全書》本，1302 册，40 頁；D. 胡文英《指掌》，50 頁。

③見文淵閣《四庫全書》，臺灣商務印書館，1986 年，第 1062 册，20 頁、153 頁。

④A. 朱熹《楚辭集注》，北京圖書館出版社，2003 年；B. 吳棫《韻補》，43 頁。

⑤A. 顧炎武《唐韻正》，295 頁；B. 蔣驥《山帶閣注》，56 頁；C. 胡文英《指掌》，52 頁。

字不誤。而顧炎武《唐韻正》"蘅"字注引此即同王本。① 一本作
"樀"者,當以"榻"常誤爲"樀"字故也,如《釋名》"栢,旅也,連旅
旅也。或謂之榻"條,畢沅曰"'榻',今本作'樀',誤也"是證。
而段玉裁《説文解字注》引此正作"榻",是説有所據。②《文選》
本、朱本、李錫齡本、金陵本并同。

087. 白玉兮爲鎮

鎮,一作瑱。

按:《文選》本、朱本、李錫齡本、金陵本并作鎮。然據《東皇
太一》"瑤席兮玉瑱"句,洪興祖《補注》謂"《周禮》'玉鎮,大寶
器。古書作瑱'"云云,則當作"瑱"是。吳棫《韻補》"蘅"字注引
此亦作"瑱",是北宋人所見猶有不誤者。而顧炎武《唐韻正》
"蘅"字注引此也作"瑱"是不誤。③

088. 繚之兮杜衡

徐仁甫謂:"洪《注》引一本'兮'下有'以'字,衍文,蓋不知
'兮'即'以'。"

按:徐先生從文法所校甚是。此外,從文氣言,無此"以"字
更覺暢然。而吳棫《韻補》"蘅"字注及胡之驥《彙注》引此皆無
"以"字,是宋、明人所見略同。④

089. 九嶷繽兮並迎,靈之來兮如雲

劉師培謂:"《類聚》卷七引作九疑紛兮並近。"而何劍熏亦引

---

①A. 莊逵吉意見據劉文典《集解》引,246—247 頁;B. 顧炎武《唐韻正》,295 頁。
②A. 畢沅意見據王先謙《釋名疏證補》引,184—185 頁;B. 段玉裁《説文解字注》,
449 頁。
③A. 吳棫《韻補》,48 頁;B. 顧炎武《唐韻正》,295 頁。此外,本條目"玉"字所據底
本誤作"王",今徑改。
④A. 徐仁甫《楚辭文法概要》,200 頁;B. 吳棫《韻補》,48 頁;C. 胡之驥《彙注》,
33 頁。

劉説并謂："'嶷'當從《類聚》作'疑'，因古九嶷之嶷，只作疑，今長沙漢墓出土地圖尚作九疑。'繽'亦當依《類聚》作'紛'。"①

按：何先生所言可從。《楚辭》中，"疑""嶷"常混用，如前所舉《離騒》"百神翳其備降兮，九疑繽其並迎"條即爲佐證。且劉淵林注《文選・吳都賦》引此正作"九疑"是證。② 而《楚辭》中"紛"常誤爲"繽"，如前所舉《離騒》"百神翳其備降兮，九疑繽其並迎"之"繽"即爲"紛"之誤。而"紛兮"即"紛其"，本處作"兮"者，因"'兮'之用猶其也"，③故據本篇句例改"其"爲"兮"。此如《九章・涉江》等篇之"紛其"，《九歌・東皇太一》作"紛兮"；而《東皇太一》"五音紛兮繁會"之"紛兮"，《文選・演連珠》李善注作"紛其"。此外據《藝文類聚》卷七"九疑山"條引此謂"《楚辭・九歌》曰'九疑紛兮並近'"。是唐人所見猶有作"紛兮"者。④

（五）大司命

090. 使凍雨兮灑塵

灑，一作洒。

按：此"洒"讀爲"洗"，與"灑"通假，如宋丁度《集韻》"灑"字注謂"或作洒"，是其義無別。但據丁度《集韻》"凍"字注引"《爾雅》'暴雨謂之凍雨'。郭璞曰'今江東呼夏月暴雨爲凍雨。引《楚辭》'使凍雨兮灑塵'"。是宋人所見郭璞《爾雅》本尚作灑。此外，《藝文類聚》"雨"字條引本文也作"灑塵"，⑤是唐人所見也如此。朱本、李錫齡本、金陵本并同。

---

①A. 劉師培《考異》，1142 頁；B. 何劍熏《新詁》，90 頁。

②A. 詳前《離騒》"百神翳其備降兮"條（052 條）；B. 蕭統《文選》，233 頁。

③聞一多《校補》，28 頁。

④A. 蕭統《文選》，2389 頁；B. 歐陽詢等《類聚》，140 頁。

⑤A. 丁度《集韻》，467 頁、4 頁；B. 歐陽詢等《類聚》，26 頁。

091. 乘清氣兮御陰陽

清,一作精。

按:雖然如顧炎武《唐韻正》"阢"字注引此亦同王本。① 然當作精爲是。如《後漢書·志十七》:"時則有下人伐上之痾。"鄭玄曰:"陰陽之神曰精氣。"②是可爲此注脚。此外,典籍"陰陽"與"精氣"也常相爲用,如《莊子·在宥》:"吾欲取天地之精,以佐五穀,以養民人。"成玄英疏:"天地陰陽精氣,助成五穀,以養蒼生也。"③阮籍《達莊論》"身者,陰陽之精氣也"④是皆爲證。而吳棫《韻補》"坑"字注引此正作"精氣",⑤是宋人所見尚有不誤者。

092. 吾與君兮齋速

朱熹《集注》作"吾與君兮齊速",注謂:"齊,如字,又音諧,又側皆反;一作齋,非是。"⑥

按:朱説是。齊訓疾,載諸典籍。如《國語·楚語下》:"敬不可久,民力不堪,故齊肅以承之。"韋昭注謂:"肅,疾也。承,奉也。"⑦王引之《經義述聞·國語下》"齊肅"條論此則謂:"此'齊'字當訓爲'疾',與'肅'同意,故以齊肅連文。《爾雅》曰'肅、齊,疾也'。敬不可久,故欲其疾速也。《玉藻》曰'君子之容舒遲,見所尊者齊遫'。舒也,遲也,皆緩也。齊也,遫也,皆疾也,與此'齊速'同義。"此外,桂馥引此雖也本於王本作"齋速",然其釋義也謂"齋

---

①顧炎武《唐韻正》,274 頁。

②范曄《後漢書》,2273—2274 頁。

③劉文典《補正》,308 頁。

④陳伯君《阮籍集校注》,中華書局,1987 年,140 頁。精原作積,范陳本、梅本、李本作精,今據改。

⑤吳棫《韻補》,42 頁。

⑥朱熹《集注》,38 頁。

⑦徐元誥《國語集解》,中華書局,2002 年,517 頁。

速亦疾也”。① 是皆可證朱氏所論。而吳棫《韻補》“坵”字注引此正作“齊速”，②是早於朱熹之北宋末人所見猶有不誤者。此外，顧炎武《唐韻正》“阬”字注、張文虎《舒藝室餘筆》引此及陳第《屈宋古音義》、蔣驥《山帶閣注》、胡文英《指掌》等皆作“齊速”，③是明清人所見略同。

093. 靈衣兮被被，玉佩兮陸離

聞一多謂：“靈當爲雲，字之誤也。……雲衣與玉佩對文。《東君》曰‘青雲衣兮白霓裳’，亦言雲衣。《九歎·遠逝》曰‘服雲衣之披披’，則全襲此文。”④

按：潘岳《寡婦賦》“瞻靈衣之披披”句顯係化用此文，足證潘岳所見亦爲“靈衣”，而李善注引此也謂“《楚辭》曰‘靈衣兮披披’”，⑤是晉唐時人所見猶有作“靈衣”者。此外，顧炎武《唐韻正》“披”字條引此及胡文英《吳下方言考》“被被”條引此亦皆作“靈衣”。⑥ 且揆之楚簡及楚地民俗，“靈衣”當不誤。如據睡虎地《日書》甲種“衣：製衣，丁丑媚人，丁亥靈，丁巳安於身，癸酉多衣”條等所載內容，是“古人既相信軀、魂有靈，亦相信衣服有靈”。⑦ 是“靈衣”不必爲“雲衣”也。

---

①A. 王引之《經義述聞》，山東友誼出版社，1990 年，2076—2077 頁；B. 桂馥《札樸》，294 頁。

②吳棫《韻補》，42 頁。

③A. 顧炎武《唐韻正》，274 頁；B. 張文虎《舒藝室餘筆》，見氏著《舒藝室隨筆》，246 頁；C. 陳第《屈宋古音義》，205 頁；D. 蔣驥《山帶閣注》，58 頁；E. 胡文英《指掌》，56 頁。

④聞一多《校補》，30 頁。

⑤蕭統《文選》，737 頁。

⑥A. 顧炎武《唐韻正》，243 頁；B. 胡文英著、徐復校議《吳下方言考校議》，鳳凰出版社，2012 年，39 頁。

⑦晏昌貴《簡帛數術與歷史地理論集》，商務印書館，2010 年，7 頁。

（六）少司命

094. 夫人自有兮美子

一作夫人兮自有美子。

劉永濟謂：“按朱爕元本、黃省曾本，皆作‘夫人兮自有美子’。蔣驥楚辭餘論謂‘兮字當在人字下’。梁章鉅從之，戴本同，今據改。”①

按：劉先生所言甚是。“夫人兮自有美子”其辭氣較今本爲勝。而傳統本子除劉先生所言蔣驥本等外，朱熹《集注》、陳第《屈宋古音義》、胡文英《指掌》本也皆作“夫人兮自有美子”也。②

095. 蓀何以兮愁苦

聞一多謂：“以當從一本作爲。”③

按：聞說可從。《楚辭》篇中“何以兮”作爲問詞，僅此一見。而“何爲兮”反復出現且皆出現於《九歌》中，如《湘夫人》“鳥萃兮蘋中，罾何爲兮木上”“麋何食兮庭中？ 蛟何爲兮水裔？”《河伯》“靈何爲兮水中”等皆言“何爲兮”是證。此外據王注“司命何爲主握其年命，而用思愁苦也”云云，是王本本作“何爲”。朱本、李錫齡本、金陵本并作“何以”則皆誤也。

096. 悲莫悲兮生別離，樂莫樂兮新相知

按：此二句疑誤倒。雖然如顧炎武《唐韻正》“知”字條及“離”字條引此并同王本。④ 然本篇強調的是“生別離”而不是“新相知”，其強調之内容當在後才是。如《水經注》卷二十六“故《琴操》

---

①劉永濟《通箋》，93 頁。
②A. 陳第《屈宋古音義》，206 頁；B. 胡文英《指掌》，59 頁。
③聞一多《校補》，31 頁。
④顧炎武《唐韻正》，239 頁、248 頁。

云'殯死,妻援琴作歌曰:樂莫樂兮新相知,悲莫悲兮生別離。哀感皇天,城爲之隳"。其辭如此可爲明證。此外,後世樂府詩《艷歌何嘗行》與《雙白鵠》化用此意也是"樂哉新相知,憂來生別離"似也可爲旁證。而徐仁甫所謂"此文原以'別離'爲陪,'相知'爲主"則導夫先路也。①

097. 荷衣兮蕙帶,儵而來兮忽而逝

儵,一作倏。

按:今本《招魂》"往來儵忽"之"儵",《文選》本及李善注陸機《樂府十七首》(長歌行)"倏忽幾何間"句引此即皆作"倏"。是《楚辭》中"儵、倏"相混現象甚衆。但我們認爲儵與倏其形稍遠,或難致誤。儵當爲倏。劉義慶《幽明録》載"(吕球)見一少女,乘船采菱,舉體皆衣荷葉。因問'姑非鬼邪?衣服何至如此?'女則有懼色,答云'子不聞'荷衣兮蕙帶,倏而來兮忽而逝'乎"。是所見即作"倏"。而據段玉裁注《説文》"倏"字謂或假"儵"字爲之之説。是其字作"倏"是。如此則別本作"倐"實爲"倏"之形誤。明顧炎武《唐韻正》"離"字注引此雖也作"儵",然早於顧氏之汪瑗《集解》正作"倏",是不誤。②

098. 與女遊兮九河,衝風至兮水揚波

洪興祖謂:"王逸無注,古本無此二句。……此二句,《河伯》章中語也。"朱熹《集注》贊同洪説,也謂"當删去"。③ 後來者如陳第、戴震、聞一多、姜亮夫等也皆踵武前説。但蔣天樞指出"通先後

---

①A. 陳橋驛《水經注校證》,615 頁;B. 2015 年 9 月 11 日檢閲徐先生《楚辭別解》(30 頁)而補録。

②A. 蕭統《文選》,1306—1307 頁;B. 劉義慶《幽明録》,見《漢魏六朝筆記小説大觀》,723 頁;C. 段玉裁《説文解字注》,829 頁;D. 顧炎武《唐韻正》,248 頁;E. 汪瑗《集解》,128 頁。

③A. 洪興祖《楚辭補注》,40 頁;B. 朱熹《集注》,40 頁。

文觀之,有者是,樂章歌詞不避複也"。①

　　按:蔣先生所言甚是。《藝文類聚》"河水"條引文即謂"《楚辭》曰'與汝遊兮九河,衝風起兮水揚波'";而"蛟"字條引文謂"《楚辭》曰'與汝游兮九河。衝風起兮橫波。乘水車兮荷蓋。駕兩龍兮驂螭'",其引文迥然分明,是我們認爲"河水"條之引文即《少司命》文,雖"起"字與今本異,但也足證歐陽詢所見本有此二句。② 此外《文選》李善注本也有此二句,惟"風"作"飆"而已。而胡克家《文選考異》雖也主張無此二句爲是,但胡氏也指出五臣濟所見本有此二句。而覽之本篇,"與女遊兮九河,衝風至兮水揚波。與女沐兮咸池,晞女髮兮陽之阿"四句一氣呵成,有此"與女遊兮九河,衝風至兮水揚波"二句當是。胡文英《指掌》即謂"洪興祖云古本無二句,古本豈能先于王逸及《文選》哉。疑而存之則可,坊本直删之,鄰于妄作矣。"③胡氏所言甚是。顧炎武《唐韻正》"池"字注引此即謂"《楚辭·九歌·少司命》'與女遊兮九河,衝風至兮水揚波。與女沐兮咸池,晞女髮兮陽之阿'"。④ 李錫齡本、金陵本并有此二句。

　　　　　　　　(七)東君

099. 羌聲色兮娛人

　　聲色,一作色聲。

　　按:朱熹《集注》、陳第《屈宋古音義》皆作"色聲"。⑤ 但"聲

---

①A. 陳第《屈宋古音義》,206 頁;B. 戴震《屈原賦注》,109 頁;C. 聞一多《校補》,32 頁;D. 姜亮夫《校注》,228 頁;E. 蔣天樞《校釋》,156 頁。

②歐陽詢《類聚》,156 頁、1664 頁。

③A. 蕭統《文選》,1524 頁、1526 頁;B. 胡文英《指掌》,60 頁。

④顧炎武《唐韻正》,251 頁。

⑤A. 朱熹《集注》,41 頁;B. 陳第《屈宋古音義》,207 頁。

色”一詞典籍習見,如《莊子·天地》“且夫趣舍聲色以柴其内”,《達生》“凡有貌象聲色者”,《盜跖》“且夫聲色滋味權勢之於人”等皆是。且據洪注“有聲者以聲聞,有色者以色見”云云,是洪氏所見王本也是作“聲色”。而如顧炎武《唐韻正》“蛇”字條引此正作“聲色”是不誤。① 李錫齡本、金陵本并同。

100. 緪瑟兮交鼓,簫鍾兮瑶簴

(1)緪,一作絚。

按:李善注馬融《長笛賦》“若絚瑟促柱”句引此即作“絚瑟兮交鼓”,②是爲一本作“絚”之證。然絚當爲緪之省。如王念孫《雜志》謂:“……‘絚’讀若‘亘’,字本作‘揯’,又作‘絚’。《説文》‘揯,引急也’。又曰‘緪,急也’。《楚辭·九歌》‘緪瑟兮交鼓’,王注曰‘緪,急張弦也’。‘絚’即‘緪’之省文。”王説是。如《廣韻》“緪,急張,亦作絚”是證。而王氏《疏證》引此也作“緪”也。③ 此外顧野王《玉篇》“緪”字注、吳棫《韻補》“姱”字注及顧炎武《唐韻正》“姱”字注、錢繹《箋疏》等引此即皆作“緪”。④ 而陳第《屈宋古音義》、蔣驥《山帶閣注》、胡文英《指掌》及朱本、李錫齡本、金陵本并同。⑤

(2)交鼓,疑爲攴鼓之訛。

按:首先“簫”爲“蕭”之訛。“簫”,洪興祖引一本作“蕭”。戴震云:“蕭,一作簫,通。洪景盧云‘洪慶善注《東君》篇‘簫

---

① 顧炎武《唐韻正》,241 頁。

② 蕭統《文選》,810 頁。

③ A. 王念孫《雜志》,2193 頁。此外,段玉裁《説文解字注》“緪”字條(1145 頁)説略同,可互參;B. 陳彭年《廣韻》,126 頁;C. 王念孫《疏證》,119 頁。

④ A. 顧野王《玉篇》,633 頁;B. 吳棫《韻補》,64 頁;C. 顧炎武《唐韻正》,266 頁;D. 錢繹《箋疏》,405 頁。

⑤ A. 陳第《屈宋古音義》,207 頁;B. 蔣驥《山帶閣注》,61 頁;C. 胡文英《指掌》,64 頁。

鍾’，一蜀客過而見之曰：一本‘簫’作‘攕’，《廣韻》訓爲擊也。
蓋是‘擊鍾’正與‘絚瑟’爲對耳。”①其説得之，是“簫”爲“蕭”之
訛，而“蕭”爲“攕”之借。而“瑶簴”即“摇簴”，如王念孫《疏證》
謂：“《楚辭·九歌》‘蕭鍾兮瑶簴’，蕭，擊也。瑶與摇通。動也。
《招魂》‘鏗鍾摇簴’，王逸注云‘鏗，撞也。摇，動也。是其證
矣’。”②是“簫鍾”“絚瑟”“瑶簴”皆爲動詞，故“交鼓”不得訓爲“對
擊鼓”而與所舉諸詞失偶，“交”當爲“攴”之訛。交與攴形近易訛，
如《墨子·經説上》：“圜，規寫攴也。”孫詒讓謂：“‘攴’，……疑當
爲‘交’之誤。後《備城門篇》‘薪食足以攴三月以上’，‘攴’，今
本誤‘交’。此‘交’誤作‘攴’，猶彼‘攴’誤作‘交’也。”此外，同
篇“方，矩見攴也”，孫詒讓謂：“‘見攴’，疑亦當爲‘寫交’。”③凡
此皆“交、攴”相訛之例。而《説文·攴部》謂：“攴，小擊也。”段
玉裁注：“《手部》曰‘擊，攴也’。此云‘小擊也’。同義而微有
别。”④是“攴、擊”統言無别。而本處作“攴鼓”正與“簫鍾”“絚
瑟”“瑶簴”相偶，是其詞作“攴”無疑。⑤

（3）簴，疑爲虡之誤。

按洪興祖曰：“簴，其吕切。《爾雅》木謂之虡，縣鍾磬之木
也。瑶簴，以美玉爲飾也。”而《後漢書·光武帝紀》：“鍾虡之
樂。”李賢注：“《爾雅》曰‘木謂之虡’。所以懸鍾磬也。《説文》
曰‘虡飾爲猛獸’。”《董卓列傳》：“悉取洛陽及長安銅人、鍾虡、
飛廉、銅馬之屬，以充鑄焉。”李賢注：“鍾虡以銅爲之，故賈山上

①戴震《屈原賦注》，109 頁。
②王念孫《疏證》，321 頁。此外，王氏《讀書雜志·餘編下》“簫鍾兮瑶簴”（2650
頁）條説同。
③引文俱見孫詒讓《閒詁》，343 頁。
④段玉裁《説文解字注》，218 頁。
⑤2010 年 1 月 17 日晨檢閲郭在貽《〈楚辭〉解詁（續）》（《訓詁叢稿》，19—20 頁。）
郭先生已有此論，本文所論可視爲補充。

書云'懸石鑄鍾虡'。《前書音義》曰'虡,鹿頭龍身,神獸也'。
《説文》'鍾鼓之跗,以猛獸爲飾也'。"①據所引《後漢書》之材料,
則相關文獻皆作"鍾虡",而《招魂》"鏗鍾摇簴",一本"簴作虡",
則其所見本尚有作"鏗鍾摇虡"者,綜合言之則自以"虡"爲是。
而吳棫《韻補》"姱"字注引此正作"虡",②是其所見尚不誤。

101. 鳴篪兮吹竽

篪,一作箎。

按:據《後漢書》李賢注"《世本》曰'暴辛公作箎,以竹爲之,
長尺四寸,有八孔'"之説,則作"箎"是。吳棫《韻補》"姱"字注
引此作正"箎"。③ 是亦足證北宋人所見猶不誤。

102. 翾飛兮翠曾

翠曾,疑爲崔嵬之聲誤。

按:據王注"言巫舞工巧,身體翾然若飛,似翠鳥之舉也"云
云,是王注以"翠"爲"翠鳥",但此釋恐誤。檢之典籍,鮮見"翠,
翠鳥"也之詁訓,而且"翠曾"一詞也罕見於典籍。故王念孫以爲
"曾與翻通"。然考之本句,"翠曾"不當分釋,本處之"翠"疑作
"崒",形近而訛。而"崒曾"實則"崔嵬"之聲轉也。《説文·山
部》:"崒,危高也。"段注:"按《小雅·十月之交》箋曰'崒者,崔
嵬'。……《漸漸之石》曰'漸漸之石,維其卒矣'。箋云'卒者,
崔嵬也……'是鄭謂卒爲崒之假借字。"④則"崒"者高貌也,此與

①《光武帝紀》《董卓列傳》文見范曄《後漢書》,54 頁、1571 頁。
②吳棫《韻補》,64 頁。
③A. 范曄《後漢書》,78 頁;B. 吳棫《韻補》,64 頁。
④A. 王念孫《疏證》,121 頁;B. 段玉裁《説文解字注》,768 頁。此外,2014 年 12
月 21 日見于鬯《香草校書》(1129 頁)"未及上翠微"條也釋"翠微"爲崔嵬,可與本條
相發明。

"翾飛"爲疾飛之義相合。① 然若"崒曾"爲詞,也殊爲不類。故疑
"崒(翠)曾"實爲"崔嵬"之聲轉也。

103. 展詩兮會舞,應律兮合節

應律兮合節,疑作合律兮應節。

按:典籍皆言"合律"與"應節"。且歌詩皆對應於"合律",
而舞蹈相應於"應節"。如郭璞《遊仙詩》(雜縣寓魯門):"姮娥
揚妙音,洪崖頷其頤。"《文選》李善注"《列子》曰'頷其頤則歌合
律'"。②《列子·湯問篇》"巧夫頷其頤,則歌合律;捧其手,則舞
應節"是證。③ 此外,《搜神記·葛玄》載:"又指蝦蟆及諸行蟲燕
雀之屬使舞,應節如人。"《趙公明參佐》:"諸鬼聞鼓聲,皆應節起
舞。"④凡此皆詩歌合律,應節起舞。而王注"言乃復舒展詩曲,作
爲雅頌之樂,合會六律,以應舞節"云云,是王本不誤。

(八)河伯

104. 與女遊兮九河,衝風起兮橫波

一本"橫"上有"水"字。

李大明謂:"《楚辭章句》舊本《河伯》二句本作'與女遊兮九
河,衝風起兮橫波',宋代纔出現了作'水橫波'、'水揚波'之異
本。"而姜亮夫則謂:"若無水字,則句義不貫。"此外,何劍熏《新
詁》也謂"'橫波'當從一本上增'水'字"。⑤

按:端平本朱熹《集注》作"橫波',注謂"橫,一作水揚",而

---

①訓"翾"爲"疾",詳王念孫《雜志》(2685 頁)"翾鳥舉而魚躍兮"條。
②蕭統《文選》,1022—1023 頁。
③楊伯峻《列子集釋》,中華書局,1979 年,179—180 頁。
④干寶《搜神記》,見《漢魏六朝筆記小說大觀》285 頁、314 頁。
⑤A. 李大明《洪興祖〈楚辭考異〉所引〈楚辭章句〉六朝"古本"考》,載《四川師範
大學學報》,1994 年第 2 期,44 頁;B. 姜亮夫《校注》,240 頁;C. 何劍熏《新詁》,104 頁。

比其時代更早的章貢郡齋刻本《集注》則謂“橫一作水”。據此，本句歧異重出。但據《集注》章貢郡齋刻本及本篇兩句之間多爲“□□□兮□□，□□□兮□□”之六言對偶句式來看，是作“橫波”無疑。

105. 乘水車兮荷蓋，駕兩龍兮驂螭

（1）譚介甫謂：“洪補引《括地圖》説‘馮夷常乘雲車，駕二龍’。我疑那一句即是根據這兩句説的，所以今本‘水車’的‘水’字本在上句‘橫波’上，但脱去‘乘’下的‘雲’字了，這是很明顯的。”[1]

按：據譚先生所言則本句爲“乘雲車兮荷蓋，駕兩龍兮驂螭”。揆情度理，所言近是。如曹植《洛神賦》：“六龍儼其齊首，載雲車之容裔。”是言“載雲車”；而陸機《前緩聲歌》：“清輝溢天門，垂慶惠皇家。”李善注“《淮南子》曰：馮夷，大禹之御也。乘雲車，排閶闔”。[2] 是言“乘雲車”。凡此皆與譚先生校“乘水車”爲“乘雲車”義近。而曹植“六龍”“雲車”并舉或本即化用本篇所成。

（2）駕，疑作服。

按：典籍“服、驂”常連用，如《荀子·哀公篇》：“定公不悦，入謂左右曰‘君子固讒人乎！’三日而校來謁，曰‘東野畢之馬失。兩驂列，兩服入廄’。”此外《漢書·揚雄傳》謂：“麗鉤芒與驂蓐收兮，服玄冥及祝融。”[3]是“驂、服”對言。而《淮南子·覽冥訓》：“服駕應龍，驂青虯。”王念孫謂：“‘服應龍’、‘驂青虯’，相對爲文，故高注曰‘在中爲服，在旁爲驂’。‘服’下不當有‘駕’字，此後人據高注旁記‘駕’字，因誤入正文也。”[4]王説是。如《戰國

①譚介甫《新編》，333—334 頁。
②曹植、陸機文見蕭統《文選》，900 頁、1315 頁。
③A. 王先謙《荀子集解》，546 頁；B. 班固《漢書》，2627 頁。
④王念孫《雜志》，2106 頁。

策·魏策一》："王獨不見夫服牛驂驥乎？……聽相之計,是'服牛驂驥'也。"①是也"服、驂"爲文。此外,《楚辭》中其例也見,如《遠遊》"服偃蹇以低昂兮,驂連蜷以驕驁"是也。而《國殤》"左驂殪兮右刃傷"句,何劍熏也以爲"刃"爲"服"之誤。且據曾侯乙墓簡册《乘馬》看,其驂與服也一一相對而言。② 是據傳世典籍及出土楚簡之文例,本篇之"駕"當涉王注"驂駕螭龍"之"駕"字而誤。

106. 登崑崙兮四望,心飛揚兮浩蕩。日將暮兮悵忘歸,惟極浦兮寤懷

（1）"悵"字疑衍。

劉永濟謂："按依叔師注義,則王本悵字作憺。與東君篇'觀者憺兮忘歸',山鬼篇'留靈脩兮憺忘歸'同,與山鬼篇'怨公子兮悵忘歸'異。洪氏補注易其義,兼改其字耳。今改復王本之舊。"③而聞一多也謂："劉説是也。此涉《山鬼》'怨公子兮悵忘歸'而誤。"④

按:此"悵"非"憺"字之誤,"悵"當爲衍文。因爲本篇自首句"與女遊兮九河,衝風起兮橫波"至"魚鱗屋兮龍堂,紫貝闕兮朱宫"凡十句,除此兩句外,其餘兩句之間皆"□□□兮□□,□□□兮□□"之六言對偶句式,而本句位於"魚鱗屋兮"句上,揣之文法,則不應此處之"悵忘歸"獨獨三字而與"寤懷"失偶。而劉永濟先生所舉《東君》"羌聲色兮娛人,觀者憺兮忘歸"及《山鬼》"留靈脩兮憺忘歸,歲既晏兮孰華予"等例之"憺忘歸"并不適用於本句,因其所舉《東君》之句法爲"□□□兮□□,□□憺兮

---

①何建章《戰國策注釋》,849 頁。

②A.何劍熏《新詁》,114 頁;B.《乘馬》簡文詳陳偉等著《楚地出土戰國簡册[十四種]》,363—366 頁。

③劉永濟《通箋》,94 頁。

④聞一多《校補》,34 頁。

□□",“憺”位於“兮”字上,并不組成“憺忘歸”一詞,而是“忘歸”與“娛人”并舉。而《山鬼》篇之“憺忘歸”則與“執華予”并舉。至於《山鬼》篇之“怨公子兮悵忘歸,君思我兮不得閒”句,其“悵忘歸”則與“不得閒”相舉,凡此三例皆兩兩相偶,故不得援之以定本篇。且王注《山鬼》之“怨公子兮悵忘歸”句謂“故我悵然失志而忘歸也”,是釋“悵”字。但王注本篇僅謂“言己心樂志説,忽忘還歸也”,是王本無“悵”字。故可定“悵”字當因《山鬼》篇“怨公子兮悵忘歸”之“悵忘歸”而衍。

（2）“日將暮兮”兩句當互乙。

按:反復誦之,“日將暮兮”兩句則又當作“惟極浦兮寤懷,日將暮兮忘歸”方是。因“登崑崙兮四望,心飛揚兮浩蕩”乃先言因,後言果。而此四句本又相偶,且據之《楚辭》,言“惟”而表因果之句式也多是前因後果,如《哀郢》“惟郢路之遼遠兮,江與夏之不可涉”,《悲回風》“惟佳人之永都兮,更統世而自貺”等。因此本句表因之“惟極浦兮寤懷”當居前,且就詞氣而言,“登崑崙兮四望,心飛揚兮浩蕩。惟極浦兮寤懷,日將暮兮忘歸”更是一氣呵成,無原句拗口之感。

107. 魚鱗屋兮龍堂,紫貝闕兮朱宫。靈何爲兮水中,乘白黿兮逐文魚。與女遊兮河之渚,流澌紛兮將來下

按:本段疑有脱簡,本篇句子皆兩兩相偶,獨此處參差不一,疑“靈何爲兮”句上及“乘白黿兮”句下當分別補“□□□兮□□”及“□□□兮□□□”兩句。試述如次:本篇之“中”與“宫”顯然爲韻,故可定所脱句當在“靈何爲兮”句上,而參之本篇“魚鱗屋兮龍堂,紫貝闕兮朱宫”諸句,句式也皆平行并列。故所脱句當爲“□□□兮□□”。而“乘白黿”句與前後句子皆不相適。故疑此處也有脱簡。其位置或位於“乘白黿”句上,或位於

其下。但考慮到本句前言"靈何爲兮水中",故"逐文魚"當緊隨其後方是。因此當於"乘白黿"句下補"□□□兮□□□"一句。

(九)山鬼

108. 被薜荔兮帶女羅

羅,一作蘿。

按:"女蘿"恒語也,如《爾雅·釋草》"唐蒙、女蘿、菟絲"句即作"羅",而郭璞注"蒙玉女"句也謂"蒙即唐也。女蘿別名"。① 此處女羅與薜荔對言,則宜作"蘿"是。此外,王念孫《疏證》於"女蘿,松蘿也"之疏證引此即謂"《小雅·頍弁篇》'蔦與女蘿,施于松柏',傳云'女蘿,菟絲、松蘿也'。《楚詞·九歌》云'被薜荔兮帶女蘿',王逸注云'女蘿,菟絲也'"。是王氏也以作"蘿"爲是。而歐陽詢《類聚》"笑"字條引此及《文選》本也皆作"蘿",是唐人所見不誤。②

109. 東風飄兮神靈雨

"神靈雨"疑爲"神霝雨"之誤。

按:《楚辭》言"神靈"者僅此一見。它處凡言今日至上神意義之"神靈"者,大皆以"靈"言之,如《東君》"靈之來兮蔽日"是也;或謂"靈,一作神",如《九辯·九》"歷羣靈之豐豐","靈,一作神"是也;《山鬼》以外,皆無"神靈"使用之例。且檢閱先秦相關典籍,如《詩》《書》《左傳》《國語》《老子》《莊子》《孟子》《論語》《易》《墨子》《三禮》《逸周書》等,似皆不見"神靈"一詞;而見於《山海經》者一例,即《海外南經》之"神靈所生,其物異形"

①郭璞注據胡小石《〈楚辭〉郭注義徵》引,詳《胡小石論文集》,50頁。
②A. 王念孫《疏證》,1202頁;B. 歐陽詢《類聚》,356頁。

句。①《山海經》各篇之時代，據袁行霈先生研究，“《海經》記載海内外各殊方異國的傳聞，夾雜大量古代神話，寫成的時代較晚。其中多有秦漢郡縣地名，又爲《淮南子·地形訓》所本，可以肯定是秦或西漢初年的作品。”②無獨有偶，《山海經》之“神靈”一詞恰巧出現在《海外南經》之“神靈所生，其物異形”一句，此或絕非巧合；而《戰國策》“神靈”一詞則分别出現在《秦策》二之“若太后之神靈明知死者之無知矣”和《趙策》二之“非社稷之神靈，即鄗幾不守”的句子中。③《戰國策》之成書時代，繆鉞曾謂“《戰國策》本非先秦成書”。④而聶石樵雖然説《戰國策》“基本上是一部先秦古書”，但也謂“其中也可能有若干篇章是秦漢人所作”。⑤《公羊傳》僖公二十一年有“吾賴社稷之神靈”語，⑥而聶石樵謂“戰國末期，《公羊傳》尚處在口耳相傳階段”，“到漢景帝時才寫完”。⑦《大戴禮記·曾子天圓》有“神靈者，品物之本也”一語，而王文錦在爲《大戴禮記解詁》點校所作的前言也以爲“《大戴禮記》這部資料匯輯，編定於東漢時期”；⑧據此看來，《戰國策》諸書時代之確定雖然還可以商量討論，但“神靈”一詞的普遍出現看來當在秦漢以後了。

余以爲，“靈”當即“霝”之誤。因“零”“霝”與“靈”音同字近，古代常易混用。如陶淵明《述酒》（重離照南陸）“西靈爲我

①袁珂《山海經校注》，巴蜀書社，1993 年，225 頁。

②袁行霈《當代學者自選文庫·袁行霈卷》，安徽教育出版社，1999 年，5 頁。

③何建章《戰國策注釋》，148 頁、679 頁。

④繆鉞《戰國策考辯·序》，見繆文遠《戰國策考辯》，中華書局，1984 年，1 頁。

⑤聶石樵《先秦兩漢文學史稿》（先秦卷），北京師範大學出版社，1994 年，424 頁。

⑥公羊壽傳，何休解詁，徐彦疏《春秋公羊傳注疏》，《十三經注疏》（標點本），北京大學出版社，1999 年，244 頁。

⑦聶石樵《先秦兩漢文學史稿》（先秦卷），297—298 頁。

⑧引文見王聘珍撰，王文錦點校《大戴禮記解詁》，中華書局，2006 年，99 頁、7 頁。

訓”一句,據袁行霈《陶淵明集箋注》“靈一作雲,又作零”。① 而
《淮南子·主術訓》“君人之道,其猶零星之尸也”之“零”字,劉
文典謂《北堂書鈔》卷九十引作“靈”。② 而饒宗頤《固庵文録·
説零》一文也謂“‘零’字見於《詩》:東山云‘零雨’,石鼓文作‘霝
雨’,‘霝’應是‘零’本字。……‘零’字古與‘霝’通用。《説文》
霝,雨零也。……引《詩》‘霝雨其濛’。與《石鼓文》同。今詩作
‘零雨’。漢碑有時借‘零’爲‘靈’,可見兩字通用。”③就此看來,
古代“零”“霝”“靈”三字常相通用也。

　　而“霝雨”一詞習見於先秦典籍,如《詩·東山》“霝雨其
濛”,今《詩》作“零雨其濛”,④而王先謙謂“《齊》、《韓》作霝”。
陳奐則謂“零當爲霝。《説文》引《詩》作‘霝雨其濛’”。⑤ 陳説是
也。上引饒宗頤先生一文也謂《説文》“引《詩》‘霝雨其濛’與石
鼓文同”。此外,甲骨卜辭如 1416、1417、1418、1419 等片習見“令
雨”一詞,⑥而據《漢書·蘇武傳》“丁令盗武牛羊”,師古注:“令
音零。丁令,即上所謂丁靈耳。”⑦《後漢書·孔融傳》作“丁零盗
蘇武牛羊,可併案也”。⑧ 是也“令、靈、零”通用之例。所以“令
雨”或即“零雨”“霝雨”“靈雨”也。而從“貞帝不其令雨”(《合》
1417)、“甲辰帝不其令雨”(《合》1419)、“貞,今十一月帝不其令
雨”(《合》14138)及“乙巳帝允令雨,至於庚”(《合》14153)等卜
辭的完整記述看,則卜辭之“令雨”從意義上言即文獻所述之“零

①袁行霈《陶淵明集箋注》,中華書局,2003 年,290 頁。
②劉文典《集解》,281 頁。
③饒宗頤《固庵文録·説零》,見《饒宗頤二十世紀學術文集》卷十四,38 頁。
④孔穎達《毛詩正義》,《十三經注疏》(標點本),北京大學出版社,1999 年,519 頁。
⑤陳奐、王先謙説見向熹編《詩經詞典》,四川人民出版社,1997 年,387 頁。
⑥胡厚宣《甲骨學商史論叢初集》,河北教育出版社,2002 年,759 頁。
⑦班固《漢書》,1875 頁。
⑧范曄《後漢書》,1535 頁。

雨"或即"霝雨"。并由《楚辭》多用《詩》成句看,如《招魂》"文異豹飾"之"豹飾"則如《鄭風·羔裘》"羔裘豹飾"之"豹飾"也;《天問》之"降省下土四方"則如《商頌·長發》之"禹敷下土方"也。則此"霝雨"依楚騷之文例,或即本之於《東山》。(雖然《鄘風·定之方中》有"靈雨既零"一詞,但我們不以爲此,詳下)

若作"神霝雨"解,則較"神靈雨"爲長,"霝雨"即"下雨",而不必將"神靈雨"中之"雨"再作動詞使用。

汪瑗《集解》釋此謂"靈雨,善雨也。《詩》曰'靈雨其零'既曰靈而又曰神者,重言之也"。[①] 汪氏釋此"靈雨爲善雨",而不以"神靈"解之,可謂正確,但其後"既曰"之言又自相矛盾。并且以《山鬼》"杳冥冥兮羌晝晦"及全詩情景看,此處之"靈雨"不宜以《鄘風·定之方中》之"靈雨既零"[②]觀照而釋之以"善雨",可直接釋爲"下雨"即可。而據《文選》注"言東風飄然而起,則靈應之而雨"云云,[③]是李善所見本或尚不誤。以此觀之,則"神靈雨"或爲"神霝雨"之誤。此或漢人編定之際,以其時"神靈"一詞之普遍,且音同字近而致誤也。[④]

110. 采三秀兮於山間

"於"疑本作"于",而"于山"即大山。

郭沫若《屈原賦今譯》謂:"於山即巫山。凡《楚辭》'兮'字每具有'於'字作用,如於山非巫山,則'於'字爲累贅。"郭沫若的這一説法影響很大,從者甚衆。如徐仁甫謂"'兮'既猶'於',則'於山間'之'於',必非介詞。上下文皆七字句,此'於'又必非

---

①汪瑗《集解》,139 頁。

②孔穎達《毛詩正義》,201 頁。

③蕭統《文選》,1525 頁。

④2015 年 4 月 19 日晨檢閲譚介甫《新編》(341 頁),譚先生謂:"靈,或因神致誤,然當假爲霝,《説文·雨部》'霝,雨零也'。"是余説與之吻合。

衍文。郭沫若先生讀‘於’爲‘巫’，可見《山鬼》爲巫山之鬼。若‘兮’不作‘於’解，必以‘於山間’之‘於’爲介詞，而巫山之義，終古不明。”此外，何劍熏等也謂其説甚確。而湯炳正則謂：“‘於’字亦係淺人所增，蓋不知‘兮’既代‘於’，無須再加‘於’字。原本既作‘采三秀兮山間’，‘山’上并無‘於’字，則郭氏‘於山’即‘巫山’之説，即毫無根據矣。”①湯先生以爲“於山”非“巫山”，其説甚是。因爲王逸於本句僅注：“三秀，謂芝草也。”於“石累累兮葛曼曼”句下注也僅謂“以延年命，周旋山間”云云，則王逸既釋通常所熟悉之“三秀”，而不釋“於山”即“巫山”之特殊義則説不通。且《後漢書・張衡傳》：“冀一年之三秀兮。”李賢注：“三秀，芝草也。《楚辭》曰‘采三秀於山間’。”②李善注《文選・張衡〈思玄賦〉》“冀一年之三秀兮，遒白露之爲霜”，注嵇康《幽憤詩》之“煌煌靈芝，一年三秀”，注沈約《早發定山》之“眷言采三秀，徘徊望九仙”，注江淹《雜體詩》（昨發赤亭渚）之“靈芝望三秀，孤筠情所托”等皆云“《楚詞》曰‘采三秀於山間’”。且皆引王注“三秀，謂芝草也”之説法，③是其所引皆作“采三秀於山間”。但皆不聞“於山”即“巫山”之説。因此，王逸時解《楚辭》者當無“於山”爲“巫山”之特殊説法。而所注脱“兮”字當是習慣性省略，如《後漢書・文苑列傳》：“被褐懷金玉，蘭蕙化爲芻。”李賢注：“《楚辭》曰‘蘭芷變而不芳，荃蕙化而爲茅’也。”④即省“兮”字。并且

---

①A. 郭沫若《屈原賦今譯》，見《郭沫若全集・文學編》第五卷，人民文學出版社，1984 年，275 頁；B. 徐仁甫《楚辭文法概要》，201 頁；C. 何劍熏《新詁》，111 頁；D. 湯炳正《類稿》，258 頁。

②范曄《後漢書》，1296 頁。

③以上《思玄賦》《幽憤詩》《早發定山》《雜體詩》（昨發赤亭渚）引文見蕭統《文選》，655 頁、1084 頁、1267 頁、1476 頁。另，李善注《雜體詩》引王逸注“秀，謂芝草也”則明顯少“三”字，今據李善注它篇徑補。

④范曄《後漢書》，1776 頁。

本篇倘無"兮"字,則不合全篇之例。故所見當作"采三秀兮於山間"。但湯先生以爲"兮"既代"於",則疑"於"或爲衍文,而本句當作"采三秀兮山間"之説則不然。事實上,"於山"即"于山"。典籍"於、于"通用。《爾雅・釋詁上》:"于,於也。"郝懿行《義疏》謂:"於與于同,亦語詞也。《詩》《書》俱古文作于。經典叚借作於。"①王引之《經傳釋詞》"於"字條也謂"《廣雅》曰'於,于也'。常語也"。② 是"于、於"互訓之證。則"於山"即"于山",而"于山"也即大山。至於錢大昕以爲"'于'、'於'兩字義同而音稍異"其實不確。段注《説文》"芌"字即謂"凡于聲字,多訓大"。注"于"字又謂"《檀弓》'易則易,于則于'。《論語》'有是哉,子之于也'。于皆廣大之義"。③ 段説甚覈。如《方言》"訏,大也",而《詩・韓奕》"川澤訏訏",《毛傳》即訓"大也"是證。此外如"氣喘吁吁"之"吁","芌頭"之"芌","竽瑟"之"竽","盱目"之"盱"等皆爲同例。是"采三秀兮于山間"即"采三秀於大山間"也。此較之"采三秀兮於山間"於義爲暢。是王逸不解"兮"字具有介詞性質,故以"周旋山間"云云釋"於山間"之義則謬。而郭、湯諸前輩則由於忽略了"於山"即"于山","于"有"大"義,故其釋俱失之眉前。明胡之驥《彙注》、胡文英《指掌》、清江有誥《楚辭韻讀》引此即皆作"于山"。④ 或即胸中自有分别也。

---

①郝懿行《義疏》,55 頁。

②王引之《經傳釋詞》,江蘇古籍出版社,1985 年,13 頁。

③A.錢大昕《十駕齋養新録》,11 頁;B."芌""于"注引文見段玉裁《説文解字注》,41 頁、362 頁。另,2016 年 5 月 2 日檢閲張文虎《舒藝室隨筆》(33 頁),其説"于本有'大'義"及援引諸例與段氏近似,可參。

④A.胡之驥《彙注》,160 頁;B.胡文英《指掌》,73 頁;C.江有誥《楚辭韻讀》,136 頁。另,2015 年 11 月 20 日檢閲風儀誠先生《戰國兩漢"于"、"於"二字的用法與古書的傳寫習慣》一文(載武漢大學簡帛研究中心主辦《簡帛》第二輯,上海古籍出版社,2007 年,81 頁—95 頁),討論"于""於"二字援引豐富,可資參考。

111. 猨啾啾兮又夜鳴

又,一作狖。

按:《文選》本作"狖"。是唐人所見猶有作"狖"者。且據洪《補》"狖,似猨"云云,是洪本也作"狖"。且端平本《楚辭集注》正文雖也作"又",但其章貢郡齋刻本《集注》則作"狖"。此外,顧炎武《唐韻正》"鳴"字條及王念孫《疏證》引此以及胡文英《指掌》本也皆作"狖"。而蔣驥《山帶閣注》正文雖作"又",但其自注也謂"宜作狖。音又。"①且"猨(猿)狖"一詞典籍習語,是揆之情理,自以作"狖"是。

112. 風颯颯兮木蕭蕭

蕭蕭,《文苑》作搜搜。

按:李善注宋玉《風賦》及吳棫《韻補》"蕭"字注引此也作"風颭颭(颯颯)兮木蕭蕭",是唐宋人所見猶有作此者。而王念孫《疏證》、段玉裁《說文解字注》引此也皆作"蕭蕭",且段玉裁《六書音均表》"蕭"字條并謂"九歌、山鬼與憂韻"。② 是"蕭蕭"不誤。《文選》本、朱本、李錫齡本、金陵本并同。

(十)國殤

113. 操吳戈兮被犀甲

聞一多謂:"王《注》曰'或曰操吾科,吾科,楯之名也'。案下文'車錯轂兮短兵接',《注》曰'短兵,刀劍也'。既係短兵相接,而戈乃長兵,則所操非吳戈明甚。且刀劍戈戟,亦無并操之理。

---

①A. 顧炎武《唐韻正》,296 頁;B. 王念孫《疏證》,1465 頁;C. 胡文英《指掌》,74 頁;D. 蔣驥《山帶閣注》,65 頁。

②A. 蕭統《文選》,581 頁;B. 吳棫《韻補》,52 頁;C. 王念孫《疏證》,670 頁;D. 段玉裁《說文解字注》,1178 頁;E. 段玉裁《六書音均表》,見《說文解字注》,1414 頁。

此自當以作'吾科'爲得。"①

　　按:據王注"戈,戟也。甲,鎧也。言國殤始從軍之時,手持
吳戟,身被犀鎧而行也"云云,是王本作"吳戈"。作"吾科"者當
聲近而誤。王念孫《疏證》於"吳魁"條即謂:"《楚辭·九歌》'操
吳戈兮被犀甲',王逸注云或曰'操吾科'。吾科,楯之名也。吾
科與吳魁同。《太平御覽》引《廣雅》作'吾科'。科魁聲相近故。
《後漢書·東夷傳》謂科頭爲魁頭。《釋名》云'盾大而平者曰吳
魁,本出於吳,爲魁帥者所持也'。案:吾者,大也,魁亦盾名也。
吳魁猶言大盾,不必出於吳,亦不必爲魁帥所持也。"其言甚辯,
可從。錢繹《箋疏》説并同。②

114. 矢交墜兮士争先

　　墜,一作隧。

　　按:據王注"墜,墮也"云云,是作"墜"是。李善注陸倕《石闕
銘》"執鋭争先"句引此也作"墜"是不誤。③ 李錫齡本、金陵本
并同。

115. 凌余陣兮躐余行

　　躐,一作躒。

　　按:據李善注楊雄《長楊賦》"遂躐乎王庭"句引此謂"王逸
《楚辭注》曰'躐,踐也'"云云。是唐人所見猶有作"躐"字者。
而桂馥《札樸》"陵躐"條引此也謂"《楚辭·九歌》'凌余陣兮躐
余行'"。④ 而據王注"躐,踐也。言敵家來,侵凌我屯陣,踐躐我
行伍也"云云,是王本不誤。朱本、李錫齡本、金陵本并同。

---

①聞一多《校補》,37 頁。
②A. 王念孫《疏證》,1010—1011 頁;B. 錢繹《箋疏》,743 頁。
③蕭統《文選》,2414 頁。
④A. 蕭統《文選》,408 頁;B. 桂馥《札樸》,51 頁。

116. 霾兩輪兮縶四馬

霾,一作埋。

按:據王注"更霾車兩輪"云云,當作"霾"是。吳棫《韻補》"壍"字注及顧炎武《唐韻正》"壍"字注引此及蔣驥《山帶閣注》、胡文英《指掌》本即皆作"霾"。而"埋"字當是後起字。雖然今本《荀子·儒效》有"天不能死,地不能埋"之"埋"字,然陳偉等著《楚地出土戰國簡册[十四種]》即指出"據龐光華研究,西漢以前沒有確定的'埋'字,疑今本《荀子》'埋'乃誤字"。① 揆之事實,其言近是,如今本《左傳·文公十八年》"殺而埋之馬矢之中"之"埋"字,帛書《春秋事語》即作"貍"而不作"埋"。② 此外,《日書甲種·稷辰》"可葬貍(埋)"及《詰》"正立而貍(埋)"等也用"貍"字。而孫詒讓《周禮正義》於"廟用脩,凡山川四方用蜃"及"凡祭事,守瘞"以及"蜡氏,下士四人"等條也先後指出貍乃薶之借字,俗作埋。是無論作"貍"或"薶",然皆不當作"埋"字。而出土之秦惠文君四年(前334年)之《封宗邑瓦書》"史羈手,司御心,志是霾(埋)封"之"霾"則可爲王本不誤之明證。③ 朱本、李錫齡本、金陵本并同。

117. 援玉枹兮擊鳴鼓

枹,一作桴。

按:朱熹《集注》與王本同。而桴當爲枹之借。如《左傳·成

---

①A. 吳棫《韻補》,63頁;B. 顧炎武《唐韻正》,342頁;C. 蔣驥《山帶閣注》,65頁;D. 胡文英《指掌》,75頁;E. 陳偉等《楚地出土戰國簡册[十四種]》,161頁。

②裘錫圭《帛書〈春秋事語〉校讀》,詳《裘錫圭學術文集》第二卷《簡牘帛書卷》,410—412頁。

③A.《稷辰》《詰》內容據陳偉主編《秦簡牘合集》(壹·上)引,367—368頁、442頁;B. 孫詒讓《正義》,1502頁、2070頁、2721頁;C.《封宗邑瓦書》內容據王輝、王偉《秦出土文獻編年訂補》引,34頁。

公二年》："左并轡，右援枹而鼓。"陸德明《釋文》曰"枹音浮，鼓槌也，《字林》云擊鼓柄也，本亦作桴"是證。汪瑗《集解》本作"桴"，是用借字也。[1]

118. 嚴殺盡兮棄原埜

（1）聞一多謂："嚴本作莊，避漢諱改。……莊讀爲戕。……此曰'莊殺盡兮棄原埜'，亦謂戕殺盡而棄於原野。'"[2]

按：聞先生所謂"嚴本作莊，避漢諱改"説不誤。《楚辭》中"嚴、莊"常相借用，如《天問》"勳闔夢生，少離散亡。何壯武厲，能流厥嚴"，俞正燮謂："《楚辭·天問》云'勳闔夢生，少離散亡。何壯武厲，能流厥嚴'。嚴蓋莊字，漢人所寫改。"[3]而孫詒讓《札迻》謂"俞是也。《注》'威嚴'亦即'威莊'"。[4] 是皆謂"嚴爲莊之借"，可從。但聞先生謂"莊讀爲戕"則不然。"莊"當讀爲"壯"。漢諱莊，則改稱壯，如金正煒謂"'莊'、'壯'字古通用。《禮記·檀弓》'柳莊'，《古今人表》作'柳壯'"。[5] 其説甚是。如《秦策一·司馬錯與張儀章》"陳莊相蜀"之陳莊，《華陽國志·蜀志·五》即作"陳壯"。此外，馬瑞辰《通釋》也謂"莊即壯"。而羅福頤所指出的臨沂漢簡《晏子》"崔杼果式（弑）壯公"之"壯"即"莊"之借則提供出土文獻之依據。[6] 而據王注"嚴，壯也。殺，死也。言壯士盡其死命"云云，是王逸以"壯士盡其死命"釋"嚴

---

①汪瑗《集解》，142 頁。

②聞一多《校補》，38 頁。

③俞正燮《癸巳類稿》，233 頁。

④孫詒讓《札迻》，396 頁。

⑤金正煒《戰國策補釋》，見趙丕傑、趙立生點校《戰國策校釋二種》，首都師範大學出版社，1994 年，115 頁。

⑥A. 馬瑞辰《通釋》，690 頁。此外，近檢王念孫《雜志》（2695 頁）"中息更裝"條，其言"壯、莊"相通之説或爲金、馬二氏先導；B. 羅福頤《臨沂漢簡通假字表》，載《古文字研究》第十一輯，60 頁。

殺”也。故本篇當是“壯”先借爲“莊”，而後明帝時又因避諱而改“莊”爲“嚴”也。①

（2）洪興祖謂：“壄，古野字。”

按：洪説近是。顧野王《玉篇》“嚴”字注引此即作“野”，而吳棫《韻補》“壄”字注則指出“野，古作壄”，引本篇亦作“壄”。顧炎武《唐韻正》“壄”字注引此并同王本。② 然進而論之，壄亦當爲埜字之誤。甲金文該字皆從林從土，羅振玉即謂“《説文》古文下不言予聲，則亦當作埜，今增予者殆後人傳寫之失。《玉篇》埜（原注：林部）、壄（原注：土部）並注古文野，殆埜爲顧氏原文，所見許書尚不誤”。揆之近出楚簡，其言殆是。如楚地所出包山 2 號墓簡册《所詎》、郭店 1 號墓《尊德義》、望山 1 號墓卜筮禱祠、九店 56 號墓《叢辰》《告武夷》以及上海博物館藏戰國楚竹書《容成氏》《采風曲目》及《柬大王泊旱》等内容之“野”即皆作“埜”可爲明證。而“壄”字之普遍使用當稍晚於屈原之時代，如近年出土秦統一六國前後之《睡虎地 11 號秦墓竹簡·爲吏之道》之“原壄（野）如廷”“民或棄邑居壄（野）”以及《日書》甲種“襄以白茅，貍（埋）壄（野），則毋（無）央（殃）矣”“有衆虫襲入人室，是壄（野）火僞爲虫”等之“壄”字可爲明證。③ 揆之本篇，則《九歎·

①2015 年 4 月 14 日檢閲譚介甫《新編》（79 頁），譚先生謂“此當改還作莊，意謂强壯的士兵”。則筆者意見與譚先生説近似。

②A. 顧野王《玉篇》，315 頁；B. 吳棫《韻補》，63 頁；C. 顧炎武《唐韻正》，342 頁。

③A. 甲金文“埜”字寫法及羅振玉語參見徐中舒主編《甲骨文字典》，1465 頁；B.《所詎》等篇詳見陳偉等《楚地出土戰國簡册［十四種］》，79—80 頁、214 頁、276 頁、309 頁；C.《叢辰》《告武夷》擬名據陳偉等《楚地出土戰國簡册［十四種］》，而内容則據李家浩整理《九店楚簡》，中華書局，2000 年，48—50 頁。陳偉等整理《告武夷》“不周之野”之“野”字據李家浩《九店楚簡》（50 頁）及筆者覆覈《九店楚簡》該圖版（13 頁，43 號簡），當爲“埜”字無疑；D.《容成氏》等篇詳見李守奎等《上海博物館藏戰國楚竹書〈1—5〉文字編》相關内容，804 頁、808 頁、850—851 頁、865 頁；E.《爲吏之道》及《日書》内容據陳偉主編《秦簡牘合集》（壹·上）引，322 頁、345 頁、445 頁、446 頁。

憂苦》"遵壄莽以呼風兮"之"壄"雖王念孫《雜志》"野葵"條引此
也同王本,①然也當作"壄"爲是。而據王注本篇"棄於原壄"云
云,是王本已誤作"壄"也。

119. 平原忽兮路超遠

一作平原路兮忽超遠。

聞一多謂:"《方言》六曰'伆,邈,離也,楚謂之越,或謂之遠,
吴越曰伆'。勿伆通。《荀子・賦篇》曰'忽兮其遠之極也',本書
《懷沙》曰'道遠忽兮',字并作忽。'平原忽'與'路超遠',祇是
一義,而變文重言之以足句,此與上文'出不入兮往不返'詞例正
同。一本以忽字倒在兮下,非是。《書鈔》一一八,《文選》王簡栖
《頭陀寺碑文》《注》引亦作'平原忽兮路超遠',諸本并同。"②

按:聞先生所言甚是。王念孫《疏證》即謂"超之言迢也。
《方言》'超,遠也,東齊曰超'。《九歌》云'平原忽兮路超遠'"。③
此外,錢繹《箋疏》於"伆,邈,離也,楚謂之越,或謂之遠,吴越曰
伆"條注也謂"《楚辭・九歌》云'平原忽兮路超遠',《荀子・賦
篇》云'忽兮其極之遠也'",是引此并作"平原忽兮路超遠"。④
或爲聞説先導。

120. 身既死兮神以靈,子魂魄兮爲鬼雄

子魂魄,一作鬼雄毅;一作子魄毅。

聞一多謂:"當從一本作'魂魄毅'。王《注》曰'魂魄武毅。
長爲百鬼之雄也'。是王本有毅字。《文選》鮑明遠《出自薊北門

①王念孫《雜志》,2129 頁。
②聞一多《校補》,38—39 頁。
③王念孫《疏證》,32 頁。此外,王氏《雜志》(1900 頁)"忽兮其極之遠也攡兮其相
逐而反也"條説同。
④錢繹《箋疏》,380 頁。此外,錢繹於"超,遠也"(448 頁)條引此并作"平原忽兮
路超遠"。

行》《注》引亦作'魂魄毅'。朱本，元本，王鏊本，朱燮元本，黃省曾本，大小雅堂本并同。"而譚介甫《新編》則謂"'子魄毅'應是原文，餘皆非是，蓋屈原稱屈匃爲'子'，可見他對主帥的尊崇"。①

　　按：聞說是。劉永濟《通箋》即謂劉師培曰"文選鮑照出自薊北門行注，引作'魂魄毅兮爲鬼雄'"。"按詳叔師注，則王本原作'魂魄毅'。明朱燮元本、黃省曾本，皆同。今改復王本之舊。"②是并爲聞說先導。而顧炎武《唐韻正》"弓"字注引此即謂"《楚辭·九歌·國殤》'……魂魄毅兮爲鬼雄'"。③ 是取捨有的。

三、天問

121. 曰遂古之初

　　遂字疑衍。

　　按："曰古（故）"恒言，如《楚帛書》甲篇即以"曰故"發端，而饒宗頤指出"'曰故'，彝銘亦作'曰古'。西周微氏史牆盤銘云'曰古文王，初戠龢于政。'又瘨鍾'曰古文王'。語例正同"。此外，饒先生於《古史之斷代與編年（傅斯年講座）》一文援引《楚帛書》即徑寫作"曰古"。④ 而《天問》本段文字從"曰遂古之初"到"死則又育"凡三十四句，除本句"曰遂古之初"以外餘皆四言，而此獨爲五言，則顯得殊爲不類。而若去此"遂"字，則"曰古之初，誰傳道之"四言發端而統領全文，且"曰古"肇始之例則也吻合饒

---

　　①A. 聞一多《校補》，39 頁；B. 譚介甫《新編》，80—81 頁。
　　②劉永濟《通箋》，94 頁。
　　③顧炎武《唐韻正》，223 頁。
　　④A. 饒宗頤《楚帛書新證》，見《饒宗頤二十世紀學術文集》卷三《簡帛學》，164頁；B. 饒宗頤《古史之斷代與編年（傅斯年講座）》，見《饒宗頤二十世紀學術文集》卷一《史溯》，139 頁。

先生所援引諸例,而其辭氣也較今本爲暢也。而據王注"遂,往
也"云云,是王本已誤。

122. 馮翼惟像

蘇雪林謂:"'象',王逸本作像,蓋誤。古無像字,像乃後起
之字。"此外游國恩也謂:"像本作象,《易·繫辭》,象也者,像也。
像,古本皆作象。"

按:説俱是。今本《招魂》"像設君室"之"像",李善注《文
選》引即皆作"象"。而王念孫《疏證》引此雖作"馮翼惟像",然
其引戴震《毛鄭詩考正》,戴氏則作"馮翼惟象"也。而世綵堂本
《柳河東集·天對》(後簡稱《柳集》)也作"象",是唐人所見猶
不誤。①

123. 幹維焉繫

幹,一作筦。

按:據王注"幹,轉也"云云,是王本作"幹"。顧炎武《唐韻
正》、王念孫《疏證》、錢繹《箋疏》、錢塘《淮南天文訓補注》引此
即皆作"幹"。② 而據孫詒讓《周禮正義》引王引之説,則"筦"與
"管"同,而"幹"爲古"管"字。③《柳集》、楊萬里《天問天對解》、
朱本、李錫齡本、金陵本并同。④

---

①A. 蘇雪林《天問正簡》,武漢大學出版社,2007 年,第 37 頁;B. 游國恩《天問纂
義》,見《游國恩楚辭論著集》第二卷,19 頁;C. 蕭統《文選》,2498 頁、2542 頁;D. 王念
孫《疏證》,706 頁、29 頁;E. 柳宗元《柳河東集》,227 頁。

②A. 顧炎武《唐韻正》,244 頁;B. 王念孫《疏證》,400 頁;C. 錢繹《箋疏》,657 頁;
D. 錢塘意見據劉文典《集解》引,737 頁;。

③説詳孫詒讓《正義》,3261 頁。惟孫氏誤"幹"爲"幹",而程瑤田、阮元皆謂"幹"
當爲"幹"(説詳鄭玄注,賈公彥疏《周禮注疏》,《十三經注疏》〈標點本〉,北京大學出
版社,1999 年,1103 頁),今據改。

④A. 柳宗元《柳河東集》,229 頁;B. 楊萬里《天問天對解》,見《叢書集成續編》第
118 册,690 頁。另,其後凡引本書所注頁碼皆指在該册中的位置。

124. 女歧無合，夫焉取九子

"取"疑作"有"。

按："焉取九子"與"女歧無合"意義上難以融合，且本句本謂"女歧無男女之事，而怎麼會生有九子呢"。若作"取"則不辭，"取"當作"有"，與"無"字相對，而《天問》"焉有石林""焉有虬龍"也言"焉有"，是本或作"有"也，作"取"者，當以形近致譌。

125. 不任汩鴻，師何以尚之？ 僉曰何憂？ 何不課而行之

師，一作鮌，朱熹《集注》謂"非是"。

按："師"疑爲"斯"形聲之誤。如《尚書·益稷》："皋陶曰'俞！師汝昌言'。"周秉鈞注引江聲説謂："師，當作斯，代詞。《史記·夏本紀》作此。"①此外，高亨《古字通假會典》也謂："《左傳·文公十一年》'獲長狄緣師'。《史記·魯周公世家》緣師作緣斯。"②是"師、斯"相通之證。而揣其文意，此處之"師何以"當與"何不"平列，皆爲問詞。故疑"師"當作"斯"。據王注"衆人何以"云云，是王本已誤。

126. 鴟龜曳銜，鮌何聽焉

劉永濟謂："聽當作聖。"③

按：劉説可從。覽之典籍，"聽、聖"通用之例者甚衆，如桂馥《札樸》"罔可念聽"條謂："疑'念聽'當爲'念聖'，言紂所爲，無可念作聖者。《無逸》'此厥不聽'，《漢石經》'聽'作'聖'。蓋'聽'、'聖'形近，傳寫易僞。"④此外楊筠如《尚書覈詁》也謂《無逸》"此厥不聽"之"聽"，"《漢石經》作'聖'。古聖、聽同音通用。

---

①周秉鈞注譯《尚書》，嶽麓書社，2001 年，27—28 頁。
②高亨纂著，董治安整理《古字通假會典》，齊魯書社，1989 年，476 頁。
③劉永濟《通箋》，123 頁。
④桂馥《札樸》，15 頁。

秦《泰山碑》'皇帝躬聽',《史記》'聽'作'聖',即其証也。"①而陳直《史記新證》也謂"皇帝躬聖",石刻作"皇帝躬聽"。② 上引諸例説明,古籍中"聽、聖"相訛現象普遍存在。而揆之本篇,姜亮夫所謂"聽,當讀爲聖。……鴟龜曳銜,鮌何聖焉者,倒句也。言鮌有何聖德,而鴟龜之屬,或曳或銜,以佐之治水"之説可從。③

127. 伯禹愎鮌

愎,一作腹。

徐英謂:"愎當作後。篆隸形近。傳抄致誤也。"而聞一多則謂:"'禹''鮌'二字當互易。……《海内經》之'鮌復生禹',即《天問》之'伯鮌腹禹'矣。"④

按:聞説可從。"伯鮌(鯀)"常語也,如《國語·周語下》:"有崇伯鯀。"是言"伯鯀"。而《山海經·海内經》:"鯀竊帝之息壤以堙洪水,不待帝命。"郭璞注:"《開筮》曰'滔滔洪水,無所止極,伯鯀乃以息石息壤,以填洪水。'"《史記·甘茂傳》:"王迎甘茂於息壤。"司馬貞《索隱》謂:"《山海經》、《啓筮》云'昔伯鯀竊帝之息壤以堙洪水'。"⑤是皆謂"伯鯀"。此外,東漢安帝延光二年(123)所存《開母廟石闕銘》謂"昔者共工,範防百川。柏鮌稱遂"。⑥ 是也言"柏(伯)鮌(鯀)"也。

128. 河海應龍,何盡何歷

聞一多謂:"當從一本作'應龍何畫,河海何歷'。《易林·大

①楊筠如《尚書覈詁》,陝西人民出版社,2005年,358頁。

②陳直《史記新證》,21頁。

③姜亮夫《校注》,277頁。

④A. 徐英《楚辭札記》,91頁。另,徐説或受劉永濟《通箋》(123頁)"愎鯀"條啓發;B. 聞一多《校補》,41—42頁。

⑤A. 徐元誥《國語集解》,94頁;B. 袁珂《山海經校注》,536頁;C. 司馬遷《史記》,上海古籍出版社,1997年,1780頁。

⑥高文《漢碑集釋》,河南大學出版社,1997年,49頁。

壯之鼎》曰'長尾蜿蛇,畫地成河',《周憬碑》曰'應龍之畫',《太平廣記》二二六引《大業拾遺記》轉引杜寶《水飾圖經》曰'禹治水,應龍以尾畫地,導決水之所出'。應龍畫地成河之説,漢魏以降,流傳不絶,不得以先秦古籍罕言而疑其晚起。王《注》載或説曰'禹治洪水時,有神龍以尾畫地,導水所注當決者,因而治之也',即釋一本'應龍何畫,河海何歷'之文。朱本、元本、王鏊本并同一本,《柳集》亦同。"①

　　按:聞説是。陳子展《楚辭直解》也謂"此二句當從朱本校作應龍何畫,河海何歷""從朱本校改,則畫歷韻"。楊萬里《天問天對解》、清人蔣驥《山帶閣注》、胡文英《指掌》本也并作"應龍何畫,河海何歷"。而劉永濟所謂"考異曰'一云應龍何畫,何海何歷'。補注引山海經圖'應龍以尾畫地,即水泉流通',即叔師或説。朱、戴皆從之,當據改"之説則導夫聞氏先路。②

129. 崑崙縣圃,其尻安在

　　尻,一作居。

　　洪興祖謂:"尻與居同。"而戴震《屈原賦注》作"其尻安在",劉永濟謂"戴君博通雅故,其注屈多用古義。此字舍尻從尻者,尻引申之亦有居止義也。"此外游國恩也謂"尻當作尻。《漢書·東方朔傳》,結股腳,連脽尻。《説文》,尻,脽也。此蓋問崑崙之縣圃,其託根當在何處耳。非以崑崙縣圃平列也。"③

　　按:洪興祖"尻與居同"説後世多從之,而戴震説也頗有致,

　　①聞一多《校補》,42—43 頁。
　　②A. 陳子展《楚辭直解》,128 頁;B. 楊萬里《天問天對解》,692 頁;C. 蔣驥《山帶閣注》,76 頁;D. 胡文英《指掌》,83 頁;E. 劉永濟《通箋》,123 頁。
　　③A. 戴震《屈原賦注》,40 頁;B. 劉永濟《通箋》,123—124 頁;C. 游國恩《天問纂義》,見《游國恩楚辭論著集》第二卷,129—130 頁。

王念孫《疏證》引此即作“崑崙縣圃，其尻安在”。① 但以出土楚簡
觀之，“尻”字不誤。楚簡《有皇將起》，曹錦炎以爲爲“楚辭體作
品，不見今本。從内容看，詩人係楚國上層知識分子”。而其辭
有“含可（兮），鹿（獨）尻而同欲含可（兮）”句，其字也正作“尻”，
曹先生謂：“《楚辭·天問》‘崑崙縣圃，其尻安在’。王逸注‘尻，
一作居’。《説文》‘尻，処也。從尸得几而止。《孝經》曰‘仲尼
尻’。尻，謂閒尻如此。’按今本《孝經》‘尻’作‘居’，舊以爲
‘尻’、‘居’同字，‘居’行而‘尻’廢（見《説文》段玉裁注），但包
山楚簡‘居尻’連言，知非同字。從楚簡的用法看，‘尻’字當從
《説文》訓爲‘処’，即‘居處’之義。”曹先生所言近是。惟“居尻”
連言之“尻”讀爲“處（处）”，而非《天問》本篇之“尻”讀爲“處
（处）”，如李家浩整理《九店楚簡》即已詳言之。而從上揭《有黄
將起》作“尻”及李先生所舉楚國文字其字也多作“尻”來看，則
《天問》此處之“尻”字不煩校改。②《柳集》、楊萬里《天問天對
解》、朱本、李錫齡本、金陵本并同。③

130. 焉有虬龍，負熊以遊

　　“虬龍”，朱熹《集注》作“龍虬”，朱氏并謂：“虬、或在龍字
上，以韻叶之非是。”而劉永濟則謂：“朱本作龍虬，虬遊協韻，此
誤倒。”此外聞一多也謂：“遊字不入韻，疑此文上或下尚有二句，
傳寫脱之。”④

---

①王念孫《疏證》，1149 頁。

②A. 曹先生所論及《有皇將起》文見馬承源主編《上海博物館藏戰國楚竹書》
（八），上海古籍出版社，2011 年，271 頁、278—279 頁；B. 李家浩説詳《九店楚簡》，112
頁注 183；C. 此外，王志平等著《出土文獻與先秦兩漢方言地理》第五章第一節對“尻”
讀“居”還是“處”有詳盡討論，資料豐富翔實足資參考。中國社會科學出版社，2014
年，120—141 頁。

③A. 柳宗元《柳河東集》，236 頁；B. 楊萬里《天問天對解》，694 頁。

④A. 朱熹《集注》，57 頁；B. 劉永濟《通箋》，124 頁；C. 聞一多《校補》，44 頁。

按:此處之"虬龍"當從一本作"龍虬"。如王力《楚辭韻讀》其注也謂"'龍虬',原作'虬龍',今依朱熹注改"。此外,陳子展《楚辭直解》也謂"朱本作龍虬,當從校改"。① 而蔣驥《山帶閣注》、胡文英《指掌》本即作"龍虬"。此外,江有誥《楚辭韻讀》本也作"龍虬",江氏并指出其韻爲幽部。② 是爲諸説先導。

131. 一蛇吞象

一,一本作靈。

劉永濟謂:"按朱本作靈,以叔師注觀之,王本當作靈,作一者,巴字之誤也。"此外,徐英也謂:"一蛇當作靈蛇。王注正作靈蛇也。"而臺靜農《天問新箋》也謂"宋《楚辭集注》本,即作'靈',今從宋本"。③

按:諸先生所謂作"靈"者確也。據王逸引《山海經》"南方有靈蛇,吞象,三年然後出其骨"以釋,是王本作靈。《柳集》、楊萬里《天問天對解》、朱本、蔣驥《山帶閣注》、胡文英《指掌》、江有誥《楚辭韻讀》本即皆作"靈"是證。④ 然進而論之,"一"當爲"壹"之誤。因"一"與"靈"或"一"與"巴"都難以致誤,只有"壹、靈"方可形近致誤。而《儀禮》卷二"壹讓"注"古文壹皆作一"。⑤ 而《抽思》"冀壹反之何時",王注:"言己放遠,日以曼曼,

---

① A. 王力《楚辭韻讀》,見氏著《詩經韻讀 楚辭韻讀》,428 頁;B. 陳子展《楚辭直解》,131 頁。

② A. 蔣驥《山帶閣注》,82 頁;B. 胡文英《指掌》,86 頁;C. 江有誥《楚辭韻讀》,137 頁。

③ A. 劉永濟《通箋》,124 頁;B. 徐英《楚辭札記》,92 頁;C. 臺靜農《天問新箋》,見氏著《臺靜農論文集》,484 頁。

④ A. 柳宗元《柳河東集》,239 頁;B. 楊萬里《天問天對解》,695 頁;C. 蔣驥《山帶閣注》,84 頁;D. 胡文英《指掌》,87 頁;E. 江有誥《楚辭韻讀》,137 頁。

⑤ 鄭玄注,賈公彥疏《儀禮注疏》,《十三經注疏》(標點本),北京大學出版社,1999 年,33 頁。

周流觀視，意欲一還。"是"壹、一"互用之證。因此本篇當是"靈"誤爲"壹"，而寫者以"壹"不能作數詞修飾"蛇"字，故改"壹"爲"一"也。

132. 延年不死，壽何所止

延年，疑作禀命。

按：雖然李善注阮籍《詠懷》（北里多奇舞）引此亦作"延年"。然據王注"言仙人禀命不死，其壽獨何所窮止也"云云，是王本作"禀命"。而"禀命"常語也。如《九章・懷沙》："萬民之生。"一本即作"民生禀命"，而聞一多謂："……《國語・晉語》七曰'將禀命焉'，《楚語》上曰'是無所禀命也'，是'禀命'爲古之恒語。"①聞說"禀命"爲古之恒語至確。聞先生所舉諸例外，如《左傳・閔公二年》"禀命則不威"等亦言"禀命"可爲佐證。②而據上揭王注，是"延年"宜作"禀命"爲是。

133. 鯪魚何所，鬿堆焉處

鬿，一作魁。

聞一多謂："鬿即魁字（見《漢三公山碑》，《石門頌》及《魏大饗記》）。《九歎・遠逝》'陵魁堆以蔽視兮'（魁一作鬿），《注》曰'魁堆，高貌'。……"③

按：聞說可從。錢大昕《十駕齋養新録》"九鬿"條即謂："劉向《九歎》'訊九鬿與六神'。注'九鬿，謂北斗九星也'。按《説文》無鬿字，當爲魁之訛。……北斗九星，魁居其首，故有九魁之稱。"④此外，王念孫《讀書雜志・戰國策二》"魏魁"條釋"魏魁謂

---

①A. 蕭統《文選》，1075 頁；B. 聞一多《校補》，83 頁。

②孔穎達《春秋左傳正義》，313 頁。

③聞一多《校補》，45 頁。

④錢大昕《十駕齋養新録》，367 頁。

建信君”句也謂“《説文》《玉篇》《廣韻》《集韻》《類篇》皆無‘魝’字,‘魝’當爲‘魁’。‘魁’隸或作‘魁’(漢《楊君石門頌》‘奉魁承杓’,‘魁’即‘魁’字。‘斗’字隸書作‘什’,或作‘仠’,故‘魁’字或作‘魁’。),其右畔與‘介’字相近,故譌而爲‘魝’。吳云一本作‘魁’,《楚辭·九歎》‘訊九魁與六神’,‘魁’一作‘魁’,皆其證也”。[1] 是錢、王之説足爲先導。

134. 羿焉彈日? 烏焉解羽

(1)彈,一作彈,一作斃。

按:據宋丁度《集韻》“彈”字注謂“《説文》躲也,引《楚詞》‘芎焉彈日’”,知其所見《説文》與今本同,皆作“彈”。而王念孫《疏證》、蔣驥《山帶閣注》、胡文英《指掌》引此也皆作“羿焉彈日”。[2] 是説皆有本。《柳集》、楊萬里《天問天對解》、朱本、李錫齡本、金陵本并同。[3]

(2)洪興祖謂:“《天對》云‘大澤千里,羣鳥是解。注云‘烏當爲鳥,後人不知,因配上句改爲烏也。《山海經》云:大澤方千里,羣鳥之所生及所解。又《穆天子傳》曰:北至曠原之野,飛鳥之所解其羽。’然以文意考之,烏當如字,宗元改從鳥,雖有所據,近乎鑿矣。”

按:洪氏所謂“烏當如字”説不誤,然未有所釋。事實上,中國古代之日神崇拜,常與現實生活中的烏鴉聯繫起來。此或與古人“烏者陽之精”的認識有關。如《後漢書·班固傳》:“獲白雉兮效素烏。”李賢注:“《春秋元命包》曰‘烏者陽之精’。”而《文苑列

---

①王念孫《雜志》,144—145 頁。

②A. 丁度《集韻》,664 頁;B. 段玉裁《説文解字注》,1113 頁;C. 王念孫《疏證》,995頁;D. 蔣驥《山帶閣注》,85 頁;E. 胡文英《指掌》,87 頁。

③A. 柳宗元《柳河東集》,240 頁;B. 楊萬里《天問天對解》,696 頁。

傳·趙壹傳》:"羿子彀左。"李賢注:"《淮南子》曰'堯時十日并出,命羿仰射十日,中其九烏,皆死,墮其羽翼'。"①此則以"烏"爲"日"也;《史記·司馬相如列傳》"亢烏騰而一止",裴駰《集解》:"《漢書音義》曰'亢然高飛,如烏之騰也'。"而"亦幸有三足烏爲之使"句,張守節《正義》云:"三足烏,青烏也。主爲西王母取食。"②此則以"烏"爲"鳥"也。而古文"烏""鳥"常相混訛。如劉楨《黎陽山賦》"河源汨其東遊,陽烏飄而南翔"之"烏",《藝文類聚》引作"鳥"。③ 而錢大昕《十駕齋養新錄》卷三《今本爾雅誤字》也指出此種"烏""鳥"常相混訛之情況,如《釋鳥》"'燕白脰烏',今本'烏'作'鳥'";"鳶烏醜,其飛也翔","今本'烏'作'鳥'"。錢氏謂"此皆轉寫之訛,唯唐石經字畫分明可信。"④

據上所引,"烏"與"鳥"時相混用,但如果是當與"太陽"意義發生關聯時,一般都作"烏",如上引《淮南子》外,劉楨《清慮賦》"玉樹翠葉,上棲金烏"⑤也如是;而從上引《史記》《後漢書》等文獻看,在表示"鳥"這一意義上,也常用"烏",如錢大昕《十駕齋養新錄》一文所舉唐石經可證。而《山海經·海外東經》:"九日居下枝,一日居上枝。"郭璞注:"《淮南子》亦云'堯乃令羿射十日,中其九日,日中烏盡死'。《離騷》所謂'羿焉畢日?烏焉落羽'者也。"⑥是郭璞所見尚作"烏"也。

135. **禹之力獻功,降省下土四方**

(1)劉永濟謂:"疑本作禹勞獻功,傳寫本勞字漫滅,誤分作

①《班固傳》《趙壹傳》引文見范曄《後漢書》,925頁、1775頁。
②司馬遷《史記》,2310—2311頁。
③吳雲《建安七子集校注》,天津古籍出版社,2005年,584頁、586頁。
④錢大昕《十駕齋養新錄》,59頁。
⑤吳雲《建安七子集校注》,604頁。
⑥袁珂《山海經校注》,308頁。

之力耳。”此外,徐英也謂:“當作禹勞獻功。降省下方。勞,勤力也。故王曰。勤力獻進其功。可以證也。下方即言下土四方也。”而蔣天樞則謂:“疑‘降’字當在‘力’字下,文作‘禹之力浲獻功,省下土四方。降,古‘浲’字。力浲,盡力於浲水。”①

按:先生們求之恐深,通觀前後文,若從諸先生説,則文氣難以一貫。且據王注“言禹以勤力獻進其功,堯因使省迨下土四方也”云云,是王本序次不誤。《柳集》、楊萬里《天問天對解》并同。②

(2)一本無四字。

聞一多謂:“朱子云當作‘降省下土方’。衍四字。《詩·長髮》曰‘禹敷下土方’。按朱説是也。《書序》曰‘帝釐下土方(《釋文》‘一讀至方字絶句’)設居方。’‘下土方’古之恒語。此蓋因王《注》釋‘下土方’爲‘下土四方’,後人遂援《注》以增正文。一本無‘四方’二字,則又無韻,亦非。《困學紀聞》二引亦作‘下土方’。《柳集》同。”③

按:馬瑞辰也謂“《楚辭·天問》云‘禹之力獻功,降省下土方’,義本此詩”。④ 是説皆有據。但我們認爲據王注“言禹以勤力獻進其功,堯因使省迨下土四方也”云云,是王本不誤。“下土四方”乃卜辭常語也,如饒宗頤即謂:“殷代卜辭屢見東土南土西土北土受年的記録(《合集》9734—9751),祝豐稔、求安寧,是當時人們共同的祈求。”饒先生并援引古巴比倫《四土頌》内容“於斯時也,東土則沃野千里,皆正道之地;南土則充滿和氣,爲王族政令大行之邦;北土各應其所求;西土則既安且康。普天之下,民

俱時雍"以證。是古巴比倫與先商"對四方四土的祈求是一樣
的"。饒先生所言甚是。而甲骨卜辭外,兩周金文及秦出土文獻
等"四方"也習見,如金文《逨盤銘》"撫有四方""盗政四方""攀
司四方虞林"及秦景公四年銘文"四方以鼏(宓)平"以及《盍和
鐘》"又(有)四方"等皆爲此例。此外,典籍不僅"四方"一詞習
見,且也常見"四鄉"一詞,而"四鄉"也即"四方",如王念孫指出
"《越語》'皇天后土四鄉地主正之',韋注曰'鄉,方也'。故高注
云'祀四方神',即《月令》所謂'命主祠祭禽于四方'也。"①據此,
則王逸所見當不誤。"四"字斷不能省。而《柳集》、楊萬里《天問
天對解》、李錫齡本、金陵本也并作"下土四方"也。②

136. 閔妃匹合,厥身是繼

劉永濟謂:"俞樾曰'正文但有閔字。文義未明,而妃匹合三
字連文,亦殊重復,疑本作閔亡妃合,即王注所謂憂無妃匹也。亡
與匹形似,又涉注文有匹字,誤亡作匹,因據注文妃匹連文,遂移
置妃字之下耳。'按俞説是。屈賦正文有可據叔師章句是正者,
此與前條是也,今據改。"此外,徐英《楚辭札記》説同。

按:俞氏求之恐深。游國恩即謂:"閔妃匹合本自可解,而俞
説則甚費力矣。"而郝懿行《義疏》引此也正作"閔妃匹合"可爲佐
證。③ 此外,楊萬里《天問天對解》亦同王本。至於柳宗元《天對》
"匹"字雖作"配",然序次亦不誤也。④

---

①A. 饒宗頤《四方風新義》,載《中山大學學報》,1988 年第 4 期,72 頁;B.《逨盤
銘》文據何琳儀《逨盤古辭探微》一文引,見《安徽大學語言文字研究叢書·何琳儀》
卷,安徽大學出版社,2013 年,38 頁;C. 秦景公四年銘文及《盍和鐘》文據王輝、王偉
《秦出土文獻編年訂補》18 頁、27 頁引;D. 王念孫《雜志》,2028 頁。

②A. 柳宗元《柳河東集》,241 頁;B. 楊萬里《天問天對解》,696 頁。

③A. 劉永濟《通箋》,125 頁;b 徐英《楚辭札記》,93 頁;C. 游國恩《天問纂義》,見
《游國恩楚辭論著集》第二卷,188 頁;D. 郝懿行《義疏》,156 頁。

④A. 柳宗元《柳河東集》,241 頁;B. 楊萬里《天問天對解》,696 頁。

137. 何后益作革,而禹播降

（1）劉永濟謂:"作革者,乍革也,言益乍即位而革也。"此外孫作雲謂:"'祚',今本誤作'作'。"而黃靈庚謂:"孫作雲讀作爲祚。劉永濟校作爲乍。庚案:作革本通,毋庸改字。《補注柳集》卷一四《天對》引及《天問解》、《文選補遺》卷二九《天問》並作作。"

按:黃先生所言甚是。"作革"即變革,不煩校改。林庚即謂"首創也就是'作革'"。此外,顧炎武《唐韻正》"降"字條引此也正作"作革"可爲佐證。而徐英所謂"作。祚之誤"則爲孫説先導。①

（2）劉永濟謂:"播降當讀爲蕃隆。……蕃隆者,言禹之後嗣蕃衍隆昌也。"此外徐英也謂:"播降即蕃隆。播蕃同音通假。言益與禹相代。然益祚何以被革。而禹之子孫。何以蕃植而隆盛。此言天道之不均也。"

按:二位先生所説大致不誤,惟疑"蕃當讀爲藩"。"播隆"當作"藩隆"。如錢大昕《十駕齋養新録·古無輕唇音》一文謂:"古讀'蕃'如'卞'。"而"古讀'藩'如'播'。《周禮·大司樂》'播之以八音',《注》:故書'播'爲'藩'。杜子春云'藩'當爲'播',讀'后稷播百穀'之'播'。《尚書大傳》'播國率相行事',鄭《注》'播'讀爲'藩'。"②錢説甚是。是"播降"當讀爲"藩隆",其意即劉先生所謂"蕃(藩)隆者,言禹之後嗣蕃(藩)衍隆昌也"。

————————

①A. 劉永濟《通箋》,126 頁;B. 孫作雲《評〈天問〉三家注》,見《孫作雲文集》之《〈楚辭〉研究(下)》,564 頁;C. 黃靈庚《辯證》,271 頁;D. 林庚《天問論箋》,見《林庚楚辭研究兩種》,204 頁;E. 顧炎武《唐韻正》,233 頁;F. 徐英《楚辭札記》,94 頁。

②A. 劉永濟《通箋》,126 頁;B. 徐英《楚辭札記》,94 頁;C. 錢大昕《十駕齋養新録》,102 頁。另,該本杜子春"藩"當爲"播"之"藩"原誤爲"播"。今據《周禮注疏》徑改。

138. 啓棘賓商，九辯九歌

朱熹《集注》謂："竊疑棘當作夢，商當作天，以篆文相似而誤也。"

按：朱氏所謂"商當作天"不誤。如胡應麟《少室山房筆叢》即謂："《天問》云'啓棘賓商，九辯、九歌'，注'棘當作夢'，商當作天'，以古文相似而訛。'據《天問》之意，但謂啓夢賓於天得二樂。而《山海經》乃以爲上三嬪於天，又以西南海之外有人曰夏后開，珥蛇，乘龍，詭誕如此，啓足辯哉。（原注：終雖怪誕，而足證商當爲天字之誤，始讀《楚辭》，嘗疑紫陽不引，及閱《後語》，乃知'夢天'二字正得之此也。"[①]但朱駿聲、王闓運却以爲"商"乃"帝"之誤字。[②] 朱（駿聲）、王之説後世學者多所採納，如胡厚宣在《殷代之天神崇拜》一文中據甲骨卜辭"賓于帝"之頻繁出現而謂"賓有配意，《天問》'啓棘賓帝'（原注：據朱駿聲、王闓運説校改。）《大荒西經》"夏后啓上三嬪於天"可證。"[③]即用此説。此外于省吾也據甲骨卜辭"賓于帝"之内容而以爲"朱、王二氏謂'商'爲'帝'字之訛是可以肯定的，其它異説，概可弗從"。而廖羣以爲這樣一來"'啓棘賓帝'的説法是基本可以確定下來了"。[④] 然《山海經·大荒西經》謂："開上三嬪於天。"郭璞注："嬪，婦也，言獻美女於天帝。"郝懿行曰："《離騷》云'啓《九辯》與《九歌》'。《天問》云'啓棘賓商，《九辯》《九歌》'。是賓、嬪古字通。"[⑤]則《山海經》與《天問》可互爲補充也。論者或疑郭璞注"嬪，婦也；

①A. 朱熹《集注》，60 頁；B. 胡應麟《少室山房筆叢》，354 頁。

②朱駿聲、王闓運意見據《游國恩楚辭論著集》第二卷《天問纂義》引，209—210 頁。

③胡厚宣《甲骨學商史論叢初集》，218 頁。

④A. 于省吾《新證》，172—174 頁；B. 廖羣《先秦兩漢文學考古研究》，學習出版社，2007 年，267 頁。

⑤郭、郝二注俱見袁珂《山海經校注》，473 頁。

言獻美女於天帝"說之荒謬。其實不然,丁山也謂:"賓當讀如卜辭云,'王賓某某'之賓,祭名也。賓天,猶言祭天。"①從民俗學的角度而言,古代祭祀皆獻女子。如《水經注》卷十記:"戰國之世,俗巫爲河伯取婦,祭於此陌。"卷三十三"《風俗通》曰,……江神歲取童女二人爲婦"。②《水經》所記,即爲此遺俗之反映。而(英)約瑟·麥勃奎《兩性的衝突》以爲"神對人們供奉的一切祭祀都是很歡迎的。一切祭祀的供品中,最歡迎的當然是性欲"。③則可見此俗不僅存在於古代之中國,而郭璞所注也不誤也。《魏書》百零三卷《高車傳》也載:"'吾有此女,安可配人? 將以與天。'乃於國北無人之地,築高臺,置二女其上,曰'請天自迎之'。"④則也是謂獻女於"天"也。以此觀之,因祭祀以祈《九辯》《九歌》而獻美女於天帝,古亦有徵,且與西人之理論也冥合,所以證朱氏所謂"商當作天"者不誤。

139. 何羿之躬革,而交吞揆之

徐英謂:"疑交爲反字之誤。揆爲撥字之誤。"

按:據王注"揆,度也。言羿好躬獵,不恤政事法度,淫交接國中"云云,是王本不誤。《柳集》、楊萬里《天問天對解》等亦同王本。⑤

140. 天式從橫,陽離爰死

劉盼遂謂:"'式'爲'弑'之壞字,古通謂殺爲弑。"

---

①丁山《古代神話與民族》,商務印書館,2005 年,363 頁。
②陳橋驛《水經注校證》,260 頁、767 頁。
③(英)約瑟·麥勃奎著,殘馬縮譯《兩性的衝突》,上海文化出版社,1988 年,33 頁。
④魏收《魏書》,中華書局,1974 年,2307 頁。
⑤A. 徐英《楚辭札記》,94 頁。另,徐説"揆爲撥字之誤"當本於劉永濟《通箋》(127 頁)"而交吞揆之"條內容;B. 柳宗元《柳河東集》,244 頁;C. 楊萬里《天問天對解》,697 頁。

按：據王注"式，法也"云云，是王本作"式"。吳棫《韻補》"死"字注引此正作"天式從横，陽離爰死"。是宋人所見猶不誤。《柳集》、楊萬里《天問天對解》、朱本、李錫齡本、金陵本并同。①

141. 萍號起雨，何以興之

（1）萍，一作萍。

按：世綵堂本《柳集》作"萍"，然楊萬里《天問天對解》仍作"萍"。且據王注"萍，萍翳，雨師名也"云云，是王本作"萍"。王念孫《疏證》引此也即作"萍"是不誤。而孫詒讓《正義》於"萍氏，下士二人，徒八人"句引段玉裁意見謂鄭司農所見《天問》也作"萍"。② 朱本、李錫齡本、金陵本并同。

（2）譚介甫謂："王注'興，起也'，與《説文》同。但此上言起，下又言興，二句僅八字，實用只五字，而同義字連見，料無此理。我認爲號起二字或是誤倒，段玉裁謂起翳二字皆在十五部，則萍翳即萍起。翳音'於計切'，'於'屬影紐三等，起音'墟里切'，'墟'屬曉紐三等，影曉不過是深喉淺喉之分，故二字能够假借通用。此謂萍起爲雷師，發聲震烈，故能呼風喚雨，即是何以興之的答對。"③

按：譚先生恐求之過深，雖李善注《贈尚書郎顧彦先》"屏翳吐重陰"句引此也作"屏翳"，④但非謂"萍翳即萍起"也。而"萍

---

①A. 劉盼遂《天問校箋》，見氏著《劉盼遂文集》，北京師範大學出版社，2002 年，7 頁；B. 吳棫《韻補》，57 頁；C. 柳宗元《柳河東集》，246 頁；D. 楊萬里《天問天對解》，699 頁。

②A. 柳宗元《柳河東集》，246 頁；B. 楊萬里《天問天對解》，699 頁；C. 王念孫《疏證》，1081 頁；D. 孫詒讓《正義》（2722 頁）對此有詳細討論，可參。

③譚介甫《新編》，445 頁。

④蕭統《文選》，1145 頁。

號"二字也習語,如上揭《柳集》、楊萬里《天問天對解》、王念孫《疏證》、孫詒讓《周禮正義》等引此個別文字或略有小異,然其序次皆無誤也。

142. 何少康逐犬,而顛隕厥首? 女歧縫裳,而館同爰止,何顛易厥首,而親以逢殆

一本"何顛易"之"顛"下有"隕"字。

按:疑有"隕"字是,而"易"爲衍文。因爲本句前言"何少康逐犬,而顛隕厥首",其後再强調問之"何顛隕厥首,而親以逢殆",義本正常。且"顛隕"之詞也見於《楚辭》它篇,如《離騷》"日康娱而自忘兮,厥首用夫顛隕"等。而"顛易"一詞僅此一見且亦不辭,別本"顛"下有"隕"字,可證別本有作"何顛隕易厥首"者,衍"易"者當是以"隕、易"聲近而致誤。

143. 桀伐蒙山,何所得焉

劉盼遂謂:"古女子多以國爲字,如鄧曼、驪姬是矣。則此'蒙'字疑亦'妹'之音轉而誤,本當作'妹山'矣。蒙、昧雙聲之轉。"

按:劉説誤。事實上,蒙山即岷山。徐文靖即謂"岷山即蒙山,其音同也",此外劉永濟也謂"蒙山即竹書紀年之岷山,聲之轉也"。而蔣天樞也謂"蒙山,疑即'岷山'"。[①] 諸説以外,于省吾也謂:"岷蒙一聲之轉。蒙山即岷山也。"驗之《悲回風》"隱岐山以清江"之"岐山"即"岷山",則諸説并然。[②]

144. 厥萌在初,何所億焉! 璜臺十成,誰所極焉

(1)聞一多謂:"何當爲誰。'誰所億焉'與下文'誰所極焉'

---

①A. 劉盼遂《天問校箋》,見氏著《劉盼遂文集》,8 頁;B. 徐文靖《管城碩記》,283 頁;C. 劉永濟《通箋》,128 頁。此外,該書 148—149 頁也有詳細論述;D. 蔣天樞《校釋》,217 頁。

②于省吾《香草續校書》,378 頁。而"岐山"即"岷山"詳後《悲回風》條(266 條)論證。

語意相似,句法亦當一律。萌讀爲民。(《墨子·尚賢上篇》'國中之衆,四鄙之萌人',《管子·揆度篇》'其人同力而宫室美者,良萌也',……萌皆讀爲民。)"①

按:聞先生所言甚辯。但我們認爲"誰所"當作"何所"。而"萌"字不煩校改。《楚辭》中言"誰所"者僅此一例,而言"何所"者例不勝舉。且《天問》中"何所"常出現於兩句中的下句作爲問詞,如"桀伐蒙山,何所得焉"即是。而"何"誤爲"誰"者,當以其互訓而僞。《說文·人部》"何"字:"一曰,誰也。"《言部》"誰,何也"是證。② 而《天問》問例,除本句外,皆言"何所",如"鯀何所營? 禹何所成?""何所冬暖? 何所夏寒?"等皆是。本篇前言"何所億焉",則此"誰所"也當作"何所"方符合本篇語例。

而"萌"義本爲"民",不煩校改。如《說文·民部》:"民,衆萌也。"段玉裁謂:"萌,古本皆不誤,毛本作'氓',非。古謂民曰萌,漢人所用不可枚數。……大氐漢人萌字,淺人多改爲氓。如《周禮音義》此節摘'致氓'是也。"③段說覈也。如《墨子·尚賢上》:"四鄙之萌人。"《非攻中》:"施舍羣萌。"④是皆謂"萌"爲"民"。而《漢書·陳勝項籍傳》:"然而陳涉,甕牖繩樞之子,甿隸之人。"如淳注:"甿,古文萌字。甿,民也。"⑤司馬相如《上林賦》:"地可墾辟,悉爲農郊,以瞻萌隸。"《文選》李善注:"韋昭曰:萌,民也。"劉孝標《辯命論》:"與三皇競其萌黎,五帝角其區宇。"《文選》李善注:"韋昭《漢書注》曰'萌,民也'。"⑥此外,孫詒

①聞一多《校補》,50頁。
②"何""誰"注文見段玉裁《說文解字注》,650頁、181頁。惟段氏改"誰,何也"爲"誰,誰何也"。今據《說文解字》通行本徑改。
③段玉裁《說文解字注》,1090頁。
④《尚賢上》《非攻中》引文見孫詒讓《閒詁》,45頁、138頁。
⑤班固《漢書》,1428頁。
⑥《上林賦》《辯命論》引文見蕭統《文選》,376頁、2357頁。

讓"漢人謂民爲萌"説也援例甚夥。① 是"萌"字不煩校改也。

（2）億，一作意。

洪興祖謂："億，度也。《論語》曰'億則屢中'。意與億音義同。"

按：洪説近是。億，古作意。而《柳集》、楊萬里《天問天對解》即皆作"意"。② 此外，蔣天樞《校釋》本即作"意"，其自注謂"此從黃本、夫容館本作'意'"。而顧炎武《唐韻正》"極"字注及江有誥《楚辭韻讀》引此并作"意"，是可爲佐證。③

145. 女媧有體，孰制匠之

劉永濟謂："今本有體二字，不出注中，疑有乃貨字傳寫之誤，貨化古字聲義皆同。"此外徐英也謂："有體二字未注。予疑有體當是貨體之誤。貨化也。故王注曰一日七十化。有體二字。無義理也。"④

按：二位先生或求之恐深，"有體二字未注"乃是以"有體"二字淺顯易知耳，如《詩·鄘風·相鼠》"相鼠有體"即是，而非別有它義。《柳集》、楊萬里《天問天對解》等即皆作"有體"是證。⑤

146. 何肆犬體

一作何肆犬豕。

劉永濟謂："劉師培曰'注云'何得肆犬豕之心'，似王本體作豕。'按劉説是已。"而聞一多也謂："王《注》曰'言象無道，肆其犬豕之心，'是王本作'何肆犬豕'。"此外，蔣天樞也謂"以注文證

---

①詳孫詒讓《正義》，1123—1125 頁。

②A. 柳宗元《柳河東集》，249 頁；B. 楊萬里《天問天對解》，700 頁。

③A. 蔣天樞《校釋》，218 頁；B. 顧炎武《唐韻正》，534 頁；C. 江有誥《楚辭韻讀》，137 頁。

④A. 劉永濟《通箋》，128 頁；B. 徐英《楚辭札記》，96 頁。

⑤A. 柳宗元《柳河東集》，249 頁；B. 楊萬里《天問天對解》，700 頁。

之,疑《章句》本作'何肆犬豕'"。①

按:諸説俱是。朱本及清蔣驥《山帶閣注》、戴震《屈原賦注》、胡文英《指掌》、江有誥《楚辭韻讀》、丁晏《天問箋》等即皆作"何肆犬豕"。②

147. 帝乃降觀

乃,一作力。

黄靈庚謂據"王注'湯出觀風俗,乃憂下民'云云,王本作乃字,作力、作之力,皆不辭。力,當乃字之訛"。

按:顧炎武《唐韻正》"悦"字條引此即作"乃",而《柳集》、楊萬里《天問天對解》、朱本、李錫齡本、金陵本并同。此外,姜亮夫所謂"王注'湯出觀風俗,乃憂下民',則王亦作乃可證"之説是爲先導。③

148. 玄鳥致貽,女何喜

(1)貽,一作詒。

按:貽爲詒之俗字。段玉裁注《説文》多辯之。如《説文·言部》"詒"字謂:"一曰,遺也。"段注:"《釋言》、毛傳皆曰'詒,遺也'。俗多假貽爲之。"《來部》"來"字謂:"詒我來麰。"段注:"今《毛詩》詒作'貽',俗字也。"《玉部》"玖"字謂:"貽我佩玖。"段注:"貽當作'詒',《王風》文。"④此外,錢大昕據唐石經也有如是之論,如其《唐石經考異》"尚書七"之"公乃爲詩以貽王"條,錢

①A. 劉永濟《通箋》,128 頁;B. 聞一多《校補》,50 頁;C. 蔣天樞《校釋》,220 頁。
②A. 蔣驥《山帶閣注》,93 頁;B. 戴震《屈原賦注》,44 頁;C. 胡文英《指掌》,94 頁;D. 江有誥《楚辭韻讀》,138 頁;E. 丁晏《天問箋》,見《叢書集成續編》本,118 册,741 頁。
③A. 黄靈庚《辯證》,287 頁;B. 顧炎武《唐韻正》,488 頁;C. 柳宗元《柳河東集》,251 頁;D. 楊萬里《天問天對解》,701 頁;E. 姜亮夫《校注》,339 頁。
④"詒""來""玖"引文見段玉裁《説文解字注》,173 頁、408 頁、27 頁。

謂:"石刻'貽'字有磨改痕,蓋先作'詒',後改。當以先刻爲正。"①而《思美人》"遭玄鳥而致詒",其字正作"詒"。是貽當爲詒之俗字無疑。

(2)喜,一作嘉。

劉永濟謂:"考異曰'喜一作嘉'。劉氏考異曰'案續漢書禮儀志注引喜作嘉'。按戴本作嘉。曰'嘉謂嘉祥而有子'。是也。"此外,聞一多也謂:"當從一本作嘉。嘉與宜韻,若作喜,則失其韻矣。嘉本訓生子。卜辭作㛾,云'□辰王卜,在今,娀毓㛾……上曰毓,曰有身,下皆曰㛾,則㛾當即生子之謂。生子謂之嘉,亦謂之字,嘉之言加,猶字之言滋也。……《續漢書·禮儀志》注引此作嘉,《天對》曰'胡乙鷇之食,而怪焉以嘉',所據本皆不誤。"②

按:劉、聞二先生以外,王力《楚辭韻讀》也謂當作"嘉"字,而蔣天樞《校釋》也謂"以古音讀之,作'嘉',始與上文'宜'字之古音爲韻"。③ 揆之事實,諸説俱是。顧炎武《唐韻正》即謂"今本嘉作喜是後人不通古音而妄改之"。而王念孫《古韻譜》也以"宜嘉"爲韻,并謂本篇"嘉作喜者非"。此外,蔣驥《山帶閣注》、戴震《屈原賦注》、江有誥《楚辭韻讀》本也皆作"女何嘉"。④ 是諸説有本。吳棫《韻補》"嘉"字條引此即作"簡狄在臺,嚳何宜? 玄鳥致胎(貽),女何嘉"?⑤ 而聞先生所引《後漢書·禮儀志》即《禮儀志上》,其言謂:"仲春之月,立高禖祠於城南,祀以特牲。"李賢

---

①錢大昕《唐石經考異》,見《嘉定錢大昕全集》第一册,江蘇古籍出版社,1997 年,11 頁。

②A. 劉永濟《通箋》,128 頁;B. 聞一多《校補》,52—53 頁。

③A. 王力《楚辭韻讀》,見氏著《詩經韻讀 楚辭韻讀》,432 頁;B. 蔣天樞《校釋》,223 頁。

④A. 顧炎武《唐韻正》,246 頁;B. 王念孫《古韻譜》,548 頁;C. 蔣驥《山帶閣注》,95 頁;D. 戴震《屈原賦注》,44 頁;E. 江有誥《楚辭韻讀》,138 頁。

⑤吳棫《韻補》,4 頁。

注："《離騷》曰'簡狄在臺嚳何宜？玄鳥致貽，女何嘉？'王逸曰
'言簡狄侍帝嚳於臺上，有飛燕墮其卵，嘉而吞之，因生契'。"①是
正文及注皆作"嘉"。而聞先生所引甲骨以證，也爲卓識。覽之
典籍，甲骨卜辭每貞其孕否即常與"嘉"相屬。如卜辭"乙亥卜，
貞。王曰：有孕，嘉。扶曰：嘉"（《合》21071）是爲其證。此外，據
孟世凱《甲骨學辭典》，甲骨卜辭之"嘉"或作"妿"也皆與生育相
關。② 孟説甚是，如胡厚宣《卜辭中所見之殷代農業》一文即謂
"王妃之生育，每貞其妿不妿。"③而孟世凱《甲骨學辭典》也指出，
"冥妿"爲"卜辭恒語。意爲懷孕後分娩。武丁時期卜辭有……
三旬又一日甲寅冥，不妿，惟女。甲申卜，……婦好冥，不其妿"
等。④ 是皆可證成聞先生所説也。則本文之"喜"當作"嘉"無疑，
而或本作"喜"者，大概乃傳寫之誤。揆諸典籍，"喜、嘉"常混，如
《後漢書·孝獻帝紀》："司空趙温免，乙巳，衛尉張喜爲司空。"李
賢注："《獻帝春秋》（曰）'喜'作'嘉'。"《劉植傳》："王郎起，植
與弟喜、從兄歆率宗族賓客，聚兵數千人據昌城。"注："《東觀記》
（曰）'喜'作'嘉'。"⑤而《淮南子·道應訓》"乃止駕"之"駕"，
《論衡》作"喜"，王念孫謂："'喜'當爲'嘉'。'嘉'、'駕'古字
通。"⑥凡此皆"喜、嘉"相訛之例。而據王注"喜而吞之，因生契
也"云云，是王氏所見已誤。

149. 擊紂先出，其命何從

其命何從，一作其何所從。

---

①范曄《後漢書》，2106 頁。

②孟世凱《甲骨學辭典》，上海人民出版社，2009 年，220—221 頁。

③胡厚宣《甲骨學商史論叢初集》，719—720 頁。

④孟世凱《甲骨學辭典》，505 頁。

⑤《孝獻帝紀》《劉植傳》引文見范曄《後漢書》248 頁、505 頁。

⑥王念孫《雜志》，2251 頁。

按：一本是。《楚辭》言"其命"者僅此一例，且據王注"其先人失國之原，何所從出乎"云云，是王本作"其何所從"。而據《柳集》、楊萬里《天問天對解》及王應麟《困學紀聞》引此亦作"擊牀先出，其命何從"看，①是所見已誤。

150. 恒秉季德，焉得夫朴牛

于鬯謂："楚辭天問篇云。恒秉季德，焉得夫朴牛。朴亦當作牀。牀朴皆卜聲。或爲借字。亦未可知。王筠句讀云。吾鄉呼牡牛爲朴牯。（原注：天問篇洪興祖引説文特牛、牛父也。言其朴特。是承今本而又亂其句。未可依據。）"是于氏以"朴作牀"。而王國維則謂"朴牛亦即僕牛"。此外饒宗頤針對《山海經》"其獸多兕旄牛"之"旄牛"，郭璞謂"或作樸牛。樸牛見《離騷・天問》，所未詳"之説而謂"《天問》云'恒秉季德，焉得夫朴牛？'是郭璞本作'樸'或'撲'。洪氏《補注》謂'朴無樸音'，非也"。②

按：諸説甚辯，然仍以作"特牛"爲是。如柳宗元《天對》"爰獲牛之朴"雖亦作"朴"字，然其自注謂"特，牛父也"，是似以"特牛"爲是。而洪興祖《補注》也謂"《説文》云'特牛，牛父也'"。且出土楚簡如包山2號墓卜筮禱祠"禱於卲（昭）王，戠（特）牛，饋之"以及葛陵1號墓簡卜筮祭禱辭"禱子西君戠（特）牛"以及"子西君、耆（文）夫人各戠（特）牛"等也皆言"特牛"而不勝枚舉。是宜作"特牛"爲是。③

---

①A. 柳宗元《柳河東集》，253頁；B. 楊萬里《天問天對解》，702頁；C. 王應麟《困學紀聞》，遼寧教育出版社，1998年，32頁。

②A. 于鬯《香草校書》，1153頁；B. 王國維《古史新證》，清華大學出版社，1994年，15頁；C. 饒宗頤《晉郭璞〈楚辭〉遺説摭佚第二》，見《饒宗頤二十世紀學術文集》卷十一《文學》卷，216頁。

③A. 柳宗元《柳河東集》，253頁；B. 包山簡及葛陵簡内容詳陳偉等《楚地出土戰國簡册［十四種］》，92頁、95頁、403頁、406頁等。

151. 何繁鳥萃棘，負子肆情

“繁”疑爲“鷩”之誤，而“鳥”字誤衍。

按：雖然如馬瑞辰《通釋》等引此亦作“繁”。然據《廣雅·釋鳥》“鷩鳥，鴉也”以及《集韻》“鷩”字注“鳥名，鴉也”云云，[1]是“繁”本當作“鷩”無疑也。而毛奇齡《天問補注》即謂“繁當作鷩”。[2] 而據上文“昏微遵迹，有狄不寧”來看，“何鷩鳥萃棘，負子肆情”之“鳥”字當誤衍。因“昏微遵迹，有狄不寧”與“何鷩萃棘，負子肆情”本平行并列，若有“鳥”字，反覺不暢，此或乃後人抄寫之際，以不曉“鷩”字之故，故以形近之“繁”字易之，而又因原有“鳥”字故又徒增“鳥”字以成今本也。

152. 眩弟並淫，危害厥兄

黃靈庚謂：“《今注》謂‘眩疑爲亥之誤字，亥又寫作胲，與眩形近’。……其說可參。”

按：說俱是。但黃先生所引《今注》爲湯炳正先生領銜之《楚辭今注》，湯先生之前譚介甫先生已謂“眩，疑是胲的誤文，《世本·作篇》謂‘胲作服牛’。《呂覽·勿躬》謂‘王冰作服牛’，王冰本作王夨。夨，與甲骨文金文亥字形近，故王冰或王夨即是王亥。胲與該皆是亥的繁文，此又誤作眩，因右邊玄與亥形似之故”。是爲諸說先導。而諸說及援引諸例或也皆本於王國維《古史新證》也。[3]

153. 何變化以作詐，後嗣而逢長

(1)詐，疑作態。

---

①A. 馬瑞辰《通釋》，411—412 頁；B. 王念孫《疏證》，1456 頁；C. 丁度《集韻》，355 頁。

②毛奇齡《天問補注》，見《續修四庫全書》，1302 册，295 頁。

③A. 黃靈庚《辯證》，293 頁；B. 譚介甫《新編》，487 頁；C. 詳王國維《古史新證》，13—15 頁。

按：王注"言象欲殺舜，變化其態，內作姦詐"云云，是或據"變化其態"而有"態"字，或據"內作姦詐"而有"詐"字。但覽之《楚辭》，"詐"字僅見於此，而言"態"者多矣。如《思美人》"觀南人之變態"等。且據王注，其強調"姦詐之態"爲其中心思想。"態"可訓"姦詐"，如《莊子‧胠篋》："故馬之知而態至盜者，伯樂之罪也。"成玄英《疏》："態，姦詐也。"①而《離騷》："余不忍爲此態也。"王注："不忍以中正之性，爲邪淫之態。"是王注彼處也訓"態"爲"邪淫、姦詐"之證。故本處"內作姦詐"之"姦詐"當是釋"態"之語。《離騷》"余不忍爲此態也"之"態"未曾獨釋，而是直接於注語中訓之以"邪淫"，此或以王逸時人通曉"態"之詁訓而如此，如《史記‧范睢蔡澤列傳》："下惑於姦臣之態。"司馬貞《索隱》謂："態謂姦臣諂詐之志也。"②所以《天問》此處注例也同於《離騷》之注，直接於訓釋中釋之以"姦詐"。此也可證正文本作"態"也。

（2）後嗣而逢長，一作而後嗣逢長。

聞一多謂："當從一本作'而後嗣逢長'，乃見問意。王《注》曰'而後嗣子孫長爲諸侯也'，是王本而字未倒。朱本亦作'而後嗣逢長'。"

按：聞説是。顧炎武《唐韻正》"兄"字條引此即作"而後嗣逢長"。林雲銘《楚辭燈》、戴震《屈原賦注》本并同，是皆取捨有本。③ 而《柳集》及楊萬里《天問天對解》則皆作"後嗣而逢長"，④是其所見已誤。

---

①劉文典《補正》，274 頁。
②司馬遷《史記》，1847 頁。
③A. 聞一多《校補》，54 頁；B. 顧炎武《唐韻正》，287 頁；C. 林雲銘《楚辭燈》，華東師範大學出版社，2012 年，69 頁；D. 戴震《屈原賦注》，45 頁。
④A. 柳宗元《柳河東集》，254 頁；B. 楊萬里《天問天對解》，703 頁。

154. 會朝争盟

"盟"疑爲"明"之誤,而"争明"即"争强"也。

按:桂馥《札樸》"會朝清明"條謂"偃師武億曰《楚辭·天問》'會朝争盟,何踐吾期'。注云'争,一作請'。案'朝'、'朝'同字。……'請'、'清'音相近,'盟'、'明'通用。(原注:《詩·黄鳥》'不可與明'。《箋》云'明當爲盟'。)是屈子引《詩》'會朝清明'作問,蓋云以甲子日赴膠鬲請盟之期。'"①此外,孫詒讓《札迻》也謂"争盟"即"清明"也。② 揆之載籍,兩家所謂"盟"讀爲"明"不誤。如《史記·吳太伯世家》:"儉而易行,以德輔此,則盟主也。"《集解》謂:"徐廣曰'盟,一作明'。"③《周易·隨·九四》:"以明何咎。"聞一多《周易義證》謂:"《井》九三'王明,并(普)受其福',于省吾讀明爲盟,訓祭,是矣。余謂《隨》九四'以明何咎,明亦當讀爲盟。'"④凡此皆"明、盟"相通之證。但諸家皆據《史記》釋此爲"甲子日赴膠鬲請盟之期"則恐不確。"争明"當即"争强"。王引之《經義述聞·春秋左氏傳下》"争明"條即謂"争明,争强也"。⑤ 而"争强"即争爲盟首。

155. 到擊紂躬

譚介甫謂:"到,無義,疑到的形誤。《玉篇》'到,以刀割頸也'。"蔣禮鴻也謂:"'到擊紂躬',到乃到字形近之訛。柳宗元對曰'頸紂黄鉞'。頸紂即到擊紂躬,乃絶頸也。其義至明。"此外,

---

①桂馥《札樸》,26 頁。
②孫詒讓《札迻》,395 頁。
③司馬遷《史記》,1181 頁。
④聞一多《周易義證》,見氏著《古典新義》,商務印書館,2011 年,45—46 頁。
⑤王引之《經義述聞》,1908 頁。

郭在貽也謂:"到字乃剄字之訛。……剄有刺、割之義。"①

按:説俱是。雖然胡之驥《彙注》、顧炎武《唐韻正》引此也皆作"到"。② 然"到"字於此費解,如聞一多即以爲"到疑當爲勁,字之誤也。《戰國策·西周策》'彼且攻王之聚以勁秦',《史記·韓世家》'不如出兵以勁之',今本勁亦皆誤作到。……《九辯》'前輊輬之鏘鏘兮',輊今誤作輕,并其比"。③ 是爲諸説先導。而聞説大概是受王念孫《讀書雜志·戰國策一》"到秦"條所啟發。④然"勁"實也爲"剄"之形誤。《墨子·非攻下》:"剄殺其萬民。"孫詒讓謂:"《左傳》定四年,杜注云'剄,取其首'。《史記·陳涉世家》,《索隱》引《三蒼》郭璞《注》云'剄,刺也'。下文云'刺殺天民',與此義同。畢(沅)云'剄字從刀'。"⑤是其證。而"到"或也作"倒",實也爲"剄"字之誤。如《吕覽·用民篇》:"宋人有取道者,其馬不進,倒而投之鸂水。"高注:"倒,殺。"王念孫謂:"'倒'與'殺'義不相近。'倒'當爲'剄'。《説文》曰:'剄,刑也。'故高訓爲殺。"⑥此外,劉文典《三餘札記》也謂:"'倒'當爲'剄',字之誤也。《論衡·非韓篇》作'拔劍剄而棄之於溝中',是其證。"⑦則此又當是"剄"訛爲"到",而"到、倒"典籍互通,寫者不慎,又以"倒"易"到"而誤也。如《儀禮·士喪禮》:"祭服不倒。"《唐石經》:"倒作到。"《太玄·事·上九》:"到耳順止,事

①A. 譚介甫《新編》,504 頁;B. 蔣禮鴻《義府續貂》,見《蔣禮鴻集》第二卷,浙江教育出版社,2001 年,175 頁;C. 郭在貽《楚辭》解詁》,見氏著《訓詁叢稿》,5—6 頁。

②A. 胡之驥《彙注》,286 頁;B. 顧炎武《唐韻正》,261 頁。

③聞一多《校補》,55 頁。

④王念孫《雜志》,94—95 頁。

⑤孫詒讓《閒詁》,142 頁。另,"勁",中華書局本從畢沅校原作"剄",今據諸説徑回改爲"勁"。

⑥王念孫《雜志》,2626 頁。

⑦劉文典《三餘札記》,黃山書社,1990 年,100 頁。

貞。"司馬光集注："到與倒同。"①此外如張元濟《校史隨筆》也指
出《北史》第三十三《傅永傳》及第七十七《李順興傳》"倒""到"
相訛之例。② 是以上所舉"到(倒)""到"相訛諸例可進一步佐證
譚、郭兩先生之論。

156. 何親揆發足周之命以咨嗟

"足"當屬下文，爲"定"之誤。

按："足""定"形近易混，如《莊子・大宗師》："相造乎水者，
穿池而養給；相造乎道者，無事而生定。"俞樾《諸子平議》謂：
"'定'疑'足'字之誤。'穿池而養給'，'無事而生足'，兩句一
律，'給'亦'足'也。'足'與'定'字形相似而誤。《管子・中匡
篇》'功定以得天與失天，其人事一也'，今本'定'誤作'足'，與
此正可互證。"③此外，李賢注《後漢書・志・五行三》謂："《東觀
書》曰'……徼幸之意，蔓延無足。"而中華書局所出《校勘記》謂
"蔓延無足"之"足"當作"定"。④ 是"足、定"相混之例。"定周之
命以咨嗟"即指周武王奠定周天下而得到人們的讚美。朱熹《集
注》正作"何親揆發，定周之命以咨嗟"，并謂"定，一作足，屬上
句，非是"。而楊萬里《天問天對解》亦作"定"也。此外，蔣驥
《山帶閣注》、胡文英《指掌》、江有誥《楚辭韻讀》、丁晏《天問箋》
等并同，是説皆得之。⑤

157. 授殷天下，其位安施

劉永濟謂："考異曰'位一作德'。按作德是。此言上帝授

---

①據高亨《古字通假會典》引，811頁。

②張元濟《校史隨筆》，上海古籍出版社，1998年，89頁。

③俞樾《諸子平議》，中華書局，1954年，340頁。

④范曄《後漢書》，2250頁、2260頁。

⑤A. 朱熹《集注》，66頁；B. 楊萬里《天問天對解》，703頁；C. 蔣驥《山帶閣注》，99頁；D. 胡文英《指掌》，99頁；E. 江有誥《楚辭韻讀》，138頁；F. 丁晏《天問箋》，746頁。

殷，必以湯有德也。其德何以移易至於滅亡。明吉藩府翻宋本及
黄省會校刻宋本章句，位上皆有德字，是王本原作德之證。”而聞
一多則謂劉説是也，并敷衍之。①

　　按：《柳集》、楊萬里《天問天對解》等也并作“其位”，而“其
位”一詞典籍習語，且於楚系作品中也常見，如《鶡冠子·世兵》
“生死不俛其位，三光不改其用，神明不徙其法”即爲其例。而據
《管子·立政》“君之所審者三‘一曰德不當其位’”及《八觀》“敵
國不畏其彊，豪傑不安其位”等内容而觀之，②《天問》“其位安
施”當不煩校改。而據王注“言天始授殷家以天下，其王位安所
施用乎”云云，是王本不誤。或本作“德”者，或以旁批補充説明
“其位”所指而誤入正文也。

158. 反成乃亡

　　乃，一作反。

　　劉永濟謂：“劉師培曰‘據注似當作及成反亡’。按此四字未
詳所指，以上文觀之，當指成王時，武庚以殷叛事。然則當作及成
乃亡。”聞一多也謂：“劉師培云‘反當爲及’。案劉説是也。”此
外，何劍熏也謂“劉言‘反’爲‘及’之誤字，是也”。③

　　按：諸説雖爲有致，但猶未達一間。“反”疑作“乃”，本當作
“乃成乃亡”。《天問》本篇“ABAC”式句例甚多，如“何罰何佑”
“是淫是蕩”④等。此類句式有如《詩·大雅·皇矣》“是伐是肆，

---

　　①A. 劉永濟《通箋》，131 頁；B. 聞一多《校補》，55—56 頁。
　　②A. 柳宗元《柳河東集》，256 頁；B. 楊萬里《天問天對解》，703 頁；C. 黄懷信《鶡冠
子彙校集注》，中華書局，2004 年，273 頁；D. 黎翔鳳《管子校注》，59 頁、272 頁。
　　③A. 劉永濟《通箋》，132 頁；B. 聞一多《校補》，56 頁；C. 何劍熏《新詁》，181 頁。
　　④原作“何環穿自閭社丘陵，爰出子文”，此據洪興祖引一本及《天問》句法四句一
節之規律改。

是絶是忽”①等。據王注“言殷王位已成，反覆亡之”云云，是王本
已誤。而如顧炎武《唐韻正》“施”字條等引此則也誤同王本。②

159. 穆王巧梅，夫何爲周流

（1）梅，一作坶。

聞一多謂：“當爲坶，字之誤也。……坶即牧字。《詩·大
明》‘牧野洋洋’，鄭注：《書序》引作坶。”此外，劉永濟、蔣天樞等
釋此也持是説。③

按：孫星衍《尚書今古文注疏》卷一一、鄧廷楨《雙硯齋筆記》
卷二等皆已指出經典中“坶牧通用”之現象，④其所列諸證大概爲
聞先生所本。而汲古閣刻毛表校寶翰樓本李陳玉《楚辭箋注》正
謂“梅，一作坶”。⑤ 則聞先生之説不僅與清人冥合，也有或本之
可證。但我們認爲“梅”字不煩校改。因爲據介紹，早在“新石器
早期人們已知利用梅酸，河南新鄭裴李崗遺址出土有梅核。安陽
出土商代銅鼎，曾發現有滿盛已炭化梅核者。殷墟西區 M284 墓
中隨葬一銅鼎，内中也尚有一梅核。”⑥據此，則古人早已知享用
果梅。而《釋名·釋言語》謂“好，巧也”。⑦ 則“巧梅”即喜歡果
梅之意。并且據《穆天子傳》，穆天子之西征，戎狄等少數民族也
多“獻酒”百千於天子。而“梅”不僅可爲調味品，也可爲制酒之
原料，如《南方草木狀》卷下引東方朔《林邑記》謂“林邑山楊梅，
其大如杯碗，青時極酸，既紅味如崖蜜，以醞酒，號梅香酎。非貴

①孔穎達《毛詩正義》，1035 頁。

②顧炎武《唐韻正》，249 頁。

③A. 聞一多《校補》，57 頁；B. 劉永濟《通箋》，132 頁；C. 蔣天樞《校釋》，237 頁。

④A. 孫星衍《尚書今古文注疏》，中華書局，1986 年，283 頁；B. 鄧廷楨《雙硯齋筆
記》，177—178 頁。

⑤李陳玉《楚辭箋注》，據西北師範大學圖書館特藏室藏本。

⑥宋鎮豪《夏商社會生活史》，307 頁。

⑦王先謙《釋名疏證補》，116 頁。

人重客,不得飲之"①可證。《左傳·僖公四年》管仲斥楚人"爾貢包茅不入,王祭不共,無以縮酒"②的記述也説明酒在古代宫廷中的重要地位。綜上所述,"穆王巧梅"之釋不必刻意求深,即指穆王喜歡果梅。"巧梅"爲動賓結構,而"梅"字不煩校改。以此觀之,則《柳集》、楊萬里《天問天對解》、王念孫《疏證》、錢繹《箋疏》等作"挴"字亦誤也。③

（2）夫何爲周流,一作夫何周流。

聞一多謂:"何下當從一本删爲字。……然則今本正文爲字,乃涉注文而衍歟?"④

按:《楚辭》中言"夫何爲"者僅此一例,且據《楚辭》例,"夫何（爲）"出現於《楚辭》上下句中時,其下句一般而言皆謂"夫何",如《離騷》"世並舉而好朋兮,夫何煢獨而不予聽";《天問》"永遏在羽山,夫何三年不施";《七諫·謬諫》"怨靈脩之浩蕩兮,夫何執操之不固"等皆是。是據此文例,則"爲"字當衍。朱本、清蔣驥《山帶閣注》、胡文英《指掌》、江有誥《楚辭韻讀》等皆作"夫何"是不誤。⑤

160. 天命反側,何罰何佑

聞一多謂:"劉盼遂氏云當作'何佑何罰',罰與殺韻。案劉説是也。王《注》曰'善者佑之,惡者罰之'。先言'佑',後言'罰',是王本尚未倒。"⑥

---

①嵇含《南方草木狀》,見《漢魏六朝筆記小説大觀》,265 頁。
②孔穎達《春秋左傳正義》,331 頁。
③A. 柳宗元《柳河東集》,257 頁;B. 楊萬里《天問天對解》,704 頁;C. 王念孫《疏證》,149 頁;D. 錢繹《箋疏》,739 頁。
④聞一多《校補》,57 頁。
⑤A. 蔣驥《山帶閣注》,100 頁;B. 胡文英《指掌》,100 頁;C. 江有誥《楚辭韻讀》,138 頁。
⑥聞一多《校補》,58 頁。

按:説俱是,胡文英《指掌》本雖正文作"何罰何佑",但其自注云:"疑應作何佑何罰。"①是爲諸説先導。

161. 齊桓九會,卒然身殺

朱熹謂:"殺,音弑,一作弑。"而陸侃如謂:"'殺'與'佑'不叶。舊本校語云,一作'弑',今改從之('弑'與'佑'均在古音之部)。"

按:據朱熹《集注》,則朱氏徑讀"殺"爲"弑"也。而蔣驥《山帶閣注》及江有誥《楚辭韻讀》本則是正文皆作"殺",而其自注則謂當作"弑"。是正如段玉裁所謂"經傳殺、弑二字,轉寫既多譌亂,音家又或拘泥,中無定見"也。而揣其文義,乃言齊桓身死六十餘日而不能葬,與見弑無别,但非實有其事。但王念孫《古韻譜》"市姒佑弑"條則謂此"弑作殺者非"。② 然據于鬯《香草校書》及《香草續校書》引其先師鍾朝美"弑即殺之後出字"及"古祇有殺字"説及其援引諸例以及揆之史實,則作"殺"者不誤也。③而《柳集》、楊萬里《天問天對解》亦并同王本。④

162. 雷開阿順,而賜封之

一作"雷開何順,而賜封金"。

洪興祖引一本及朱本"阿"皆作"何"。劉永濟謂:"按作何,是也。"此外,聞一多也謂:"阿當從一本作何。上文曰'比干何逆,而抑沈之','何順'與'何逆'對文以見意。朱本作何順。

---

①胡文英《指掌》,101 頁。

②A. 陸侃如《屈賦校勘記》,見氏著《陸侃如古典文學論文集》,324—325 頁;B. 蔣驥《山帶閣注》,101 頁。此外,王力《楚辭韻讀》本也謂"'弑',今本作'殺',據蔣驥改。"詳氏著《詩經韻讀 楚辭韻讀》,433 頁;C. 江有誥《楚辭韻讀》,138 頁;D. 段玉裁《説文解字注》,215 頁;E. 王念孫《古韻譜》,557 頁。

③A. 于鬯《香草校書》,1013 頁;B. 于鬯《香草續校書》,26 頁

④A. 柳宗元《柳河東集》,259 頁;B. 楊萬里《天問天對解》,704 頁。

《柳集》同。"①

按:阿當從一本作何。楊萬里《天問天對解》及顧炎武《唐韻正》"二十一侵"條等引此即作"雷開何順"是證。而據王注"乃賜之金玉而封之也"云云,則"而賜封之"當作"而賜封之金"方合文義。蔣天樞《校釋》本即"從黄本、夫容館本及注文"補"金"字。而清黄生《義府》引此并作"雷開何順,而賜封之金"。② 是不誤。

163. 梅伯受醢,箕子詳狂

劉永濟謂:"諸本皆無異,劉氏考異曰:案禮記王制疏引'受'作'菹',是也。按王氏章句曰'梅伯忠直而數諫紂,紂怒乃殺之,菹醢其身'。則作菹是。當據改。菹同葅。"此外,徐仁甫也謂"今本《天問》作'梅伯受醢',蓋後人以其被動,而改'菹'爲'受'耳。不知古人被動句省被動詞,不當言'受'也"。③

按:"菹醢"乃《楚辭》習語,如《離騷》"后辛之菹醢兮,殷宗用而不長""不量鑿而正枘兮,固前脩以菹醢",《涉江》"伍子逢殃兮,比干菹醢"等皆是。且其結構意義也皆同於本句,故劉師培等説俱是。

164. 受賜兹醢,西伯上告

告,當讀爲祰。

按:據王逸注謂"言紂醢梅伯,以賜諸侯,文王受之以祭告,語於上天也"云云,是"祭告"爲其中心之意。而據《説文》釋

---

①A. 劉永濟《通箋》,133 頁;B. 聞一多《校補》,58—59 頁。另,聞先生謂《柳集》同。但世綵堂本《柳河東集》(259 頁)也作"阿"。

②A. 楊萬里《天問天對解》,705 頁;B. 顧炎武《唐韻正》,325 頁;C. 蔣天樞《校釋》,239 頁;D. 黄生撰,黄承吉合按《字詁義府合按》,117 頁。

③A. 劉永濟《通箋》,133 頁;B. 徐仁甫《楚辭文法概要》,217 頁。

"告"謂"牛觸人,角箸横木,所目告人也"云云,是"告"無關"祭"義。而《説文》謂"祰,告祭也",則正與王注"祭告"語合。且驗之甲骨,卜辭正用告爲祰,如"告于父乙""勿于大甲告""其告秋于上甲一牛""貞告疾于祖乙""于大示告方來"等皆是。[①] 是綜上所述,"告"讀爲"祰"方與王注吻合。

165. 伯林雉經

雉,疑爲縊之借。

按:雉、縊常相借用,如阮元《揅經室集》即謂《國語·晉語》之申生雉經之"'雉'乃'縊'之假借字",而蔣禮鴻《義府續貂》"抗到"條也謂"《釋名·釋喪制》'屈頸閉氣曰雉經,如雉之爲也'。畢氏《疏證》曰'晉太子申生之死,《左傳》云縊,《晉語》云雉經於新城之廟;鄭注《檀弓》云既告狐突乃雉經,《正義》云:雉,牛鼻繩也。申生以牛繩自縊而死也。故鄭注《封人》云:縻,著牛鼻繩,所以牽牛者也,今時人謂之雉。或謂雉性耿介,被人所獲,必自屈折其頸而死。《漢書》載趙人貫高自絕亢而死,申生亦當然也'"。[②] 其説甚詳,而伯林即申生也。是"雉"本爲"縊"也。[③]

166. 何感天抑墜,夫誰畏懼

感,疑爲撼之借。

---

①A."告""祰"釋義詳段玉裁《説文解字注》,93 頁、7 頁;B. 甲骨相關論斷及引文據徐中舒主編《甲骨文字典》(22 頁、86 頁)及孟世凱《甲骨學辭典》(295 頁)以及沈培《殷卜辭中跟卜兆有關的"見"和"告"》一文引(載中國古文字研究會、吉林大學古文字研究室編《古文字研究》第二十七輯,中華書局,2008 年,73 頁)。

②A. 阮元《揅經室集》,中華書局,1993 年,24 頁;B. 蔣禮鴻《義府續貂》,見《蔣禮鴻集》第二卷,175 頁。

③本條内容原爲 2008 年筆者爲趙逵夫先生主編《楚辭語言詞典》(655 頁)"雉經"條所撰寫,2016 年 4 月 6 日見游國恩先生已謂"雉乃縊之同聲借字"(《游國恩楚辭論著集》第二卷《天問纂義》,425 頁)。是益信吾道不孤,故特舉出。

　　按：二字皆從咸得聲，例可通假。如郝懿行謂："感之爲言撼也。"①此外《廣雅·釋詁》："撼，動也。"王念孫《疏證》謂："撼之言感也。《召南·野有死麕》篇'無感我帨兮'。《毛傳》云'感，動也'。……是感、撼同聲同義。"②而"撼天"與"抑地"本平行并列，其義一致。且下文謂"夫誰畏懼"，當是對"撼天抑地"這一行爲的回答。若爲感動之意，則難與"夫誰畏懼"爲詞。故當以"撼"爲是。③

167. 又使至代之

　　代，一作伐。

　　黄靈庚謂："據王逸注本作代字，且代與戒字叶韻，若作伐，則出韻矣。"

　　按：黄説是，《柳集》、朱本、李錫齡本、金陵本并作"代"。而聞一多《校補》所謂"代與戒韻。作伐，則失其韻矣。一本非是"説則爲先導。④

168. 後兹承輔

　　承，一作丞。

　　按："承"爲"丞"之借，作"丞"是。《墨子·尚賢上》："故士者，所以爲輔相承嗣也。"孫詒讓謂："孔廣森云'承，丞也'。……承當與《文王世子》'師保疑丞'之丞同。……《文王世子》孔疏引《尚書大傳》'承'作'丞'。此承義並與彼同。"而王煦注《小爾

---

　　①郝懿行《義疏》，289 頁。

　　②王念孫《疏證》，128 頁。

　　③2009 年 8 月 1 日檢閲王闓運《楚辭釋》（《續修四庫全書》第 1302 册，633 頁），其辭謂："感讀爲撼。撼天抑地勇憤無畏之詞。"2015 年 4 月 21 日檢閲譚介甫《新編》（507 頁），譚先生謂"感，當是撼的省文"。2015 年 8 月 18 日檢閲蔣天樞《校釋》（247頁），蔣先生也持是説。是余説與前輩合。

　　④A. 黄靈庚《辯證》，311 頁；B. 聞一多《校補》，59 頁。

雅》"鄰"字引《孔叢子》曰:"王者前有疑,後有丞,左有輔,右有弼,謂之四近。"①是"丞、輔"并列。段玉裁注《説文》"丞"字也謂"承者,丞之假借"。而"丞輔"即輔助也,典籍多言之。如《吕覽·介立》:"五蛇從之,爲之丞輔。"高注"丞,佐也"是證。錢澄之謂:"臣摯,謂初爲小臣,故名之丞輔。"其説得之。而何劍熏先生以爲當作"後承兹輔",其將"承輔"分釋也不可從。②

169. 勳闔夢生,少離散亡

夢,疑作寤。

按:"夢生"不辭,"夢"疑作"寤"。"寤生"者難産也。如《左傳·隱公元年》:"莊公寤生,驚姜氏。"楊伯峻謂:"寤生,杜注以爲寤寐而生,誤。寤字當屬莊公言,乃'牾'之借字,寤生猶言逆生。"③楊説甚是。而"勳闔寤生"則表明吳王闔間出生即不順也,故下文言"少離散亡",於理得之。覽之典籍,罕言闔間"寤生"之事,今於《天問》得之,亦可補史料之缺。

170. 受壽永多,夫何久長

(1)一本無久字。

劉永濟謂:"久字疑衍。朱氏集注本無,當從。"此外,聞一多也云:"'永多''久長'義相重複,殊爲無謂。朱本無久字,《柳集》及《御覽》八六一引亦無,則'彭鏗斟雉帝何饗,受壽永多夫何長'皆七字句,視今本爲勝。"④

按:説俱是。從"彭鏗斟雉,帝何饗?至"易之以百兩,卒無

---

①A. 孫詒讓《閒詁》,48 頁;B. 王煦説據遲鐸《小爾雅集釋》(27 頁)引。

②A. 段玉裁《説文解字注》,186 頁;B. 許維遹《吕氏春秋集釋》,264 頁;C. 錢澄之説據《游國恩楚辭論著集》第二卷《天問纂義》(430 頁)引;D. 何劍熏《新詁》,198 頁。

③楊伯峻《春秋左傳住》,10 頁。

④A. 劉永濟《通箋》,134 頁;B. 聞一多《校補》,60 頁。

禄”。其結構基本上都是“四、三”結構,從“夫何長”則語氣連貫,一氣呵成,較“久長”爲優。且本篇“簡狄在台,嚳何宜? 玄鳥致貽,女何喜?”;“遷藏就歧,何能依? 殷有惑婦,何所譏?”;“師望在肆,昌何識?”至“載尸集戰,何所急?”;“薄暮雷電,歸何憂?”至“荆勳作師,夫何長?”等也皆爲“四、三”結構,中間無作“四、四”者。而“荆勳作師,夫何長”之“夫何長”也無“久”字。故“久”字當爲衍文。蔣驥《山帶閣注》正作“夫何長”。①

(2)“受”“壽”二字實爲一義,即“壽”意。

按:陳直《史記新證》謂“西漢時受壽二字通用,平帝元壽年號,瓦片又作元受是也”。② 而《楚辭》中同義複指之詞甚多,如“覽相觀”等之用法是也。則“受”“壽”二字之通用,或不獨西漢已然。

171. 蟲蛾微命,力何固

(1)蟲蛾,一作蠢蟻。

按:“蠢”即“蟲”之異體字。而“蛾”爲“蟻”之古字。如朱熹《集注》引一本即有作“蠢蟻”者,且謂“蛾,古蟻字”。而顧炎武《唐韻正》“蟻”字條也援引諸例指出典籍中“蛾”與“蟻”通用,如“《山海經》‘朱蛾其狀如蛾’注引《楚辭》‘赤蟻若象’作‘赤蛾’。……洪适《陳球後碑》釋文曰‘經傳多書蟻作蛾,似是省文’。③ 是據諸説,“蛾、蟻”通用無別。但據《上海博物館藏戰國楚竹書》(八)所載楚辭體《蘭賦》篇“螻蛾虫蛇”一語,④是作“蛾”最近原貌。而據王注“言蟲蛾”云云,是王本作“蟲蛾”。

---

①蔣驥《山帶閣注》,106 頁。
②陳直《史記新證》,30 頁。
③顧炎武《唐韻正》,330 頁。
④馬承源主編《上海博物館藏戰國楚竹書》(八),259 頁。

（2）微命,疑作受命。

按:雖然如李善注謝靈運《初發石首城》"微命察如絲"句引此亦作"微命"。① 然"微命"不僅於《楚辭》僅此一見,且與"力何固"不協。而"受命"一詞屢見於《楚辭》及其它典籍,如《桔頌》"受命不遷",《九歎·逢紛》"原生受命於貞節兮"等。其它如《尚書·立政》"式商受命,奄甸萬姓"及《説苑·善説》"謹受命"等皆是。② 而《漢書·谷永杜鄴傳》:"四輔既備,成王靡有過事。"師古注:"《周書·洛誥》稱成王曰'誕保文武受命,亂爲四輔'。"③是"受命"常語也。此外,近出上海博物館藏戰國楚竹書《容成氏》"后稷既已受命""皋陶既已受命"以及《彭祖》"受命永長"等也可爲明證。④ 而據王注"受天命,負力堅固"云云,是王本不誤,且與上述楚竹書内容吻合。

172.驚女采薇,鹿何祐

祐,一作佑。

按:吳棫《韻補》"佑"字注引此即謂"屈原《天問》'驚女採薇,鹿何佑'",是宋人所見猶有作"佑"者。此外,顧炎武《唐韻正》"佑"字條及俞正燮《癸巳存稿》"讀史記伯夷列傳書後"引此并同。但"祐"與"佑"疑皆"右"之借,典籍祐、佑、右常相通用,如陸德明《經典釋文·周易音義》"不佑"條注謂"音又。鄭云:助也。本又作祐。馬作右,謂天不右行"是證。但《説文》無"佑"字,段玉裁注"祐"字謂"古衹作右"。其説甚是。陸德明《經典釋文·周易音義》"右民"條注即謂"音佑。……助也"也可爲佐證。

---

①蕭統《文選》,1246 頁。

②A.楊筠如《尚書覈詁》,399 頁;B.向宗魯《説苑校證》,282 頁。

③班固《漢書》,2562 頁。

④詳李守奎等編著《上海博物館藏戰國楚竹書〈1—5〉文字編》,811—812 頁、848 頁。

而甲骨雖見"祐"字,然其多"實用爲侑,祐則多以又爲之"。① 是本處之"祐""佑"皆當爲"右"之借。

173. 兄有噬犬,弟何欲

陳直謂:"犬當爲兕字,篆文形近而誤。"

按:據王注"噬犬,齧犬也。弟,秦伯弟鍼也。言秦伯有齧犬"云云,是王本作"犬"。而歐陽詢《類聚》"狗"字條引此也作"犬",此外《柳集》、楊萬里《天問天對解》也皆同王本。② 是唐宋人所見猶不誤。

174. 吾告堵敖以不長,何試上自予,忠名彌彰

聞一多謂:"吾疑當爲語,字之誤也。"而譚介甫則謂:"吾,疑本是悟的脱誤,《説文》'悟,逆也'。悟告即逆告,猶云反告。"③

按:"吾"當爲"言"之誤。"言告"典籍習語也。如《詩·周南·葛覃》"言告師氏,言告言歸"之"言告"即是。④ 而"言"於此爲語詞。如馬瑞辰《通釋》釋《詩·周南·葛覃》之"言告師氏,言告言歸"句謂"《爾雅》'孔、魄、哉、延、虛、無、之、言,間也'。間謂間廁言詞之中,猶今人云語助也"。⑤ 此外,王引之《經傳釋詞》也謂:"言、云也,語詞也。……若《詩·葛覃》之'言告師氏'、'言告言歸'。"⑥是"言告堵敖"之"言"也當即語詞也。而"告即

---

①A. 吳棫《韻補》,82 頁;B. 顧炎武《唐韻正》,394 頁;C. 俞正燮《癸巳存稿》,198 頁;D. 段玉裁《説文解字注》,4 頁;E. 陸德明《經典釋文》,92 頁、82 頁;F. 甲骨"祐"字詳徐中舒主編《甲骨文字典》,17 頁。

②A. 陳直《楚辭解要》,見氏著《文史考古論叢》,天津古籍出版社,1988 年,14 頁;B. 歐陽詢《類聚》,1635 頁;C. 柳宗元《柳河東集》,265 頁;D. 楊萬里《天問天對解》,707 頁。

③A. 聞一多《校補》,63 頁;B. 譚介甫《新編》,514 頁。

④孔穎達《毛詩正義》,33 頁。

⑤馬瑞辰《通釋》,38 頁。

⑥王引之《經傳釋詞》,47 頁。

語也",《九章·懷沙》:"明告君子,吾將以爲類兮。"王注"告,語也"是證。而據王注本篇"堵敖,楚賢人也。屈原放時,語堵敖曰"云云,是"語"字正釋"告"字,而非正文有"語"字也。

四、九章

(一)惜誦

175.惜誦以致愍兮,發憤以杼情

杼,一作舒。

按:杼、舒皆誤。杼,當作抒。據洪興祖《補注》"杼,渫水槽也,音署。杜預云'申杼舊意'。然《文選》云'抒情素'。又曰'抒下情而通諷喻'。其字並从手"云云,是當作"抒"方是。且王注"杼,渫也"之"杼"字本或即"抒"之字誤。如《廣雅》即作"抒,渫也",而王念孫《疏證》也謂"《楚辭·九章》'發憤以抒情',王逸注云'抒,渫也'"。① 是據王念孫説也當作"抒"是。

176.所作忠而言之兮,指蒼天以爲正

作,一本作非。

聞一多謂:"作當從一本作非,字之誤也。所儻古通。'所非忠而言之'猶言儻所言之不實也。後人不達所字之誼,乃以非作形近,又涉下文'作忠以造怨'之語,而改非爲作。王《注》曰'設君謂己所(今誤作)言非忠(今脱此字)邪'。是王本仍作非。朱本亦作非。《李太白詩集注》一《古風》《注》引同"。②

---

①王念孫《疏證》,641 頁。
②聞一多《校補》,64 頁。

　　按:聞説可從,但釋"所非"一詞猶未達一間。朱熹《集注》謂:"所者,誓詞,猶所謂'所不與舅氏同心'、'所不與崔慶者'之類也。……所我之言,有非出於中心而敢言之於口,則願蒼天平己之罪而降之罰也'。"而劉永濟謂:"朱説是。此屈子矢天自誓之辭。故下文有'折中'、'嚮服'、'聽直'之言也。王引之經傳釋詞曰'所,猶若也,或也。……僖二十四年左傳曰'所不與舅氏同心者,有如白水'。言若不與舅氏同心也。"此外陸侃如也謂:"此係誓詞,當作否定語,如《左傳》'所不與舅氏同心者','所不與崔慶者'之類是也。此處大約因下文'作忠而造怨'句而誤。"①揆之情理,劉、陸所説可從。而如《左傳》宣公十七年載"獻子怒,出而誓曰'所不此報,無能涉河'"也爲此類。另外,《論語·雍也》載:"子見南子,子路不説。夫子矢之曰'予所否者,天厭之! 天厭之!'"其"矢"即"誓"。而"予所否者,天厭之! 天厭之"即爲誓詞。是"所不""所否"正如"所非"也。是"所非"不誤。孫詒讓《周禮正義》即謂:"《楚辭·惜誦》云'所非忠而言之兮,指蒼天以爲正。令五帝使折中兮,戒六神與嚮服。俾山川以備御兮,命咎繇使聽直。'此亦説盟誓之事。"②是爲的論。

177. 令五帝以枡中兮

　　枡,一作折。

　　劉永濟謂"朱、戴皆從一本。劉氏考異曰史記孔子世家索隱引作'明五帝以折中'。王氏通釋仍以爲辨析字,非也。今從一本作折。"而聞一多也謂:"枡析同,析折古又同字。《史記·孔子

---

　　①A. 劉永濟《通箋》,182 頁;B. 陸侃如《屈賦校勘記》,見氏著《陸侃如古典文學論文集》,319 頁。
　　②孫詒讓《正義》,2855 頁。

《世家》索隱引亦作折。朱本、朱燮元本、大小雅堂本同。”①

按：説俱是。如于省吾所謂“古人稱斷獄每以中爲言。……《書·吕刑》‘惟良折獄’。罔非在中’”即是也。② 而“折中”或作“折衷”，習語也，如揚雄《反離騷》“將折衷虖重華”，劉向《九歎·遠逝》“北斗爲我折中兮”，陸賈《新語》“天下之政，□□而折中”等皆是。是顧炎武《唐韻正》“服”字條引此即作“折中”。③此外，俞正燮《癸巳類稿》卷一“虞六宗義”條也謂“《楚辭·惜誦》云‘令五帝以折中，戒六神以鄉服’”。而孫詒讓《周禮正義》凡引本篇也皆作“折中”。④ 是“折”字不誤。明汪瑗《集解》、陳第《屈宋古音義》、清林雲銘《楚辭燈》、戴震《屈原賦注》并同。⑤

178.竭忠誠以事君兮，反離羣而贅肬

忠誠，疑作忠信。

按：“忠誠”一詞《楚辭》僅此一見。而《楚辭》及《章句》多言“忠信”，如《惜往日》“或忠信而死節兮”，《哀時命》“豈忠信之可化”等；而《涉江》“懷信侘傺，忽乎吾將行兮”，王注“言己懷忠信，不合於衆”。是皆言“忠信”也。此外，戰國璽印及楚簡中“忠信”一詞頻見，如李家浩《從戰國“忠信”印談古文字中的異讀現象》一文所列“忠信”印不下二十枚，而郭店簡《忠信之道》“忠信之胃（謂）此”及《尊德義》“忠信日嗌（益）而不自智（知）也”以及《六德》“非忠信者莫之能也”等也皆言“忠信”，是“忠信”一詞

①A.劉永濟《通箋》，171 頁；B.聞一多《校補》，64 頁。

②于省吾《雙劍誃諸子新證》（上），261—262 頁。

③A.班固《漢書》，2611 頁；B.王利器《新語校注》，中華書局，1986 年，79 頁；C.顧炎武《唐韻正》，418 頁。

④A.俞正燮《癸巳類稿》，7 頁；B.孫詒讓《正義》，1391 頁、1429 頁、2855 頁。

⑤A.汪瑗《集解》，146 頁；B.陳第《屈宋古音義》，210 頁；C.林雲銘《楚辭燈》，91頁；D.戴震《屈原賦注》，50 頁。

爲戰國習語。此外,睡虎地秦簡《爲吏之道》也謂"吏有五善",
"一曰中(忠)信敬上",是也言此。① 而據王注"言己竭盡忠信,
以事於君"云云,是王本不誤。此作"誠"者,或以"信,誠也"②之
故訓而以訓詁字易本字也。

179. 吾誼先君而後身兮,羌衆人之所仇。專惟君而無他兮,又衆兆之所讎

一本"仇""讎"下有"也"字。

劉永濟謂:"朱本、戴本皆從一本。按下文'非余心之所志'
下四句同,皆應有也字。"③

按:劉説可從,有"也"字是。《楚辭》中"兮……也"常作爲
固定句式使用。而本四句下,"壹心而不豫兮,羌不可保也。疾
親君而無他兮,有招禍之道也"也皆"兮……也"結構。準此,則
本四句宜從別本,如此則一氣呵成。而顧炎武《唐韻正》"仇"字
條及胡文英《吳下方言考》"羌"字條引此其"仇"下也有
"也"字。④

180. 壹心而不豫兮

豫,王逸注:"猶豫也。"姜亮夫《通故》從其説。而黃靈庚
《〈楚辭〉文獻學百年巡視》批評姜亮夫《通故》時則謂"且於釋
義,取捨之間,偶有疏忽,如《惜誦》'壹心而不豫兮',姜氏從王逸
釋'猶豫'。庚案,孫詒讓《札迻》謂'豫,猶詐也'。其説是,後世

---

① A. 李家浩《從戰國"忠信"印談古文字中的異讀現象》,載《北京大學學報》,1987
年第2期,9—19頁;B.《忠信之道》《尊德義》《六德》等文據陳偉等《楚地出土戰國簡
册[十四種]》(200頁、213頁、236頁)引;C.《爲吏之道》文據王輝、王偉《秦出土文獻
編年訂補》(261頁)引。

② 王念孫《疏證》,26頁。

③ 劉永濟《通箋》,171頁。

④ A. 顧炎武《唐韻正》,305頁;B. 胡文英著、徐復校議《吳下方言考校議》,15頁。

多從之。蓋姜氏未見也"。①

　　按：黄先生雖批評姜先生未見孫詒讓《札迻》，但其《辯證》釋此則謂"庚案……豫，欺詐也"，而援引諸例也多本於孫氏。② 且黄先生於"豫，詐也"之説也未能探本溯源，有鑒孫氏首創"豫，詐也"之説流誤既久而無辯者，故特舉之以清本源。③

　　孫詒讓《札迻》卷十二"壹心而不豫兮"條，其言謂"'豫'，猶言詐也。《晏子春秋·問上篇》云'公市不豫'。《鹽鐵論·力耕篇》云'古者商通物而不豫'。《禁耕篇》云'教之以禮，則工商不相豫'。《周禮·司市》鄭注云'定物賈，防誆豫'。皆即此'不豫'之義。王注竝失之"。④ 後來學者其釋"豫"字也多稱引此説。然此"豫"字之釋實非孫氏首創。孫氏釋此"豫"義及所舉諸例悉本王引之説。孫氏《周禮正義》曾謂"賈疏云'恐有豫爲誆欺，故云防誆豫'。王引之云'賈未解豫字之義，故云豫爲誆欺。如賈説，則當言豫誆，不當言誆豫也。今案：豫亦誆也。《晏子·問篇》曰：公市不豫，宮室不飾。《鹽鐵論·力耕篇》曰：古者商通物而不豫，工致牢而不僞。不豫謂不誆也。又《禁耕篇》曰：教之以禮，則工商不相豫。謂不相誆也。連言之則曰誆豫矣。《荀子·儒效篇》：仲尼將爲司寇，魯之鬻牛馬者不豫賈。亦謂市賈皆實，不相誆豫也。楊倞注：豫賈，豫定爲高價也。誤與賈疏同。《淮南·覽冥篇》：黄帝治天下，市不豫賈。《史記·循吏傳》：子産爲相，市不豫賈。《索隱》曰：謂臨時評其貴賤，不豫定賈。誤亦與

　　①A. 姜亮夫《通故》（四），21 頁；B. 黄靈庚《〈楚辭〉文獻學百年巡視》，載《文獻》1998 年第 1 期，152 頁。

　　②黄靈庚《辯證》，337 頁。

　　③如劉永濟《通箋》"壹心而不豫兮"條（182 頁），臺靜農《臺靜農論文集》"行婼直而不豫"條（450 頁），曹海東《屈原賦"不豫"新解》（《古漢語研究》，2003 年第 2 期，84頁）一文等皆持此説。

　　④孫詒讓《札迻》，397 頁。

賈疏同。《説苑·反質篇》：徒師沼治魏，而市無豫賈。義並與《荀子》同。説者皆讀豫爲凡事豫則立之豫，望文生義，失其傳久矣’。案：王説是也。”①是孫氏明確指出其“豫”義之釋本於王引之。而王氏之説見其《經義述聞·周官》“訛豫”條。②

181. 有招禍之道也

聞一多謂：“有當爲又。上揭句末連用四‘也’字諸例中，其第四八兩句首皆有‘又’字，是其定例。下文‘又猶曩之態也’，今本誤作‘猶有’，蓋亦‘又’先誤爲‘有’，‘有猶’無義，乃倒其文以取義也。”③

按：聞説可從，劉永濟《通箋》即謂：“有，疑又誤。此四句與上四句辭意相類，上言‘專惟君而無他兮，又衆兆之所讎也’。對‘羌衆人之所仇也’言又，此言‘疾親君而無他兮，又招禍之道也’，對上文‘羌不可保也’言又，句法正同，有又古通。叔師從有立説，非。”④是劉先生之説或爲聞氏所本。

182. 忠何罪以遇罰兮

罪，疑爲辜之誤。

按：朱熹《集注》、陳第《屈宋古音義》、蔣驥《山帶閣注》、胡文英《指掌》、江有誥《楚辭韻讀》、桂馥《札樸》引此皆作“忠何辜以遇罰兮”。⑤ 而“忠何辜”即“忠何故”也。“辜”即“故”，周初只作故。如李學勤《續説晉侯邦父與楊姞》文所引相關銘文“……

---

①孫詒讓《正義》，1064 頁。
②王引之《經義述聞》，823 頁。此外，王念孫《雜志》（1711—1712 頁）“豫賈”條説略同。
③聞一多《校補》，65 頁。
④劉永濟《通箋》，171 頁。
⑤A. 朱熹《集注》，75 頁；B. 陳第《屈宋古音義》，210 頁；C. 蔣驥《山帶閣注》，112 頁；D. 胡文英《指掌》，112 頁；E. 江有誥《楚辭韻讀》139 頁；F. 桂馥《札樸》113 頁。

有進退,粵邦人、正人、師氏人有辠(罪)有故(辜)”之“故(辜)”即爲其例。是吳棫《韻補》即謂“故：罪也。賈誼《弔屈原文》‘般紛紛其離此尤兮,亦夫子之故也。歷九州而相其君兮,何必懷此都也’。《史記》作辜”。① 凡此皆“故、辜”相通且皆訓“罪”之證。且《楚辭》“何故以”見於《天問》“地何故以東南傾”句。是“忠何故以遇罰兮”合於《楚辭》句式,惟此處之“故”作“罪”字解,後人不察,遂以聲近而以“辜”易“故”也。“辜”之誤當在劉向後,向所作《九歎·怨思》“反蒙辜而被疑”當即本於此。且據《説文·辛部》“辜,辠也”。② 是許慎所據“辜”字尚不誤。而據王注,則“辜”之誤爲“罪”當是劉向之後王逸之前也。

183. 行不羣以巓越兮,又衆兆之所咍

(1)聞一多謂:“《類聚》一九引巓作顛。朱本同。顛巓通。”此外,何劍熏也謂“‘巓’當作‘顛’”。③

按:“巓”爲“顛”之俗字。聞先生所指《藝文類聚》之“笑”字條引此即作“顛”,是唐人所見猶有作此者。而《説文·厂部》:“厡,……山顛也。”段注:“顛者,頂也。俗造‘巓’字,《唐風》作‘首陽之巓’,謬甚。”④段説是。典籍罕言“巓越”也。

(2)咍,疑爲嗤之誤。

按:左思《吳都賦》“東吳王孫矖然而咍”句,劉淵林注:“楚人謂相笑爲咍。《楚辭》曰‘衆兆所咍’。”此外,《藝文類聚》“笑”字條引此也謂“又衆兆之所咍”。⑤ 是所見猶有作“咍”者。而胡文

---

①A. 李學勤先生文見氏著《文物中的古文明》,商務印書館,2008 年,265 頁;B. 吳棫《韻補》,9 頁。

②段玉裁《説文解字注》,1287 頁。

③A. 聞一多《校補》,66 頁;B. 何劍熏《新詁》,208 頁。

④A. 歐陽詢《類聚》,356 頁;B. 段玉裁《説文解字注》,780 頁。

⑤A. 蕭統《文選》,201 頁;B. 歐陽詢《類聚》,356 頁。

英《吳下方言考》"咍"字條也援引本篇以證。然"咍"疑爲"噗"之誤。如桂馥《札樸》卷三"咍"字條謂:"《廣韻》'咍,笑也,呼來切'。胡注《通鑒》云'咍,呼來翻,楚人謂相咼笑曰咍'。案:古無此字,蓋即'噗'之異文。《楚辭·九章》'忠何辜以遇罰兮,亦非余之所志也。行不羣以顛越兮,又衆兆之所咍也'。束晳《玄居釋》'束晳閒居,門人並侍,方下帷深談,隱几而咍,含豪散藻,考撰同異'。馥謂《楚辭》與'志'爲韻,《玄居釋》與'侍'、'異'爲韻,則《廣韻》之呼來切乃轉音也。"①桂氏從音韻學上論證"咍之呼來切乃轉音",所言極有見地。則《惜誦》或本作"又衆兆之所噗",後由音之轉而爲"又衆兆之所咍"。并據桂氏所引束晳《玄居釋》知"咍""異"爲韻,可爲通假,以是知它本或曰"衆兆之所異"之故也。

184. 心鬱邑余侘傺兮,又莫察余之中情

劉永濟謂:"《考異》曰'心一作忳'。按作忳是。屈賦句法多如此,騷辭亦有此句。"②此外,聞一多也謂:"心疑爲忳之壞字。"③

按:諸説近是。然"心"和"忳"其形稍遠,恐難以致誤。竊以爲"心"當爲"屯"之誤。"屯鬱邑"也即《離騷》之"忳鬱邑"。"屯""忳"在表示憤盈意義上其義一致。如陳第《屈宋古音義》之《九辯》'忳慉慉而愁約"句作"忳(屯)慉慉而愁約";"紛純純之願忠兮"句作"紛忳忳(屯)之願忠兮"。④ 是"忳、屯"其義一也。故本處作"屯鬱邑"與《離騷》之作"忳鬱邑"其義一致。然

①A. 胡文英著,徐復校議《吳下方言考校議》,103 頁;B. 桂馥《札樸》,113 頁。
②劉永濟《通箋》,171 頁。
③聞一多《校補》,66 頁。
④陳第《屈宋古音義》,235 頁。

後人不察,遂以"心"易"屯"也。

185. 中悶瞀之忳忳

中,一作心。

按:雖然如郝懿行《義疏》引此亦作"中",①然以作"心"是。因據王注"言己憂心煩悶,忳忳然無所舒也"云云,是王本作"心"。

186. 昔余夢登天兮,魂中道而無杭

杭,一作航。

按:《文選·思玄賦》舊注引即作"航",②而洪興祖曰:"杭與航同。"但揆之本文,宜作"杭"是。如胡文英《吳下方言考》"杭"字條引此即作"杭",并謂"杭,浮梁旁木,所以扶手也。吳諺謂之'扶杭'"是也。但胡氏引此雖確,然釋義偶有疏忽。王注"杭,度也",而《廣雅》也謂"杭,渡也",王念孫《疏證》謂"杭者,《衛風·河廣》篇'一葦杭之',毛傳云'杭,渡也',《楚辭·九章》云'魂中道而無杭'"。是杭者,渡也。而朱本、李錫齡本、金陵本亦并作"杭"。③

187. 懲於羹者而吹齏兮

一本無者字;一云:懲於熱羹者;一云:懲熱於羹。

聞一多謂:"當從一本刪者字。'懲於羹而吹齏兮'與'欲釋階而登天兮'語意平列,皆七字爲句。"④

按:聞先生所言近是。聞先生所引《困學紀聞》即王應麟《困學紀聞》卷二十"雜識"內容,其辭謂:"陳正獻功疏曰'懲羹者必

---

①郝懿行《義疏》,552 頁。
②蕭統《文選》,654 頁。
③A.胡文英著,徐復校議《吳下方言考校議》,14 頁;B.王念孫《疏證》,152 頁。
④聞一多《校補》,68 頁。

吹於蠆,傷桃者或戒於李'。《楚辭·惜誦》云'懲熱羹而吹
韲'。"①是宋人所見猶有作"懲熱羹"者。且"懲熱羹"與"而吹
韲"詞氣一貫,因此,"於"字也當係衍文。明陳第《屈宋古音義》、
蔣驥《山帶閣注》、清林雲銘《楚辭燈》、胡文英《指掌》、江有誥
《楚辭韻讀》皆作"懲熱羹",②是所據有本。

188. 猶有曩之態也

猶有,一作又猶。

黃靈庚謂據"王逸注文'猶曩者欲釋階登天之態'云云,王本
作又猶"。

按:聞一多即謂"當從一本作又猶"。③　然據上揭王注,則王
本作"猶有"。而吳棫《韻補》"態"字注及王念孫《疏證》引此亦
皆作"猶有"是不誤。④　朱本、李錫齡本、金陵本并同。

189. 吾至今而知其信然

一作吾至今而知其然,一作吾今而知其然。

按:疑本作"吾乃今而知其信然"。據王注"吾被放棄,乃信
知讒佞爲忠直之害"云云,是"乃"字不誤。"吾乃今"也爲古書習
語,如《戰國策》《莊子》等例不勝舉。而"信"字,聞一多謂乃後
人妄增,蔣天樞《校釋》本從之。⑤　然"信然"一詞亦典籍習見,如
《莊子·田子方》"丘也眩與?其信然與",《列子·黃帝》"商丘
開以爲信然"等皆是。⑥　且"朱燮元本,大小雅堂本及《御覽》七二

---

①王應麟《困學紀聞》,365 頁。

②A. 陳第《屈宋古音義》,211 頁;B. 蔣驥《山帶閣注》,113 頁;C. 林雲銘《楚辭燈》,
93 頁;D. 胡文英《指掌》115 頁;E. 江有誥《楚辭韻讀》,139 頁。

③A. 黃靈庚《辯證》,335 頁;B. 聞一多《校補》,68 頁。

④A. 吳棫《韻補》,75 頁;B. 王念孫《疏證》,647 頁。

⑤A. 聞一多《校補》,69 頁;B. 蔣天樞《校釋》,309 頁。

⑥A. 劉文典《補正》,573 頁;B. 楊伯峻《列子集釋》,55 頁。

四引俱作'吾今而知其信然'"。① 是"信"字不誤,而所引諸本俱脫"乃"字。

190. 欲儃佪以干傺兮

黃靈庚謂:"《慧琳音義》卷二二引儃佪作低佪。庚案:王逸注曰'儃佪,猶低佪也'。蓋涉王注而改。"②

按:黃先生所言甚是。段玉裁《說文解字注》、王念孫《疏證》、錢繹《箋疏》引此即皆作"儃佪"是不誤。③

191. 背膺牉以交痛兮,心鬱結而紆軫

聞一多謂:"牉上當從一本補敷字。"④

按:"膺牉"一詞不容分隔,今所出楚簡中之葛陵簡、天星觀簡等相關詞語可證。如下諸例可窺一斑:

(a)背、膺疾,以胖脹、心悗。(葛陵簡甲三 219)

(b)背膺疾,以胖脹、心悗,卒歲或至……(零 584、甲三 266、277)

(c)……爲君貞:背膺疾,以胖脹、心悗,卒歲或至……(零 221、甲三 210)

(d)……貞:既背膺疾,以胛疾,以心……(甲三 100)

(e)既肧(背)膺疾,以心悗,尚毋有咎。(77、310、341、406、624、627)

(f)[既背膺疾,]以心悗,尚毋以是故有大咎。(627、628)

(g)爲君貞,背膺疾,以胖脹。(乙二 11)

(h)爲君貞,背膺疾(零 199)

(j)爲君貞,背膺疾,以胖脹、心悶。(零 221、甲三 210)⑤

從上諸例可見,楚簡之"背膺疾"不僅與《惜誦》之"背膺牉"

①聞一多《校補》,69 頁。

②黃靈庚《辯證》,339 頁。

③A. 段玉裁《說文解字注》,654 頁;B. 王念孫《疏證》,228 頁、400 頁;C. 錢繹《箋疏》,455 頁。

④聞一多《校補》,69 頁。

⑤以上 a-f 例據晏昌貴先生《巫鬼與淫祀》迻錄,武漢大學出版社,2010 年,34 頁、211 頁、212 頁、354 頁;g-j 例據陳偉先生等著《楚地出土戰國簡册[十四種]》迻錄,406 頁、407 頁。其中個別文字徑改爲通行字。

意義近似,且皆作爲三字之獨立結構,而後皆大多綴之"以"字,即上諸例之"背膺疾以"句式,此則與《惜誦》"背膺牉以"句式結構完全一致,因此,雖然我們不能臆斷"背膺牉"爲"背膺疾"之誤,但至少我們可以判斷"背膺牉以交痛兮"之傳世本不誤。而于邑《香草校書》於"夫妻牉合"條引此也作"背膺牉",是取捨有的。① 朱本、李錫齡本、金陵本并同。

192. 播江離與滋菊兮,願春日以爲糗芳

譚介甫謂:"郭沫若《屈原賦今譯》(……)説'春日,當係春旦之誤,因形近而訛。秦法有'城旦春'之罪名,蓋旦乃担省。担,擊也'。按郭氏春旦之説極爲正確,似無疑義。惟春旦亦作春扰。"②

按:兩位先生求之恐深。據王注"以供春日之食也"云云,是王本作"春日"。胡之驥《彙注》引此也作"春日"是不誤。③ 朱本、李錫齡本、金陵本并同。

(二)涉江

193. 冠切雲之崔嵬

(1)嵬,一作巍。

按:據王注"崔嵬,高貌也"云云,是王本作"嵬"。顧炎武《唐韻正》、王念孫《疏證》引此即皆作"嵬"。④ 朱本、李錫齡本、金陵本并同。

(2)本句疑作"冠崔嵬之切雲"。

---

① 于邑《香草校書》,555 頁。
② 譚介甫《新編》,188 頁。
③ 胡之驥《彙注》,33 頁。
④ A. 顧炎武《唐韻正》,239 頁;B. 王念孫《疏證》,729 頁。

按:據王注"崔嵬,高貌也。言己内修忠信之志,外帶長利之劍,戴崔嵬之冠,其高切青雲也"云云,是王注先釋"崔嵬"而後釋"切雲"。而嚴忌《哀時命》"冠崔嵬而切雲兮,劍淋離而縱横"句也明顯本於此。其詞也先"崔嵬"而後"切雲"。且王注:"冠則崔嵬上摩於雲。"其注意義一致,故可證本處亦當作"冠崔嵬之切雲"。"切雲"者即近於雲也。《小爾雅·廣詁》謂"切,近也"是證。①

194. 被明月兮珮寶璐

珮,一作佩。

按:據王注"要佩美玉"云云,則作"佩"是。《文選》本及段玉裁《説文解字注》、王念孫《疏證》、陳澧《東塾讀書記》等引此即皆作"佩"。②

195. 欸秋冬之緒風

黄靈庚謂:"《淵海》卷一四引欸作款。庚案:款,俗欸字。高似孫《選詩句圖》注、《文選》卷二二謝靈運《登池上樓詩》注、卷二六顔延年《和謝監靈運詩》注、羅本、黎本《玉篇》'欠部''款'條引並作款。而羅、黎二本《玉篇》'欸'條、'緒'條、《韻補》卷一'風'條引並作欸。"③

按:黄先生援引豐富,所言甚是。顧炎武《唐韻正》、王念孫《疏證》及其《雜志》、錢繹《箋疏》、徐復《吴下方言考校議》等引此即皆作"欸"。④ 但進而論之,"欸"當爲"唉"之借,如章太炎

①遲鐸《小爾雅集釋》,25 頁。

②A. 段玉裁《説文解字注》,17 頁;B. 王念孫《疏證》,1122 頁;C. 陳澧《東塾讀書記》,219 頁。

③黄靈庚《辯證》,348 頁。

④A. 顧炎武《唐韻正》(225 頁)"風"字條;B. 王念孫《疏證》,265 頁;王念孫《雜志》(2598—2599 頁)"必取其緒"條;C. 錢繹《箋疏》,602 頁;D. 胡文英著、徐復校議《吴下方言考校議》,103 頁。

《膏蘭室札記》"訊唉"條即謂"《説文》'唉,應也'。《莊子・知北遊》'唉,予知之'。《釋文》'唉,應聲,通作欸'。《方言》'欸,然也'"。是"唉、欸"相借之例。但據《説文》"欸,訾也"之訓,是不合本篇句意。而據段注指出《方言》"欸,然也"之"欸"實爲"唉"之誤,是本篇"欸"當爲"唉"之借也。①

196. 乘舲船余上沅兮

舲,《釋文》作枱。

按:李善注江淹《雜體詩》(蕭舲出郊際)及王念孫《疏證》引此即皆作"舲"。② 而王氏《雜志》"軨舟"條論"舲船"一詞更言之甚詳,王曰:"古無謂小船爲'軨'者,'軨'當爲'軨',字之誤也。'軨'與'舲'同,字或作'艫'。《廣雅》曰'艫,舟也'。《玉篇》'舲,與艫同,小船有屋也'。《楚辭・九章》'乘舲船余上沅兮',王注曰'舲船,船有牕牖者'。《俶真篇》'越舲蜀艇,不能無水而浮',高注曰'舲,小船也,越人所便習'。正與此注相同。《藝文類聚・舟車部》《太平御覽・舟部》引此並作'舲船'。《御覽》又引高注'舲舟,小船也'。皆其證矣。"③是據王説,"舲船"一詞不誤。而據王逸注"舲船,船有牕牖者"云云,是王本作"舲"。《文選》本、朱本、李錫齡本、金陵本並同。

197. 齊吳榜以擊汰

(1)游國恩謂:"劉云'原本《玉篇》'水'部、《文選・南都賦》注引'擊'並作'激'。按鼓櫂未必揚波,作'擊'於義爲長。"④

---

①A. 章太炎《膏蘭室札記》,見《章太炎全集》之《蘭蘭室札記 詁經札記 七略別録佚文徵》卷,38—39 頁;B. 段玉裁《説文解字注》,721—722 頁。

②A. 蕭統《文選》,1478 頁;B. 王念孫《疏證》,360 頁、1159 頁。此外,遲鐸《小爾雅集釋》(304 頁)援引諸家對此"舲"字也有辨析,可參。

③王念孫《雜志》,2147 頁。

④游國恩《楚辭校讀舉例》,見《游國恩楚辭論著集》第四卷,226 頁。

按 : 雖鼓櫂未必揚波, 但王注 : "汰, 水波也。" 而典籍 "激汰" 常訛作 "擊汰", 如《淮南子 · 齊俗訓》: "故水擊則波興, 氣亂則智昏。" 王念孫《雜志》謂 : "'水擊'當爲'水激', 聲之誤也。《羣書治要》引此正作'激'。《氾論篇》亦云'水激興波'。'智昏不可以爲政'。"① 其説甚是。《説苑 · 談叢》即作 "水激"。② 是顧野王《玉篇》"汰"字注及李善注《南都賦》所引《楚辭》皆不誤。

（2）汰, 當作汏。

按 : 洪興祖曰 "汰, 音泰"。而《説文》無 "汰" 字而有 "汏" 字, 段玉裁引此即謂 "齊吳榜以擊汏", 段氏并謂 "或寫作汰, 多點者, 誤也"。其説是也, "汰" 者見於顧野王《玉篇》, 是其誤或在南朝後也。③

198. 淹回水而疑滯

疑, 一作凝。

洪興祖曰 : "江淹賦云'舟凝滯於水濱'。杜子美詩云'舊客舟凝滯'。皆用此語。其作'疑'者, 傳寫之誤耳。" 此外, 劉永濟也謂 : "戴氏曰'疑凝, 語之轉'。按戴説是, 疑當作凝。" 而徐英也謂洪説當從之。④

按 : 李善注江淹《別賦》"舟凝滯於水濱"句及吳棫《韻補》"汰"字條引此以及朱本並作凝。⑤ 然疑字實不誤。疑, 古凝字, 常相通用。但覽之《楚辭》同時期典籍, 皆慣用疑字。如《列子 · 天瑞》"不生者疑獨",《黄帝》"乃疑於神"等皆是。此外,《管子 · 形勢》: "無廣者疑神。" 黎翔鳳《校注》謂 : "……《莊子 · 達

---

① 王念孫《雜志》, 2204 頁。

② 向宗魯《説苑校證》, 397 頁。

③ A. 段玉裁《説文解字注》, 863 頁、976 頁 ; B. 顧野王《玉篇》, 443 頁。

④ A. 劉永濟《通箋》, 173 頁 ; B. 徐英《楚辭札記》, 134 頁。

⑤ A. 蕭統《文選》, 750 頁 ; B. 吳棫《韻補》, 75 頁。

生》'用志不分,乃疑於神'。……'疑'即'凝'。《易·坤》'陽始凝也'。荀、虞本作'凝';《中庸》'至道不凝焉',《釋文》本作疑。"是上述諸例本文皆"疑"字也。而本處之"疑"字則或後人以習見之"凝"而易之也。是王逸"疑,惑也"之釋雖誤,但其所據文字不誤。而顧野王《玉篇》"滯"字條引此也正作"疑滯",是所見猶有不誤者。①《文選》本、李錫齡本、金陵本并同。

199. 苟余心其端直兮,雖僻遠之何傷

其,一作之。

譚介甫謂:"二句中的'其、之'二字,應互易爲宜。"此外,黃靈庚或謂"其"字"當從《朱本》作之"。但姜亮夫則謂:"此其字謂如此其也,有加重語義之用。凡屈賦之狀字副詞之有其字先之者,皆作如此其解。此處萬不可作之! 其端直言如此其端直,謂端直之極也。"②

按:姜説可從。反復誦之,惟"苟余心其端直兮,雖僻遠之何傷"文氣一貫而昂然。此外,吳昌瑩指出"之,猶有也",③是"之何傷"即"有何傷",正是反詰語也。故本處"其、之"確是不可互易。《文選》本、李錫齡本、金陵本并同王本。

200. 接輿髡首兮,桑扈臝行。忠不必用兮,賢不必以。伍子逢殃兮,比干菹醢

(1)臝,一作裸。

按:《後漢書·周黃徐姜申屠列傳》謂"其不遇也,則裸身大笑,被髮狂歌"。李賢注謂:"《楚詞》曰'桑扈裸行'。"④是所見作

---

①A. 黎翔鳳《管子校注》,39 頁;B. 顧野王《玉篇》,435 頁。

②A. 譚介甫《新編》,192 頁;B. 黃靈庚《辯證》,353 頁;C. 姜亮夫《校注》,438 頁。

③吳昌瑩《經詞衍釋》,中華書局,1956 年,172 頁。

④范曄《後漢書》,1182—1183 頁。

“裸”。王力《楚辭韻讀》本正作“裸”，①而《説苑·修文》曰:“孔子見子桑伯子,子桑伯子不衣冠而處。”向宗魯《校證》謂:“‘《論語·雍也篇》劉寶楠《正義》謂子桑伯子即《莊子·山木篇》之桑雽,《大宗師篇》之桑户,《楚辭·涉江》之桑扈。《涉江》云‘桑扈贏行’。”②則誤同王本。

（2）陸侃如謂:“‘行’字與上文‘中’、‘窮’二字及下文‘以’、‘醢’二字均不能叶,可見此處上下必有闕文。”③此外聞一多也謂:“行字不入韻,依例‘接輿髡首’上當缺二句。此處文多偶行,所缺二句詞意蓋與‘忠不必用’二句相偶,猶下‘接輿髡首’二句亦與‘伍子逢殃’二句相偶也。”④而游國恩也謂:“按上文云‘吾不能變心而從俗兮,固將愁苦而終窮！’下文云‘忠不必用兮,賢不必以’。‘行’字與‘窮’、‘以’均不叶韻。且本篇多以四句爲韻,今上文‘中’、‘窮’,下文‘以’、‘醢’各自爲韻,故知此處上下必有脱簡。”⑤此外,王力《楚辭韻讀》本於“桑扈裸行”句注也謂“這裏疑缺一句”。⑥

按:陸、聞、游之説或皆肇自江有誥。劉永濟《通箋》即謂:“江有誥曰‘疑脱偶句’。”⑦檢江有誥《楚辭韻讀》於“接輿髡首兮,桑扈贏行”句下注謂“疑脱偶句”。⑧ 是爲諸説之先導。但我們認爲此處本通,不煩校改。如徐仁甫即謂“説者多爲協韻而竄改原文。然余以爲‘行’自與‘殃’韻,‘以’自與‘醢’韻,不必改

①王力《楚辭韻讀》,見氏著《詩經韻讀 楚辭韻讀》本,440 頁。
②向宗魯《説苑校證》,498 頁。
③陸侃如《屈賦校勘記》,見氏著《陸侃如古典文學論文集》,321 頁。
④聞一多《校補》,75 頁。
⑤游國恩《楚辭校讀舉例》,見《游國恩楚辭論著集》,第四卷,229 頁。
⑥王力《楚辭韻讀》,見氏著《詩經韻讀 楚辭韻讀》本,440 頁。
⑦劉永濟《通箋》,173 頁。
⑧江有誥《楚辭韻讀》,140 頁。

也。'忠不必用'二句貫上下文,意甚圓融"。其説是也。吳棫《韻補》"醢"字注引此正是"忠不必用兮,賢不必以。伍子逢殃兮,比干葅醢"。①

(三)哀郢

201. 心絓結而不解兮,思蹇産而不釋

絓結,當作締結。

按:雖然如吳棫《韻補》"釋"字條及顧炎武《唐韻正》"客"字條以及王念孫《疏證》及其《雜志》"南挂於越"條以及其"心絓結而不解兮"條引此并作"絓結"。② 然《小爾雅·廣言》謂"締,閉也"。王煦曰:"《説文》云'締,結不解也'。《史記·秦始皇本紀》'合從締交'。《漢書音義》曰'締,結也'。"宋翔鳳曰:"《廣雅·釋詁》'締,結也'。"③而《説文·系部》"結,締也"。④ 是"締結"乃同義複詞且即"不解"之義也。此外《悲回風》"愁鬱鬱之無快兮,居戚戚而不解。心鞿羈而不形兮,氣繚轉而自締"也以"解、締"爲韻。是"絓結"當爲"締結"之誤無疑。

202. 悲江介之遺風

介,一作界。

按:界與介古字通,如王念孫《雜志》"保界河山"條即言之甚詳。⑤ 然本篇介字實不誤,如《詩·臣工》"嗟嗟保介"句,于鬯《香草校書》即謂:"介當讀爲界。界即諧介聲。介界古今字耳。

---

①A. 徐仁甫《楚辭文法概要》,229 頁;B. 吳棫《韻補》,57 頁。

②A. 吳棫《韻補》,122 頁;B. 顧炎武《唐韻正》,509 頁;C. 王念孫《疏證》,483 頁;D. 王念孫《雜志》,841 頁、2652 頁。

③王煦及宋翔鳳意見據遲鐸《小爾雅集釋》引,162 頁。

④段玉裁《説文解字注》,1126 頁。

⑤王念孫《雜志》,2570 頁。

詩多用介字。上篇無此疆爾界之界。古亦作介。陸釋云。介音界。是也。文選魏都賦李注引韓詩章句曰。介、界也。説者以爲上篇之解。其實此篇之介亦與彼同。保介者、謂保其疆界。”而于省吾《雙劍誃諸子新證》説介與界及援引《文選》例亦同。是江介即江界。而介、界古今字耳。故李善注陸士龍《答張士然》及曹植《雜詩六首》（僕夫早嚴駕）引此作“哀江介之悲風”。① 文辭雖與今本小異，然皆作“江介”則不誤。而顧炎武《唐韻正》“風”字注及王念孫《雜志》“逐遺風”條以及“悲江介之遺風”條引此即皆作“江介”。② 是其胸中自有分別也。朱本、李錫齡本、金陵本并同。

203. 慘鬱鬱而不通兮，蹇侘傺而含慼

慘，疑作懆。

按：經籍中從喿從參之字多互通，如陸德明《經典釋文·毛詩音義中》“懆懆”條、陳第《屈宋古音義》“慘”字條、顧炎武《詩本音》“勞心慘兮”、王念孫《雜志》“繰”字條皆言之甚詳且援例甚夥。③ 而據《説文》“懆，愁不安也”以及“慘，毒也”之釋。④ 是二字涇渭分明。故陳第謂“《北山》之‘慘慘畏咎’宜讀慘；《白華》之‘念子懆懆’宜讀懆。《月出》之‘勞心慘兮’，《抑》之‘我心慘慘’，皆宜改而從懆”。⑤ 而本篇王注“中心憂滿，慮閉塞也”，其義正與《月出》《抑》近，皆强調心之愁悶。故本篇之“慘”也宜作

---

①A. 于邙《香草校書》，362 頁；B. 于省吾《雙劍誃諸子新證》，512 頁、1189 頁；C. 蕭統《文選》，1167 頁、1364 頁。

②A. 顧炎武《唐韻正》，225 頁；B. 王念孫《雜志》，845 頁、2653 頁。

③A. 陸德明《經典釋文》，343 頁；B. 陳第《屈宋古音義》，75 頁；C. 顧炎武《詩本音》，見氏著《音學五書》，102 頁；D. 王念孫《雜志》，1516 頁。

④段玉裁《説文解字注》，895 頁。

⑤陳第《屈宋古音義》，75 頁。

“慅”是。此或漢人文多以“杲”字作“參”字故而誤。[1]　而戴震《屈原賦注》正作“慅”字,可謂卓識。[2]

(四)抽思

204. 心鬱鬱之憂思兮

憂思,疑作抽思。

按:《九章》篇名多有取自篇首者,如《惜誦》《思美人》《惜往日》《悲回風》等皆是。而本篇“與美人抽怨兮”之“抽怨”,朱熹《集注》也作“抽思”可證。[3]

205. 悲秋風之動容兮

(1)蔣天樞《校釋》從一本作悲夫。其自注謂“從黃本、夫容館本補‘夫’字”。

按:郝懿行《義疏》引此即作“悲夫”。但本句前之“心鬱鬱”“思蹇産”等皆以一字領格,本句當不得例外。且無“夫”字文氣更暢。而王念孫《疏證》引此即作“悲秋風”是不誤。[4]

(2)姜亮夫謂:“容讀爲搈,説文‘動搈也’;廣雅釋詁‘搈,動也’,古或借容爲之。”[5]

按:姜説可從。郭在貽也謂:“這個容乃是搈字的假借。”[6]檢《廣雅·釋詁》:“搈,動也。”王念孫謂:“《説文》‘搈,動搈也’。《楚辭·九章》云‘悲秋風之動容兮’。《韓子·揚摧篇》云‘動之

---

①顧炎武《詩本音》,見氏著《音學五書》,102 頁。
②2016 年 3 月 4 日檢閱戴震《屈原賦注》正作“慅”(55 頁),是益信吾道不孤。
③朱熹《集注》,86 頁。
④A. 蔣天樞《校釋》,331 頁;B. 郝懿行《義疏》,249 頁;C. 王念孫《疏證》,129 頁、688 頁。
⑤姜亮夫《校注》,465 頁。
⑥郭在貽《漫談古書的注釋》,見氏著《訓詁叢稿》,230 頁。

溶之’。溶、搈、容并通。”①是“容”爲“搈”之借,其義即“動”。而
《淮南子·原道訓》載:“動溶無形之域。”劉文典《集解》也謂:
“容爲搈叚。(《淮南子·俶真篇》‘動溶於至虚’同。)《説文·手
部》‘搈,動搈也’。溶、搈同音通用。”②則王導夫先路,而劉氏可
爲補正。

206. 願揺起而横奔兮

揺,當作遙。

按:“揺”與“遙”通,即“疾”也。如王念孫《疏證》即謂“……
遙,疾行也。《楚辭·九章》‘願揺起而横奔兮’”是證。而王氏
《雜志》“遺與輕舉”條引此也謂“‘揺’與‘遙’通”。此外,錢繹
《箋疏》也謂:“《廣雅》‘揺、扇,疾也’。《楚辭·九章》‘願揺起而
横奔兮’,通作‘遙’。”③是揺起即遙起也。

207. 蓋爲余而造怒

造怒,疑爲造怨。

按:雖然如顧炎武《唐韻正》“姱”字條引此也作“造怒”。④
然先秦兩漢典籍言“造怒”者寡,而言“造怨”者夥也,如《漢書·
叙傳》“雍造怨而先賞兮,丁謣惠而被戮”,《後漢書·鄭孔荀列
傳》“將軍若造怨此人,則四方之士引領而去”等之“造怨”皆
是。⑤ 而《惜誦》“吾聞作忠以造怨兮,忽謂之過言”,據王注“始
吾聞爲君建立忠策,必爲羣佞所怨”云云,是疑本篇亦當作“造
怨”方是。

---

①王念孫《疏證》,129 頁。
②劉文典《集解》,26 頁。
③A. 王念孫《疏證》,70 頁;B. 王念孫《雜志》,591 頁;C. 錢繹《箋疏》,167 頁。
④顧炎武《唐韻正》,266 頁。
⑤A. 班固《漢書》,3092 頁;B. 范曄《後漢書》,1529 頁。

208. 願承閒而自察兮

洪興祖謂"閒音閑"。林雲銘《楚辭燈》即作"承閒",而汪瑗《集解》、陳第《屈宋古音義》則并作"承間";金開誠《屈原集校注》也音"見",而黃靈庚也認爲當爲"間字,非閑暇字"。①

按:"閒"當讀如《史記·魏公子列傳》"侯生乃屏人閒語"之"閒",而訓爲"私"。王念孫《讀書雜志·史記弟四》"閒語"條謂:"索隱曰'閒音閑,閒語謂靜語也'。念孫案'閒'讀'閒廁'之'閒'。閒,私也。《項羽紀》'沛公道芷陽閒行',謂私行也。'漢王閒往從之',謂私往也。'王可以閒出',謂私出也。《韓子·外儲說右篇》'秦惠王愛公孫衍,與之閒有所言',謂私有所言也。《後漢書·鄧禹傳》'因留宿閒語',李賢注曰'閒,私也'。"②而據洪興祖引《莊子·知北遊》"今日宴閒"一語來看,成玄英疏此謂"故承安居閒暇"語正與"承閒"義近。而"閒"當如王念孫所言訓"私"。"願承閒"即希望私下里的意思。

209. 初吾所陳之耿著兮,豈至今其庸亡

耿著,疑爲耿介。

按:"耿著"一詞《楚辭》僅見於此,而王逸無釋。據王注例,若"耿著"爲詞,則《章句》或釋之。如《離騷》"彼堯舜之耿介兮",王注"耿,光也。介,大也"是證。而據《章句》注例,除一些特殊句例外,通常情況下是該詞已注於前者則省於後。如所舉"耿介"一詞,王注於《離騷》,則餘見於《楚辭》它篇者皆無注。是疑"耿著"爲"耿介"也。而"耿介"《楚辭》常語也。如《離騷》"彼堯舜之耿介兮",《九辯·六》"獨耿介而不隨兮,願慕先聖之

①A. 林雲銘《楚辭燈》,100 頁;B. 汪瑗《集解》,185 頁;C. 陳第《屈宋古音義》,214頁;D. 金開誠等《屈原集校注》,514 頁;E. 黃靈庚《辯證》,384 頁。
②王念孫《雜志》,330 頁。

遺教”，《九辯·八》“既驕美而伐武兮，負左右之耿介”，《七諫·
哀命》“惡耿介之直行兮，世溷濁而不知”等皆言“耿介”是也。是
“耿著”更疑爲“耿介”之誤。

210. 願蓀美之可完

完，一作光。

黃靈庚謂：“王念孫《古韻譜》謂聞患亡完協韻。庚案：王説
非是。完字出韻，當作光。”①

按：劉永濟即謂“朱、戴本皆作完。馬瑞辰曰‘諸本作可完，
此當從王逸注。完一作光，與亡韻’。按馬説是。光，榮也，較完
義長”。此外，聞一多也謂：“馬瑞辰云‘完當從一本作光。光與
亡韻’。案馬説是也。光，充也，大也。”另外，陸侃如也謂：“《後
漢書》注引《諡法》‘能紹前業曰光’。是光亦有恢復之義，猶言光
復也。此既與王逸注‘想君德化可興復也’相合，又可與上文
‘亡’字相叶。‘完’字義雖可通，但與‘亡’字不叶。此可證此處
當作‘光’，而不當作‘完’。”是何劍熏也謂“當從一本作‘光’，與
‘亡’字協韻”。② 則劉、聞、陸諸先生已導夫先路，故并録之以相
發明。

211. 望三五以爲像兮，指彭咸以爲儀

黃靈庚謂：“三五，即《離騷》之三后。五，當王字之形訛。”③

按：黃先生《〈楚辭〉文獻學百年巡視》一文曾謂：“趙逵夫於
小學功底亦頗深厚，《屈氏先世與句亶王伯庸——兼論三閭大夫
的職掌》集文字、音韻、訓詁、歷史、民俗諸科，考釋熊渠長子伯庸

①黃靈庚《辯證》，387 頁。
②A. 劉永濟《通箋》，177 頁；B. 聞一多《校補》，79 頁；C. 陸侃如《屈賦校勘記》，見
氏著《陸侃如古典文學論文集》，317—318 頁；D. 何劍熏《新詁》226 頁。
③黃靈庚《辯證》，387 頁。

爲《離騷》之伯庸，爲一鳴驚人之作，又謂‘昔三后之純粹兮’之‘三后’爲‘三王’，《抽思》‘望三五以爲像兮’之‘三五’爲‘三王’之訛。皆由此定論。”①是趙先生已發其端矣。

212. 孰無施而有報兮，孰不實而有穫

（1）徐仁甫謂：“朱熹《集注》‘實當爲殖’。戴震從之。……實者種子也。”而黄靈庚謂：“陸時雍《楚辭疏》謂‘實當作殖’。庚案：王逸注曰‘空穗滿田，無所得也’。王本作實。”

按：朱熹《集注》謂“實當作殖”，然“實”字也不煩校改。如何劍熏所謂“‘實’，穀實。此以名詞作動詞用，是‘實’即種。‘孰不實而有穫’者，言不種植怎樣能有收穫，爲反詰句”説可從。而吴棫《韻補》“穫”字條引此即作“實”，是不誤。②

（2）穫，一作獲。

按：穫、獲常相假用。如陸德明《經典釋文·禮記音義之四》“獲”字條注即謂“本又作穫”是證。而吴棫《韻補》“獲”字條引此即作“獲”，稍後於吴棫之朱熹《集注》則謂一本非是。揆之《説文》，朱説得之。如《説文》謂“獲，獵所獲也”，而謂“穫，刈穀也”，且據段注“穫之言獲也”之訓。③　則作“穫”是。此外，于鬯《香草校書》校《周易》“不耕穫”條指出“不耕穫者、謂不耕不穫也”。④　而“不耕不穫”正與本句意義相仿，是《易》作“穫”者，則本句也當作“穫”是。

---

①黄靈庚《〈楚辭〉文獻學百年巡視》，載《文獻》，1998 年第 1 期，152 頁。
②A. 徐仁甫《楚辭別解》，35 頁；B. 黄靈庚《辯證》，389 頁；C. 何劍熏《新詁》，227 頁；D. 吴棫《韻補》，122 頁。
③A. 陸德明《經典釋文》，850 頁；B. 吴棫《韻補》，122 頁；C. 段玉裁《説文解字注》，831 頁、568 頁。
④于鬯《香草校書》，32 頁。

213. 道卓遠而日忘兮

卓,一作逴。

按:據王念孫《疏證》"逴亦超也。……《説文》'逴,遠也'。……《集韻》又音卓。……《貨殖傳》云'上谷至遼東,地踔遠'。《楚辭·九章》云'道卓遠而日忘兮'。逴踔卓並通"之説,是卓爲逴之借。段玉裁《説文解字注》引此也作"逴"是證。①

214. 望北山而流涕兮,臨流水而太息

(1)北山,洪興祖及朱熹引一本皆作南山。

戴震《屈原賦注》也作"南山",而游國恩《楚辭講録》云:"屈原是時放於漢北,故下文云:南指月與列星。又云:狂顧南行,聊以娱心兮。以郢都在南之故。然則北山當作南山。"而劉永濟則謂:"北本山名,不必以在望者之南爲嫌也,今仍定從舊作北。"此外,黄靈庚謂:"北,當作丘。丘,古文作'北',與北字形似相僞。"②

按:上揭諸説,以黄先生所言近是,如《九懷·思忠》"悲皇丘兮積葛"之"丘",《釋文》即作"北"是證。而"丘山"也見於《莊子·秋水》等,但或皆非實名。如饒宗頤先生即言"此蓋泛言漢北之山,不必指定何山"。其説近是。此"丘山"蓋即大山之泛指。"丘"有"大"義,如《漢書·楚元王傳》載"初,高祖微時,常避事,時時與賓客過其丘嫂食"。張晏曰:"丘,大也。"師古曰:"《史記》丘字作巨。丘、巨皆大也。"③是"丘山"即大山也。

①A. 王念孫《疏證》,32—33 頁;B. 段玉裁《説文解字注》,133 頁。
②A. 戴震《屈原賦注》,57 頁;B. 游國恩《楚辭校讀舉例》,見《游國恩楚辭論著集》第四卷,236 頁;C. 劉永濟《通箋》,177 頁;D. 黄靈庚《楚辭與簡帛文獻》,317 頁。
③A. 饒宗頤《楚辭地理考》,詳《饒宗頤二十世紀學術文集》卷十一《文學》卷,77 頁;B. 班固《漢書》,1496 頁。

（2）流水，一作深水。

按：雖然李善注《文選·辛丑歲七月赴假還江陵夜行塗口》引此亦作"流水"，①然以作深水爲是。因本句前言"望北山而流涕"，相偶之句似不必再出"流"字，《九歎·思古》"臨深水而長嘯兮，且倘佯而泛觀"其作"臨深水"似也可爲本句當作"深水"之佐證。

215. 何靈魂之信直兮，人之心不與吾心同

人之心，疑作人心之。

按：本句王逸注僅謂"我志清白，眾泥濁也"，是據王注難以判斷"人之心"或是"人心之"到底孰對孰錯。而端平本朱熹《集注》本句也作"人之心不與吾心同"，但注謂"言靈魂忠信而質直，不知人心之異於我"。是據注當作"人心之"方是。而章貢郡齋刻本《楚辭集注》本句正作"人心之"。② 是"人之心"或本當作"人心之"。此外，《九歎·憂苦》"且人心之持舊兮，而不可保長"，其辭也作"人心之"。而"人心之"正與"靈魂之"相偶，是當作此爲是。

216. 狂顧南行，聊以娛心兮

一本無"聊"字。

按：據王注"以娛己之本志也"云云，是王本無"聊"字。且本篇"亂曰"下，自"長瀬湍流"至於"靈遥思兮"七句，皆"□□□□，□□□兮"結構，故疑"聊"字誤衍也。

217. 軫石崴嵬，蹇吾願兮

譚介甫謂："軫，當假爲跈。《廣雅·釋詁一》'跈，履也'。"③

---

①蕭統《文選》，1235 頁。

②朱熹《楚辭集注》，北京圖書館出版社，2003 年。

③譚介甫《新編》，100 頁。

按：王注"軫，方也。故曰軫之方也，以象地"。而據段注《説文》"軫"引戴震説謂"輿下之材，合而成方，通名軫。故曰：軫之方也，以象地也"。是王説不誤。"軫石"即亂石重疊貌也，不必假爲"珍"。戴震《屈原賦注》即仍從王本。[1] 而王念孫《疏證》於"軫，方也"條也謂"《考工記・輈人》云'軫之方也，以象地也'。《楚辭・九章》'軫石崴嵬'，王逸注云'軫，方也'"。[2] 是亦不誤。李錫齡本、金陵本并同。

218. 超回志度，行隱進兮

行隱，疑作隱行。

按："隱行"典籍習見，如《淮南子・人間訓》："有陰行者必有昭名。"王念孫云："'陰行'本作'隱行'……《説苑》《文子》並作'隱行'。"劉文典《集解》也以王説爲是。[3] 而據王注"隱行忠信，日以進也"云云，是王本不誤。

219. 愁歎苦神兮，靈遙思兮。路遠處幽，又無行媒兮

（1）黄靈庚謂："神，當爲呻。愁歎、苦呻爲對文。"

按：譚介甫即謂"苦神，疑是苦呻的形誤字，當與愁歎相對"。[4] 然據王注"愁歎苦神者"云云，是王本不誤。且"愁歎苦神"其義本通，不煩校改。

（2）"又"字疑衍。

按：本段注例，皆先列正文，而後釋之。如"愁歎苦神者，思舊鄉而神勞也"。"靈遙思者，神遠思也。""路遠處幽者，道遠處僻也。"而"又無行媒兮"句注"無行媒者，無紹介也"。是獨"又

---

①A. 段玉裁《説文解字注》，1256 頁；B. 戴震《屈原賦注》，58 頁。
②王念孫《疏證》，26 頁。
③A. 王念孫《雜志》，2378—2379 頁；B. 劉文典《集解》，613 頁。
④A. 黄靈庚《辯證》，397 頁；B. 譚介甫《新編》，102 頁。

無行媒兮"句注與前面注例不合,故疑"又"爲衍文。

220. 道思作頌,聊以自救兮

一本無"以"字。

蔣天樞《校釋》謂"從黄本、夫容館本'聊'下删'以'字"。

按:據王注"以舒怫鬱之念"云云,是王本有"以"字。且吴棫《韻補》"告"字注引此也作"聊以自救兮",朱本、李錫齡本、金陵本并同。① 然"聊以自救兮"五字爲句,則又與本篇"亂曰"以下大皆四字爲句之結構不一,且據上引王注"以舒怫鬱之念"云云,是疑本無"聊"字也。而"道思作頌,以自救兮"較之"道思作頌,聊自救兮"則辭氣更暢。

221. 憂心不遂,斯言誰告兮

斯言,疑爲"誓"之誤寫。

按:誓,續修四庫《玉篇》謂"《説文》'悲聲也'",今本《説文》作"斯",段注謂"釋文曰'本或作誓'"。② 是"誓"當爲通行字。而本句前言"憂心不遂",且王注"以舒怫鬱之念,救傷懷之思也"云云,是悲憤爲其表達之主體。而"誓,悲聲也"正與此相應。且"憂心不遂,誓誰告兮"較之今本詞氣更暢。此外本篇"亂曰"以下"長瀨湍流,泝江潭兮。狂顧南行,聊以娱心兮。軫石崴嵬,蹇吾願兮。超回志度,行隱進兮。低個夷猶,宿北姑兮。煩冤瞀容,實沛徂兮。愁歎苦神,靈遥思兮。路遠處幽,又無行媒兮。道思作頌,聊以自救兮。憂心不遂,斯言誰告兮"之内容大皆四字爲句。而"又無行媒兮"及"聊以自救兮"一本則無"又"字及"以"字,所見近是。是"誓誰告兮"吻合本節四字一句之句法結構。

---

①A. 蔣天樞《校釋》,339 頁;B. 吴棫《韻補》,97 頁。
②A. 顧野王《玉篇》,280 頁;B. 段玉裁《説文解字注》,181 頁。

而此作"斯言"者，或抄寫者不審誓字而誤爲二字也。據王注，是其所見已誤。

（五）懷沙

222. 眴兮杳杳

聞一多謂："'眴兮'當作'眴昡'，句末當補兮字。"而徐英則謂："兮字當在杳杳二字下。從下上文例也。姑易之。"

按：李善注班彪《北征賦》"飛雲霧之杳杳，涉積雪之皚皚"句引此及吳棫《韻補》"默"字條引此即皆作"眴兮杳杳"，是唐宋人所見猶不誤。此外，王念孫《疏證》引此也并同。①

223. 易初本迪兮

迪，《史記》作"由"。

姜亮夫謂："迪作由是也，此句疑原作'易由初本兮'，後人因不審易由之義，變爲易初，而又誤作迪也。"

按："迪"字不誤。此作"由"者，當是以訓詁字而易之故。迪之訓由如于鬯《香草校書》"我民迪小子"條即指出"此迪當訓由。漢書揚雄傳顔注云。迪、由也"是證。此外，于鬯於"迪、作也"條又指出"迪蓋讀爲由。楚辭懷沙章易初本迪兮。史記屈原傳迪作由"。此外，譚介甫也謂"迪從由聲，故一作由，自可轉用"。②是《史記》迪作由乃以訓詁字而易之故。朱本、李錫齡本、金陵本并作"迪"，是不誤。

---

①A. 聞一多《校補》，80 頁；B. 徐英《楚辭札記》，159 頁；C. 吳棫《韻補》，102 頁；D. 王念孫《疏證》，676 頁、718 頁。

②A. 姜亮夫《校注》，484 頁；B. 于鬯《香草校書》，140 頁、1104 頁；C. 譚介甫《新編》，354 頁。

224. 章畫志墨兮

志,《史記》作職。

按:志與職古字通。如孫詒讓《正義》引此亦同王本。然"職"爲本字,"志"爲借字也。如于鬯《香草校書》"職方氏"條即謂:"職本記職之義。……説文耳部云。職、記微也。是職爲本字。……史記屈原傳云。章畫職墨兮。亦用本字。而楚辭懷沙章作章畫志墨兮。説文無志字。或以志即識之古文。則志爲記志義。亦借字也。(原注:王章句云。志,念也。失之。)而後人皆知記識記志。反昧於職字之本義。"①而《説文》大徐本雖有"志"字,且段玉裁以爲"古文有志無識"云云,然據顧炎武《唐韻正》"職"字注"去聲,則音志"云云,是顧氏也以《史記》本作"職"是。②

225. 矇瞍謂之不章

《史記》無瞍字。

聞一多謂:"當從《史記》删瞍字。'矇謂之不章',與下文'瞽以爲無明'句法一律。王《注》曰'矇,盲者也'。不釋瞍字。是王本無此字。"此外,黃靈庚也謂"王逸注曰'矇,盲者也'。不釋'瞍'字,是王本無瞍字;且矇與下文'瞽'爲對文,則瞍爲衍文無疑"。③

按:劉永濟即謂"章句不釋瞍字,後人以其下文引詩'矇瞍奏公'之文,而誤於正文加瞍字也"。而顧炎武《唐韻正》"明"字注

①A.孫詒讓《正義》,3311頁;B.于鬯《香草校書》,448頁。但于鬯於"君將納民於軌物者也"(744頁)條引此則仍作"章畫志墨兮"是不審。

②A.段玉裁《説文解字注》,876頁;B.顧炎武《唐韻正》,531頁。

③A.聞一多《校補》,81頁;B.黃靈庚《辯證》,408頁。

引此則亦同王本。①

226. 鳳皇在笯兮

《考異》引徐廣語:笯,一作郊。

按:《大廣益會玉篇》陳彭年等所增"笯"字注引此即謂"《楚辭》云'鳳凰在笯兮,雞鶩翔舞'",②是宋人所見猶有作"笯"者。而據王注"笯,籠落也"云云,是王本不誤。段玉裁《説文解字注》、王念孫《疏證》、錢繹《箋疏》引此則皆作"笯"。③ 朱本、李錫齡本、金陵本并同。

227. 邑犬之羣吠兮

劉永濟謂:"考異曰'一云'邑犬羣兮,吠所怪也'。史記無之字。'按無之字是。"④

按:東漢王充《論衡》引此也作"屈平潔白,邑犬羣吠",⑤是兩漢人所見皆無"之"字。此外端平本朱熹《集注》於本句其自注即謂"犬下,一有之字,今从《史》",而章貢郡齋本也作"邑犬羣吠兮"也。

228. 謹厚以爲豐

謹,疑爲"犨"之借。

按:王逸注"謹,善也"。但據《説文·言部》,"謹"無"善"義。且楊樹達也謂"謹從言菫聲者,蓋謂寡言也"。而據王注,"謹"當爲"犨"之借。王念孫《疏證》即謂"犨者,王逸《九章》注云:謹,善也。謹與犨通"。王説是,《大廣益會玉篇·牛部》即謂

---

①A. 劉永濟《通箋》,178 頁;B. 顧炎武《唐韻正》,281 頁。
②顧野王《大廣益會玉篇》,70 頁。
③A. 段玉裁《説文解字注》,345 頁;B. 王念孫《疏證》,973 頁;C. 錢繹《箋疏》,798 頁。
④劉永濟《通箋》,179 頁。
⑤黃暉《論衡校釋》,中華書局,1990 年,13 頁、52 頁。

"懂,善也"。①

229. 邈而不可慕

《史記》作"邈不可慕也"。

聞一多謂:"當從《史記》作'邈不可慕也'。朱燮元本,大小雅堂本同。"而蔣天樞則謂"從黃本、夫容館本删'而'字,補'也'字"。

按:王本本通,不煩校改。且據王注"不可思慕"云云,是"慕"後無"也"字。王念孫《疏證》、錢繹《箋疏》引此也作"邈而不可慕"是不誤。② 朱本、李錫齡本、金陵本并同。

230. 懲連改忿兮

連,《史記》作違。

王念孫《讀書雜志》"懲違"條謂"《楚辭》'違'譌作'連',王注以'連'爲留連,失之"。而其《餘編》下更謂:"連,當從《史記·屈原傳》作'違',字之誤也。違,恨也。言止其恨,改其忿也。'恨'與'忿'義相近。……班固《幽通賦》'違世業之可懷',曹大家曰'違,恨也'。……《無逸》曰'民否則厥心違怨'。"此外,王引之《經義述聞》"違怨"條也從其父説,謂"違亦怨也"。③而劉永濟、聞一多也皆從其説。④

按:陳第《屈宋古音義》、蔣驥《山帶閣注》、林雲銘《楚辭

---

①A. 段玉裁《説文解字注》,165 頁;B. 楊樹達《釋懂》,見氏著《積微居小學金石論叢》,上海古籍出版社,2013 年,16 頁;C. 王念孫《疏證》,16 頁;D. 顧野王《大廣益會玉篇》,109 頁。

②A. 聞一多《校補》,82 頁;B. 蔣天樞《校釋》,347 頁;C. 王念孫《疏證》,31 頁;D. 錢繹《箋疏》,380 頁。

③A. 王念孫《雜志》,346 頁、2654 頁;B. 王引之《經義述聞》,402 頁。

④A. 劉永濟《屈賦通箋》,179 頁;B. 聞一多《校補》,82 頁。

燈》、胡文英《指掌》即皆作"懲違改忿"。① 是皆取捨有本。

231. 舒憂娛哀兮

按:"娛哀"不辭,疑"哀"字衍。而"憂娛"即"憂虞"。"娛"
"虞"二字古通用。如《晏子春秋·諫上》:"鐘鼓不陳。晏子請左
右與可令歌舞足以留思虞者退之。"吳則虞《集釋》謂:"孫星衍云
'虞'同'娛'。"②此外,張協《詠史》:"昔在西京時,朝野多歡娛。"
《文選》李善注:"王逸《楚辭注》曰'娛,樂也'。娛與虞古字通
用。"③是"娛""虞"相通之證。而"憂虞"一詞同義複指,乃悲哀
意。如《左傳·哀公五年》:"二三子間於憂虞,則有疾疢。"楊伯
峻注"此言汝等若有憂慮,則生疾病。憂、虞同義"是證。④ 而本
篇作"舒憂虞兮"當最合意旨。司馬遷作《史記·屈原賈生列傳》
引作"含憂虞哀兮",⑤是尚存"憂虞"一詞。據王注"舒展憂思,
樂已悲愁"云云,則王本"憂虞"已誤。

232. 分流汩兮

按:雖然如王念孫《疏證》及今人饒宗頤先生《楚帛書新證》
引此亦同王本。⑥ 然當作"分汩流兮"是。因爲據王注"汩,流也。
言浩浩廣大乎沅湘之水,分汩而流"云云,是王本作"分汩流兮"。

233. 萬民之生,各有所錯兮

萬民之生,一作"民生有命"或"民生禀命"。

---

①A. 陳第《屈宋古音義》,216 頁;B. 蔣驥《山帶閣注》,128 頁;C. 林雲銘《楚辭燈》,
131 頁;D. 胡文英《指掌》,147 頁。

②吳則虞《晏子春秋集釋》,中華書局,1982 年,22 頁。

③蕭統《文選》,994 頁。

④楊伯峻《春秋左傳注》,1630 頁。

⑤司馬遷《史記》,1906 頁。

⑥A. 王念孫《疏證》,691 頁;B. 饒宗頤《楚帛書新證》,詳《饒宗頤二十世紀學術文
集》卷三《簡帛學》,171 頁。

聞一多謂:"當從一本作'民生稟命'。《國語·晉語》七曰'將稟命焉',《楚語》上曰'是無所稟命也',是'稟命'爲古之恒語。王《注》曰'言萬民稟受天命'。正以'稟受天命'釋'稟命'二字。宋本及瀧川《會注》本《史記》并作'民生稟命'。朱本,元本同。"此外,王念孫也謂一本之"'有命'當從宋本作'稟(稟)命'"。①

　　按:諸説甚辯。但我們認爲"萬民之生"疑作"民生受命",試舉兩證以明之。

　　首先,《楚辭》及《章句》多言"受命"。如《惜往日》"受命詔以昭詩",《九歎·逢紛》"原生受命於貞節兮",《離騷》"長太息以掩涕兮,哀民生之多艱"。王注"乃太息長悲,哀念萬民受命而生",《離騷》"周論道而莫差",王注"言殷湯、夏禹、周之文王,受命之君"等皆是。

　　其次,"稟命"一詞於《章句》中有所出現,但皆未分釋。如《天問》"延年不死,壽何所止?"王注"言仙人稟命不死,其壽獨何所窮止也"是證。而王注本句謂"言萬民稟受天命,生而各有所錯"。其注與上舉《離騷》王注近似,而與《天問》注有所區別。是宜作"民生受命"爲是。其一本作"民生有命"者,或正因"受、有"形近而訛。

(六)思美人

234.蹇蹇之煩冤兮,陷滯而不發。申旦以舒中情兮,志沈菀而莫達

　　(1)申旦,疑作"旦旦"。

　　按:據王注"誠欲日日陳己心也"云云,是王逸以"日日"釋

---

① A. 聞一多《校補》,83 頁;B. 王念孫《雜志》,347 頁。

"申旦"也。但王注它篇之"申旦"皆未以"日日"釋之。如《惜往日》:"孰申旦而別之?"王注:"世無明智,惑賢愚也。"《九辯·一》:"獨申旦而不寐兮。"王注:"夜坐視瞻而達明也。"是本篇作"申旦"者殊爲可疑。而覽之典籍,"日日"常以訓"旦旦"也。如《孟子·告子下》:"猶斧斤之於木也,旦旦而伐之。"《莊子·外物》:"投竿東海,旦旦而釣。"《列子·周穆王》:"月月獻玉衣,旦旦薦玉食。"①凡此皆"旦旦"釋爲"日日"之證。是王注"日日"當爲釋"旦旦"之詞。此作"旦旦"者則也與前言"蹇蹇"相偶。

（2）沈菀,當爲"沈抑"之誤。

按:《楚辭》多言"沈抑",如《惜誦》"情沈抑而不達兮"及《七諫·謬諫》"情沈抑而不揚"等皆是。而"沈抑"亦作"抑沈"。如《天問》:"比干何逆,而抑沈之?"洪興祖《補注》謂:"抑沈,猶《九章》云'情沈抑而不達'也。"且王逸注本句謂"思念沉積,不得通也"。而《墨子·天志下》:"以御其溝池。"孫詒讓謂"王引之云……'御'當爲'抑',抑之言埋也。……埋、抑皆塞之也"。②王説是。《史記·河渠書》:"禹抑鴻水十三年,過家不入門。"《索隱》謂:"抑者,遏也。洪水滔天,故禹遏之,不令害人也。《漢書·溝洫志》作埋。"③是"抑"有阻塞不通之義。此正釋王注"不得通也"。而《後漢書·馮衍傳》"心怫鬱而紆結兮,意沈抑而內悲",④其意正與本句相仿。是足證"沈菀"當爲"沈抑"之誤。本篇作"沈菀"者,初或以聲近而誤爲"沈鬱",再誤爲"沈菀"也。

①A. 趙歧注,孫奭疏《孟子注疏》,《十三經注疏》(標點本),北京大學出版社,1999年,305頁;B. 劉文典《補正》,737頁;C. 楊伯峻《列子集釋》,92頁。

②孫詒讓《閒詁》,214頁。

③司馬遷《史記》,1148頁。

④范曄《後漢書》,663頁。

235. 羌宿高而難當

宿,一作迅。

聞一多謂:"宿當從一本作迅。宿爲夙之異體。古隸夙作夙,迅作訊,形相近。疑此本作迅,誤爲夙,又轉寫作宿。迅有躍義。《説文》曰'躍,迅也'。躍訓迅,則迅亦訓躍。又有飛義。《説文》曰'卂,疾飛也'。卂爲迅之初文。合此二義,則直飛刺上亦謂之迅。'因歸鳥而致辭兮,羌迅高而難當'者,謂將界辭於鳥,而鳥已高舉也。曹植《九愁賦》曰'願接翼於歸鴻,嗟高飛而莫攀'。陳琳《止欲賦》曰'欲語言於玄鳥,玄鳥逝以差池'。語意并與此相仿。《文選》王仲宣《贈士孫文始詩》注引此正作'羌迅高而難當'。朱本、朱燮元本、大小雅堂本同。"①

按:聞説可從。宿古文夙,二字古通。如陸德明《經典釋文·春秋公羊音義》"于宿"條注即謂"音夙"也可爲佐證。而許慎《説文·鹽部》"鹽"字謂"古者夙沙初作鬻海鹽"。段玉裁注"夙,大徐作'宿'。古宿夙通用。《左傳》有夙沙衛。……《困學紀聞》引魯連子曰'古善漁者,宿沙瞿子'"。是也爲明證。而據《説文》"卂,疾飛也"。是當作"迅"是。而蘇雪林所指"林雲銘《楚辭燈》,蔣驥《山帶閣注楚辭》,錢澄之《屈詁》,姚鼐《古文辭類纂》、方績《屈賦正音》、土闓運《楚辭釋》"及蔣天樞所指黄本、夫容館本也并作"迅"則皆爲佐證。②

236. 高辛之靈盛兮

靈盛,疑作盛靈。

---

①聞一多《校補》,84 頁。另,《校補》所據巴蜀本"贈士"之"士"誤爲"公",今據《聞一多全集》及《古典新義》本校改。
②A. 陸德明《經典釋文》,1199 頁;B. 段玉裁《説文解字注》,1018 頁;C. 蘇雪林《楚騷新詁》,239 頁;D. 蔣天樞《校釋》,352 頁。

按："靈盛"二字諸家皆無異議,然據王注"帝嚳之德茂神靈也"云云,是王逸先以"茂"釋"盛"也。是疑"靈盛"作"盛靈"也。

237. 獨歷年而離愍兮,羌馮心猶未化

黃靈庚謂"徐仁甫曰'羌'作'嗟'用,是感歎詞"之説可參。黃先生并下案語謂"《離騷》有'喟馮'語,可參校"。

按：徐仁甫《楚辭別解》"羌馮心猶未化"條已謂"《離騷》'喟馮心而歷兹',與此'羌馮心猶未化'結構意義均相同"。①

238. 開春發歲兮,白日出之悠悠

開春發歲,疑作"開歲發春"。

按："開歲"即指"正月孟春",《初學記》卷三引南朝梁元帝《纂要》謂："正月孟春,亦曰孟陽、孟陬……首歲、初歲、開歲。"②而《後漢書·馮衍傳》正謂："開歲發春兮,百卉含英。"李賢注："開、發,皆始也。《爾雅》曰'春爲發生'。……《楚詞》曰'獻歲發春兮'。"③是《招魂》之"獻歲"即"開歲",即進入新的一年。此也可證本篇之"開春發歲"宜作"開歲發春"爲是。

239. 吾將蕩志而愉樂兮,遵江夏以娛憂

按：本句疑作"吾將蕩志而娛憂兮,遵江夏以愉樂"。因爲據王注"滌我憂愁,弘佚豫也。循兩水涯,以娛志也"云云,是王注先釋"娛憂"。且就常理言,也當是先"娛憂",再"愉樂"方是。此外,本句下"吾且僤個以娛憂兮,觀南人之變態"及劉向《九歎·遠逝》"欲酌醴以娛憂兮,蹇騷騷而不釋"之"娛憂"也皆出現

---

①A. 黃靈庚《辯證》,427 頁;B. 徐仁甫《楚辭別解》,37 頁。
②徐堅《初學記》,中華書局,1962 年,661 頁。
③范曄《後漢書》,662—663 頁。

於上句,則也可爲旁證。

240. 芳與澤其雜糅兮,羌芳華自中出

黃靈庚謂:"游國恩據以四句爲節之韻例,謂'當是脱二句無疑'。"①

按:游先生此説已在上世紀六十年代,而此前陸侃如即謂:"'出'字與上文'態'、'俟'二字及下文'揚'、'章'二字均不相叶,可見此處上下必有闕文。"此外,聞一多也謂:"出字不入韻。疑二句上或下脱去二句。"另外,王力《楚辭韻讀》也於"羌芳華"句自注謂"下面缺一句"。② 而上揭諸説或也皆本於清江有誥《楚辭韻讀》,江有誥於該句注即謂"韻未詳,或脱偶句"是爲諸説先導。然據段玉裁《六書音均表》"出"字條"屈賦思美人合韻佩異態竢"之説,是"出"字本入韻也。③

241. 羌居蔽而聞章

聞一多謂:"一本作'居重蔽而聞章',義長。揚雄《逐貧賦》曰'人皆重蔽,予獨露居',重蔽之義同此。聞謂聲聞。章同彰,顯也。言雖居於重蔽之室内,而聲聞猶能彰顯於外也。"④

按:聞説可從。汪瑗《集解》本於本篇雖亦作"羌居蔽",然其闡釋"惟佳人之永都兮"句時引此即作"居重蔽",⑤可證明人所見尚有作此者。

---

① 黃靈庚《辯證》,435 頁。
② A. 陸侃如《屈賦校勘記》,見氏著《陸侃如古典文學論文集》,319 頁;B. 聞一多《校補》,86 頁;C. 王力《楚辭韻讀》,見氏著《詩經韻讀 楚辭韻讀》,448 頁。
③ A. 江有誥《楚辭韻讀》,142 頁;B. 段玉裁《六書音均表》,見《説文解字注》,1410 頁。
④ 聞一多《校補》,86 頁。
⑤ 汪瑗《集解》,211 頁、237 頁。

(七)惜往日

242. 君含怒而待臣兮,不清澂其然否

澂,一作徵。

按:徵當爲澂之誤。李錫齡本、金陵本引一本皆謂作"澂"是
證。而吳棫《韻補》"否"字注引此作"清澂",[1]是北宋人所見猶
有作"澂"者。然作"澂或澂"者,皆非正字。《説文》無"澂"字也
無"澂"字,"澂"當爲"澄"之誤。如朱熹《集注》本即作"澄",其
自注謂"澄,音澄;一作澂,非是"。朱氏所言極是。《説文》有
"澄"字,許慎謂"澄,清也",是"清澄"同義複指,而此同義複指
之用法與《離騷》"覽相觀"等用法亦一律。是作"清澄"最是。
陳第《屈宋古音義》、林雲銘《楚辭燈》本於朱熹《集注》皆作"澄"
是不誤。[2] 而馬瑞辰《通釋》引此作"徵"則亦誤也。[3]

243. 蔽晦君之聰明兮,虛惑誤又以欺。弗參驗以考實兮,遠遷臣而弗思。信讒諛之溷濁兮,盛氣志而過之

虛惑誤,一作惑虛言;溷濁,一作浮説。

按:據《楚辭》及《章句》,"虛言"常語也。如《七諫·自悲》:
"悲虛言之無實兮。"《九歎·逢紛》:"不吾理而順情。"王注:"言
君聽讒佞虛言。"是皆謂"虛言"。而"虛言""浮説"也相偶爲詞。
如《七諫·沈江》:"聽奸臣之浮説兮,絶國家之久長。"王注"言君
好聽邪説之臣虛言浮説"是證。而王念孫《雜志》引此也作"溷
濁"則本於王本也。[4]

---

① 吳棫《韻補》,5 頁。
② A. 陳第《屈宋古音義》,218 頁;B. 林雲銘《楚辭燈》,120 頁。
③ 馬瑞辰《通釋》,570 頁。
④ 王念孫《雜志》,318 頁。

244. 何貞臣之無辠兮,被離謗而見尤。慜光景之誠信兮,身幽隱而備之

（1）辠,一作罪。

按:吳棫《韻補》"尤"字注引此即作"罪"。然"罪"爲後起字。如陸德明《經典釋文·禮記音義之四》"罪多"條注謂"本或作辠。案:辠,正字也。秦始皇以其似皇字改爲罪也"是證。而出土之《睡虎地 11 號墓秦墓竹簡·語書》"毋巨（岠）於辠（罪）""此皆大辠（罪）"以及《秦律十八種·田律》"有不從令者有辠（罪）"及《金布律》"吏循之不謹,皆有辠（罪）"等之"辠"字正爲明證。朱熹《集注》作"辠",是不誤。①

（2）見,疑得之誤。

按:古書"得"作"寻",形與見易混。如王念孫即謂《戰國策》"夫用百萬之衆攻戰,踰年歷歲,未見一城也"之"見"即爲"寻"之誤。此外如《墨子·經説上》"若見之成見也"之上"見"字,孫詒讓也認爲"當爲'得'之誤。'得'正字作'寻',壞脱僅存上半,遂成'見'字,故古書多互譌。"而《説苑·尊賢》"堯舜相是"之"是",舊作"見",而向宗魯以爲疑皆"寻"之誤,是其比。而長沙楚帛書《甲篇》"不得"及《丙篇》"倉莫得"以及近年所出上海博物館藏戰國楚竹書《志書乃言》"得宏於邦多已"之"得"字正皆作寻。而許慎等未見戰國簡帛,是上揭諸字也皆從見從寸作"寻"而與見易混也。而"得"與"備"常爲韻,如《莊子·天道》篇:"休則虛,虛則實,實者倫矣。虛則靜,靜則動,動則得矣。"劉文典《補正》謂"倫"當作"備","'實者備矣',與下'動則得矣'爲韻。《荀子·勸學篇》'積善成德,而神明自得,聖心備焉',《淮

---

① A. 吳棫《韻補》,8 頁;B. 陸德明《經典釋文》,840 頁;C. 睡虎地簡牘内容詳陳偉主編《秦簡牘合集》(壹·上),30 頁、50 頁、91 頁。

南子·原道篇》‘不在於人，而在於我身，身得則萬物備矣’，《文子·九守篇》同，並以‘得’、‘備’爲韻。”①劉説至確。而此處對應之句正作“身幽隱而備之”，其“備”字正可與“得”字爲韻，是疑此“見”實爲“得”之誤也。而顧炎武《唐韻正》“尤”字注引此仍作“見尤”，②則未審也。

245. 君無度而弗察兮，使芳草爲藪幽。焉舒情而抽信兮，恬死亡而不聊。獨鄣壅而蔽隱兮，使貞臣爲無由

“焉舒情而抽信兮，恬死亡而不聊”當爲衍文。

按：雖然如顧炎武《唐韻正》“幽”字條引此亦有此二句。③ 然此幾句主語爲“君”，而“焉舒情”兩句却又另言它事，殊爲不類。且“君無度而弗察兮，使芳草爲藪幽。獨鄣壅而蔽隱兮，使貞臣爲無由”四句，“使……使……”爲并列句式，中間不宜穿插其它意思。此外，本段從“何貞臣之無辠兮”至“使貞臣爲無由”例四句一節，不應另有此二句。且删此二句，“幽、由”也自爲韻。是此二句衍文無疑。此二句疑是《九章》它篇句子竄入，具體某篇，則存疑以俟達者。

246. 不逢湯武與桓繆兮，世孰云而知之

“云”字疑衍。

按：雖然如顧炎武《唐韻正》“牛”字注及王念孫《雜志》“而不”條等引此亦同王本。④ 然“孰云而”實與“知之”不類，疑本作

---

①A.詳王念孫《雜志》，140 頁；B.孫詒讓《閒詁》，333 頁；C.向宗魯《説苑校證》，178 頁；D.長沙楚帛書内容據何琳儀《長沙帛書通釋》引，詳《安徽大學語言文字研究叢書·何琳儀卷》，452 頁、470 頁；E.馬承源主編《上海博物館藏戰國楚竹書》（八），223 頁；F.劉文典《補正》，369 頁。

②顧炎武《唐韻正》，302 頁。

③顧炎武《唐韻正》，324 頁。

④A.顧炎武《唐韻正》，303 頁；B.王念孫《雜志》，2382 頁。

“世孰而知之”。本句前言“不逢湯武與桓繆兮”，後言“世孰而知之”，其意乃謂“不逢湯武”則無人知之。“而”即“能”，如王念孫《雜志》“而不”條即謂“‘能’、‘而’古聲相近，故‘能’或作‘而’”。① 是“孰而”即“孰能”。而“孰能”者《楚辭》亦多言之，如《離騷》“固時俗之流從兮，又孰能無變化”，《悲回風》“孰能思而不隱兮，照彭咸之所聞”，《七諫·自悲》“狐死必首丘兮，夫人孰能不反其真情”等皆爲其例。此衍“云”者，或乃抄寫者不曉“而”即“能”之故，又因《楚辭》也多言“孰云”故誤衍“云”字也。

247. 何芳草之早殀兮

殀，一作夭。

按：殀與夭互通，如錢大昕《經典文字考異》“殀”字條即指出“《孟子》‘殀壽不貳’。蘇轍《孟子解》作‘夭’。即‘夭’字。孫奭云‘殀與夭同’”是證。然《説文》無“殀”字，而據《廣雅·釋詁》“夭，折也”，王念孫《疏證》謂“《昭十九年左傳》賈逵注云‘短折曰夭’”。是當作“夭”是。② 吳棫《韻補》“戒”字注引此即作“何芳草之早夭兮”。③ 是北宋人所見尚有作“夭”字者。

248. 諒聰不明而蔽壅兮，使讒諛而日得

（1）聰不明，一作不聰明。

按：吳棫《韻補》“戒”字條及顧炎武《唐韻正》“得”字條注引此以及陳第《屈宋古音義》等即作“不聰（聰）明”。④ 而聞一多謂：“《廣雅·釋詁》四曰‘聰，聽也’。聰不明即聽不明。《易·

　　①王念孫《雜志》，2382 頁。
　　②A. 錢大昕《經典文字考異》，見《嘉定錢大昕全集》第一冊，52 頁；B. 王念孫《疏證》，131 頁。
　　③吳棫《韻補》，103 頁。
　　④A. 吳棫《韻補》，103 頁；B. 顧炎武《唐韻正》，538 頁；C. 陳第《屈宋古音義》，219 頁。

噬嗑》上九《象傳》曰'何校滅耳,聰不明也'。《釋文》引馬《注》曰'耳無所聞'。《夬》九四《象傳》曰'聞言不信,聰不明也',《正義》曰'聰,聽也'。是'聰不明'爲古之恒語。一本作不聰明(朱燮元本,大小雅堂本同),朱子又疑當作'諒聰明之蔽壅兮',均非。"①揆之情理,聞説是。汪瑗《集解》即謂:"聰不明,一作不聰明,非是。《易·噬嗑》上九《象》曰'何校滅耳,聰不明也'。《夬》九四《象》曰'聞言不信,聰不明也',楚辭用此。"蔣驥《山帶閣注楚辭·楚辭餘論》卷上也謂:"惜往日之聰不明。則易象詞。"②是皆爲聞説所本。

(2)日得,疑作自得。

按:上揭吳棫《韻補》"戒"字條及顧炎武《唐韻正》"得"字條等注引此亦作"日",③然疑作"自"是。"日""自"形近易譌,如劉向《九歎·逢紛》:"心怊悵以永思兮,意晻晻而日頹。"《考異》曰"日,一作自"是證。而"自得"表示的是一種精神面貌,如《遠遊》:"漠虛靜以恬愉兮,澹無爲而自得。"《淮南子·泰族訓》"晏然自得,其爲樂也"等皆是。而《漢書·賈誼傳》:"誼既以適去,意不自得。"《爰盎傳》:"絳侯爲丞相,朝罷趨出,意得甚。"師古注:"意甚自得也。"④凡此皆爲此類。是"日得"宜作"自得"。

249. 妒佳冶之芬芳兮,嫫母姣而自好。雖有西施之美容兮,讒妒入以自代

(1)佳,一作娃。

按:據王念孫《疏證》"娃猶佳也。《楚辭·九章》'妒佳冶之

---

①聞一多《校補》,88頁。

②A.汪瑗《集解》,222頁;B.蔣驥《山帶閣注》,186頁。

③A.吳棫《韻補》,103頁;B.顧炎武《唐韻正》,538頁。

④A.劉文典《集解》,708頁;B.《賈誼傳》《爰盎傳》引文見班固《漢書》,1708頁、1741頁。

芬芳兮'。佳一作娃"之説,是"娃"爲"佳"之借也。而《大廣益
會玉篇》陳彭年等所增"佳"字注引此正作"妠佳冶之芬芳兮",是
宋人所見王本如此。而錢繹《箋疏》引此也作"妠佳冶之芬芳",①
是皆取捨有本。

　　(2)蘇雪林以爲"雖有西施之美容兮"句上當脱"□□□□□
□□,□□□□□□"兩句,蘇氏并謂:"屈原作品皆以四句爲一
節,此篇有數處似以六句爲節,嫫母西施,一極醜,一極美,'自
好''自代'用兩個'自字'分爲兩節。則有互相輝映之美,合爲一
節,則有重複之嫌。"

　　按:段玉裁《六書音均表》謂"屈原惜往日佩好代意爲韻",是
其韻不誤。而吳棫《韻補》"代"字注引此也同王本,則宋人所見
尚如此。②

(八)橘頌

250.綠葉素榮,紛其可喜兮

　　素榮,一作素華。

　　按:李善注潘岳《在懷縣作二首》(南陸迎脩景)"四運紛可
喜"句引此也作"綠葉素榮",③是其所見猶有作"素榮"者。然
"素榮"疑作"素華"。因爲據王注"素,白也。言橘青葉白華"云
云,則一本是。且王注以"青葉、白華"并舉言橘之特性,而洪興
祖《補注》引東漢李尤《七歎》"白華綠葉,扶踈冬榮"。④ 其辭亦

---

①A. 王念孫《疏證》,82 頁;B. 顧野王《大廣益會玉篇》,13 頁;C. 錢繹《箋疏》,
116 頁。
②A. 蘇雪林《楚騷新詁》,313 頁;B. 段玉裁《六書音均表》,見《説文解字注》,1410
頁;C. 吳棫《韻補》,76 頁。
③蕭統《文選》,1226 頁。
④洪興祖《楚辭補注》,81 頁引。

"緑葉、白華"并舉。是也可證"緑葉素榮"當作"緑葉素華"爲是。此外,《九歌·少司命》:"緑葉兮素枝,芳菲菲兮襲予。"聞一多謂:"枝當從一本作華。王《注》曰'吐葉垂華,芳香菲菲',是王本正作華。"聞先生所言甚是,顧野王《玉篇》"緑"字注及顧炎武《詩本音》"顛倒思予"條引此也正作"素華"。① 則本篇之"緑葉素華"即《少司命》之"緑葉兮素華"。是《少司命》《橘頌》皆誤"素華"一詞。

251. 曾枝剡棘,圓果摶兮

摶,一作榑。

按:據王注"摶,圓也,楚人名圓爲摶"云云,是謂"摶"爲楚語,而據《莊子·逍遥遊》"摶扶摇而上者九萬里"也言"摶"者可證王説不誤。且據王注,則王本作"摶"。而孫詒讓《周禮正義》於"則是摶以行石也"句引此也謂"《楚辭·橘頌》王注云'摶,圓也,楚人名圓爲摶'"。② 是所見一致。朱本、李錫齡本、金陵本并同。

252. 不終失過兮

一作終不失過兮。

朱熹《集注》作"終不過失兮"。其自注謂:"一作失過,一無失字,皆非是,或疑過字亦衍文。"而聞一多則謂:"一本作'終不失過兮',於文爲順,當從之。王《注》曰'終不敢有過失也'。是所據本未倒。"③

按:聞説是。如宋吳棫《韻補》"地"字注:"天地也。屈原

①A. 聞一多《校補》,31 頁;B. 顧野王《玉篇》,603 頁;C. 顧炎武《詩本音》,見氏著《音學五書》,101—102 頁。
②孫詒讓《正義》,3174 頁。
③聞一多《校補》,89 頁。

《九章》'閉心自慎,終不失過兮。秉德無私,參天地兮'。"①是朱熹前之本子即作"終不失過兮"。此外,顧炎武《唐韻正》"地"字條引此也即作"閉心自慎,終不失過兮,秉德無私,參天地兮"。而王念孫《古韻譜》也指出《橘頌》"過地"爲韻,而"失過或作過失誤"。② 清蔣驥《山帶閣注》本作"終不失過兮",③是皆取捨有本。

<h2>（九）悲回風</h2>

253. 物有微而隕性兮,聲有隱而先倡

按:"隕性"當作"志信",言雖微物不失信也。而《後漢書·郎顗襄楷列傳》謂:"物有微而志信,人有賤而言忠。"④似即本此。此作"隕性"者,或以聲近而誤。

254. 蘭茝幽而獨芳

茝,一作芷。

按:"茝"爲本字,王念孫《雜志》"蘭芝 芝若"條即指出芷字本作茝是證。⑤ 而李善注劉孝標《廣絕交論》"言鬱郁於蘭茝"句及顧炎武《唐韻正》"明"字注引此也皆作"茝"是不誤。⑥ 朱本、李錫齡本、金陵本并同。

255. 折若椒以自處

若,一作芳。

按:蔣天樞《校釋》本也作"芳",其自注謂"從黃本、夫容館

---

①吳棫《韻補》,95—96 頁。

②A. 顧炎武《唐韻正》380 頁;B. 王念孫《古韻譜》,549 頁。

③蔣驥《山帶閣注》,138 頁。

④范曄《後漢書》,726 頁。

⑤王念孫《雜志》,2350 頁。

⑥A. 蕭統《文選》,2366 頁;B. 顧炎武《唐韻正》,281 頁。

本"。而據王注"雖見放逐,猶折香草"云云,是王注以"芳草"釋正文也。而據《説文・艸部》謂"芳,香艸也"。① 是"芳"之釋義正與王注冥合。此外《湘夫人》"菊芳椒兮成堂"。王注"猶折香草",是也以"香草"釋"芳"字。彼處正文作"芳椒",也可證此處之"若椒"當作"芳椒"爲是。朱熹《集注》作"芳椒"正是。

256. 聊逍遥以自恃

自恃,疑作自娱。

按:王注《楚辭》之"逍遥"皆遊戲義,如《離騷》"聊逍遥以相羊"。王注:"逍遥、相羊,皆遊也。"而"惟佳人之獨懷兮,折若椒以自處。曾歔欷之嗟嗟兮,獨隱伏而思慮。涕泣交而淒淒兮,思不眠以至曙。終長夜之曼曼兮,掩此哀而不去"諸句,"處、慮、曙、去"爲韻,本處若作"娱"則也與其韻也。此外,《離騷》"和調度以自娱兮",《九懷・昭世》"浮雲漠兮自娱"也皆言"自娱",是"自娱"也爲《楚辭》常語。且據王注"内自娱也",是王本即作自娱也。

257. 心踊躍其若湯

踊躍,一作沸熱。

按:當作"沸熱"是。《七諫・自悲》"身被疾而不閒兮,心沸熱其若湯"當取式此語。而"心沸熱其若湯"言其悲也。如《詩・大雅・蕩》:"如蜩如螗,如沸如羹。"馬瑞辰謂:"詩意蓋謂詩人悲歎之聲如蜩螗之鳴,憂亂之心如沸羹之熱。……劉向《七諫》曰'身被疾而不閒兮,心沸熱其若湯'。正取此詩之義。"②馬説甚覈。是《七諫》《悲回風》之"心沸熱其若湯"皆言憂亂也。據王

①A. 蔣天樞《校釋》,375 頁;B. 段玉裁《説文解字注》,72 頁。
②馬瑞辰《通釋》,942 頁。馬注"沸羹之熱"之"熱"原作"熟",今據中華書局所出校勘記改。

注“故中心沸熱若湯也”云云,是王本未亂。

258. 撫珮袨以案志兮,超惘惘而遂行

黄靈庚謂:“超,讀作怊,言悵恨也。二字通用。”

按:顧炎武《唐韻正》“行”字條引此也作“超”。然揆之文義,黄先生所言甚是。超、怊古通。如蔣禮鴻《義府續貂》“昭昭”條即指出“《玉篇》‘怊,悵恨也’。《莊子·徐無鬼篇》‘武侯超然不對’。司馬彪注‘超然,猶悵然’。昭、超與怊聲同義通。字又與惆通。怊悵與惆悵同”也。而據王注“失志徨遽”云云,自以作“怊”是。①

259. 歲曶曶其若頹兮,旹亦冉冉而將至

“亦”字疑衍。

按:“旹冉冉”當與“歲曶曶”對文。本篇之例,一句之中開始即重疊者,例爲 ABB 式結構,即重疊詞前例爲一字作領格,如“超惘惘”“路眇眇”等皆是“惘惘(BB)”“眇眇(BB)”等重疊詞前加一字(A)作爲領格。通觀本篇,除“旹亦冉冉而將至”外類似句子十六處皆如此。此外,《楚辭》它篇本篇之前如《離騷》“老冉冉其將至兮”,《九歌·大司命》“老冉冉兮既極”,本篇之後《九辯·六》“老冉冉而愈弛”,《惜誓》“壽冉冉而日衰兮”,《哀時命》“老冉冉而逮之”等句子“冉冉”之前也僅有一字作領格。即例爲“X 冉冉”式結構。依此,則“亦”字疑爲衍文。

260. 寧逝死而流亡兮,不忍爲此之常愁

(1)逝,一作溘。

按:朱熹《集注》本也作“溘死”,可從。“溘死”爲《楚辭》慣用語,如《離騷》“寧溘死以流亡兮”,《九辯·六》“恐溘死不得見

---

①A. 黄靈庚《辯證》,475 頁;B. 蔣禮鴻《義府續貂》,見《蔣禮鴻集》第二卷,151 頁。

乎陽春”等皆是。此外如宋吳棫《韻補》、明胡之驥《彙注》等引
《楚辭》相關文本也皆作“溘死”而不作“逝死”。且顧炎武《日知
録·楚辭注》引此及清胡文英《指掌》本也皆作“溘死”,①是其所
見不誤。

　　(2)一本“此”下有“心”字。

　　按:朱熹《集注》亦作“此心”。而據王注“心情悁悁,常如愁
也”云云,是王本作“此心”。顧炎武《唐韻正》“愁”字條引此即
作“寧溘死而流亡兮,不忍此心之常愁”。此外,汪瑗《集解》、陳
第《屈宋古音義》、戴震《屈原賦注》等并同。②

261. 孤子唫而抆淚兮,放子出而不還

　　抆,一作收。

　　按:李善注曹丕《與吳質書》“對之抆淚”句及吳棫《韻補》
“聞”字注以及章樵注《古文苑》卷二宋玉《笛賦》“歌伐檀,號孤
子”句等引此皆作“抆’”。③ 且據洪《補》“抆音吻,拭也”云云,是
作“抆”最合文意。王念孫《疏證》引此亦作“抆”是不誤。④ 朱
本、李錫齡本、金陵本并同。

262. 孰能思而不隱兮,照彭咸之所聞

　　照,一作昭。

　　按:照、昭古字通,如《老子》“俗人昭昭”,《釋文》“昭作照”
是證。而《楚辭》中“昭、照”也常互易,如《大招》:“照四海只。”

　　①A.吳棫《韻補》,78頁;B.胡之驥《彙注》,8頁、182頁、350頁;C.顧炎武著,張京
華校釋《日知録校釋》,嶽麓書社,2011年,1068頁;D.胡文英《指掌》,165頁。

　　②A.顧炎武《唐韻正》,313頁;B.汪瑗《集解》,242頁;C.陳第《屈宋古音義》,221
頁;D.戴震《屈原賦注》,67頁。

　　③A.蕭統《文選》,1897頁;B.吳棫《韻補》,30頁;C.章樵注《古文苑》,中華書局,
1985年,55頁。

　　④王念孫《疏證》,220頁。

《考異》:"照,一作昭。"《九思·怨上》:"用志兮不昭。"《考異》"昭,一作照"。凡此皆爲其例。然揆之本篇,疑作"昭"是。因爲本句"照彭咸之所聞"其"照"與"聞"字其義難協,而"昭"與"聞"則合也,如吳棫《韻補》"昭"字注"明也"。① 本處作"照"者其誤或肇於唐代,如俞樾《九九銷夏録》"避諱改寫字不可押韻"條謂唐韋莊詩"欲將張翰松江雨,畫作屏風寄鮑昭"之"鮑昭本名照,唐避武后諱改作昭耳"。② 據俞説,是唐武后之世"照、昭"最易混淆,此處作"照"者或即肇始於此。而吳棫《韻補》"聞"字注引本篇正作"昭彭咸之所聞"是不誤。③

263. 居戚戚而不可解

聞一多、于省吾等皆謂當從一本删"可"字。④

按:無"可"字是。"愁鬱鬱之無快兮,居戚戚而不可解"與"心鞿羈而不形兮,氣繚轉而自縮"相對而言,"心鞿羈"句之"不形"與"鞿羈"正兩兩相偶,是"不可解"當無"可"字,則與"無快"正相對也。而李善注謝靈運《遊南亭》"慼慼感物歎"及潘岳《悼亡詩》"戚戚彌相愍"以及陸士衡《答張士然》"戚戚多遠念"句引此以及吳棫《韻補》"解"字注引此也并作"居戚戚而不解",⑤是唐宋人所見猶有不誤者。

264. 心鞿羈而不形兮

形,洪興祖引一本及朱熹《集注》皆作"開"。

聞一多謂:"形當從一本作開,字之誤也。……王《注》曰'肝

---

①吳棫《韻補》,52 頁。

②俞樾《九九銷夏録》,中華書局,1995 年,130 頁。

③吳棫《韻補》,30 頁。

④A. 聞一多《校補》,89 頁;B. 于省吾《新證》,189 頁。

⑤A. 蕭統《文選》,1041 頁、1092 頁、1148 頁;B. 吳棫《韻補》,82 頁。

膽係結,難解釋也',正以'難解'釋'不開'之義。"此外,姜亮夫也謂:"章句'肝膽係結難解釋也',解釋即釋開字。則王本亦作開也。"①

按:説俱是。宋吳棫《韻補》"解"字注引此即作"開"字。②而明汪瑗《集解》、清蔣驥《山帶閣注》、胡文英《指掌》本也皆作"開"。③ 是其所見一致。

265. 依風穴以自息兮

依,疑作伏。

按:據王注"伏聽天命之緩急也"云云,是以"伏"訓"依"。但據《説文》,"依,倚也。"④是"依"不訓"伏"。而"伏"字本爲常見字,當不煩加注。是據王注,王本正文當作"伏"是。

266. 隱岐山以清江

岐,一作汶。

按:"岐""汶"古通,如孫詒讓《周禮正義》引此即作"汶",⑤然二字皆當作"岷"。如《韓詩外傳》"衡山在南,岐山在北"之"岐"字,舊作"岐"。黃丕烈云:"文山即汶山,見《管子》、《國語》。又《韓詩外傳》云'岐山在北','岐'字譌。"趙懷玉也謂"'岐山'當作'岐山'。《戰國[策]·魏策》作'文山',亦'汶山'之譌。'汶''岐''嶓'皆與'岷'同"。⑥ 此外,錢大昕《經典文字考異》也謂"《禹貢》'岷嶓'、'岷山'字,《史記》皆作汶"。⑦ 是

---

①A. 聞一多《校補》,90 頁;B. 姜亮夫《校注》,541 頁。
②吳棫《韻補》,82 頁。
③A. 汪瑗《集解》,245 頁;B. 蔣驥《山帶閣注》,141 頁;C. 胡文英《指掌》177 頁。
④段玉裁《説文解字注》,653 頁。
⑤孫詒讓《正義》,3118 頁。
⑥韓嬰撰,許維遹校釋《韓詩外傳集釋》,108 頁。
⑦錢大昕《經典文字考異》,見《嘉定錢大昕全集》第一册,5 頁。

“岐、汶、岷”通用之證。本篇“岷”字當因形近而訛爲“岐”，再輾轉而爲“汶”。顧炎武《唐韻正》“江”字條引此即作“隱岷山以清江”，是不誤。而蔣天樞《校釋》本也作“岷”，自注謂“從黃本、夫容館本”，也可爲佐證。①

267. 漂翻翻其上下兮

漂，一作飄。

按：漂、飄皆翩之借。王念孫《疏證》即謂“漂翻翻其上下兮。漂與翩通。重言之則曰翩翩”。② 其説可從。

五、遠遊

268. 絶氛埃而淑尤兮

絶，一作超。

按：據王注“超越垢穢”云云，是“絶”作“超”是。《永樂大典》卷八千八百四十五“二十尤”引此亦作“超氛埃而淑郵兮，終不反其故都”。其注謂：“超，一作絶。非是。”③江有誥《楚辭韻讀》引此亦作“超氛埃”，④是明清人所見猶有不誤者。

269. 永歷年而無成

歷年，當作歷兹。

按：《離騷》“喟憑心而歷兹”，《哀時命》“懷隱憂而歷兹”。其詞皆言“歷兹”。而《抽思》“兹歷情以陳辭兮”句，聞一多謂當

---

①A. 顧炎武《唐韻正》，226 頁；B. 蔣天樞《校釋》，382 頁。
②王念孫《疏證》，681 頁。
③解縉等《永樂大典》，中華書局，1984 年，4075 頁。
④江有誥《楚辭韻讀》，145 頁。

從一本作"歷茲情"。① 則《楚辭》"歷茲"一詞慣用耳。茲,即年。《古詩十九首·生年不滿百》:"爲樂當及時,何能待來茲。"《文選》李善注:"《呂氏春秋》曰'今茲美禾,來茲美麥。高誘曰:茲,年。'"②是亦後人以訓詁字而易本字也。

270. 誰可與玩斯遺芳兮,晨向風而舒情

晨,一作長。

黃靈庚謂:"王逸注曰'想承君命,竭誠信也'。蓋王本作長。"③

按:聞一多即謂"晨當爲長,字之誤也。向風舒情,奚必晨旦? 一本作長爲允。朱本,元本作'長向風',與一本合。《文選》魏文帝《雜詩》《注》,張孟陽《七哀詩》《注》并引作'向長風',亦通"。④ 是爲黃説先導。而明陳第《屈宋古音義》、清蔣驥《山帶閣注》、江有誥《楚辭韻讀》也皆作"長向(鄉)風而舒情",⑤是可證諸説不誤。然進而論之,頗疑"長"先誤爲"辰",再誤爲"晨"。因三字之中"長"與"晨"畢竟相去較遠,而與"辰"則最易混淆。如《尚書》"撫于五辰"之"辰",于鬯即以爲"辰疑長字之誤。長辰二字隸書形近。故五長誤爲五辰"。⑥ 故疑"長"先誤爲"辰",再以形音相近而訛爲今本之"晨"。

271. 飡六氣而飲沆瀣兮,漱正陽而含朝霞

含,一作食。

---

①聞一多《校補》,77 頁。
②蕭統《文選》,1349 頁。
③黃靈庚《辯證》,509 頁。
④聞一多《校補》,93 頁。
⑤A. 陳第《屈宋古音義》,224 頁;B. 蔣驥《山帶閣注》,146 頁;C. 江有誥《楚辭韻讀》,145 頁。
⑥于鬯《香草校書》,89 頁。

按：吳棫《韻補》及顧炎武《唐韻正》“霞”字注引此皆作
“含”，是北宋以來猶有作此字者。但據王注“食元符”説及其引
《陵陽子明經》“春食朝霞”云云，則當作“食”爲是。李善注嵇康
《琴賦》“餐沆瀣兮帶朝霞”句引此則正作“食”，是不誤。① 此即
傳統養生中之晨起采氣説。

272. 道可受兮不可傳

不可傳，一作而不可傳。

按：吳棫《韻補》“垠”字注及王應麟《困學紀聞》卷十“諸子”
條所引皆作“道可受兮不可傳”。② 李錫齡本、金陵本并同。

273. 無滑而魂兮

魂，疑作和。

按：“滑和”典籍習語也，如《莊子·庚桑楚》“若是而萬惡至
者，皆天也，而非人也，不足以滑成”之“滑成”即“滑和”之訛，劉
文典《補正》論曰：“‘滑成’無義，‘成’當爲‘和’，字之誤也。《德
充符篇》‘故不足以滑和，不可入於靈府’，文義與此正同。《淮南
子·原道篇》‘聖人不以身役物，不以欲滑和’，《俶真篇》‘不足
以滑其和’，《精神篇》‘何足以滑和’，‘滑和’蓋道家之恒言也。”
劉先生所言甚是，如《論衡·異虛篇》“生，寄也；死，歸也。何足
以滑和”之“滑和”也即此義。而本篇“無滑而和”之使用即如
《慎子》“不足滑其和”之措辭也。③ 且誠如劉文典先生所言，
“‘滑和’蓋道家之恒言”，是亦可證本篇《遠遊》之“滑魂”當作
“滑和”也。今本“和”作“魂”當以其聲近之故而致誤。

---

①A. 吳棫《韻補》，13 頁；B. 顧炎武《唐韻正》，268 頁；C. 蕭統《文選》，842 頁。
②A. 吳棫《韻補》，26 頁；B. 王應麟《困學紀聞》，218 頁。
③A. 劉文典《補正》，636—637 頁；B. 黃暉《論衡校釋》，224 頁；C. 慎到《慎子》，華
東師範大學出版社，2010 年，62 頁。

274. 朝濯髮於湯谷兮,夕晞余身兮九陽

　　"湯谷"或作"陽谷"。如《後漢書·張衡傳》:"旦余沐於清原兮,晞余髮於朝陽。"李賢注"《楚辭》曰'朝濯髮於陽谷,夕晞余身乎九陽'"即是。而聞一多《天問釋天》則謂"'湯谷'當作'暘谷',《文選》江淹《雜體詩》注,謝瞻《九日從宋公戲馬臺集送孔令詩》注并引《天問》從日作'暘',是矣。今字作湯者,蓋漢人所改"。①

　　按:作"湯谷"者不誤。《山海經·海外東經》云:"下有湯谷。湯谷上有扶桑。"袁珂《校注》謂:"《淮南子·天文篇》'日出於暘谷,浴於咸池'。《書·堯典》'分命羲仲,宅嵎夷,曰暘谷'。《史記·五帝本紀》作暘谷。索隱云:《史記》舊本作湯谷,又引《淮南子》舊本亦作湯谷。《楚辭·天問》'出自湯谷,次於蒙汜。'知固早有作湯谷者。"②袁說近是。錢大昕《十駕齋養新録》"史記舊本"條即謂:"《史記·堯本紀》'居鬱夷,曰暘谷',《索隱》云'《史記》舊本作'湯谷',今并依《尚書》字'。按太史公多識古文,所引諸經與今本多異者皆出先秦古書,後人校改漸失其真。即'湯谷'一條推之,知舊本爲小司馬輩改竄者不少矣。"③是《遠遊》作"湯谷"者近古。王應麟《困學紀聞》卷十、顧炎武《唐韻正》"英"字條引此正作"湯谷"是所見不誤。④

275. 懷琬琰之華英

　　華英,疑作玉英。

　　①A. 范曄《後漢書》,1297 頁;B. 聞一多《天問釋天》,見《聞一多全集》第五卷《楚辭編·樂府詩編》第 510 頁。

　　②袁珂《山海經校注》,308 頁。

　　③錢大昕《十駕齋養新録》,117—118 頁。

　　④A. 王應麟《困學紀聞》,205 頁;B. 顧炎武《唐韻正》,278 頁。

　　按：雖然如李善注張衡《思玄賦》"漱飛泉之瀝液兮"及顧炎武《唐韻正》"英"字條注引此亦作"華英"，①然"華英"於《楚辭》僅見於此。而《九章·涉江》："登崑崙兮食玉英。"《九懷·危俊》："搴玉英兮自脩。"《九思·疾世》："秉玉英兮結誓。"其詞皆言"玉英"。且王逸注本句謂："咀嚼玉英，以養神也。"是其所見本尚作"玉英"。而《哀時命》："采鍾山之玉英。"王逸注："……采玉英咀而嚼之，以延壽也。"兩處之注意義一致。是亦可證本篇之"華英"當作"玉英"。

276. 玉色頩以脕顏兮，精醇粹而始壯

　　（1）精醇粹，疑作精神粹。

　　按：若作"精醇粹"則與前句不偶。而作"精神"者則正與"玉色"相協。明屠本畯《楚辭協韻》引此正作"精神粹而始壯"，②是其所見尚有作"精神"者。

　　（2）而始，疑乃始。

　　按："乃始"典籍習語。如《淮南子·精神訓》："乃性仍仍然。"王念孫《雜志》謂："'性'字義不可通，'性'當爲'始'，古人多以'乃始'二字連文。……乃始猶然後也。"③王說是，如《淮南子·修務訓》"於是神農乃始教民播種五穀"即言"乃始"。④而王引之《經傳釋詞》謂"乃猶而也"，⑤是王注"我靈强健而茂盛也"之"而"爲訓"乃"之辭，後人不察，故或因王注而誤。

---

　　①A. 蕭統《文選》，657 頁；B. 顧炎武《唐韻正》，278 頁。

　　②屠本畯《楚辭協韻》，據《四庫全書存目叢書·集部一》本，齊魯書社，1997 年，396 頁。以下凡引本書所謂頁碼皆指在該本中的位置。

　　③王念孫《雜志》，2123—2124 頁。

　　④劉文典《集解》，648 頁。

　　⑤王引之《經傳釋詞》，56 頁。

277. 朝發軔於太儀兮，夕始臨乎於微閭

於微閭，一作微母閭。

按："微母閭"乃"於微閭"之聲轉。汪中《經義知新記》即謂"《遠遊》之'於微閭'，《職方》之'醫無閭'，《漢書·地理志》之'無慮'，《列子》之'尾閭'，一也。"此外，孫詒讓《周禮正義》引此也作"於微閭"，并謂"無、毋、巫，閭、慮，聲並相近；醫、於，無、微，亦一聲之轉，皆一山也。"而朱本、李錫齡本、金陵本及段玉裁《說文解字注》、郝懿行《義疏》引此即并作"於微閭"也。①

278. 騎膠葛以雜亂兮

膠葛，一作轇轕。

按：章太炎《莊子解故》"而百姓求竭矣"條引此作"膠葛"，而薛綜注張衡《東京賦》"闔戟轇轕"句引此則作"轇轕"。事實上，膠葛與轇轕并字異而義同。如《廣雅》"膠葛，驅馳也"，王念孫《疏證》謂："《史記·司馬相如傳》'雜遝膠葛以方馳兮'，《索隱》引《廣雅》'膠葛，驅馳也'。《漢書》作'膠轕'。《楚辭·遠遊》'騎膠葛以雜亂兮'，王逸注云'參差駢錯，而縱橫也'。《九歎》云'潺湲轇轕，雷動電發，馺高舉兮'。竝字異而義同。"其說是也。②

279. 淩天地以徑度

徐英謂："英案。地當是池字之誤。天池海也。淩天池亦飛升之意。"

---

①A. 汪中著，田漢雲點校，《新編汪中集》，廣陵書社，2005 年，14 頁；B. 孫詒讓《正義》，2673 頁；C. 段玉裁《說文解字注》，17 頁；D. 郝懿行《義疏》，825 頁。
②A. 章太炎《莊子解故》，見《章太炎全集》之《齊物論釋 齊物論釋定本 莊子解故 管子餘義 廣論語駢枝 體撰録 春秋左氏疑義答問》卷，162 頁；B. 蕭統《文選》，113 頁；C. 王念孫《疏證》，749 頁。

按：聞一多謂“俞樾云：天地當作天池。天池亦星名。《九歌·少司命》‘與女沐兮咸池’，《注》曰‘咸池，星名，蓋天池也’，《九思·疾世》曰‘沐盟浴兮天池’。案俞説是也。《哀時命》曰‘勢不能凌波以徑度兮’，語與此相似，可證此言度亦謂度水”。是徐先生説當本於俞樾。而李善注謝莊《宋孝武宣貴妃誄》“循閶闔而逕渡”句引此正謂“《楚辭》曰‘凌天池而徑度’”，是可證諸家所説不誤。①

280. 氛埃辟而清涼

一作辟氛埃而清涼。

按：據王注“掃除霧霾與塵埃也”云云，是王本作“辟氛埃”。而李善注沈約《應王中丞思遠詠月》“夜靜滅氛埃”句引此及明屠本畯《楚辭協韻》本也皆作“辟氛埃而清涼”是不誤。②

281. 鳳皇翼其承旂兮，遇蓐收乎西皇

翼其，當作紛其。

按：《楚辭》中“翼或作紛”，如《離騷》：“鳳皇翼其承旂兮。”《考異》謂“《文選》翼作紛”是證。而本篇當作“紛其”是。《楚辭》中“紛其”一詞反復出現，且皆并列使用。如《九章·涉江》“霰雪紛其無垠兮，雲霏霏而承宇”；《哀時命》“虹霓紛其朝霞兮，夕淫淫而淋雨”等篇之“紛其”皆未分釋。此外，《文選·甘泉賦》“鸞鳳紛其銜葂”及《蕪城賦》“叢薄紛其相依”其“紛其”一詞也皆未分釋，③是“翼其”當作“紛其”爲是。

282. 叛陸離其上下兮，遊驚霧之流波

（1）徐英謂：“王曰。叛以別分也。英案。叛字誤。本斑字。

---

① A. 徐英《楚辭札記》，167 頁；B. 聞一多《校補》，94 頁；C. 蕭統《文選》，2482 頁。
② A. 蕭統《文選》，1421 頁；B. 屠本畯《楚辭協韻》，396 頁。
③ 蕭統《文選》，330 頁、505 頁。

離騷紛總總其離合兮。斑陸離其上下。注云。斑亂貌。又案叛
或是斑之借字。音近相假也。"①

　　按:徐説是。参之《離騷》"紛總總其離合兮,斑陸離其上下"
句,當本作"斑"也。

　　(2)遊驚霧,疑作驚遊霧。

　　按:雖然如顧炎武《唐韻正》"廳"字條引此并同王本。② 然
"遊驚霧"不辭,而"遊霧"與"流波"前後相應。且上句言"叛陸
離其上下兮",乃渲染旗幟之五色斑斕,則本句言"驚"字正合情
理。而"叛陸離其上下兮,驚遊霧之流波。時曖曃其曠莽兮,召
玄武而奔屬"之一二句與三四句本相偶。若作"遊驚霧"則既不
與"判陸離"相偶,亦不與"召玄武"相協。而《莊子·大宗師》
"孰能登天遊霧,撓挑無極",《韓非子·難勢》"飛龍乘雲,騰蛇遊
霧"義與此近,③其"遊霧"亦皆單獨爲詞。是亦可證本篇作"驚遊
霧"者於義爲切。

283. 路曼曼其脩遠兮,徐弭節而高厲

　　徐,一作颭。

　　劉師培謂:"《文選·秋興賦》注引'徐'作'颭',與王注不
合。"而何劍熏則謂:"作'颭'是。因'弭節'古有相反二意,一訓
'止策',一訓'屬策'。此處有'厲'字。'厲',起也。故'徐'字
當爲'颭'。"

　　按:李善注潘岳《秋興賦》"且斂袵以歸來兮,忽投紱以高厲"
句引此作"颭",注司馬相如《上林賦》"於是乘輿彌節徘徊"句則

　　①徐英《楚辭札記》,167 頁。
　　②顧炎武《唐韻正》,242 頁。
　　③A. 王先慎《韓非子集解》,中華書局,1998 年,388—389 頁;B. 劉文典《補正》,
211 頁。

作"颯"之異體字"飀"。① 而王念孫《疏證》於"高厲,上也"條引此也作"徐",然王氏《疏證》它篇及其《雜志》引此則又作"颯"。②是取捨難定。但據王注"徐,從容也"云云,是王本作"徐"。朱本、李錫齡本、金陵本并同。

284. 意恣睢目担撟

恣睢,疑作姿娷。

按:《説文·女部》"娷,恣也"。段注謂:"按,心部'恣者,縱也'。諸書多謂暴厲曰'恣睢'。……睢者,仰目也,未見縱恣之意。蓋本作姿娷,或用恣睢爲之也。《集韻》、《類篇》皆云'姿娷,自縱皃'。此許義也。今用'雖'爲語詞,有縱恣之意,蓋本當作娷,段雖爲之耳。雖行而娷廢矣。"③段説甚覈,當據正。

285. 內欣欣而自美兮,聊媮娛以自樂

自樂之自,一作淫。

按:作"淫"是。上句已言"自美",下句似不必再言"自樂"。《永樂大典》卷八千八百四十五"二十尤"引此即作"內欣欣而自美兮,聊愉娛以淫樂"。其注謂:"淫樂,樂之深也。《莊子》曰:就居無事,淫樂而歡是也。"④而朱熹《集注》、陳第《屈宋古音義》、林雲銘《楚辭燈》等也皆作"淫樂",⑤是所據不誤。

286. 指炎神而直馳兮

炎神,一作炎帝。

---

①A. 劉師培《考異》,1150 頁;B. 何劍熏《新詁》,267 頁;C. 蕭統《文選》,589 頁、372 頁。

②A. 王念孫《疏證》,113 頁、810 頁;B. 王念孫《雜志》,221 頁。

③段玉裁《説文解字注》,1085 頁。

④解縉等《永樂大典》,4076 頁。

⑤A. 朱熹《集注》,111 頁;B. 陳第《屈宋古音義》,225 頁;C. 林雲銘《楚辭燈》,153 頁。

按:雖然吳棫《韻補》引此也作"指炎神而直馳兮"。① 然典籍罕言"炎神"。而王注"南方丙丁,其帝炎帝,其神祝融"則與《禮記·月令》載"其日丙丁。其帝炎帝,其神祝融"合。② 此外,《淮南子·天文訓》也謂"南方火也,其帝炎帝,其佐朱明"。③ 是皆謂"其帝炎帝",是"炎神"當作"炎帝"爲是。江有誥《楚辭韻讀》正作"炎帝"是不誤。④

287. 祝融戒而還衡兮,騰告鸞鳥迎宓妃。張咸池奏承雲兮,二女御九韶歌。使湘靈鼓瑟兮,令海若舞馮夷

(1)還衡,一作蹕御。

按:王本作"還衡"當不誤,清江有誥《楚辭韻讀》本即作"還衡"。⑤ 李錫齡本、金陵本并同。

(2)徐英謂:"舞字當在馮夷之下。以叶均故倒植。此辭賦常例耳。或以爲三字句。誤甚。以上下文氣論。不當於此處夾用三字句也。考證家不解詞章。妄語便覺可笑。"

按:據顧炎武《唐韻正》"蛇"字注謂本篇"妃與夷爲韻",是不得如徐先生所謂"以叶均故倒植"耳。而薛綜注《文選·張衡〈西京賦〉》"海若游於玄渚"句及李善注任昉《百辟勸進今上牋》"故能使海若登祇"句以及吳棫《韻補》"歌"字注引此即皆同王本是不誤也。⑥

---

①吳棫《韻補》,5 頁。

②孔穎達《禮記正義》,《十三經注疏》(標點本),北京大學出版社,1999 年,498 頁。

③劉文典《集解》,86 頁。

④江有誥《楚辭韻讀》,145 頁。

⑤江有誥《楚辭韻讀》,145 頁。

⑥A. 徐英《楚辭札記》,169 頁;B. 顧炎武《唐韻正》,241 頁;C. 蕭統《文選》,60 頁、1842 頁;D. 吳棫《韻補》,4 頁。

288. 鸞鳥軒翥而翔飛

軒，一作騫。

按：李善注張衡《西京賦》"鳳騫翥於甍標，咸遡風而欲翔"句引此即作"騫"。① 然"軒、騫"皆當"騫"之借。如王念孫《疏證》雖於"尚，舉也"條引此作"鸞鳥軒翥而翔飛"。然於"騫，飛也"條則謂"騫者，《説文》'騫，飛兒也'，《釋訓》云'騫騫，飛也'。《楚辭·遠遊》篇云'鸞鳥軒翥而翔飛'，張衡《西京賦》云'鳳騫翥於甍標'，騫與軒通。騫之言軒也，軒軒然起也。各本訛作騫，今訂正"。此外，其於"翩翩，飛也"條説同。是據王説，作"騫"是。此外，據段玉裁注"騫，飛兒也"時引此謂"《楚辭》'鳳騫翥而飛翔'"來看，雖引文有誤，然亦作"騫"也。②

六、卜居與漁父

（一）卜居

289. 屈原既放三年，不得復見

"三年"二字疑誤衍。

按：反復誦之本句，總覺詞氣不律，疑"三年"二字乃誤衍。《楚辭》它篇言三年、九年者，注文也多注之。如《天問》"夫何三年不施"，注"三年不舍其罪"，《七諫·自悲》"隱三年而無決兮，歲忽忽其若頹"，注"言己放在山野，滿三年矣"，《九歎·離世》"九年之中不吾反兮，思彭咸之水遊"，注"言己放出九年"，《九

---

①蕭統《文選》，57 頁。

②A. 王念孫《疏證》，121 頁、270 頁、681 頁；B. 段玉裁《説文解字注》，278 頁。

欷・憂苦》"辭九年而不復兮,獨煢煢而南行",注"至今九年,不肯反己"等皆是。唯一例外者乃《七諫・謬諫》"念三年之積思兮,願壹見而陳詞"。但所舉諸例多言放逐,正文之言"三年、九年"者,注文亦皆言之。而本篇前言"屈原既放",後言"三年",與所舉諸例合。而王注獨於此不釋三年,故可定"三年"衍文無疑。此"三年"二字或因旁披誤入正文。

290. 而蔽鄣於讒

蔽鄣,疑作蔽壅。

按:《九章・惜往日》"諒聰不明而蔽壅兮,使讒諛而日得"。《七諫・沈江》:"不忍見君之蔽壅。"《後漢書・朱景王杜馬劉傅堅馬列傳》論曰:"遂使縉紳道塞,賢能蔽壅。"[1]所舉諸例,其謂道路不通或蒙蔽受騙,其詞皆作"蔽壅"。而"蔽壅"亦作"壅蔽"。如《九辯・八》"卒壅蔽此浮雲兮"及《七諫・怨世》"專精爽以自明兮,晦冥冥而壅蔽"等皆是。此外,據王逸注以上諸例,"蔽壅"或"壅蔽"一詞總與"讒諛""讒佞"等意義相聯繫。如王注《惜往日》本句謂:"佞人位高,家富饒也。"注《九辯・八》本句謂:"終爲讒佞所覆冒也。"注《七諫・沈江》本句謂:"不忍久見懷王壅蔽於讒佞也。"注《七諫・怨世》本句謂"言己專壹忠情,竭盡耳目之精明,欲以助君,而爲佞人之所壅蔽,不得進也"等等,皆無一例外。而此慣例,驗之《楚辭》以外典籍亦然。如《管子・任法》:"夫私者,壅蔽失位之道也。"《明法解》:"所以壅蔽失正而危亡也。"[2]《荀子・成相》:"上壅蔽,失輔執,任用讒夫不能制。"[3]《韓

①范曄《後漢書》,525頁。
②黎翔鳳《管子校注》,911頁、1211頁。
③王先謙《荀子集解》,466頁。

非子·孤憤》:"然而人主壅蔽,大臣專權,是國爲越也。"①《漢
書·楚元王傳》:"二世委任趙高,專權自恣,壅蔽大臣。"②凡此皆
可與王注相佐證。而本句"蔽障於讒"王逸注也謂"遇讒佞也"。
是"蔽鄣"當爲"蔽壅"之誤。而據《廣雅·釋詁》"壅,鄣也"。③
則後人以訓詁字而易本字也。

291. 心煩慮亂

慮,一作意。

徐仁甫謂:"《卜居》下文曰'用君之心,行君之意',心意二字
正承上文而言,則作'心煩意亂'者是。"

按:作"意"是。《章句·卜居序》正作"心迷意亂,不知所
爲"是證。此外,《九思·逢尤》"心煩憒兮意無聊"也是"心意"
連文。而《文選》本也作"心煩意亂"是不誤。④

292. 吾寧悃悃欵欵朴以忠乎

欵,一作款。

按:洪興祖《補注》謂"欵"爲俗字,其言甚是。李賢注《後漢
書》即謂"《楚詞》曰'悃悃款款'也"。而段玉裁注《説文》"款"
字引此雖作"欵欵",然據其"款與窾通用"之説,是也以"款"爲
正字。而王念孫《疏證》、王引之《經傳釋詞》引此也皆作"款
款",是不誤。⑤

---

①王先慎《韓非子集解》,82 頁。
②班固《漢書》,1521 頁。
③王念孫《疏證》,224 頁。此外,王逸注"遇讒佞也"之"讒",底本作"諂",今據王
注"讒佞"一詞習見而改。
④A. 徐仁甫《楚辭別解》,42 頁;B. 蕭統《文選》,1530 頁。
⑤A. 范曄《後漢書》,549 頁;B. 段玉裁《説文解字注》,719 頁;C. 王念孫《疏證》,26
頁、362 頁;D. 王引之《經傳釋詞》,78 頁。

293.喔咿儒兒以事婦人乎

儒兒,一作嚅唲。

按:洪興祖謂"……一云:喔咿,强顏兒。唲,曲從兒。"而陳彭年《廣韻》"唲"字注也謂"曲從兒,《楚詞》云'喔咿嚅唲'"。此外,陳彭年等重修《大廣益會玉篇》"咿"字注引此也作"嚅唲"。① 且洪說"曲從兒"與陳彭年論同,而據其所引,則當作"嚅唲"方是。顧炎武《唐韻正》"唲"字條及"十九臻"條引此正作"喔咿嚅唲"是不誤。②

294.與波上下,偷以全吾軀乎

偷,一作愉。

洪興祖曰:"愉與偷同,苟且也。"

按:《説文》無"偷"字,"偷"當爲俗字。而如《周禮》"以俗教安,則民不愉"及《詩》"視民不恌"句,阮元、馬瑞辰等即皆指出偷爲俗字,愉爲正字。③ 其說甚詳而可從。

(二)漁父

295.屈原既放,游於江潭,行吟澤畔,顏色憔悴,形容枯槁

按:"游於江潭"後脱四字,而"顏色憔悴,形容枯槁"當作爲一個詞組出現。即本句當作"屈原既放,游於江潭。□□□□,行吟澤畔。顏色憔悴,形容枯槁"。如此則"潭"與"畔"爲韻。而"顏色憔悴,形容枯槁"也符合此兩詞於典籍中同時出現時皆作爲一個意義使用之規律。如《史記·屈原賈生列傳》"屈原至於

---

①A.陳彭年等《廣韻》,11 頁;B.顧野王《大廣益會玉篇》,26 頁。
②顧炎武《唐韻正》,238 頁、257 頁。
③A.鄭玄注,賈公彥疏《周禮注疏》,246 頁;B.馬瑞辰《通釋》,493 頁。

江濱,被髮行吟澤畔。顔色憔悴,形容枯槁”。《古文苑・釣賦》“精不離乎魚喙,思不出乎鮒鯿,形容枯槁,神色憔悴”等皆爲此類也。①

296. 漁父見而問之

見,疑作怪。

按:“怪而問之”典籍習語。如《韓非子・外儲説右下》:“(公孫衍)怪而問之。”《漢書・東方朔傳》:“吳王怪而問之。”②《後漢書・皇后紀》:“左右見者怪而問之。”《宋弘傳》:“帝怪而問之。”《方術列傳》“寔怪而問之”等皆其例。③ 而《孟子・告子下》謂:“然後知生於憂患,而死於安樂也。”《正義》曰:“案《史記》……平乃游江濱,被髮行吟澤畔,顔色憔悴,形容枯槁。時有漁父釣於江濱,怪而問之曰……”④是宋人所見尚有作“怪而問之”者。此外,據本篇《漁父》之《章句》所謂“(漁父)時遇屈原川澤之域,怪而問之”及王注“怪屈原也”云云,是王本不誤。

297. 世人皆濁,何不淈其泥而揚其波? 衆人皆醉,何不餔其糟而歠其醨? 何故深思高舉,自令放爲

(1)按:李賢注《後漢書・周燮傳》《袁紹傳》等引“淈”作“滑”。⑤ 但滑實乃淈之借。如段注《説文・水部》“滑”字謂“古多借爲汩亂之汩”。而“汩、淈”義同,如段注《説文・水部》“汩”字謂《釋詁》云‘淈,治也’。郭景純云‘淈汩同’”。⑥ 是“滑”乃“淈”之借字,唐人以借字代本字也。

①A. 司馬遷《史記》,1908 頁;B. 章樵注《古文苑》,65 頁。

②A. 王先慎《韓非子集解》,336 頁;B. 班固《漢書》,2164 頁。

③范曄《後漢書》,277 頁、604 頁、1839 頁。

④趙歧注,孫奭疏《孟子注疏》,348 頁。

⑤范曄《後漢書》,1175 頁、1611 頁。

⑥“滑”“汩”引文見段玉裁《説文解字注》,958 頁、985 頁。

（2）釃，一作醨。

按：《文選》本及吳棫《韻補》"波"字注引此并作"醨"，是唐宋人所見猶有作"醨"字者。段玉裁注《說文》"醨"字引此亦作醨是不誤。①

（3）"何故"句後當有"而"字。

按：本段"何不……而"皆并列句式，"何故"句後當有"而"字構成"何故……而……"方平行并列。王逸注謂《史記》云"何故懷瑾握瑜而自令見放爲"，檢之《史記·屈原賈生列傳》，②信然。是"何故深思高舉"後當補"而"字。

298.安能以身之察察，受物之汶汶者乎？寧赴湘流，葬於江魚之腹中。安能以皓皓之白，而蒙世俗之塵埃乎

（1）塵埃，《史記》作"溫蠖"。

陳子展謂："江有誥云'以蔡邕《釋誨》清宇宙之埃塵例之，則此處當作埃塵入韻'。"而王力《楚辭韻讀》本則作"溫蠖"，王氏并謂"本作'塵埃'，今據《史記》改"。

按：王說是。何劍熏即謂"應從《史記》作'溫蠖'"。而王念孫《疏證》引此即謂"《楚辭·漁父》'又安能以皓皓之白，而蒙世之溫蠖乎。蠖與濩義亦相近。陳氏觀樓云'溫蠖即汙之反語也'"。③是作"溫蠖"是。

（2）疑上引諸句當作"安能以身之察察，受物之汶汶者乎？安能以皓皓之白，而蒙世俗之塵埃乎？寧赴湘流，葬於江魚之腹中"。

---

①A.吳棫《韻補》，5頁；B.段玉裁《說文解字注》，1302頁。

②司馬遷《史記》，1903頁。

③A.陳子展《楚辭直解》，297頁；B.王力《楚辭韻讀》，見氏著《詩經韻讀　楚辭韻讀》本，461頁；C.何劍熏《新詁》，281頁；D.王念孫《疏證》，298頁；E.此外，湯炳正先生則認爲"溫蠖"僅是《韓詩外傳》"混污"之借字。說詳氏著《屈賦新探》，113頁。

按:"安能……安能……"句式前後相承,增强語言表達效果,起强調作用,似更符合詩篇之意。參照《楚辭》它篇,如《卜居》"寧……"句式連用六次,而一氣呵成;如《惜誦》句末"欲僵佪以干傺兮,恐重患而離尤。欲高飛而遠集兮,君罔謂汝何之?欲橫奔而失路兮,堅志而不忍"以及《惜往日》之"或忠信而死節兮,或訑謾而不疑"等都是"欲……""或……"等句式順勢而下,在表達意思上,都是圍繞一個中心,不容穿插其它意思在其間。再看其它時代接近之材料,如《吕覽·別類》"目固有不見也,智固有不知也,數固有不及也"①等也是如此。尤其《戰國策·魏策三·秦敗魏於華魏王且入朝於秦章》:"君無爲魏計,君其自爲計。且安死乎? 安生乎? 安窮乎? 安貴乎? 君其先自爲計,後爲魏計。"②其"安……""安……"之句皆是一氣呵成,中間没有穿插其它句式,似可佐證我們的判斷。

此外從傳統常見典籍看,古人所見《漁父》篇多與今本異。如常見之《史記·屈原賈生列傳》司馬遷所見之《漁父》篇及學者多已稱引者以外,尚可略陳如次:

《殷芸小説》卷二:"(東方)朔對曰'臣聞賢者居世,與時推移,不凝滯於物'。"③是"與時推移,不凝滯於物"與今本略異。

《漢書·楊胡朱梅雲傳》贊曰:"清則濯纓,何遠之有?"師古注:"《楚辭·漁父》之歌曰'滄浪之水清,可以濯我纓;滄浪之水濁,可以濯我足'。"④是師古所記與今本略異。

《新序·節士》載屈原曰:"世皆醉,我獨醒;世皆濁,我獨清。吾聞之,新浴者必振衣,新沐者必彈冠,又惡能以其泠泠,更事汶

---

①許維遹《吕氏春秋集釋》,664 頁。
②何建章《戰國策注釋》,897 頁。
③殷芸《殷芸小説》,見《漢魏六朝筆記小説大觀》,1026 頁。
④班固《漢書》,2205—2206 頁。

汝嘿嘿者哉,吾甯投淵而死。”“遂自投湘水汨羅之中而死。”①則
劉向所見似與今本更異。

所以,就《漁父》篇歧出之異文看,今日所見本恐訛誤甚多,
而過去之學者多注意個別之異文,惜未能體察文心以校本篇也。

七、九辯

299. 九辯·一:蕭瑟兮,草木揺落而變衰

黄靈庚謂:“《劉考異》謂‘《文選·秋興賦》注引蕭作
飂’。……考《文選》卷一三《秋興賦》引‘宋玉之言曰‘悲哉秋之
爲氣也,蕭瑟兮,草木揺落而變衰,憭慄兮若在遠行,登山臨水兮
送將歸’。亦作蕭。又考王粲《登樓賦》‘風蕭瑟而並興兮,天慘
慘而無色’,取式此語,蓋蕭前有風字。李注無引《九辯》文也。
其謂蕭作飂者,不知所據本。”②

按:胡克家刻本《文選·秋興賦》曰“善乎宋玉之言曰‘悲哉
秋之爲氣也! 飂瑟兮草木揺落而變衰”。是雖非李善注,然可見
《文選》本有作“飂”字者也。而作“飂”者顯係後起之異體字。
《藝文類聚》“秋”字條引此即作“蕭”字,③是歐陽詢所見尚不誤。
此外,李善注王粲《登樓賦》、謝惠連《秋懷》、曹丕《燕歌行》等引
此也皆作“蕭瑟”。④ 是唐人所見一致。《文選》本、金陵本并同。

300. 九辯·一:沆寥兮,天高而氣清;寂寥兮,收潦而水清

氣清,一作氣平。清,古本作瀞。寥,一作漻。

---

①石光瑛《新序校釋》,中華書局,2001 年,948—949 頁。

②黄靈庚《辯證》,579 頁。

③A. 蕭統《文選》,586 頁;B. 歐陽詢《類聚》,49 頁。

④蕭統《文選》,491 頁、1078 頁、1284 頁。

　　劉永濟謂:"王闓運本清改作晶。按瀞當是瀞之或體。瀞,説文'冷寒也,楚人謂冷曰瀞'。義與清近。今本作清者,清之通借。吕覽有度篇'清有餘也'。注'寒也'。莊子人間世'爨無欲清之人'。釋文'涼也'。皆應作清。一本作平,王本作晶,則嫌與下清韻複而妄改也。"而聞一多謂"劉説是也"。①

　　按:《廣雅》載"瀏,清也",王念孫謂:"瀏者,《説文》'瀏,清深也'。《莊子·天地篇》云'瀏乎其清也',《楚辭·九辯》云'沉寥兮,天高而氣清,寂寥兮,收潦而水清',是凡言瀏者皆清之貌也。"是據王説,漻,當作瀏,而清字也自不誤。古本所引清字作瀞字者,或以訓詁字而易之也。如段注《説文》"瀞"字指出"《韻會》云,《楚辭》'收潦而水清',注作瀞"。而顧野王《玉篇》"瀞"字也指出《毛詩》"會朝清明"之"清明"二字,《韓詩》作"'會朝瀞明',瀞,清也"。是作"瀞"者,當也音義相近之故而易之。② 此外,或更有以叶韻而否者實也不然,因二清字實自爲韻,如黄生《義府》指出"《詩·株林》以二南字自爲韻,《九辯》'天高氣清'二句以二清字自爲韻,即猶之《瞻卬》兩後字亦自爲韻,即猶之《公劉》'食之飲之,君之宗之'以之字自爲韻,而飲、宗非韻也"。是古籍中自爲韻者非獨《九辯》二清字也。③ 顧炎武《唐韻正》"十九臻"引此并同。④

301.九辯·一:廓落兮,羈旅而無友生。惆悵兮,而私自憐

　　"羈旅"二字疑衍。

　　按:雖然朱熹《集注》本及顧炎武《唐韻正》"十九臻"以及

　　①A.劉永濟《通箋》,73 頁;B.詳聞一多《校補》,98—99 頁。
　　②A.王念孫《疏證》,96—97 頁。此外《疏證》361 頁引此也作"清"字;B.段玉裁《説文解字注》,975 頁;C.顧野王《玉篇》,440 頁。
　　③黄生撰,黄承吉合按《字詁義府合按》,115 頁。
　　④顧炎武《唐韻正》,257 頁。

"生"字注等引此皆有"羈旅"二字。然"廓落兮,而無友生"與"惆悵兮,而私自憐"正兩兩相偶,多此"羈旅"二字則覺詞氣不律。吳棫《韻補》"憐"字注引此即作"廓落兮,而無友生;惆悵兮,而私自(憐)"。① 是朱熹前宋人所見尚有不誤者。

302. 九辯·一:鶬鷄啁哳而悲鳴

黃靈庚謂:"《繫傳》卷七引鶬作鷄,蓋別文也。"

按:黃説是。上揭顧炎武《唐韻正》"十九臻"及"鳴"字條注以及段玉裁《説文解字注》與郝懿行《義疏》等引此也皆作"鶬"是證也。②

303. 九辯·二:專思君兮不可化

思,疑作惟。

按:《楚辭》中"思或作惟",如《惜誦》"專惟君而無他兮,又衆兆之所讎"之"惟",一本即作"思"是證。而《惜誦》言"惟君",《抽思》也言"惟蓀"(蓀即君),故本篇疑作"專惟君兮不可化",如此則合《楚辭》之行文慣例。

304. 九辯·二:倚結軨兮長太息,涕潺湲兮下霑軾

一本無"長""下"二字。

按:雖然如王念孫《疏證》、段玉裁《説文解字注》、胡世琦《小爾雅義證》等引此皆有此二字。③ 然李賢注《後漢書·張衡傳》"撫軨軾而還睇兮"句及《輿服上》"升龍飛軨"句引此則皆謂

---

① A.顧炎武《唐韻正》,257頁、297頁;B.吳棫《韻補》,23頁。另,吳氏引此脱"憐"字,但其既爲此字作注,則自當有"憐"字是,今徑補。

② A.黃靈庚《辯證》,589頁;B.顧炎武《唐韻正》,257頁、296頁;C.段玉裁《説文解字注》,104頁、267頁;D.郝懿行《義疏》,1343頁。

③ A.王念孫《疏證》,911頁;B.段玉裁《説文解字注》,1255頁;C.胡世琦意見據遲鐸《小爾雅集釋》引,308頁。

“《楚辭》云‘倚結軨兮太息’”。① 而李善注《文選》本也作“倚結軨兮太息,涕潺湲兮沾軾”。是唐人所見皆無此兩字。此外典籍也多言“霑軾”,罕言“下霑軾”。如江淹《別賦》“掩金觴而誰御,橫玉柱而霑軾”是證。②

305. 九辯·三:奄離披此梧楸

許慎《説文》“菩”字謂“艸也。从艸,吾聲。《楚辭》有菩蕭”。段玉裁注謂:“今《楚詞》無‘菩蕭’,惟宋玉《九辨》云‘白露既下百艸兮,奄離披此梧楸’。梧楸蓋許所見作菩蕭,正百艸之二也。”此外,劉永濟《通箋》、朱季海《解故》、譚介甫《新編》、黃靈庚《辯證》説略同。③

按:“梧楸”不煩校改。蔣天樞即謂:“改‘梧楸’爲‘菩蕭’以符‘百草’義,文固順,但世所傳《楚辭》及《釋文》《考異》之屬,均無言‘梧楸’作‘菩蕭’者。而且《九辯》爲寓意之文,非寫實之作也。”揆之情理,其言甚是。歐陽詢《類聚》“秋”字條引此及《文選》本皆作“梧楸”,是唐人所見猶不誤。④

306. 九辯·三:秋既先戒以白露兮,冬又申之以嚴霜

“既”字疑衍。

按:雖然如歐陽詢《類聚》“秋”字條引此及朱熹《集注》本皆有“既”字。⑤ 然本句前後之“離芳藹之方壯兮,余萎約而悲愁”及“收恢台之孟夏兮,然欲際而沈藏”等句,兩句并列且上句皆作“A—BC”之結構,如“離芳藹”作“離—芳藹”,“收恢台”作“收—

---

①范曄《後漢書》,1308 頁、2495 頁。

②胡之驥《彙注》,35 頁。

③A. 段玉裁《説文解字注》,79 頁;B. 劉永濟《通箋》,73 頁;C. 朱季海《解故》,75 頁;D. 譚介甫《新編》,141 頁;E. 黃靈庚《辯證》,598 頁。

④A. 蔣天樞《校釋》,95 頁;B. 歐陽詢《類聚》,49 頁。

⑤歐陽詢《類聚》,49 頁。

恢台”等。是本句倘有“既”字則與前後不類，且平心而誦，去此“既”字則前後句詞氣更暢然也。

307. 九辯·三：收恢台之孟夏兮

台，一作炱，一作炱。①

按：雖然《文選》本作“炱”，然李善注傅毅《舞賦》“舒恢炱之廣度兮，闊細體之苛縟”句謂“《楚辭》曰‘收恢台之孟夏兮’。炱與台古字通”。是正如胡克家《考異》所言“可見善自作‘台’，甚明。尤延之校改作‘炱’，非是。”②是作“炱”者則爲“台”之借，而作“炱”者則又爲“炱”之俗字。此外，《藝文類聚》“夏”字條引此也作“恢台”，是唐人所見一致。而顧炎武《唐韻正》“横”字條引此也謂“《楚辭·九辯》‘收恢台之孟夏兮’”，③是所見也如此。李錫齡本、金陵本并同。

308. 九辯·三：葉菸邑而無色兮，枝煩挐而交横

（1）邑，一作浥。

按：《大廣益會玉篇》陳彭年等所增“菸”字注引此謂“《楚辭》曰‘葉菸邑而無色’”，是其所見本猶作邑。顧炎武《唐韻正》、段玉裁《説文解字注》、王念孫《疏證》引此也皆作“葉菸邑而無色”。④ 是其取捨皆自有分別。《文選》本、朱本、李錫齡本、金陵本并同。

（2）黄靈庚謂：“《文選》六臣本謂挐、‘五臣本作挐’。庚案：作挐者是也。”

---

①本文所據底本洪興祖《考異》“台”原誤，今徑改。
②蕭統《文選》，798 頁、1539 頁。
③A. 歐陽詢《類聚》，47 頁；B. 顧炎武《唐韻正》，275 頁。
④A. 顧野王《大廣益會玉篇》，66 頁；B. 顧炎武《唐韻正》，275 頁；C. 段玉裁《説文解字注》，69 頁；D. 王念孫《疏證》，493 頁。

按:黃先生所言甚是。《説文》許注"挐"字謂"牽引也。从手,如聲"。而段玉裁注謂"各本篆作'挐',解作'奴聲'。別有挐篆,解云'持也。从手,如聲。女加切。'二篆形體互譌,今正。挐字見於經者,僖元年'獲莒挐',三傳之經所同也。其義則宋玉《九辯》曰'枝煩挐而交橫'。王注'柯條糾錯而尌嵬'。《招䰟》'稻粢穱麥,挐黃粱些'。王注'挐,糅也'。王逸《九思》'殽亂兮紛挐'。注'君任佞巧,競疾忠信,交亂紛挐也'。左思《吳都賦》'攢柯挐莖'。李注曰'許慎注《淮南子》云:挐,亂也。'凡若此等,皆於牽引義爲近。"段説甚覈。是饒宗頤《敦煌本〈文選〉斠證》也指出《西京賦》"熊虎升而挐攫"之"'挐'字,永隆本與各刻本同,高步瀛引段玉裁説,以今本《説文》挐、挐互誤,'……至於煩挐、紛挐字,當從如,女居切'。案本書《九辯》'枝煩挐而交橫',挐字從如。"[1]而顧炎武《唐韻正》"橫"字注引此正作"挐"字是不誤也。[2]

309. 九辯·三:顔淫溢而將罷兮,柯彷彿而萎黃;蒴櫹槮之可哀兮,形銷鑠而瘀傷。惟其紛糅而將落兮,恨其失時而無當

以上諸句疑作"顔淫溢其將罷兮,柯彷彿而萎黃;蒴櫹槮之可哀兮,形銷鑠而瘀傷。惟紛糅其將落兮,恨失時而無當"。

按:雖然如顧炎武《唐韻正》"橫"字注等引此亦同王本。[3] 然《楚辭》中"其將"與"而"連用時,一般上句皆言"其將",下句皆言"而"。如《九辯·七》"白日晼晚其將入兮,明月銷鑠而減毀",《七諫·沈江》"秋草榮其將實兮,微霜下而夜降"等皆無一

①A. 黃靈庚《辯證》,601 頁;B. 段玉裁《説文解字注》,1038 頁;C. 饒宗頤《敦煌本〈文選〉斠證》,詳《饒宗頤二十世紀學術文集》卷十一《文學》卷,440 頁。

②顧炎武《唐韻正》,275 頁。

③顧炎武《唐韻正》,275 頁。

例外。且《離騷》"時曖曖其將罷兮,結幽蘭而延佇",《哀時命》"時曖曖其將罷兮,遂悶歎而無名"諸句中,不僅"其將罷"習見,且也是上句皆言"其將罷",下句皆言"而"。以此推之,可證"而將罷"當作"其將罷"。

而"惟其"作爲發端詞於《楚辭》僅見於此,《楚辭》中"惟"字發端,其例多是"惟"下綴之一名詞,如《離騷》"惟草木之零落兮",《哀郢》"惟郢路之遼遠兮",《悲回風》"惟佳人之永都兮"等皆是。若此"惟其紛糅"爲詞,則殊爲不類。故"惟其"之"其"字當衍。至於"而將落"與"而無當"之搭配也不合《楚辭》語例。上已證之《楚辭》中"其將"與"而"連用時,一般上句皆言"其將",下句皆言"而"。是可定此處之"而將落"亦當作"其將落"。以此例之,可證"恨其"之"其"亦衍文無疑。且《九辯》本段自"收恢台之孟夏兮"句至"步列星而極明"凡二十二句,除此"惟其紛糅而將落兮,恨其失時而無當"兩句外,其餘兩句之間皆"□□□而□□兮,□□□而□□"的上七下六結構,上已校"惟其"之"其"爲衍文,則據本段句例,可定"恨其"之"其"亦爲衍文。

310. 九辯·三:悼余生之不時兮,逢此世之怔攘

怔攘,一作悷勸。

按:據王念孫《疏證》"惶遽謂之怔躟。故擾亂亦謂之怔躟。《楚辭·九辯》'悼余生之不時兮,逢此世之怔攘',是也。王逸注以爲遇讒而惶遽。失之"説,[1]是"怔攘"不誤。顧炎武《唐韻正》"横"字注及段玉裁《説文解字注》引此也作"逢此世之怔攘"是證。[2]《文選》本、朱本、李錫齡本、金陵本并同。

---

[1]王念孫《疏證》,721 頁。
[2]A. 顧炎武《唐韻正》,275 頁;B. 段玉裁《説文解字注》,1087 頁。

311. 九辯·三：步列星而極明

極明，疑作乃明。

按：據王注"乃至明也"云云，是王本不誤。此當是乃誤爲及，及再誤爲極也。而顧炎武《唐韻正》"横"字注引此則也誤同王本。①

312. 九辯·四：紛旖旎乎都房

旖，一作旃。

按：《文選》本亦作"旖旎"，而據王注"旖旎，盛兒"也云云，是王本不誤。段玉裁《説文解字注》、馬瑞辰《通釋》引此也皆同王本也。②

313. 九辯·四：猛犬狺狺而迎吠兮，關梁閉而不通

甲骨文有"𤞚"字，徐中舒主編《甲骨文字典》謂"從二犬，與《説文》狀字篆文同。《説文》'狀，兩犬相齧也，從二犬'。王國維曰：《楚辭·九辯》'猛犬狺狺而迎吠'之狺當即此字"。

按：徐引王説近是。但我們認爲"狀"與"狺"其形稍遠，其字或本爲"獄"字，《説文》無"狺"字，但許慎釋"獄"字謂"二犬所目守也"，段注謂"獄字從狀者，取相争之意"。而桂馥《義證》也謂"……二犬所以守也者，顏注《急就篇》'獄從二犬所以守備也'。《荀子·宥坐篇》'獄犴不治'，楊注'獄從二犬象所以守者'"。則其釋義與此"猛犬狺狺而迎吠兮，關梁閉而不通"正相吻合。是此或抄寫之際，整理者以"獄"爲拘罪之處義常見以及"猛犬"之"犬"字故而誤删"獄"之"犬"字而成今本也。而歐陽詢《類聚》"狗"字條及李賢注"《後漢書·文苑傳》'又羣吠之狺狺'"句

①顧炎武《唐韻正》，275 頁。
②A. 段玉裁《説文解字注》，441 頁；B. 馬瑞辰《通釋》，429 頁。

等引此作"猖猖"，是皆源王本也。①

314. 九辯·五：變古易俗兮世衰，今之相者兮舉肥

徐仁甫謂："五臣濟曰，言代（世）衰之時，則必變古之法，改常之道。按原文當是'世衰兮變古易俗'，因'衰'與'肥'協韻而倒也。"

按：原文本通，不必如徐先生所言而校改。且如顧炎武《唐韻正》"衰"字條引此即作"謂騏驥兮安歸？謂鳳皇兮安棲？變古易俗兮世衰，今之相者兮舉肥"。是不聞協韻之説。而《文選》本、朱本也同王本。②

315. 九辯·五：驥不驟進而求服兮，鳳亦不貪餧而妄食

"亦"字疑衍。

按：雖然如《玉篇》"餧"字條等引此也有"亦"字，③然《楚辭》中"亦不"一詞僅見於此，且據《楚辭》文例，"不……不……"并列使用的《楚辭》文句中，它處皆無"亦"字。是"亦"字顯係後人誤增無疑。

316. 九辯·六：泊莽莽與塪草同死

一作泊莽莽兮與塪草同死。

按：本段句例，皆上句用"兮"字，而下句無論句中或句尾皆無此字。是以此例之，一本"泊莽莽兮"之"兮"當爲誤衍。但一本"塪"字則較今本作"塪"字爲勝。雖然李善注《文選·辯命論》"徼草木以共彫，與麋鹿而同死"句引此作"宿莽與塪草同

---

①A.徐中舒主編《甲骨文字典》，1108 頁；B.段玉裁《説文解字注》，834 頁；C.桂馥《説文解字義證》，中華書局，1987 年，860 頁；D.歐陽詢《類聚》，1635 頁；E.范曄《後漢書》，1776 頁。

②A.徐仁甫《楚辭文法概要》，206 頁；B.顧炎武《唐韻正》，239 頁。

③顧野王《玉篇》，358 頁。

死”，其“壄”字同於今本，洪興祖於此也謂“壄、埜，立野字”。然
揆之《國殤》“嚴殺盡兮棄原壄”之“壄”爲“埜”字條，則本句之
“壄”也當作“埜”是。①

317. 九辯·六：然中路而迷惑兮，自壓桉而學誦

桉，一作按。

按：“桉”“按”古通用。如李錫齡本、金陵本并同王本作
“桉”。朱熹《集注》本則作“按”。而王念孫《疏證》及其《雜志》
“但氏”條自注引此也皆作“按”。而王氏《雜志》其“司隷校尉楊
涣石門頌”條引此則作“桉”。是并視其字異而義同。然據早於
朱熹之吳棫《韻補》“誦”字注引此作“自壓按而學誦”來看。② 或
早期宋人所見傳世本如此。且據洪興祖“《集韻》壓，益涉切，按
也。桉與按同，抑也、止也”之説，是作“按”最是。

318. 九辯·六：竊美申包胥之氣盛兮，恐時世之不固。何時俗之工巧兮，滅規榘而改鑿

（1）“申”字疑衍。

按：本段兩句之間多爲上七下六句式，而“包胥”即申包胥乃
常識，詩人似不必辭費若此。至於王注“申包胥，楚大夫也”也不
誤，此如《七諫·謬諫》“伯牙之絶弦兮，無鍾子期而聽之”之“鍾
期”誤爲“鍾子期”，而王逸注也可徑稱鍾子期同例。③

（2）劉永濟謂：“按朱熹集注以此下連前爲一篇，改固爲同，
以叶通、從、誦、容。他本無作同者，惟江氏韻讀從之，曰‘當作
同’。今用朱、江説改與上四韻叶。”而蔣天樞則謂：“朱子《集注》

---

①A. 蕭統《文選》，2349 頁；B. 詳前《國殤》“嚴殺盡兮棄原壄”條（118 條）。
②A. 王念孫《疏證》，368 頁；B. 王念孫《雜志》，2351 頁、2533 頁；C. 吳棫《韻補》，2 頁。
③詳後《七諫·謬諫》“伯牙之絶弦兮，無鍾子期而聽之”條（439 條）。

謂‘固’當作同，江有誥《楚辭韻讀》從之，非是。‘固’與‘鑿’韻。”

按：蔣先生所言甚是，“固”與“鑿”本韻也，如段玉裁《六書音均表》“鑿”字條即謂“宋玉九辯與固教樂高韻”。且東方朔《七諫·謬諫》“夫何執操之不固”之“之不固”也顯然本源於此。而吳棫《韻補》“鑿”字注引此即作“固”。① 是早於朱熹之宋人所見猶如此。

319. 九辯·六：竊慕詩人之遺風兮，願託志乎素餐

志，疑作之。

按：據王注“勤身修德，樂《伐檀》也。不空食禄，而曠官也。《詩》云：彼君子兮，不素餐兮。謂居位食禄，無有功德，名曰素餐也”云云，是“託志”雖第一次出現於《楚辭》，但王逸并未釋“託志”一詞。且“之、志”本通，如《墨子·天志下》：“故子墨子置立天之，以爲儀法。”孫詒讓《閒詁》引畢沅注謂：“‘之’，一本作‘志’，疑俗改。考古‘志’字，只作‘之’，《說文》無‘志’字。”② 此外《戰國策·齊策五》“事敗而好鞠之”句，何建章《戰國策注釋》引金正煒說謂：“‘之’與‘志’同，《說文》無‘志’字，古或借‘之’爲‘志’，如《墨子》‘天志’作‘天之’。”③ 是“託之”更近於先秦語言之使用習慣。

320. 九辯·七：心摇悦而日夆兮

摇，一作遥，或作愮。

劉永濟謂：“吳汝綸且改摇爲愉以就悦字。今校定悦乃悦

---

① A. 劉永濟《通箋》，74 頁；B. 蔣天樞《校釋》，108 頁；C. 段玉裁《六書音均表》，見《說文解字注》，1412 頁；D. 吳棫《韻補》，85 頁。

② 孫詒讓《閒詁》，213 頁。

③ 何建章《戰國策注釋》，427 頁。

誤。悦、洸古通,搖洸與搖漾,聲義俱相近,皆有動搖義。"而譚介甫則謂:"搖、愮,並假爲喑,《説文》'喑,喜也';故喑悦,猶喜悦。"此外,蔣天樞則謂"搖,當從一本作'遥'。遥悦,心馳騁於事業遠景而喜悦。"而黄靈庚則謂:"王逸注曰:'意中私喜,想作施也。'然則搖、遥、愮并無喜義。蓋搖即作憛,憛,悦也。"①

按:諸家求之恐深,"搖、遥、愮"實皆"姚"之借。如王念孫《疏證》即指出:"姚娆者,《方言》'姚娆,好也'。……《廣韻》'娆,他外切,又音悦。云:姚娆,美好也'。《楚辭·九辯》'心搖悦而日幸兮'。王逸注云'意中私喜'。搖悦爲喜,故人之美好可喜者謂之姚娆。"②是據王説,"搖、遥、愮"實皆"姚"之借。

321. 九辯·八:被荷裯之晏晏兮

洪興祖《考異》引《藝文類聚》作"披荷裯之炅炅"。

按:據王注"晏晏,盛皃也"云云,是王本作"晏晏"。清人王念孫《疏證》、段玉裁《説文解字注》、錢繹《箋疏》、馬瑞辰《通釋》引此皆作"被荷裯之晏晏"。③ 是其所見一致。朱本、李錫齡本、金陵本并同。

322. 九辯·八:願寄言夫流星兮,羌儵忽而難當

儵忽,疑爲迅高之誤。

按:《九章·思美人》:"因歸鳥而致辭兮,羌宿高而難當。"聞一多謂"宿高"爲"迅高"之誤,并言"直飛刺上亦謂之迅"。④ 而本篇言"願寄言夫流星兮,羌儵忽而難當",其欲寄言流星,則亦

————————

　①A.劉永濟《屈賦通箋》,81 頁;B.譚介甫《新編》,158 頁;C.蔣天樞《校釋》,111—112 頁;D.黄靈庚《辯證》,631 頁。

　②王念孫《疏證》,83 頁。

　③A.王念孫《疏證》,872 頁;B.段玉裁《説文解字注》,685 頁;C.錢繹《箋疏》,247 頁;D.馬瑞辰《通釋》,94 頁、265 頁。

　④聞一多《校補》,84 頁。

當直飛向上方可行也。且本句與《思美人》句"羌宿高而難當"之結構完全一致,故可斷"儵忽"必爲"迅高"之聲誤。而據王逸注本句之"儵忽"爲"行疾去皃"。則王逸時已誤"迅高"爲"儵忽"。

323. 九辯·八:甯戚謳於車下兮

一本"謳"下有"歌"字,黄靈庚謂"蓋涉《離騷》而衍也"。

按:黄先生所言甚是。顧炎武《唐韻正》"知"字條引此即作"甯戚謳於車下兮"。① 李錫齡本、金陵本并同。

324. 九辯·八:今誰使乎譽之

譽,一作訾。

朱熹《集注》謂作"譽"者"非是",其《辯證》又謂"譽,一作訾,相度之義也。又與上句知字叶韻,故當作訾爲是"。此外,聞一多也謂"'無伯樂之善相兮,今誰使乎訾之','相'與'訾'爲互文也"。而蔣天樞也指出"夫容館景宋本作'訾',是"。②

按:陸侃如即謂"就字義言,'訾'、'譽'二字均可通。但就叶韻言,'訾'字較勝('訾'字與上文'知'字均屬古韻支部,'譽'字屬魚部)"。③ 此外,劉永濟也謂:"明吉藩本作訾。吳汝綸從之,今遵改。"④是爲諸説先導。而顧炎武《唐韻正》"知"字條引此也作"訾"。⑤ 是明人所見略同。

325. 九辯·八:紛純純之願忠兮

紛純純,一作紛忳忳。

按:黄靈庚謂"忳忳,憂戚貌;純純,專一貌。則作純純者是

---

① A. 黄靈庚《辯證》,644 頁;B. 顧炎武《唐韻正》,238—239 頁。
② A. 朱熹《集注》,203 頁;B. 聞一多《校補》,105 頁;C. 蔣天樞《校釋》,120 頁。
③ 陸侃如《宋玉賦校勘記》,見氏著《陸侃如古典文學論文集》,518—519 頁。
④ 劉永濟《通箋》,75 頁。
⑤ 顧炎武《唐韻正》,238—239 頁。

也”。① 然段玉裁注《説文·言部》“諄”字謂“《大雅》諄諄,鄭注《中庸》引作忳忳,云:忳忳,懇誠皃也”。② 而本句既言“願忠兮”,則當作有“懇誠”貌之“忳忳”方是。朱熹《集注》、陳第《屈宋古音義》等皆作“忳忳”是證。③ 此作“純純”者或形近致誤。如《禮記·中庸》:“肫肫其仁。”鄭注:“肫肫讀如‘誨爾忳忳’之‘忳’。忳忳,懇誠貌也。肫肫,或爲‘純純’。”④是“忳忳、純純”相誤之證。

326. 九辯·九:通飛廉之衙衙

通,洪興祖、朱熹皆引一本作道。

聞一多謂:“通當爲道,字之誤也。(《管子·輕重甲篇》‘鶵雞鵠鴇之道遠’,《韓非子·外儲説右篇》‘甘茂之吏道穴聞之’,《吕氏春秋·知己篇》‘壞交道屬’,《淮南子·主術篇》‘百官循道’,《史記·天官書》‘氣來卑而循車道者’,(道今本皆訛作通。)道與導同。此文屬與道對,屬謂屬續於後,道謂導引於前也。吳仁傑《兩漢刊誤補遺》一〇,袁文《甕牖閑評》一并引作道,《玉篇·行部》《廣韻》八語并引作導,所據本皆不誤。”⑤

按:雖然如顧炎武《唐韻正》“衙”字條及王念孫《疏證》等引此亦同王本。⑥ 然揆之情理,聞説是。覽之典籍,“通、道”互訛常見,如王念孫《雜志》“通遠”條即言之甚詳。⑦ 而聞先生前,劉永濟即謂:“考異曰‘通一作道’。劉師培曰‘按説文繫傳四,廣韻八

　　①黃靈庚《辯證》,646 頁。
　　②段玉裁《説文解字注》,163 頁。
　　③A. 朱熹《集注》130 頁;B. 陳第《屈宋古音義》,235 頁。
　　④孔穎達《禮記正義》,1461 頁。
　　⑤聞一多《校補》,105—106 頁。
　　⑥A. 顧炎武《唐韻正》,270 頁;B. 王念孫《疏證》,1081 頁。
　　⑦詳王念孫《雜志》,1305 頁。而聞先生所舉諸例或多有本自王氏者。

語,並引通作導'。今據改。此文皆言車騎儀衛之事,作導義長。"此外,段玉裁《説文解字注》引此也作"導"。① 是足爲聞説所本。

327. 九辯・九:前輕輬之鏘鏘兮,後輜乘之從從

（1）輕,疑作軒。

按:輕,洪興祖引一本及朱熹《集注》皆作"輕"。而聞一多謂:"輕當爲輕,字之誤也。……《説文》曰'輕,輕車也'。《招魂》'軒輬既低',注曰'軒輬皆輕車名'。輬爲輕車,故曰輕輬。下文曰'後輜乘之從從',輜乘謂重車。……車行輕者宜在前,重者宜在後,故曰'前輕輬之鏘鏘兮,後輜乘之從從'。若作輕,則爲車行後頓之狀,無論'輕輬'連文,已近不辭,即與下句輜乘之文亦不相偶稱。朱本、朱燮元本、大小雅堂本并作輕輬,與一本合。"②聞説甚辯。王念孫《疏證》引此即皆作"前輕輬之鏘鏘"。而何劍熏也謂"聞説是。日本莊允益本'輕'正作'輕',與一本同"。③ 但我們認爲,此"輕輬"非"輕輬"之訛,而乃"軒輬"之誤。《招魂》謂"軒輬既低",是"軒輬"連文。《説文》"輬"字許慎謂"卧車也"。而段注"輜"字謂"軒言車輕,輜言車重。引申爲凡物之輕重"。④ 是"軒"本有"輕重"之"輕"義。如《淮南子・人間訓》"錯之後而不軒"之"軒"字是也。⑤ 而由於古書常"軒輕"連文,故誤"軒"爲"輕"。後人不察,又以"輕"易"輕"也。

（2）王逸訓"從從"爲"侍從"。

按:"從從"與"鏘鏘"相對而言,則"從從"也當爲形容之詞。

---

①A. 劉永濟《通箋》,76 頁;B. 段玉裁《説文解字注》,139 頁。

②聞一多《校補》,106 頁。

③A. 王念孫《疏證》,685 頁、699 頁、903 頁;B. 何劍熏《新詁》,295 頁。

④"輬""輜"引文見段玉裁《説文解字注》,1251 頁、1263 頁。

⑤劉文典《集解》,603—604 頁。

疑"從從"爲"傯傯"之訛。"傯傯"行路之貌也。如胡文英《吳下方言考》"傯傯"條即謂:"傯傯,起步隨行也。今吳諺謂行路不息曰'傯傯然也'。"①其謂"起步隨行"之義正吻合於本處語境。是疑"從從"爲"傯傯"形聲相近之訛。

八、招魂與大招

(一)招魂

328. 去君之恒幹,何爲四方些

(1)幹,一作閈。

按:幹、閈音同,常相借用。如《中山王器》"閈於天下之勿矣"之"閈",徐中舒、伍士謙即讀爲"幹"是證。② 然據《説文》:"閈,閭也。"段注謂:"《漢書》'縮自同閈'。應注'楚名里門曰閈'。《招魂》'去君之恒幹'。王注'或作恒閈。閈,里也。楚人名里曰閈'。"③是"閈,里也,或里門也"。而據王注"幹,體也……。何爲去君之常體"云云,也即所謂魂魄離散,最切騷意。是作"幹"是。郝懿行《義疏》引此作"榦",實即"幹"字。而《文選》本、朱本、李錫齡本、金陵本并同王本。④

(2)黄靈庚謂據"王逸注文'何爲去君之常體而遠之四方乎'云

---

①胡文英著,徐復校議,《吳下方言考校議》,4—5 頁。
②據何琳儀《中山王器考釋拾遺》一文引,詳《安徽大學語言文字研究叢書·何琳儀卷》,128 頁。
③段玉裁《説文解字注》,1020—1021 頁。此外,王念孫《疏證》(176—177 頁)説略同。
④郝懿行《義疏》,239 頁。

云,王本似有乎字。兮,乎字之訛。《碎事》卷九上引爲下有兮字"。①

按:聞一多即謂"'爲'下當從一本補'乎'字。《海録碎事》九上引乎作兮,與又一本同。兮即乎之誤字"。② 是爲黃説先導。

329. 雕題黑齒

黑,一作墨。

按:據王注"雕畫其額,齒牙盡黑"云云,是王本作"黑"。而李善注《文選·苦熱行》"鳥墮魂來歸"及《大廣益會玉篇》陳彭年等所增"題"字注引此也皆作"黑"。③ 是唐宋人所見尚不誤。且就民俗言,此亦當作"黑"是。如馬林諾夫斯基在其《原始的性愛》一書中即謂"要使牙齒真正富有魅力,就必須染黑"。④《文選》本、朱本、李錫齡本、金陵本并同。

330. 不可以久淫些

"淫"字疑衍。

按:王念孫《古韻譜》謂"久止"爲韻。⑤ 而本句下文云"旋入雷淵,麋散而不可止些",是本或爲"不可以久些",而與"止"相協也。且本篇"魂兮歸來! 北方不可以止些。增冰峨峨,飛雪千里些。歸來兮! 不可以久些",正以"止、久"爲韻,是也可證本句之"淫"字當衍。

331. 魂兮歸來! 西方之害,流沙千里些

按:此疑作"魂兮歸來! 西方不可以託些。西方之害,流沙千里些"。本篇言東南西北四方之招,其結構如是:

①黃靈庚《辯證》,654—655 頁。

②聞一多《校補》,108 頁。

③A. 蕭統《文選》,1325 頁;B. 顧野王《大廣益會玉篇》,19 頁。

④馬林諾夫斯基著,王啓龍、鄧小詠譯《原始的性愛》,中國社會出版社,2000 年,311 頁。

⑤王念孫《古韻譜》,556 頁。

鼋兮歸來	鼋兮歸來	鼋兮歸來	鼋兮歸來
東方不可以託些	南方不可以止些	西方之害,流沙千里些	北方不可以
止些			
……	……	……	……
歸來兮	歸來兮	歸來兮	歸來兮
不可以託些	不可以久淫些	恐自遺賊些	不可以久些

以此觀之,其結構皆是總起一句,次言其不可往之理,最後再強調"歸來兮,……"(本篇言天地之招,其結構亦如是。)則"鼋兮歸來"與"西方之害"間似脱一句。而從其東南西北之招,南北皆謂"……不可以止些"來看,"鼋兮歸來"與"西方之害"間似可補以"西方不可以託些"一句,而與"東方不可以託些"錯綜一致。同時又符合該篇之句法結構。

332. 致命於帝,然後得瞑些

瞑,一作眠。

王力謂:"'瞑',同'眠',讀莫賢切,見《廣韻》。"

按:王先生所言模糊,據畢沅注《釋名》"眠"字謂"俗字也"。而蘇輿也謂"《御覽·人事三十四》引正作'瞑'"。[①] 則瞑爲正字,别本作"眠"者爲借字也。是王本不誤。《文選》本、朱本、李錫齡本、金陵本并同。

333. 敦脄血拇

脄,一作脢。

按:據段玉裁注"脢"字,是"脄即脢字"。[②] 但據王注"脄,背也"云云,是王本作"脄"。顧炎武《唐韻正》"牛"字注、王念孫

---

①A. 王力《楚辭韻讀》,見氏著《詩經韻讀 楚辭韻讀》,470 頁;B. 畢沅及蘇輿意見據王先謙《釋名疏證補》引,90 頁。

②段玉裁《說文解字注》,301 頁。

《疏證》、錢繹《箋疏》引此也皆作"胘"。①《文選》本、朱本、李錫齡本、金陵本并同。

334. 工祝招君,背行先些

行先,疑作先行。

按:據王注"言選擇名工巧辯之巫,使招呼君,倍道先行,導以在前,宜隨之也"云云,是王本作"先行"。

335. 秦篝齊縷

篝,《釋文》作篝。

按:篝,俗字。《玉篇》或也作"韝"與"萛",則皆沿俗本之誤。而吳棫《韻補》"絡"字注引此作"秦篝齊縷"則不誤。王念孫《疏證》、錢繹《箋疏》引此也并作"篝"也。②

336. 像設君室

君,一作居。

按:據王注"言乃爲君造設第室,法像舊廬"云云,是王本作"君"。李善注《齊敬皇后哀策文》"陳像設於園寢兮"句引此及段玉裁《説文解字注》與郝懿行《義疏》等引此即皆作"君"。③《文選》本、朱本、李錫齡本、金陵本并同。

337. 冬有突厦,夏室寒些

厦,一作夏。

按:作"夏"是。王注雖言"厦,大屋也",但却引"《詩》'於我乎夏屋渠渠'"以證。此外,胡文英《吳下方言考》"突"字條引此

---

①A. 顧炎武《唐韻正》,303 頁;B. 王念孫《疏證》,685 頁;C. 錢繹《箋疏》,813 頁。

②A. 顧野王《玉篇》,620 頁、635 頁;B. 吳棫《韻補》,87 頁;C. 王念孫《疏證》,315 頁、974 頁;D. 錢繹《箋疏》,325 頁。

③A. 蕭統《文選》,2498 頁;B. 段玉裁《説文解字注》,658 頁;C. 郝懿行《義疏》,475 頁。

雖也作"厦",然自注也謂"音夏"。而歐陽詢《類聚》"總載居處"條引此則正作"夏",①《文選》李善本并同。是唐人所見尚不誤。且"突厦"句下謂"夏室",而《楚辭》多作頂針修辭格,則疑作"夏"是。此也與于鬯"説文無廈字。故古書廈屋字止作夏"説合。②

338. 川谷徑復,流潺湲些

川,一作谿。

按:"川谷"常語也,如《天問》"川谷何洿",《新書·大政下》"道若川谷之水,其出無已,其行無止"及《兩都賦》"川谷流人之血"等皆是。③ 而歐陽詢《類聚》"蕙"字條及李善注謝靈運《從斤竹澗越嶺溪行》"川渚屢逕復"句以及吴棫《韻補》"蘭"字注引此也并作"川谷",是唐宋人所見猶有不誤者。④ 據王注"流源爲川,注谿爲谷"云云,是王本不誤。《文選》本、朱本、李錫齡本、金陵本并同。

339. 光風轉蕙

何劍熏謂:"'光風'連用,不見於他書,疑有僞,或'光'字是'微'字之誤,因'微'字可寫作'光',與'光'字形近,故誤。微風即凱風。"

按:何先生所言甚辯,可備一説。然謝靈運《和徐都曹》詩"日華川上動,風光草際浮"之"風光"雖然誤倒,但顯係即化用《招魂》本句,李善注引此即謂"《楚辭》曰'光風轉蕙汎崇蘭'",

---

①A. 胡文英著、徐復校議《吴下方言考校議》,127 頁;B. 歐陽詢《類聚》,1094 頁。
②于鬯《香草續校書》,中華書局,1963 年,241 頁。
③A. 賈誼撰,閻振益、鍾夏校注《新書校注》,中華書局,2000 年,359 頁;B. 蕭統《文選》,29 頁。
④A. 歐陽詢《類聚》,1393 頁;B. 蕭統《文選》,1048 頁;C. 吴棫《韻補》,35 頁。

桂馥據此謂"李善本作'光風',今本爲人所改"。是謝靈運時所
見王逸本也作"光風"。此外,顧野王《玉篇》"軸"字條、歐陽詢
《類聚》"風"字條及吳棫《韻補》"蘭"字條引此也并作"光風",是
南朝及唐宋人所見也如此。① 而據王注"光風"云云,是王本不
誤。朱本、李錫齡本、金陵本并同。

340. 經堂入奥

經,一作徑。

按:徑與經古字通。如《荀子》"'學之經'即'學之徑',古讀
'徑'如'經',故與'經'通"。② 然揆之本文,疑作"徑"是。如于
省吾指出"《左僖二十五年傳》'昔趙衰以壺殆從。徑餧而弗食'。
《釋文》'讀徑爲經'。漢徐氏《紀産碑》'離直徑營','徑營'即
'經管'"。是諸例皆用"徑"字也。而《史記·高祖本紀》:"夜徑
澤中。"《索隱》謂"舊音經。按《廣雅》云'徑,斜過也'"。③ 是
"徑"音"經",其義有今日所謂"經過"之義。而據《説文》"經織
從絲也"之釋,④是"經"無"經過"之義。是本處當作"徑"而與
"入"相偶。吳棫《韻補》"瓊"字注與"蘭"字注引此即皆作"徑堂
入奥",⑤是所見不誤。而胡之驥《彙注》則仍從王本作"經"也。⑥

341. 砥室翠翹,挂曲瓊些

挂,一作絓。

朱季海謂:"劉氏《楚辭考異》'案《文選東都賦注》《御覽》百

---

①A. 何劍熏《新詁》,304 頁;B. 蕭統《文選》,1416 頁;C. 桂馥《札樸》,232 頁;D. 顧
野王《玉篇》,402 頁;E. 歐陽詢《類聚》,17 頁;F. 吳棫《韻補》,35 頁。

②王念孫《雜志》,1636 頁。

③A. 于省吾《雙劍誃諸子新證》(上),337 頁;B. 司馬遷《史記》,240 頁。

④段玉裁《説文解字注》,1120 頁。

⑤吳棫《韻補》,26 頁、35 頁。

⑥胡之驥《彙注》,37 頁。

七十四並引挂作絓。'……《文選·招魂》字亦作絓,蓋《楚辭》故書如是,一本是也。"

按:據王注"挂,懸也"云云,是王本不誤。且"挂"訓"懸"者乃常訓,如于鬯《香草續校書》"有挂者"條即謂"挂者、謂懸地也。戴侗六書故引唐本説文云。挂、縣也。楚辭招魂篇王逸章句云。挂、懸也。……挂之訓懸。亦屬恒訓。"而王念孫《疏證》於"佻、抗、絓,縣也"條雖謂"絓者,《楚辭·九章》'心絓結而不解兮',王逸注云'絓,縣也'"。然其亦指出"《文選·潘岳〈悼亡詩〉》注引《廣雅》作挂"。而檢之胡刻《文選》,潘岳《悼亡詩》"遺挂猶在壁"注正謂"《廣雅》曰'挂,懸也'"。① 是唐人所見本或如此。故饒宗頤即指出"長沙馬王堆軑侯墓所出銘旌的繪畫,帷幕上挂著谷壁玉璜,正是《招魂》篇'挂曲瓊些,結琦璜些'的寫照"。而歐陽詢《類聚》、吳棫《韻補》、段玉裁《説文解字注》引此也并作"挂",是皆取捨有本。② 朱本、李錫齡本、金陵本并同。

342. 翡阿拂壁,羅幬張些

洪興祖謂:"翡音弱,蒲也,可以爲席。"此外,王夫之也謂"翡,當作弱,纖也"。③

按:《文選》本及李善注潘安仁《寡婦賦》"易錦茵以苦席兮,代羅幬以素帷"句及陸士衡《君子有所思行》"遂宇列綺牕,蘭室接羅幕"句引此同於王本。然揆之情理,翡當爲弱之借。"翡、弱"典籍相通,如孫詒讓謂:"《詩·大雅·韓奕》毛《傳》云'蒲,蒲翡也'。《齊民要術》引《詩義疏》云'蒲,深蒲也。《周禮》以爲

---

①A. 朱季海《解故》,250—251 頁;B. 于鬯《香草續校書》,442 頁;C. 王念孫《疏證》,482—483 頁;D. 蕭統《文選》,1091 頁。

②A. 饒宗頤《澄心論萃》,上海文藝出版社,1996 年,35 頁;B. 歐陽詢《類聚》,1094 頁;C. 吳棫《韻補》,26 頁;D. 段玉裁《説文解字注》,231 頁。

③王夫之《楚辭通釋》,《續修四庫全書》本,1302 册,264 頁。

茝。謂蒲始生，取其中心入地者蒻’。……《輪人》注云‘今人謂蒲本在水中者爲弱’。案：弱蒻字通。”①是其證也。而王念孫《疏證》則謂：“阿，縞也。《楚辭·招魂》‘蒻阿拂壁，羅幬張些。蒻與弱通。阿，細繒也。弱阿猶言弱緆。《淮南子·齊俗訓》云‘弱緆羅紈’是也。……王逸注訓蒻爲蒻席。阿爲曲隅皆失之。”此外，王氏《讀書雜志·餘編下》“蒻阿拂壁”條及《史記弟五》“阿縞”條説并同。②

343. 弱顔固植

植，一作立。

按：“植”疑爲“志”。“固志”一詞典籍習見。如《三國志·魏書·王基傳》“將軍深算利害，獨秉固志”，《宋書·本紀一》“人情危駭，莫有固志”等皆是。③ 固志即貞志，如王念孫《疏證》指出“貞，固也”。④ 是貞志即指堅貞的心志。前言“弱顔”，繼言“固志”，一抑一揚，正合詩人之意。王注：“弱顔易愧，心志堅固。”其説得之。但其謂“植，志也”。是其所見本已誤，此或聲近致誤也。

344. 姱容脩態，絙洞房些

姱容脩態，疑作姱態脩容。

按：雖然如李善注《文選·魯靈光殿賦》及錢繹《箋疏》等引此亦同王本。然先秦西漢典籍女子容態之形容甚少見“脩態”一詞。而“脩容”則常作爲女子儀容修飾語。如錢大昕《十駕齋養

---

①A. 蕭統《文選》，736 頁；1302；B. 孫詒讓《正義》，403 頁。

②A. 王念孫《疏證》，858 頁；B. 王念孫《雜志》，2656—2657 頁、358 頁。

③A. 陳壽《三國志》，中華書局，2011 年，627 頁；B. 沈約《宋書》，中華書局，1974 年，19 頁。

④王念孫《疏證》，98 頁。

新録》"修容"一條即辯之甚詳,其言謂:"《檀弓》'曾子與子貢入於其廄而修容焉'。古人謂儀爲容;修容,猶言習儀也。《玉藻》'將適公所,既服,習容觀、玉聲,乃出'。《大戴禮》"火滅修容'。《周書·大聚解》'立鄉社以修容'。《荀子·大略篇》'君子聽律習容而後士'。修與習,其義一也。……古者女子將嫁,教以婦德、婦言、婦容、婦功。容者,儀也。"①錢説甚覈,是"脩(修)容"常語也。而"姱態"即好貌也,《招魂》"容態好比",王注"態,姿也"是證。是"姱態脩容"即指女子外貌與内心美的統一。據王注"脩,長也"云云,是王逸所見已誤。

345.靡顔膩理,遺視矊些

矊,一作𥄂。

按:王念孫《雜志》"𥄂藐"條及于鬯《香草續校書》"故人不能懸其病也"條引此也并作"𥄂",然據王注"矊,脉也"云云,是王本作矊。而李善注《文選·辯命論》"夫靡顔膩理,哆嚘顑頷形之異也"引此則正作"矊"是唐人所見尚不誤。② 李錫齡本、金陵本、《文選》本并同。

346.文異豹飾

聞一多謂:"'文異豹飾'文不成義,疑當作'文豹異飾'。古書多言'文豹'。"而徐仁甫則謂:"吴汝綸、聞一多拘於古書多言'文豹',而改本文爲'文豹異飾'。不知此處非言文豹,乃謂侍從人之衣如豹裝(《廣雅·釋詁》'裝,飾也')異文耳。"③

按:徐説近是。此處之"文異豹飾"當不煩校改。雖然聞先

---

①A.蕭統《文選》,512頁;B.錢繹《箋疏》,406頁;C.錢大昕《十駕齋養新録》,470頁。

②A.王念孫《雜志》,814頁;B.于鬯《香草續校書》,500頁;C.蕭統《文選》,2352頁。

③A.聞一多《校補》,109頁;B.徐仁甫《楚辭别解》,47頁。

生謂"古書多言'文豹'"。且舉例"文豹"之句甚衆。然古書也多言"豹文""豹飾"也。如《史記·孝武本紀》《漢書·武帝紀》《後漢書·班固傳》等其注皆謂"飛廉"乃"文如豹文"也;[1]此外《山海經·中山經》謂武羅神"其狀人面而豹文,小要而白齒";《西山經》謂"有獸焉,其狀如犬而豹文"等皆爲此類。[2] 而《詩·鄭風·羔裘》謂"羔裘豹飾,孔武有力";[3]《管子·揆度》謂"卿大夫豹飾"。[4] 是"豹文""豹飾"如"文豹"之多見也。而從《楚辭》多用《詩經》語,如《天問》之"降省下土四方"則如《商頌·長發》之"禹敷下土方";《山鬼》"東風飄兮神靈雨"則如《豳風·東山》之"零雨其濛"等來看,[5]此處之"文異豹飾"則如《鄭風·羔裘》之"羔裘豹飾"也。依此文例,則不煩校改。顧野王《玉篇》"陀"字條及顧炎武《唐韻正》"蛇"字條引此皆作"文異豹飾"是不誤。[6]

347. 室家遂宗

徐英謂:"遂宗即邃崇。遂與邃通。已見天問。遂宗省形假借之字也。"

按:據王注"遂以衆盛"云云,是王本作"遂"。顧炎武《唐韻正》"羹"字注及王念孫《疏證》引此皆作"遂",是取捨有本。[7]

348. 稻粢穱麥

熊良智引《文選集注》陸善經"穱,麥之早熟者"語而謂

---

[1] A. 司馬遷《史記》,331 頁;B. 班固《漢書》,137 頁;C. 范曄《後漢書》,907 頁。

[2] 袁珂《山海經校注》,151 頁、59 頁。

[3] 孔穎達《毛詩正義》,292 頁。

[4] 黎翔鳳《管子校注》,1371 頁。

[5] 《長發》《東山》引文見孔穎達《毛詩正義》,1452 頁、519 頁。

[6] A. 顧野王《玉篇》,558 頁;B. 顧炎武《唐韻正》,241 頁。

[7] A. 徐英《楚辭札記》,189 頁;B. 顧炎武《唐韻正》,273 頁;C. 王念孫《疏證》,363 頁。

"'穤'即'糕'"。①

　　按:顧炎武《唐韻正》"粪"字注引此與傳統本一致作"穤"。而穤當爲擩之借。如王念孫《疏證》即謂:"'稻粢穤麥',王逸注云'穤,擇也'。穤與擩通。"②揆之事實,王説可從,穤無擇義,穤當爲擩之借。而從李善注《南都賦》"冬稌夏穤"及《七發》"穤麥服處"句引此皆作"稻粢穤麥挈黃粱'"來看,③是所見已誤。

349. 臑若芳些

臑,一作胹。

　　朱季海謂:"'臑若',《文選集注》殘卷卷第六十六作'胹若',王注同。……一本及《學林》引作胹者,是也。"

　　按:朱先生所言近是。惟王觀國《學林》"粪"字條引此謂"宋玉招魂曰:肥牛之腱臑若芳,和酸若苦陳吳粪。濡鼈炮羔有柘漿,鵠酸臇鳧煎鴻鶬。以音韻叶之,亦讀粪曰郎也。凡地名有他音者,字書亦多不載,粪音郎之類是也。"是觀國所引亦作"臑"。然此皆因臑、胹俱從而聲,二字聲類相近,故典籍常相互爲用之故。如孫詒讓《周禮正義》即先後指出臑、胹混用之現象。而吳棫《韻補》"粪"字注引此也作"臑"是皆此例。但據王注"臑若熟爛也。言取肥牛之腱,爛熟之"云云,是"爛熟"是其中心意。檢之《説文》"胹,爛也"云云,是"臑"當作"胹"是。④

---

　　①熊良智《〈文選集注〉騷類殘卷在〈楚辭〉研究中的價值》,載《四川師範大學學報》,1995 年第 4 期,60 頁。
　　②A. 顧炎武《唐韻正》,273 頁;B. 王念孫《疏證》,120 頁。
　　③蕭統《文選》,154 頁、1564 頁。
　　④A. 朱季海《解故》,254 頁;B. 王觀國《學林》,中華書局,1988 年,208 頁;C. 孫詒讓《正義》,3293 頁、3546 頁;D. 吳棫《韻補》,48—49 頁;E. 段玉裁《説文解字注》,311 頁。

350.胹鼈炮羔,有柘漿些

(1)胹鼈炮羔,疑作炮鼈胹羔,而炮爲炰之誤。

按:雖然胡之驥《彙注》引此作"臑鼈炮羔",錢繹《箋疏》引此亦作"胹鼈炮羔"。① 然先秦典籍多言"炰鼈"或"炮鼈",而罕言"炮羔"也。② 如《詩·六月》"炰鼈膾鯉",《韓奕》"炰鼈鮮魚"等之"炰鼈"皆是;而《儀禮》"羞庶羞"注則謂"炮鼈",引《詩·六月》也作"炮鼈膾鯉",③是或作"炮鼈"。而"炮"者許慎謂"毛炙肉也",鼈無毛,是當作"炰"字是,此或以"炮、炰"形音義近似而誤。近人劉文典《三餘札記》引此也作"炮羔",是皆本於王本也。④

(2)柘,一作蔗。

按:柘字不誤,柘漿習語也。如劉文典《三餘札記·讀文選雜記》"諸柘巴苴"條即指出"'柘'、'蔗'音同字通。《楚辭·招魂》'濡鼈炮羔有柘漿些',注'柘,諸蔗也'。柘,即甘蔗,楚人當時固已以爲常品矣。洪邁《容齋四筆》亦云'諸柘者,甘柘也。蓋相如指言夢雲楚之物。漢《郊祀歌》'泰尊柘漿',亦謂取甘蔗汁以爲飲'。"覽之典籍,劉先生所言甚是。如其所引《漢書》"泰尊柘漿"一語,應劭注即謂"柘漿,取甘柘汁以爲飲也。……言柘漿可以解朝酲也"。是"柘漿"一詞亦漢人恒言也。歐陽詢《類聚》"甘蔗"條、胡之驥《彙注》、錢繹《箋疏》引此也并作"柘漿",是不誤。⑤

---

①A.胡之驥《彙注》,97頁;B.錢繹《箋疏》,440頁。

②按:其後楊惲《報孫會宗書》(《文選》,1871頁)有"烹羊炮羔"語,然其時已晚。

③鄭玄注,賈公彥疏《儀禮注疏》,279頁。

④A.段玉裁《説文解字注》,842頁;B.劉文典《三餘札記》,131頁。

⑤A.劉文典《三餘札記》,131頁;B.班固《漢書》,907頁;C.歐陽詢《類聚》,1501頁;D.胡之驥《彙注》,97頁;E.錢繹《箋疏》,440頁。

351. 鵠酸臇鳧

聞一多謂:"梁章鉅曰'以上下句例之,當是酸鵠臇鳧'。案梁説是也。王《注》曰'言復以酸酢烹鵠爲羹,小臇臛鳧',是王本不誤。《類聚》二五引亦作'酸鵠臇鳧',尤其確證。"而徐仁甫則謂:"梁章鉅《文選旁證》卷二十八云,以上下句例之,當作'酸鵠臇鳧'。聞一多同意梁説,并援《類聚》引文,視爲確證。其實,屈賦文法參差甚多,不能以今概古。唐宋人類書,慣改古書以就己。《楚辭》古本未必如是。不如仍原文之舊,知其爲錯綜成文可也。"此外,何劍熏或謂:"此句當作'鳧鵠酸臇',言將鵠鳧制成酸味,以煎鴻鶬也。《太平御覽》八八一引作'鵠鵠酸臇',雖有誤,但'酸臇'二字在後,則不誤也。"

按:雖然如蔣驥《山帶閣注》等亦同今本。然據王注"言復以酸酢烹鵠爲羹,小臇臛鳧煎熬鴻鶬令之肥美也"云云,是梁、聞所説當是。而梁章鉅之前王念孫《疏證》等引此即作"酸鵠臇鳧",是爲諸説先導。①

352. 厲而不爽些

爽,疑爲喪。

按:顧野王《玉篇》"厲"字注及吳棫《韻補》"爽"字注、王念孫《雜志》"使口爽傷"條引此皆作"厲而不爽"。且據王氏《雜志》,"爽傷"爲古人習語。② 但據文意,我們認爲爽當作喪。覽之典籍,爽、喪互通。如《尚書·仲虺之誥》:"用爽厥師。"《墨子·非命上》作"龔喪厥師"。③《山海經·南山經》"又東五百里,曰

---

①A. 聞一多《校補》,110 頁;B. 徐仁甫《楚辭文法概要》,212 頁;C. 何劍熏《新詁》,307 頁;D. 蔣驥《山帶閣注》,165 頁;E. 王念孫《疏證》,932 頁。

②A. 顧野王《玉篇》,504 頁;B. 吳棫《韻補》,46 頁;C. 王念孫《雜志》,2116 頁。

③A. 孔穎達《尚書正義》,196 頁;B. 孫詒讓《閒詁》,272 頁。

發爽之山",郭璞注:"或作喪。"①是"爽""喪"互通之例。此或以
"爽"之篆文"爽"其形與"喪"易混而致。如王念孫《疏證》"爽,
敗也"條引《老子》"五味令人口爽",引《招魂》本句"厲而不爽"
之"爽"字皆作"爽"是證。而"喪"兼有"敗"義,如《後漢書·隗
囂傳》注"成喪猶成敗也"。② 而此正與王注"爽,敗也"吻合無
間。故此處似以"喪"爲宜,意謂香氣濃烈持久而不易喪失。

353. 挫糟凍飲

陳直謂:"挫疑銼字假借,謂挫糟成糜爲凍飲也。"

按:挫本訓摧,不煩校改。李善注左思《魏都賦》"凍醴流澌"
句引此即謂"《楚辭·小招魂》曰'挫糟凍飲酎清涼'"。是唐人
也無異議。此外,顧炎武《唐韻正》"羹"字條、馬瑞辰《通釋》、胡
文英《吳下方言考》"酎"字條、孫詒讓《周禮正義》等引此也皆作
"挫"是不誤。③

354. 肴羞未通

(1)肴,疑爲殽之借。

按:據王注"魚肉爲肴",是其義重在"魚肉",而《說文》謂
"肴,啖也",是其義不在此。而據馬瑞辰《通釋》所謂"肴與殽通。
《說文》'殽,相雜錯也',殽爲治肉之名"說,④則當作"殽"是。

(2)聞一多謂:"陳本禮云'通當爲徹,避漢諱改'。"此外,何
劍熏也謂:"'通',當作'徹'。陳說是。"⑤

---

①袁珂《山海經校注》,20 頁。

②范曄《後漢書》,354 頁。

③A. 陳直《楚辭解要》,見氏著《文史考古論叢》,18 頁;B. 蕭統《文選》,283 頁;C.
顧炎武《唐韻正》,273 頁;D. 馬瑞辰《通釋》,463 頁;E. 胡文英著,徐復校議《吳下方言
考校議》,183 頁;F. 孫詒讓《正義》,319 頁、370 頁。

④A. 段玉裁《說文解字注》,307 頁;B. 馬瑞辰《通釋》,269 頁。

⑤A. 聞一多《校補》,110 頁;B. 何劍熏《新詁》,308 頁。

按：蔣驥《山帶閣注》即謂“通，疑本徹字。謂收去也。漢人避武帝諱而改之耳”。① 則爲諸說先導。

355. 涉江采菱，發揚荷些

洪興祖謂：“《文選》作‘陽荷’，注云‘荷，當作阿’。涉江、采菱、陽阿，皆楚歌名。”

按：洪說是。揚荷，當作陽阿。“陽阿”者，楚歌名。如《淮南子·俶真篇》：“足蹀《陽阿》之舞，而手會《綠水》之趨。”《人間訓》：“夫歌《采菱》，發《陽阿》。”《後漢書·文苑列傳》：“繁手超於北里，妙舞麗於《陽阿》。”是皆言“陽阿”。此外，《藝文類聚》“論樂”條引此也正作“陽阿”，是歐陽詢所見本也尚有作此者。而顧炎武《唐韻正》“奇”字條引此也作“陽阿”，江有誥《楚辭韻讀》本其正文雖作“發陽荷些”，但其自注謂“荷”當作“阿”。② 是所見皆同。

356. 衽若交竿，撫案下些

徐仁甫謂：“原文本是‘撫按下衽若交竿’，因‘下’與‘舞’‘鼓’‘楚’‘呂’協韻，故倒爲‘衽若交竿撫按下’耳。”

按：徐先生求之恐深，本句序次當不誤，而其誤當在“交”字，“交”疑作“文”。雖然《文選》本及《藝文類聚》“論樂”與“舞”字條引此也作“交”。是唐人所見猶有作此者。而王泗原則謂：“交竿若爲喻，不切，字恐有誤。”③ 王先生說是。“交竿”當“文竿”之誤。本句當指舞女之袖（衽）若文竿般美麗。如《後漢書·班彪

---

① 蔣驥《山帶閣注》，166 頁。
② A. 劉文典《集解》，70 頁、637 頁；B. 范曄《後漢書》，1784 頁；C. 歐陽詢《類聚》，737 頁；D. 顧炎武《唐韻正》，245 頁；E. 江有誥《楚辭韻讀》，150 頁。
③ A. 徐仁甫《楚辭別解》，48 頁；B. 歐陽詢《類聚》，737 頁、767 頁；C. 王泗原《校釋》，138 頁。

傳》：“揄文竿。”李賢注：“文竿，以翠羽爲文飾也。”①是“文竿”正可修飾“衽（袖）”也。

357. 吳歙蔡謳

歙，疑作謠。

按：鮑照《蕪城賦》“吳蔡齊秦之聲”句，李善注謂“《楚辭》曰‘吳歙、蔡謳’”，②是所見猶有作“歙”者。然“歙”爲《説文》新附字。疑本作“謠”。如《史記・司馬相如列傳》：“巴俞宋、蔡，淮南于遮。”《索隱》引張揖曰“……《楚詞》云‘吳謠蔡謳’”。③是三國時張揖所見本尚有作“謠”字者。而劉永濟謂：“篇中有‘吳歙蔡謳’句，考説文歙字見新附中，徐鉉謂‘渝水之人善歌舞，漢高祖采其聲，後人因加此字’。則此篇不特非屈作，且亦非宋作矣。”④劉先生據此而定篇第之是非，則恐不確。

358. 激楚之結，獨秀先些。菎蔽象棊，有六簙些

（1）激楚之結，疑作激楚結風。

按：雖然如《文選》本及王念孫《雜志》“椎髻”條引此并同王本。⑤ 然典籍通言“激楚結風”也。如《文選・舞賦》：“《激楚》《結風》，《陽阿》之舞。”張晏曰：“《激楚》，歌曲也。《列女傳》曰‘聽《激楚》之遺風’。《結風》，亦曲名。”而《上林賦》曰“鄢郢繽紛，《激楚》結風”。文穎曰“衝激，急風也；結風，亦急風也’”。此外如《七發》：“於是乃發《激楚》之結風，揚鄭衛之皓樂。”⑥其辭皆言“激楚結風”是也。且若作“之結”則與“象棊”不偶，而

①范曄《後漢書》,909 頁。
②蕭統《文選》,505 頁。
③司馬遷《史記》,2295 頁。
④劉永濟《通箋》,240—241 頁。
⑤王念孫《雜志》,432 頁。
⑥蕭統《文選》,795 頁、375 頁、1566 頁。

“激楚結風”與“菎蔽象棊”則兩相偶也。據王注“結,頭髻也”云云,是王本已誤。

（2）菎,一作琨,或作箟。

聞一多謂:“菎當從一本作箟,涉下蔽字從艸而誤也。”

按:聞説誤。而《文選》本及錢繹《箋疏》等引此雖亦作“菎”,然據王注“菎,玉也。蔽,簙箸,以玉飾之也”云云,則王本作“琨”方與“玉”義吻合。段玉裁《説文解字注》於“琨”字注也謂“《招魂》‘昆蔽象棋’。注‘昆,玉也’。當云‘昆同琨,石似玉’。”是段氏引“昆”字雖與通行本異,然據其文意也以“琨”字爲是。而王念孫《疏證》引此作“箟蔽象棊,有六簙些”,①是亦誤從一本。

（3）簙,一作博。

按:《文選》本及王念孫《疏證》引此亦作“簙”。而張文虎也謂其所見《説文》“棋,搏棋’。唐本作‘簙棋也’。案博當作‘簙’,唐本誤從氵旁,然可見是‘簙’之訛”。② 是其字本當作“簙”也。而據王注“故爲六簙也”云云,是王本不誤。

359. 費白日些

張文虎謂:“《招魂》‘晉制犀比,費白日些’。王叔師注‘費,光貌也’。蓋借‘費’爲‘曊’字。《淮南子·地形訓》‘日之所曊’。注‘曊,猶照也’。”③

按:張説是。雖《文選》本等亦作“費”,然據洪興祖謂“費,耗也。曊,日光也”云云。是當作“曊”是。

---

①A. 聞一多《校補》,110 頁;B. 錢繹《箋疏》,359 頁;C. 段玉裁《説文解字注》,28 頁;D. 王念孫《疏證》,968 頁。

②A. 王念孫《疏證》,968 頁;B. 張文虎《舒藝室隨筆》,53 頁。

③張文虎《舒藝室隨筆》,18 頁。

360. 娱酒不廢,沈日夜些

廢,一作發。

杭世駿《訂訛類編》謂:"《蠖齋詩話》云:《招魂》'娱酒不廢,沈日夜些'。言飲酒晝夜不輟也。《古樂府》'廢禮送客出',亦當作止字用。案:注謂飲酒不廢政事。又以廢爲發。引'明發不寐'。并非。"[①]而聞一多則以爲"發廢正借字。發謂酒醒。《晏子春秋·諫上篇》曰'景公飲酒,三日不發',又曰'君夜發不可以朝發',皆謂酒醒。……先儒汪中、馬瑞辰等已發其覆矣。"[②]

按:廢與發古同聲而通用,王念孫《雜志》"發"字條即言之甚詳。而汪中《經義知新記》、馬瑞辰《通釋》則皆謂"醉而醒謂之發"。[③] 聞先生所引諸例即悉與馬氏同。我們過去也認爲聞先生之説至確,但近來認識有所改變,我們認爲"廢"即"撥",讀如"孰察其撥正"之"撥",即"邪,不正"之意。古籍"廢""撥"常通用,如《周禮·考工記》:"深其爪,出其目,作其鱗之而,則於眡必撥爾而怒。苟撥爾而怒,則於任重宜。"鄭玄注:"故書撥作'廢',……鄭司農云'廢讀爲撥'。"[④]此外,顧炎武《唐韻正》"撥"字注也謂"故書撥作廢"是證。而此"撥"字當讀爲"孰察其撥正"之"撥",其義爲曲。如孫詒讓《札迻》論之曰:"'撥'謂曲枉,與'正'對文。《管子·宙合》篇云'夫繩扶撥以爲正'。《淮南子·本經訓》亦云'扶撥以爲正'。高注云'撥,枉也'。《脩務訓》云'琴或撥剌枉橈'。注云'撥剌,不正也'。《荀子·正論篇》云'不能以撥弓曲矢中'。《戰國策·西周策》云'弓撥矢鉤'。皆其證也。王釋

---

①杭世駿《訂訛類編 續補》,中華書局,1997年,16頁。

②聞一多《校補》,111頁。

③A. 王念孫《雜志》,327—328頁;B. 汪中著,田漢雲點校,《新編汪中集》,10頁;C. 馬瑞辰《通釋》,311頁。

④孫詒讓《正義》,3384頁。

爲‘治’，失之。《史記》作‘揆’，亦誤。”①其説精當可從。而“娛
酒不廢”即雖醉酒而不胡來也。

361. 酎飲盡歡

酎，一作酌。

按：作“酌”是。“酎飲”一詞《楚辭》僅見於此，《楚辭》以外
其它典籍也罕見，而“酌飲”典籍習見，且存於今之口語。但詩言
“盡歡”，則疑“酌飲”爲“勺飲”之借。“勺、酌”相通見於典籍，如
《招魂》“瑤漿蜜勺”，王念孫《疏證》謂：“王逸注《招魂》云‘勺，沾
也’。勺，與酌通。”②此外如《墨子·節用中》謂：“斗以酌。”孫詒
讓謂：“《詩·大雅·行葦》云‘酌以大斗’。《説文·木部》云
‘枓，勺也’，《勺部》云‘勺，挹取也’。此‘斗’、‘酌’，即‘枓’、
‘勺’之叚借字。”③《漢書·禮樂志》：“勺椒漿，靈已醉。”師古注：
“勺讀曰酌。”④而《説文》：“斟，勺也。”段注謂：“勺，《玉篇》、《廣
韻》作酌。……勺、酌古通。”⑤凡此皆“酌、勺”相通之證。而《左
傳·成公十四年》謂：“見大子之不哀也，不内酌飲。”楊伯峻注：
“酌同勺。酌飲即定四年《傳》之‘勺飲不入口’之‘勺飲’。”⑥揣
之文義，是此處之“酌飲”即“勺飲”，也即大飲也。

362. 君王親發兮憚青兕

聞一多謂：“本篇亂詞逐句有韻，獨此句兕字不入韻。疑‘憚
青兕’當作‘青兕憚’，先還先憚四字爲韻也。憚讀爲殫。”此外，
徐仁甫也謂：“‘憚’借爲殫，殪也，謂君王親發殪青兕也。《楚策》

①A. 顧炎武《唐韻正》，466 頁；B. 孫詒讓《札迻》，397 頁。
②王念孫《疏證》，126 頁。
③孫詒讓《閒詁》，166 頁。
④班固《漢書》，911 頁。
⑤段玉裁《説文解字注》，1247 頁。
⑥楊伯峻《春秋左傳注》，870 頁。

'王親引弓而射,壹發而殪。'亦謂殪青兕,可以爲證。"

按:據王注"憚,驚也。言懷王是時親自射獸,驚青兕牛而不能制也"云云,是王本作"憚",且序次不誤。而王念孫《疏證》、錢繹《箋疏》引此也并同王本,是皆取捨有本。[①]

363. 時不可以淹

一作時不可淹。

蔣天樞《校釋》本作"時不可淹",其自注謂"從一本及唐寫本《文選》'可'字下删'以'字"。

按:據王注"年命將老,不可久處"云云,則蔣先生説可從。而顧炎武《唐韻正》"楓"字條及江有誥《楚辭韻讀》引此正作"時不可淹"是不誤。[②]

(二)大招

364. 蝛傷躬只

吳棫《韻補》"躬"字注及王念孫《疏證》引此皆作"蝛傷躬",而湯炳正等《楚辭今注》則謂"躬"當爲"'身'字之誤,與上文'蜓'、'蜿'、'騫'爲寒、真二部合韻。"[③]

按:湯説可從。惟"寒、真合韻"當作"元、真合韻",江有誥《楚辭韻讀》即謂"躬當作身,叶音羶"。而王力《楚辭韻讀》也謂

---

①A. 聞一多《校補》,113 頁;B. 徐仁甫《楚辭別解》,48 頁;C. 王念孫《疏證》,90 頁;D. 錢繹《箋疏》,742 頁。

②A. 蔣天樞《校釋》,297 頁;B. 顧炎武《唐韻正》,226 頁;C. 江有誥《楚辭韻讀》,151 頁。

③A. 吳棫《韻補》,26 頁;B. 王念孫《疏證》,1418 頁;C. 湯炳正等《楚辭今注》,上海古籍出版社,1995 年,246 頁。

"江有誥云'躬當作身,元真合韻'"是爲先導。①

365. 豕首縱目

縱,一作從。

按:從、縱古今字,常相爲用。如王引之《經義述聞》指出《左傳》"魯君世從其失"及《國語》"故婉約其詞以從逸"之"從"皆讀爲"縱"。此外,徐元誥《國語集解》於"故婉約其辭,以從逸王志"句也謂"汪遠孫曰'從,讀爲縱敗禮之縱'。《論語·爲政篇》'七十而從心所欲'。皇侃讀從爲縱"。② 是皆爲其例。而據王注云"言西方有神,其狀猪頭從目"云云,是王本作"從目"。且《招魂》篇"豺狼從目,往來侁侁些"也作"從目",而王注也謂"言天上有豺狼之獸,其目皆從"。是本篇之"縱目"也當如王注作"從目"爲是。

366. 北有寒山,逴龍赬只

逴,一作卓。

黃靈庚謂:"逴龍,蓋燭龍,《天問》'燭龍何照'是也。卓、逴,皆借字。"

按:黃説是。李善注鮑照《學劉公幹體》引此即作"逴龍",而注張協《七命》引此則作"卓龍"。此外,王念孫《疏證》、錢繹《箋疏》引此則又皆作"逴龍"。是"逴、卓"相借也。而洪興祖謂:"疑此逴龍即燭龍也。"徐文靖《管城碩記》申之曰:"《大荒北經》'西北海之外,有神人面蛇身而赤,其瞑乃晦,其視乃明,是謂燭龍'。吳志伊《山海經廣注》曰'燭或作逴。《楚辭·大招》曰:北有寒山,逴龍赬只'。陸時雍注云'逴龍當是燭龍'。又按'此言

---

①A. 江有誥《楚辭韻讀》,151 頁;B. 王力《楚辭韻讀》,見氏著《詩經韻讀 楚辭韻讀》,476 頁。

②A. 王引之《經義述聞》,1889 頁、2080 頁;B. 徐元誥《國語集解》,540 頁。

虦只者，以燭龍身赤故也。非赤色無草木之謂’。”①是皆爲黄説
先導。

367. 代水不可涉

代，一作伐。

按：四庫《楚辭章句》本即作“伐”。② 而古籍中“代、伐”混用
之例甚夥。如《墨子·號令》：“代之服罪。”孫詒讓謂：“代，舊本
誤伐。”③《戰國策·秦策五》：“秦、燕不相欺，則伐趙危矣。”金正
煒謂：“‘伐’字疑‘代’之訛。《韓非·飾邪篇》‘趙代先得意於
燕，後得意於齊’。皆由一本作‘趙’，一本作‘代’，傳寫誤并入文
耳。”④此外如《説苑·政理》：“以賢伐不肖，是謂伐也。”向宗魯
《校證》謂：“盧曰‘伐’，依《家語》當是‘代’。”⑤據此看來，是
“代、伐”混用習見於先秦兩漢典籍。而黄靈庚謂“代水，水名；作
伐不可通”。⑥ 其説得之。朱本、李錫齡本、金陵本并同。

368. 魂乎無往！盈北極只。魂魄歸徠！間以靜只

（1）間，當爲閑之誤。

按：章貢郡齋刻本《楚辭集注》也作“間”，當也爲形近之訛。
端平本《楚辭集注》、李錫齡本、金陵本并作“閒”。而“閒”爲
“閑”之異體。據王注“既閑樂居”云云，是王本作“閑”。

（2）本句宜作“魂乎無北！北極盈只。魂魄歸來！閑以靜
只”。

---

①A. 黄靈庚《辯證》，718 頁；B. 蕭統《文選》，1449 頁、1597 頁；C. 王念孫《疏證》，
204 頁、1032—1033 頁；D. 錢繹《箋疏》，768—769 頁；E. 徐文靖《管城碩記》，307 頁。
②文淵閣《四庫全書》，第 1062 册，67 頁。
③孫詒讓《閒詁》，617 頁。
④金正煒《戰國策補釋》，見趙丕傑等點校《戰國策校釋二種》，172 頁。
⑤向宗魯《説苑校證》，164 頁。
⑥黄靈庚《辯證》，719 頁。

按:游國恩在朱熹《集注》"按下章例,此句上當有'魂乎無東'四字"①所論的啓發下,曾謂:"《大招》'魂乎,歸來! 無東,無西,無南,無北只!'按各本此下並脱'魂乎無東'四字。因'無東,無西,無南,無北'乃總招一句,其下則分從東、南、西、北四方依次招之。玩下文,凡招一方必總提一句,如'魂乎無南'、'魂乎無西'、'魂乎無北'等語,然後以'南有炎火千里'、'西方流沙'、'北有寒山'緊承之。故此句之下必補'魂乎無東'一句,再接以'東有大海',方詞整而義足。"②揆之情理,游先生所言極是。本此,則四方之招結構如是:

魂乎無東	魂乎無南	魂乎無西	魂乎無北
東有大海	南有炎火千里	西方流沙	北有寒山
……	……	……	……
魂乎無東	魂乎無南	魂乎無西	魂乎無往
湯谷宗只	蝮傷躬只	多傷害只	盈北極只

從上可見,此四方之招結構,皆凡招一方,必總提一句,然後復作强調,即都是首言"魂乎無A",最後再强調"魂乎無A"這樣的結構。則"魂乎無往! 盈北極只"似不合此篇之規律,且"魂乎無東! 東有大海"這樣的句式,如前有方位詞,則後必以之開頭。類似後世之頂針修辭格。故疑"魂乎無往! 盈北極只"當爲"魂乎無北! 北極盈只"之誤。"往""北"二字,覽之典籍或形近而訛,如《墨子·貴義》:"而先生之色黑,不可以北。"孫詒讓謂"畢云'北',《事類賦》作'往'"③是證。是"魂乎無往! 盈北極只"當爲"魂乎無北! 北極盈只"之誤無疑。據注文,則王逸時已然。

---

① 朱熹《集注》,146 頁。
② 游國恩《楚辭校讀舉例》,見《游國恩楚辭論著集》第四卷,230—231 頁。
③ 孫詒讓《閒詁》,447 頁。

369. 自恣荆楚，安以定只

自，疑作獨。

按：“自、獨”形近易混，如《悲回風》“蘭茞幽而獨芳”，吳棫《韻補》“覜”字注引作“蘭茞幽而自芳”①是證。而據王注“言四方多害，不可以遊，獨荆處饒樂，可以恣意居之，安定無危殆也”云云，則作“獨”是。

370. 逞志究欲，心意安只

逞志究欲，疑作逞欲究志。

按：從張衡《西京賦》“而乃逞志究欲，窮身極娛”句看，張衡所見本當也作“逞志究欲”。此外，李善注也謂“《楚辭》曰‘逞志究欲，心意安之也’”。而錢繹《箋疏》引此也并同王本。② 是皆無異議。然典籍恒言“逞欲”也，如《左傳·桓公六年》“今民餒而君逞欲”，《昭公十四年》“子何所不逞欲”，《哀公二十五年》“君何所不逞欲”等皆是。而王注“逞，快也”，揣其文意，“逞欲”當是其首要表達之意思。且據《九懷·危俊》“泱莽莽兮究志”一語，是“究志”一詞也爲辭賦家所用。故疑“逞志究欲”爲“逞欲究志”之誤。

371. 窮身永樂，年壽延只

永，一作安。

按：據王注“窮身長樂，保延年壽”云云，是王注正以“長”釋“永”。且據王注，疑本句本作“窮身永樂，保延年只”也。

372. 吳酸蒿蔞，不沾薄只

蒿，一作芼。

---

①吳棫《韻補》，47 頁。
②A. 蕭統《文選》，79 頁；B. 錢繹《箋疏》，145 頁。

按:顧炎武《唐韻正》"擇"字條引此作"篙",而郝懿行《義疏》、馬瑞辰《通釋》引此則作"蒿"。而顧氏所引"篙"實即"蒿"字,因漢隸从艸从竹之字即多互通。而蒿也當爲芼之借。如段玉裁《説文解字注》即謂"蒿聲毛聲古可通用",而其"薆"字注引此即作"吳酸芼蔞"。而王念孫《疏證》引此雖也多作"蒿",然其亦謂"草謂之毛,因而菜茹亦謂之毛,《楚辭·大招》'吳酸芼蔞',王逸注云'芼,菜也'。《御覽》引作毛"。王説是。劉師培《考異》也謂"《御覽》八百五十五引作毛蔞"。是當從一本作"芼"是。清錢繹《箋疏》引此即作"吳酸芼蔞"也。①

373. 煎鰿臛雀

臛,一作臄。

按:作臛是。據《招魂》"露雞臛蠵"句,洪興祖《補注》謂"臛,字書作臄"。是"臛、臄"相訛之例。且博學如王念孫《疏證》引此也或作"臛",或作"臄"也。但據我們所見,典籍作"臛"者常見,如吳棫《韻補》、錢繹《箋疏》引《招魂》此句皆作"露雞臛蠵"是證。而李善注張景陽《七命》"晨鳧露鵠,霜鷄黃雀"句引此也正作"臛"。② 是當作"臛"是。

374. 叩鍾調磬,娛人亂只

調,疑作擊。

按:據王注"叩鍾擊磬",是王逸以"擊"釋"調",但"調"無"擊"義,如"調"爲"擊",據王注例,則王必注之。且"磬"本爲打

---

①A. 顧炎武《唐韻正》,513 頁;B. 郝懿行《義疏》,1040 頁;C. 馬瑞辰《通釋》,74頁;D. 段玉裁《説文解字注》,697 頁、51 頁;E. 王念孫《疏證》,118 頁、942 頁、945 頁、1286 頁;F. 劉師培《考異》,1158 頁;G. 錢繹《箋疏》,186 頁。

②A. 王念孫《疏證》,329 頁、932 頁;B. 吳棫《韻補》,46 頁;C. 錢繹《箋疏》,694 頁;D. 蕭統《文選》,1608 頁。

擊樂器,如《淮南子·氾論訓》謂"語寡人以憂者擊磬".① 《文選》李善注王融《三月三日曲水詩序》引淳于髡《斗酒説》曰"明鍾擊磬,調歌紲舞".② 即皆言"擊磬"可爲明證。是王本作"叩鍾擊磬"最宜。

375. 朱脣皓齒

朱脣,一作美人。

按:《史記·司馬相如列傳》"皓齒粲爛",《索隱》引郭璞注亦作"美人".③ 但據王注"言美人朱脣白齒"云云,則王本作"朱脣"無疑。吳棫《韻補》"姱"字注、王念孫《疏證》、江有誥《楚辭韻讀》引此即皆作"朱脣"是不誤.④ 朱本、李錫齡本、金陵本并同。

376. 滂心綽態,姣麗施只

綽,一作淖。

按:淖當爲綽之借。如王念孫即謂:"婥約者,《楚辭·大招》云'滂心綽態,姣麗施只'。是綽爲好也。《吳語》云'婉約其辭'。是約爲好也。合言之則曰綽約。綽與婥通,字或作淖,又作汋。《莊子·逍遥遊篇》'淖約如處子"。《楚辭·九章》'外承歡之汋約兮'。王逸、司馬彪注竝云'好貌'。凡好與柔義相近,故柔貌亦謂之綽約。"⑤王説得之。而顧炎武《唐韻正》引此即作"滂心綽態"是證.⑥ 朱本、李錫齡本、金陵本并同。

---

①劉文典《集解》,443 頁。
②蕭統《文選》,2066 頁。
③司馬遷《史記》,2296 頁。另,郭璞注胡小石《〈楚辭〉郭注義徵》亦有徵引,詳《胡小石論文集》,67 頁。
④A. 吳棫《韻補》,12 頁;B. 王念孫《疏證》,85 頁;C. 江有誥《楚辭韻讀》,151 頁。
⑤王念孫《疏證》,88 頁。
⑥顧炎武《唐韻正》,249 頁。

377. 小腰秀頸

秀，疑爲“修”之聲誤。

按：“修頸”即“長頸”。如《淮南子·墜形訓》“修頸卬行”。此外《原道訓》：“馳騁夷道，釣射鶬鵝之謂樂乎？”高注：“鶬鵝，鳥名也。長頸緑身，其形似雁。”而莊逵吉謂：“馬融注《左傳》：鶬鵝，雁也。其羽如練，高首而脩頸。”①是“長頸、修（脩）頸”其義一也。此外如路喬如《鶴賦》“宛修頸而顧步”，②桓玄《鶴賦》“延脩頸以軒矚”，王廙《笙賦》“延修頸以亢首”等也皆言“修頸”也。③而據李善注曹植《洛神賦》“延頸秀項”句引此作“秀項”，是所見已誤。而顧炎武《唐韻正》“施”字注引此亦同王本作“秀”是亦不審也。④

378. 靨輔奇牙，宜笑嫣只

（1）輔，一作酺。

按：輔爲酺之借。⑤《淮南子·脩務訓》謂：“口曾撓，奇牙出，靨酺搖，則雖王公大人，有嚴志頡頏之行者，無不憚悇癢心而悦其色矣。”是其字作“酺”；而《左傳·僖公五年》“輔車相依”句，阮元《校勘記》謂“《玉篇》引作‘酺車相依’。”⑥此外洪興祖《補注》於《山鬼》“既含睇兮又宜笑”句注引此亦作“酺”。而吳棫《韻補》“嫣”字注也謂“美也，《楚詞·大招》‘青色直眉，美且嫣只。靨酺奇牙，宜笑嫣只’”。⑦是所見皆不誤。

---

①劉文典《集解》，143 頁、31 頁。
②葛洪《西京雜記》，見《漢魏六朝筆記小説大觀》，104 頁。
③桓玄、王廙引文見歐陽詢等《類聚》，1567 頁、793 頁。
④A. 蕭統《文選》，897 頁；B. 顧炎武《唐韻正》，249 頁。
⑤段玉裁《説文解字注》，730 頁。
⑥A. 劉文典《集解》，675—676 頁；B. 孔穎達《春秋左傳正義》，342 頁。
⑦吳棫《韻補》，30 頁。

（２）奇，疑作觭。

按：《説文·牙部》謂“觭，虎牙也”。段注謂：“今俗謂門齒外出爲虎牙，古語也。《大招》云‘靨輔奇牙，宜笑嫣只’。《淮南》云‘奇牙出，靡曼揺’。高注‘將笑，故好齒出也’。按，奇牙所謂觭也。可部曰‘奇，異也。一曰，不耦’。笑而露其齒獨好，故曰奇牙。”①段説甚是，可據改。此或古人書寫之際以“觭牙”一詞“牙”字兩見，故刪“觭”之“牙”字獨存“奇”字而成今本。而據李善注曹植《洛神賦》“靨輔承權”句引此也作“奇牙”，②是唐人所見已誤。

379. 鵾鴻群晨

聞一多謂：“此文曰‘鵾鴻羣晨’，下文曰‘鴻鵠代遊’，兩鴻字複出，必有一誤。然古書多言‘鴻鵠’，罕言‘鵾鴻’，疑鵾鴻之鴻爲鶴之誤。鵾雞與鶴，其鳴皆以晨夜，故曰‘鵾鶴羣晨’。（晨即《書·牧誓》‘牝雞無晨’之晨，謂晨鳴也。）《七諫·自悲》曰‘鵾鶴孤而夜號兮’，亦鵾鶴并舉，是其明證。王《注》曰‘鴻，鴻鶴也’，疑本作‘鶴，鳴鶴也’。（《易·中孚》九二‘鳴鶴在陰’，張衡《思玄賦》‘鳴鶴交頸’。）下《注》曰‘言鵾雞鴻鶴，羣聚候時’。‘鴻鶴’亦當爲‘鳴鶴’，下文‘鶴知夜半，鵾雞晨鳴，各知其職也’，可證。”③

按：聞説可從，《淮南子·説山訓》謂：“見彈而求鴞炙，見卵而求晨夜。”高誘注：“雞知將旦，鶴知夜半。”是與“鵾鶴群晨”之義吻合。而進而論之，“晨”亦當爲“辰”之誤。如“晨夜”之“晨”，俞樾云：“晨當作辰。淺人誤謂與夜對文，故加日作晨，不

①段玉裁《説文解字注》，143—144 頁。
②蕭統《文選》，897 頁。
③聞一多《校補》，116—117 頁。

知非其義也。辰者時也。《詩·東方未明篇》'不能辰夜',《毛傳》曰'辰,時也'。《正義》曰'不能時節此夜之漏刻'。然則辰夜即時夜也。《莊子·齊物論篇》正作'見卵而求時夜'。蓋皆本於《毛詩》,《淮南》用其文,《莊子》用其義耳。"①俞説雖爲《淮南》所發,然揆之本篇,其義一也,是"群晨"之"晨"自也當作"辰"是。

380. 出若雲只

　　姜亮夫《二招校注》謂"出"爲"士字之誤,《大招》'接徑千里,出若雲只',王逸注'中有隱士,慕己徠出,集聚若雲也'。按'出若雲只'句無主語。'出'當是'士'字之誤"。此外,其《楚辭通故》"出"字條説略同。

　　按:姜説當本於徐仁甫《楚辭別解》"接徑千里,出若雲只"條。徐氏謂:"'出若雲只'句無主語,據王逸云'中有隱士',疑'出'爲'士'字之訛。……古字'出'多訛爲'士'。"②而揆之情理,徐先生所言當是,典籍"出、士"常訛,如王念孫《讀書雜志·史記》"士出死要節"條及《荀子》"教出 而後士"條即舉諸例以證之。③ 此外,《墨子·魯問》:"子墨子出曹公子而於宋。"俞樾《諸子平議》謂:"出字義不可通,出當爲士字之誤。《史記·夏本紀》'稱以出',徐廣曰'一作士',是其例也。"此外如《號令》:"若贖出親戚。"孫詒讓謂:"'出',舊本誤'士'。"孫氏并稱引王引之"'贖士'二字義不可通,'士'當爲'出',……隸書'出'、'士'二字相似,故諸書中'出'字多譌作'士'"之意見。④ 據此可知古籍中"出、士"相訛現象甚衆,或作"士"、或作"出"當視情況而定。

---

①俞樾《諸子平議》,635 頁。

②A. 姜亮夫《姜亮夫全集》之六《二招校注》,雲南人民出版社,2002 年,721 頁;B. 姜亮夫《通故》(四),100 頁;C. 徐仁甫《楚辭別解》,49 頁。

③詳王念孫《雜志》,218 頁、1907 頁。而徐仁甫先生所舉諸例大概皆本於王氏。

④A. 俞樾《諸子平議》,211 頁;B. 孫詒讓《閒詁》,610 頁。

而據王注"中有隱士"云云,是徐説可信。至於歐陽詢《類聚》"珪"字條引此則亦誤作"出"也。①

381. 察篤夭隱,孤寡存只

孤寡存只,當作存孤寡只。

按:雖然如歐陽詢《類聚》"珪"字條等引此亦同王本。然典籍通言"存孤寡"而罕言"孤寡存",如《淮南子·時則訓》:"乃賞死事,存孤寡。"《漢書·谷永杜鄴傳》:"存恤孤寡,問民所苦。"《循吏傳》:"存問者老孤寡,遇之有恩。"《後漢書·郎顗襄楷列傳》"存問孤寡,賑恤貧弱"等皆是。② 且據王注"存視孤寡而振贍之也"云云,是王本作"存孤寡"。

382. 禁苛暴只

聞一多謂:"'苛暴'當爲'暴苛'。苛與罷麋施爲等字爲韻,如今本則失其韻矣。"此外,王力説略同。③

按:雖然如《新序·善謀下》也有"禁苛暴"語,然以韻求之,則作"暴苛"是。王念孫《古韻譜》、江有誥《楚辭韻讀》即謂"苛暴"當爲"暴苛"。④ 此外,"禁暴"一詞也習見於《管子》《墨子》《鶡冠子》《吕氏春秋》等典籍。如《管子》"上義以禁暴"、《墨子》"舉天下之貪暴苛擾者"、《鶡冠子》"入以禁暴"等皆是,⑤是也可證"禁苛暴"當作"禁暴苛"也。

---

①歐陽詢《類聚》,1431 頁。

②A. 歐陽詢《類聚》,1431 頁;B. 劉文典《集解》,179 頁;C. 班固《漢書》,2578 頁、2695 頁;D. 范曄《後漢書》,721 頁。

③A. 聞一多《校補》,117 頁;B. 王力《楚辭韻讀》,見氏著《詩經韻讀 楚辭韻讀》,479 頁。

④A. 石光瑛《新序校釋》,1401 頁;B. 王念孫《古韻譜》,549 頁;C. 江有誥《楚辭韻讀》,152 頁。

⑤A. 黎翔鳳《管子校注》,440、691 頁;B. 孫詒讓《閒詁》,18 頁;C. 黃懷信《鶡冠子彙校集注》,201 頁。

383. 登降堂只

降,一作玉。

按:據王注"上下玉堂"云云,是王注以"上下釋登降"。而據《説文》"登,上車也",段注謂"引申之,凡上陞曰登","降,下也",段注謂"此下爲自上而下"云云,是作"降"是。吳棫《韻補》"卿"字注引此作"降"。是宋人所見猶如此。孫詒讓《正義》引此亦作"降"是不誤。① 朱本、李錫齡本、金陵本并同。此作"玉"者當因王注"玉堂"而誤。

384. 昭質既設

昭質,疑即旳質。

按:據王注"昭質,謂明旦也"云云,是王本作"昭質"。孫詒讓《正義》引此并同。然馬瑞辰《通釋》謂:"古音勺聲之字皆屬宵部,旳从勺聲,故得轉爲招。又借作昭,《楚辭·大招》'昭質既設,大侯張只',昭質即旳質也。王逸注訓爲明旦,失之。"②揆之情理,其説甚是,可從。

---

①A. 段玉裁《説文解字注》,120 頁、1273 頁;B. 吳棫《韻補》,42 頁;C. 孫詒讓《正義》,505 頁。

②A. 孫詒讓《正義》,505 頁;B. 馬瑞辰《通釋》,749 頁。

第二章：漢人作品校證

一、惜誓

385. 惜余年老而日衰兮，歲忽忽而不反

"余"字疑衍。

按："惜年老"與"歲忽忽"本相偶，多"余"則詞贅。本篇前十句："惜余年老而日衰兮，歲忽忽而不反。登蒼天而高舉兮，歷衆山而日遠。觀江河之紆曲兮，離四海之霑濡。攀北極而一息兮，吸沆瀣以充虛。飛朱鳥使先驅兮，駕太一之象輿。"其"而""之""以""使"等轉折停頓詞之前除本句外例爲三字結構，并且"而"字結構使用者本處有五句，也僅本句"而"字前爲四字結構，所以若有"余"字則與其例不合，且語勢阻隔。而《七諫·沈江》："終不變而死節兮，惜年齒之未央。"其"惜年齒"與本篇"惜年老"用法當也一律。故"余"字當涉王注而誤。

386. 飛朱鳥使先驅兮，駕太一之象輿

"飛朱鳥使先驅兮"疑作"使朱鳥先驅兮"。

按：雖然李善注張衡《思玄賦》"繼朱鳥以承旗"句引此也作

"飛朱鳥",①然竊以爲"飛朱鳥"實不辭,雖然"朱鳥"一詞習見,但"飛朱鳥"一詞却不見於《楚辭》它篇,也罕見於其它典籍。王逸注"即朱雀神鳥爲我先導",似王本也不作"飛朱鳥"。該句疑作"使朱鳥先驅兮"。《九歌·大司命》即謂"令飄風兮先驅,使涷雨兮灑塵","令飄風"即"使飄風"也。《説文·人部》"使,令也"是證。② 而《哀時命》"使梟楊先導兮,白虎爲之前後",更與本句相仿。且王注"即"字即釋"使"之詞也,今日通語猶"即使"并用,故疑王本作"使朱鳥先驅兮"。此或"使朱鳥"先誤爲"朱鳥使",而又徒增"飛"字以足文義。

387. 黄鵠之一舉兮

黄,一作鴻。

按:"黄""鴻"雙聲,例可通假。然據王注"言黄鵠養其羽翼"云云,是王本作"黄鵠"。而歐陽詢《類聚》"黄鵠"條及《大廣益會玉篇》陳彭年等所增"鵠"字注以及段玉裁《説文解字注》等引此也皆作"黄鵠"是不誤。③ 朱本、李錫齡本、金陵本并同。

388. 苦稱量之不審兮,同權槩而就衡

同權槩而就衡,疑作"同權衡而就槩"。

按:雖然如顧炎武《唐韻正》"衡"字條引此也作"權槩",④然疑作"權衡"爲是。"權衡"一詞,《楚辭》習見,如《哀時命》"何權衡之能稱""執權衡而無私兮"等皆是。此外《周禮·夏官·合方氏》:"同其數器。"孫詒讓謂:"……依《漢志》説,則度量權衡通

---

①蕭統《文選》,660 頁。

②段玉裁《説文解字注》,660 頁。

③A. 歐陽詢《類聚》,1565 頁;B. 顧野王《大廣益會玉篇》,113 頁;C. 段玉裁《説文解字注》,269 頁。

④顧炎武《唐韻正》,295 頁。

名數器。《管子·君臣篇》云'衡石一稱',即同權衡也。"《淮南子·泰族訓》:"規矩權衡準繩,異形而皆施。"①是典籍也通言"同權衡"或"權衡"也。且據王注"言患苦眾人,稱物量穀,不知審其多少,同其稱平,以失情實,則使眾人怨也。以言君不稱量士之賢愚,而同用之,則使智者恨也"云云,則本句與《哀時命》"執權衡而無私兮,稱輕重而不差"所要表述的意義一致,即別賢愚,任賢士。彼《哀時命》作"權衡",此也當如是。

389. 傷誠是之不察兮,并紉茅絲以爲索

黃靈庚謂據"王逸注文'言己誠傷念君待遇苟合之人'云云,王本作'誠傷',今本倒乙也"。②

按:黃先生所言甚是。此外,并據本篇"非重軀以慮難兮,惜傷身之無功"句,王逸注也謂"誠傷生於世間"云云,則"傷誠"當作"誠傷"無疑。

390. 比干忠諫而剖心兮

剖,一作割。

按:"割心"不辭,李善注《贈劉琨并書》"靡軀不悔"句及吳棫《韻補》"心"字注引此皆作"剖",③是唐宋人所見猶如此。朱本、李錫齡本、金陵本并同。

391. 獨不見夫鸞鳳之高翔兮,乃集大皇之壄

一本無夫字。

按:"獨不見"乃典籍習語,詩賦少有使用"獨不見夫"者。揆之實事,當無"夫"字是。歐陽詢《類聚》"鳳皇"條引此正謂"《楚

---

①A.孫詒讓《正義》,2698頁;B.劉文典《集解》,693頁。
②黃靈庚《辯證》,758頁。
③A.蕭統《文選》,1178頁;B.吳棫《韻補》,2頁。

辭》曰‘獨不見鸞鳳之高翔’”，①是唐人所見猶有無“夫”字者。

392. 彼聖人之神德兮

神德，疑作聖德。

按：《楚辭》言聖人之德，王逸注皆言“聖德”，如《離騷》“雜申椒與菌桂兮，豈維紉夫蕙茝？”王注：“言禹、湯、文王，雖有聖德”；“堯舜之耿介兮”，王注：“堯、舜，聖德之王也。”《九章·懷沙》：“湯禹久遠兮，邈而不可慕。”王注“言殷湯、夏禹聖德之君”云云，皆以“聖德”喻“聖人”。而據王注本篇於“使麒麟可得羈而係兮”句下謂“有聖德之君乃肯來出”云云，則義同它篇。且先秦兩漢典籍多言“聖德”，而罕言“神德”，如王融《永明九年策秀才文五首》（問秀才高第明經）：“朕聞神靈文思之君，聰明聖德之後。”李善注“孔安國曰‘言聖德之遠著也’”。② 故疑“神德”乃“聖德”之聲誤也。《樂府詩集》卷四十七《嬌女詩》“上有神仙居”，“神仙”，一作“仙聖”。③ 是神、聖相通之證。

二、招隱士

393. 桂樹叢生兮山之幽

叢，疑爲藂之借。

按：雖然如歐陽詢《類聚》“桂”字條、胡之驥《彙注》等引此也皆作“叢”。然據《説文》“叢，聚也”之訓是與文義難合，而“藂，艸叢生皃”也，段注謂“叢，聚也，㮣言之；藂則專謂艸。今人

---

①歐陽詢《類聚》，1708 頁。

②蕭統《文選》，1644 頁。

③郭茂倩《樂府詩集》，684 頁。

但知用叢字而已”。① 是疑“叢”爲本字也。

394. 偃蹇連蜷兮

蜷，一作卷。

按：歐陽詢《類聚》“桂”字條引此即作“卷”。② 然《九歌·雲中君》“靈連蜷兮既留”，《遠遊》“駗連蜷以驕驁”，《九懷·陶壅》“駕八龍兮連蜷”等，其辭皆言“連蜷”。而明胡之驥《彙注》、顧炎武《唐韻正》“幽”字條等引此也作“蜷”。③ 李錫齡本、金陵本并同。

395. 山氣巃嵸兮

朱季海謂“巃嵸”當作“巃嵷”。

按：朱先生所言可備一説。然《史記·司馬相如傳》所謂“崇山巃嵸”，是也以“巃嵸”爲辭。《正義》引郭璞注云“皆峻貌”。而《文選·上林賦》并同《史記》也作“巃嵸”，且郭璞注也謂“皆高峻貌也”。是郭璞所見亦作“巃嵸”。而五臣“巃嵸，雲氣皃”之釋雖與郭璞異，然皆作“巃嵸”。且《文選》載王逸子王延壽《魯靈光殿賦》之“亂曰”段多模擬《招隱士》，其中有“駢巃嵸兮”句，可見或延壽家傳之本也作“巃嵸”。④ 此外，顧野王《玉篇》“嵸”字注引此作“山氣巃，石嵯峨”，而“巃”字注則作“巃嵸”。是朱先生在徵引上述諸家及陸善經等人之説後，也不得不謂“是陳隋以來諸本多从山作”。而王念孫《疏證》引此也作“巃嵸”。此外，王氏《雜志》“崇山矗矗巃嵸崔巍”條也謂“《史記》作‘崇山巃嵸，崔

①A. 歐陽詢《類聚》，1537 頁；B. 胡之驥《彙注》，99 頁；C. 段玉裁《説文解字注》，185 頁、81 頁。

②歐陽詢《類聚》，1537 頁。

③A. 胡之驥《彙注》，176 頁；B. 顧炎武《唐韻正》，324 頁。

④A. 朱季海《解故》，168—169 頁；B. 司馬遷《史記》，2285 頁；C. 蕭統《文選》，365 頁、518 頁。

巍嵳峩’,《文選·西都賦》注引作‘崇山巃嵸崔巍’”,是也以“巃
嵸”爲不誤。故胡小石《〈楚辭〉郭注義徵》也以“山氣巃嵸兮石
嵳峨”爲條目,并引上揭《史記·司馬相如傳》“巃嵸嵳峨”爲
證。① 朱本、李錫齡本、金陵本并同。

396. 猨狖群嘯兮虎豹嘷

猨,一作蝯。

按:“猨狖”習語,且《山鬼》“猨啾啾兮又夜鳴”,是其辭正作
“猨”。而吳棫《韻補》“嘷”字注引此亦作“猨”,是可證作“蝯”者
誤。② 李錫齡本、金陵本并同。

397. 攀援桂枝兮聊淹留

“攀”字疑衍。

按:雖然《文選》本、李錫齡本、金陵本及李善注《鍾山詩應西
陽王教》“淹留訪五藥”句及《石門新營所住四面高山迴溪石瀨脩
竹茂林詩》“桂枝徒攀翻”句引此以及吳棫《韻補》“嘷”字注、顧
炎武《唐韻正》“畱”字注引此皆有“攀”字,③然“攀”字實衍。檢
之《説文》無今“攀”字,只存古“攀”字,即“𠬞”字。④ 而《説文·
手部》謂“援,引也”。⑤ 據王注“登山引木,遠望愁也”及洪《補》
引五臣注“援,持也。言原引持美行,淹留於此,以待明君”云云,
是皆僅釋“援”字。可證王本本無“攀”字。且“援桂枝兮聊淹

---

①A. 顧野王《玉篇》,463 頁、471 頁;B. 王念孫《疏證》,467 頁;C. 王念孫《雜志》,
810 頁;D. 胡小石《〈楚辭〉郭注義徵》,見《胡小石論文集》,68 頁。另,本條目原爲討論
“巃,一本作巄”而作,後 2015 年 11 月 27 日檢閲朱先生《解故》,遂改爲討論朱先生之
説。其中所引材料多有與朱先生同者,因其立論各異,遂仍存之。

②吳棫《韻補》,52 頁。

③A. 蕭統《文選》,1061 頁、1399 頁;B. 吳棫《韻補》,52—53 頁;C. 顧炎武《唐韻
正》,308 頁。

④段玉裁《説文解字注》,187 頁。

⑤段玉裁《説文解字注》,1051 頁。

留"詞氣較原文尤暢。

398. 心淹留兮恫慌忽

恫慌忽,一作洞荒忽

按:吳棫《韻補》"岪"字注引此即作"心淹留兮洞荒忽",①是宋人所見猶有作此者。然揣其文意及據洪《補》"恫,音通,痛也"之釋,"恫"字當不誤。而"慌忽"二字,據《楚辭》多言"荒忽"之義,則當作"荒忽"爲是。是王本或作"恫荒忽"。

399. 狀皃嵯嵯兮峨峨,淒淒兮㵝㵝

徐仁甫謂:"'狀皃'二字疑旁注誤入正文。從全篇句法看,不當有此二字。"

按:徐說是。雖然如吳棫《韻補》"巇"字條及顧炎武《唐韻正》"羆"字條以及王念孫《疏證》等引此皆有"狀皃"二字。② 然據王注"頭角甚殊"云云,是王本無"狀皃"二字。且"嵯嵯兮峨峨,淒淒兮㵝㵝"本相對偶,多此二字反而失偶也。

三、七諫

(一)初放

400. 言語訥譅兮

譅,一作霎。

按:作"霎"是。王念孫《疏證》於"霎,吃也"條即謂"《方言》

---

①吳棫《韻補》,107 頁。

②A. 徐仁甫《楚辭別解》,51 頁;B. 吳棫《韻補》,56 頁;C. 顧炎武《唐韻正》,243 頁;D. 王念孫《疏證》,466 頁。

注云'誣,語誣,難也'。《説文》'誣,不滑也。《楚辭·七諫》云'言語訥誣',難謂之謇,亦謂之誣。口吃謂之誣"。此外,王氏於"誣,難也"條所論略同。而王逸注"誣者,難也",但《大廣益會玉篇》則謂"誣,言甚多也"。是宜作"誣"是。錢繹《箋疏》引此也皆作"誣",是不誤。①

401. 死日將至兮,與麋鹿同坑

坑,當作坑。

按:"坑"俗字,洪興祖《補注》謂"坑,字書作坑"。而據李善注《文選·辨命論》"微草木以共彫,與麋鹿而同死"及《廣絶交論》"誠恥之也,誠畏之也"引此并作"坑"。是唐人所見尚不誤。此外,吳棫《韻補》"坑"字注引此也謂"坑或作坑。東方朔《七諫》'高山嵬巍兮,水流湯湯。死日將至兮,與麋鹿同坑'"。② 是北宋時人所見猶有作此者。而顧炎武《唐韻正》"坑"字條引此亦同《韻補》。③ 是皆取捨有本。

402. 便娟之脩竹兮,寄生乎江潭

乎,一作於。

按:王念孫《雜志》於"坐堂側陛 與飢寒"條指出"凡經傳中言坐於某處者,'於'字皆不可省"。④ 而本篇"便娟之脩竹兮,寄生乎江潭"簡言之即"脩竹生乎江潭"。據王氏意,則"乎"宜作"於"是。且《詩·有杕之杜》"有杕之杜,生於道周"及干寶《晉紀總論》"然懷帝初載,嘉禾生于南昌"也與本篇義近。⑤ 而彼皆

---

①A. 王念孫《疏證》,239 頁、372 頁;B. 顧野王《大廣益會玉篇》,44 頁;C. 錢繹《箋疏》,422 頁、576 頁、582 頁。

②A. 蕭統《文選》,2349 頁、2380 頁;B. 吳棫《韻補》,42 頁。

③顧炎武《唐韻正》,274 頁。

④王念孫《雜志》,1347 頁。

⑤蕭統《文選》,2190 頁。

作"生於(于)",是本篇"乎"當作"於"是。據王注"屈原以竹自喻,言有便娟長好之竹,生於江水之潭"云云,是王本作"於"。

403. 孰知其不合兮,若竹柏之異心

黄靈庚謂:"心字出韻。異心,當心異之倒乙。異與下文待字協韻。"

按:徐仁甫即謂"'異心'當作'心異'。'異'與下句'待'韻。可證今本誤倒"。[①] 是爲黄説先導。然據王注"其志不合,若竹柏之異心也"云云,是王本作"異心"也。顧炎武《唐韻正》"風"字條引此正作"異心",是不誤。[②]

(二)沈江

404. 賢俊慕而自附兮

黄靈庚謂:"據王注文,蓋自當作日,字之訛也。"

按:何劍熏即謂"'自'當作'日'。王《注》言'日來親附',知王本固作'日',不當作'自'。"而據吳棫《韻補》"壨"字注引此也作"自",是所見已誤。[③]

405. 不顧地以貪名兮,心怫鬱而內傷

按:"顧地"不辭,疑爲"顧難"之誤。《離騷》"不顧難以圖後兮"當爲此所本。而王注"不顧楚國之地"之"地"也顯係"難"之誤。此或以"地(墜)、難"形近而訛。

406. 忠臣貞而欲諫兮,讒諛毁而在旁

忠臣貞,疑爲貞臣忠。

①A. 黄靈庚《辯證》,785 頁;B. 徐仁甫《楚辭別解》,52 頁。

②顧炎武《唐韻正》,225 頁。

③A. 黄靈庚《辯證》,787 頁;B. 何劍熏《新詁》,333 頁;C. 吳棫《韻補》,3 頁。

按:"貞臣"《楚辭》及其它典籍皆習見,如《惜往日》"貞臣"
凡三見。即"屬貞臣而日娭""何貞臣之無皋兮""使貞臣爲無
由"等。此外《七諫·沈江》"正臣端其操行兮,反離謗而見攘"之
"正臣"事實上也是後人因"貞,正也"之訓詁而易"貞臣"爲"正
臣"。是"貞臣"一詞《楚辭》夥也。而王注《惜往日》之"貞臣"則
分別以"忠良""忠正""忠節"釋之。是"貞臣"本即"忠貞、忠良、
忠正"之臣。且《説苑·臣術》"守文奉法,任官職事,……貞臣
也"及《新語·辨惑》"定公不覺悟,信季孫之計,背貞臣之策,以
獲拘弱之名,而喪丘山之功"等所載正與王注"正其心,欲諫其
君,讒毀在旁"之内容一致。① 是作"貞臣"爲是。而後人不察,遂
以常見之"忠臣"易"貞臣"也。

407. 微霜下而夜降

黄靈庚謂:"王逸注曰'言秋時百草將實,微霜夜下而殺之,
使不得成熟也'。蓋王氏本作'夜而下',下、夜二字,今倒乙也。"

按:徐仁甫即謂"王注作'微霜夜下',疑原文本作'微霜夜而
下降',今本'夜下'二字互倒,則文不可通"。然我們以爲或本作
"微霜降而夜下"方是。因爲《惜往日》"微霜降而下戒",《遠遊》
"微霜降而下淪兮",《七諫·自悲》"微霜降之濛濛"等之"微霜
降"皆作爲一個詞組出現。而王注謂"微霜夜下",則王本"夜下"
尚作爲一詞而未分釋。且自然界之"霜"在晚上入夜之際、氣溫
下降到一定時候方有。宋范仲淹《漁家傲》(塞下秋來)一詞謂
"羌管悠悠霜滿地,人不寐,將軍白髮征夫淚"可爲明證。②

---

①A. 向宗魯《説苑校證》,35 頁;B. 王利器《新語校注》,79 頁。
②A. 黄靈庚《辯證》,790 頁;B. 徐仁甫《楚辭別解》,52 頁;C. 唐圭璋編纂,王仲聞
參訂,孔凡禮補輯《全宋詞》,中華書局,1999 年,14 頁。

408. 懷計謀而不見用兮,巖穴處而隱藏

巖穴處,疑作處巖穴。

按:"處岩穴"與"懷計謀"本平行并列。據王注"言己懷忠信之計,不得列見,獨處巖穴之中,隱藏而已"云云,是王本作"處岩穴"。

409. 不別橫之與縱

橫,疑作衡。

按:《詩·齊風·南山》"蓺麻如之何? 衡縱其畝"。① 王應麟《困學紀聞》謂:"'蓺麻如之何? 衡從其畝'。顏氏云'《禮》今也衡縫,衡,即'橫'也,不勞借音。徐氏音'橫',失之矣'。"②王説是。如《周禮·冬官·玉人》:"衡四寸。"注:"衡,古文橫,假借字也。"③段注《説文》也謂"古謂橫直爲衡從。《毛詩》云'衡從其畝'是也"。④ 而《楚辭》詞句多有取自《詩》者,是疑本或作"衡",而後人以"橫縱"常見故易之也。據王注"尚不別繒布經緯橫縱"云云,是王本已誤,而吳棫《韻補》"縱"字注引此亦同王本。⑤

410. 秋毫微哉而變容

(1)毫,一作豪。

按:司馬貞注《史記·淮陰侯列傳》"大王之入武關,秋豪無所害"句,引此謂"豪秋乃成。又王逸注《楚詞》云'鋭毛爲豪,夏落秋生也'"。⑥ 是唐人所見作"豪"。但據明覆宋刊本王注"鋭毛爲毫,夏落秋生"云云,是王本作"毫"。李錫齡本、金陵本并同。

---

①孔穎達《毛詩正義》,344 頁。
②王應麟《困學紀聞》,71 頁。
③孫詒讓《正義》,3338 頁。
④段玉裁《説文解字注》,1120 頁。
⑤吳棫《韻補》,2 頁。
⑥司馬遷《史記》,1994 頁。

（2）一無哉字。哉，一作裁。

按：當有"哉"字是，且讀爲"裁"。于鬯《香草校書》於"初哉"條謂："哉蓋讀爲裁。楚辭沈江諫秋毫微哉而變容。洪興祖補注云。哉一作裁。是裁哉通用之證。許叔重説文衣部云。裁、制衣也。刀部云。初、裁衣之始也。裁與初二字正同一類。故知哉當讀爲裁。"①于説是。"秋毫微裁"方與"變容"意義相協。

（三）怨世

411. 世沈淖而難論兮,俗嶺峨而嶻嵯

岭,一作岑。

按：據王注"岭峨,不齊貌"云云,是王本作"岭"。顧炎武《唐韻正》、王念孫《疏證》引此也作"岭"是不誤。② 李錫齡本、金陵本并同。

412. 棄捐葯芷與杜衡兮

葯,一作蘭;衡,一作蘅。

按：據吴棫《韻補》"加"字注引此作"棄捐約芷與杜衡兮",是其"約"字雖略有小誤,然足證王本作"葯"與"衡"。王念孫《疏證》引此正作"捐葯芷與杜衡兮"。③ 李錫齡本、金陵本并作"葯與衡",是不誤。

413. 何周道之平易兮

平易,疑作平直。

按：據王注"言周家建立德化,其道平直公方,所履無失,而

---

①于鬯《香草校書》,1101 頁。
②A. 顧炎武《唐韻正》,240 頁;B. 王念孫《疏證》,467 頁。
③A. 吴棫《韻補》,37 頁;B. 王念孫《疏證》,1258 頁。

言蕪穢傾危者,心惑意異也。以平直爲傾危,則以忠正爲邪枉也"云云,是王本作平直。且《詩·小雅·大東》"周道如砥,其直如矢",《正義》謂"以周道布其砥矢之平直"。[①]《孟子·離婁上》:"聖人既竭目力焉,繼之以規矩準繩,以爲方員平直,不可勝用也。"[②]是皆言平直,而非平易也。

414. 西施媞媞而不得見兮,嫫母勃屑而日侍

(1)劉師培謂:"《文選》吳質《答東阿王書》注引媞媞二字作婉。"

按:馬瑞辰《通釋》引此亦作"媞媞",并謂"提提、媞媞又作媎媎"。是"媞"字或作它字,然亦不作"婉"字明也。而吳棫《韻補》"菜"字注引此正作"媞媞",是所見不誤。錢繹《箋疏》引此亦同王本。[③]

(2)日,一作近。

按:《文選·答東阿王書》注引此也作"日侍",然據王注"以言親近小人,斥逐君子"云云,是王本作"近"。吳棫《韻補》"菜"字注引此正作"近",是北宋人所見猶有作此者。[④]

415. 改前聖之法度兮

前,一作先。

按:作"先"是。《楚辭》中"前、先"常混,如《遠遊》"風伯爲余先驅兮",先,一本作前。但本篇宜作"先聖"是。《離騷》兩言"前聖",如"固前聖之所厚","依前聖以節中兮",王注"固乃前

---

①孔穎達《毛詩正義》,780 頁。
②趙歧注,孫奭疏《孟子注疏》,185 頁。
③A.劉師培《考異》,1161 頁;B.馬瑞辰《通釋》,319 頁;C.吳棫《韻補》,78 頁;D.錢繹《箋疏》,123 頁、393 頁。
④A.蕭統《文選》,1910 頁;B.吳棫《韻補》,78 頁。

世聖王之所厚哀也”，“皆依前世聖人之法”也。是王注皆未釋
“前聖”爲“先聖”。而王注本篇徑謂“改其先聖法度”，是王本自
作“先聖”。且王注《九章・懷沙》“前圖未改”句謂“以言人遵先
聖之法度”，注《七諫・沈江》“滅規榘而不用兮，背繩墨之正方”
句謂“滅先聖之法度”，其注皆言“先聖之法度”，亦可證本篇當作
“改先聖之法度”也。

416. 親讒諛而疏賢聖兮，訟謂閭娵爲醜惡

黃靈庚謂：“王逸注曰‘喧嘩曰訟’。訟猶公言也。謂字蓋爲
衍文。”

按：徐仁甫即謂“訟者，公言也。‘訟閭娵爲醜惡’，即公然謂
閭娵爲醜惡也。無‘謂’字，是”。而“訟閭娵”正與“親讒諛”相
對爲文，是當無“謂”字。而于鬯《香草續校書》於“夫無莊之失其
美”條引此則亦誤同王本。①

417. 孰知察其黑白

“知”字疑衍。

按：《楚辭》中“孰知其”或“孰察其”皆獨立使用，未曾分釋。
如《天問》：“東流不溢，孰知其故？”《七諫・初放》“孰知其不合
兮，若竹柏之異心”等“孰知其”之使用皆如是。而《懷沙》“孰察
其撥正”是亦“孰察其”獨立使用之明證。而王逸注《懷沙》“孰
察其撥正”句謂“察，知也”。是“孰知其”即“孰察其”。故“孰知
察其黑白”或可爲“孰知其黑白”之誤，亦可爲“孰察其黑白”之
誤。但據“孰察其撥正”句，本句宜作“孰察其”爲宜。孫詒讓《札
迻》釋“撥正”謂“‘撥’，謂曲枉，與‘正’對文”。② 而本句之“黑

---

①A.黃靈庚《辯證》，804 頁；B.徐仁甫《楚辭別解》，53 頁；C.于鬯《香草續校書》，
273 頁。
②孫詒讓《札迻》，397 頁。

白"與"撥正"同義,亦對文。且據王逸注本句謂"誰當知己之清白,彼之貪濁"云云,則王注正以"知"釋"察"。其例與"孰察其撥正"同。故可定"知"字衍文無疑。

418. 安眇眇而無所歸薄

劉師培謂:"《文選·曹植〈情詩〉》注、陶潛《始作鎮軍參軍經曲阿詩》注並引'而'作'兮'。"

按:王本不誤。本篇句例,篇中無用"兮"字者,此亦不得例外。吳棫《韻補》"白"字注引此亦同王本,是所見如此。①

419. 專精爽以自明兮,晦冥冥而壅蔽

自明,疑爲至明。

按:《左傳·昭公七年》"是以有精爽,至於神明"。② 是本篇"專精爽"句與《左傳》義近。而本句下又言"晦冥冥而壅蔽","晦冥壅蔽"正與"以至明"相應。此如《説苑·至公》:"(孔子)於是喟然而嘆曰'天以至明爲不可蔽乎?'"③"明、蔽"也相對也。是本句"自明"疑爲"至明"之誤。

420. 年既已過太半兮,然坮軻而留滯

坮,一作轗,一作輡。

按:據南朝顧野王《玉篇》"軻"字注謂"《楚辭》'然坮軻而流滯',王逸曰'坮軻',不遇也"。唐李賢注《後漢書》謂"《楚詞》曰'然坮軻而留滯'"等,④是其所引皆作"坮"。然據王注"輡軻,不遇也。言己年已過五十而輡軻"云云,是王本作"輡軻"。而李善

---

①A. 劉師培《考異》,1162 頁;B. 吳棫《韻補》,120 頁。
②孔穎達《春秋左傳正義》,1249 頁。
③向宗魯《説苑校證》,351 頁。
④A. 顧野王《玉篇》,407 頁。此外,《大廣益會玉篇》(7 頁)"坮"字注引此略同;B. 范曄《後漢書》,673 頁。

注曹丕《雜詩二首》（西北有浮雲）引此即作"輅軻"是可爲一本
之證。①

421. 獨冤抑而無極兮，傷精神而壽夭。皇天既不純命兮，余生終無所依

一本無此四句。

李大明謂："'夭'古韻宵部，'依'古韻脂部，四句失其韻；且
此處上四句'滯'、'敗'同泰部爲韻，下四句'逝'、'世'亦泰部爲
韻，中間插入此四句，遂使韻律扞隔不通，然則一本無此四句爲
是，當據删。"②

按：李先生所言甚是。《七諫》語句同於《九章》者，則王逸注
多謂已解於《九章》，如《沈江》："晉獻惑於驪姬兮，申生孝而被
殃。"王逸注："已解於《九章》篇中。"《怨思》："子胥諫而靡軀兮，
比干忠而剖心。子推自割而飤君兮，德日忘而怨深。"王逸注：
"已解於《九章》。"《自悲》："苦衆口之鑠金。"王逸注："已解於
《九章》。"凡此皆無一例外。而本篇"皇天既不純命兮，余生終無
所依"句同於《哀郢》"皇天之不純命兮，何百姓之震愆"，但王逸
并没有同上舉諸例一樣謂"已解於《九章》"也。是也可證王本無
此四句。

（四）怨思

422. 賢士窮而隱處兮，廉方正而不容

（1）賢士窮而隱處兮，疑作"賢士隱而窮處兮"。

按：《楚辭》"窮處"習見，如《九辯·六》"寧窮處而守高"，

---

①蕭統《文選》，1361 頁。
②李大明《宋本〈楚辭章句〉考證》，《四川師範大學學報》，1995 年第 1 期，79 頁。

《七諫·謬諫》"列子隱身而窮處",《哀時命》"願退身而窮處"等
皆是。且據王注"言時貪亂者衆,賢者隱蔽"云云,是王逸所見尚
不誤也。本篇作"賢士窮而隱處"顯係誤倒。

　　(2)廉方正,當爲廉正方。

　　按:"廉正"一詞先秦兩漢典籍習見,例不勝舉。且"賢士"與
"廉正"并舉,方爲恰當。若"賢士"與"廉方"對舉則不辭也。而
王注"廉正之士不能容於世也",是王本正作"廉正"。吳棫《韻
補》"心"字注引此亦作"廉正方而不容"。[①]是所見尚不誤。

423. 願壹往而徑逝兮,道壅絕而不通

　　徑逝,疑作徑進。

　　按:因爲如果是選擇逃避,則不存在道路通不通的問題。而
下句"道壅絕而不通",有慨歎失望之意,則表明前一動作行爲必
當是表示積極進取的。如《九辯·六》"願自往而徑進兮,路壅絕
而不通"是也。[②]是本篇"徑逝"疑亦作徑進。

(五)自悲

424. 憐余身不足以卒意兮,冀一見而復歸

　　"余身"後疑脫一"之"字。

　　按:"之不足"典籍習見,而《九辯·八》"諒城郭之不足恃
兮",其詞亦然。此外,本句下"冀一見而復歸"句有"而"字轉折,
而《楚辭》中"之……而……"爲習見句式,如《九歌·山鬼》"表
獨立兮山之上,雲容容兮而在下"等例不勝舉。且本篇本句下謂
"哀人事之不幸兮,屬天命而委之咸池",也是"之……而……"句

---

①吳棫《韻補》,2頁。
②原作"願自往而徑遊兮,路壅絕而不通",此據陳第《屈宋古音義》(233頁)校改。

式,若本句補"之"字,則構成"之……而……""之……而……"
的并列句式,詞氣爲暢。故綜合言之,似補"之"字於義爲暢。

425. 哀獨苦死之無樂兮,惜予年之未央

徐仁甫謂:"'死'字當衍,'哀獨苦之無樂兮,惜予年之未
央',苦樂之間不應有'死'字。"①

按:徐先生所言近是。但"獨苦"疑作"孤苦"。王注本句謂:
"年尚少也。"則是謂少年之無樂。而《文選》載李密《陳情事表》
謂:"臣少多疾病,九歲不行,零丁孤苦,至於成立。"②《梁書‧沈
約傳》沈約謂:"吾弱年孤苦。"③其意皆與王注相仿。是"獨苦"
"孤苦"雖都典籍習見,但揣其文義,似作"孤苦"爲是。此或以
"獨、孤"形近而訛。

426. 狐死必首丘兮,夫人孰能不反其真情。故人疏而日忘兮,新
人近而俞好

"夫人"之"人"字疑衍。

按:據王注"誰有不思故鄉乎"云云,是不必有"人"字。且此
四句,後二句"故人、新人"已對言。若再作"夫人"則覺詞贅。而
《莊子‧外物》"且以狶韋氏之流觀今之世,夫孰能不波",④是也
以"夫孰能"爲辭也。

427. 聞南藩樂而欲往兮,至會稽而且止

洪興祖引唐本無"樂而"二字。

按:疑當有"而"無"樂"。"而欲"一詞皆爲動詞之修飾語。
如《七諫‧沈江》"忠臣貞而欲諫兮",《九歎‧憂苦》"覽其志而

---

①徐仁甫《楚辭別解》,53 頁。
②蕭統《文選》,1694 頁。
③姚思廉《梁書》,中華書局,1973 年,235 頁。
④劉文典《補正》,748 頁。

欲北"等皆是。本句若作"而欲往"，其辭則與"而欲諫"及"而欲北"同。故當有"而"無"樂"方是。

428. 登巒山而遠望兮

一本無山字。

按："登巒"不辭，當有"山"字文義方足。顧野王《玉篇》"巒"字注引此正作"登巒山而遠望"，是南朝人所見尚同王本。而郝懿行《義疏》引此也作"巒山"，①是不誤。

429. 鸕鶴孤而夜號兮，哀居者之誠貞

誠貞，疑爲貞誠。

按：據王注"……哀惜己之履行正直"云云，是王逸正以"正"釋"貞"，以"直"釋"誠"。是"誠貞"當爲"貞誠"無疑也。

（六）哀命

430.《哀命》

《哀命》一作《哀時命》。

按：作《哀時命》是。《楚辭》等篇多有以篇首文字爲題者，如《惜誦》《思美人》《惜往日》《悲回風》等皆是。此外，本篇首句即謂"哀時命之不合兮，傷楚國之多憂"，而據王注"言己自哀生時禄命"云云，是篇首"哀時命"文字不誤。且《哀時命》篇首句也謂"哀時命之不及古人兮"云云，是篇名《哀命》當爲《哀時命》。此《七諫》之有"哀時命"與《楚辭》獨立篇《哀時命》篇名同者，猶《楚辭》之有獨立之《遠遊》篇，而《九歎》也有《遠遊》篇名類似。凡此足證一本不誤。

---

① A. 顧野王《玉篇》，460 頁；B. 郝懿行《義疏》，880 頁。

431. 日眇眇而既遠

日,疑作目。

按:"眇眇"形容"目"則可,如《九歌·湘夫人》"目眇眇兮愁予"及《九歎·思古》"目眇眇而遺泣"等皆爲此類。但罕有以"眇眇"形容"日"者。故疑"日眇眇"當作"目眇眇"。

432. 哀靈脩之過到

過到,疑爲浩蕩之聲誤。

按:雖然如顧炎武《唐韻正》"樂"字條等引此也作"過到"。然"過到"一詞費解,故徐復以爲"到當爲古倒字,……此文過到,亦謂懷王倒逆過甚耳"。此外或如何劍熏訓"到爲欺"等等則不一而足。① 我們以爲諸先生雖言之鑿鑿,但顯然"過到"一詞不宜分釋,竊以爲"過到"當"浩蕩"之聲誤。如《離騷》"怨靈脩之浩蕩兮"、《七諫·謬諫》"怨靈脩之浩蕩兮"等,其辭皆"怨(哀)＋靈脩＋浩蕩"之結構。故疑"過到"爲"浩蕩"之聲誤也。

(七)謬諫

433. 年滔滔而自遠兮,壽冉冉而愈衰

聞一多謂:"自疑當爲日,字之誤也。(《九歎·逢紛》'意晻晻而日頹',日,一作自。)'年滔滔而日遠兮,壽冉冉而愈衰','日''愈'二字并用,與《自悲》'故人疏而日忘兮,新人近而俞(一作愈)好',《九辯》'眾踥蹀而日進兮,美超遠而逾(一作愈)邁',詞例正同……本篇一本遠一作往,則又與《九辯》'年洋洋而

---

①A. 顧炎武《唐韻正》,503 頁;B. 徐復《後讀書雜志》,上海古籍出版社,1996 年,148 頁;C. 何劍熏《新詁》,337—338 頁。

日往兮'語意尤近。"①

按:聞説是。王念孫《疏證》即謂"陶陶與蹈蹈同,《楚辭·七諫》'年滔滔而日遠兮'"。引本篇正作"日遠"。此外,馬瑞辰《通釋》引此也作"日遠'"。是皆以"自遠"作"日遠"。而吳棫《韻補》"衰"字注引此正作"日遠"。② 是宋人所見猶不誤也。

434. 心悇憛而煩冤兮

冤,一作怨。

按:"煩冤"一詞習見於《楚辭》,王念孫《疏證》及其《雜志》引此即并作"煩冤"。③ 而據《後漢書·馮衍傳》:"并日夜而幽思兮,終悇憛而洞疑。"李賢注:"《楚詞》云'心悇憛而懷惑'。"④是所見已誤。

435. 弧弓馳而不張兮,孰云知其所至。無傾危之患難兮,焉知賢士之所死

"云"字疑衍。

按:"孰云知其"於本篇辭氣不律,且"孰知其"亦爲《楚辭》習語,而作"孰知"則也與"焉知"相偶也。據王注"誰知其力之所至乎"云云,是王本并没有"云"字。

436. 直士隱而避匿兮,讒諛登乎明堂

讒諛,疑爲"讒人"之誤。

按:《卜居》"讒人高張,賢士無名"。正"讒人"與"賢(直)士"相舉爲言。此處作"讒諛"者當因王注"讒諛之人"以及《楚辭》"讒諛"一詞常見而誤。而據吳棫《韻補》"公"字注引此亦作

---

①聞一多《校補》,128—129 頁。

②A. 王念孫《疏證》,689 頁;B. 馬瑞辰《通釋》,477 頁;C. 吳棫《韻補》,80 頁。

③A. 王念孫《疏證》,719 頁;B. 王念孫《雜志》"憛悇"條,2426 頁。

④范曄《後漢書》,666 頁。

“讒諛”①,是其誤已久。

437. 菎蕗雜於廢蒸兮

廢,一作叢,一作藂。

按:顧炎武《唐韻正》“革”字條引此即作“叢”,而王念孫《疏證》先後三次凡引此則皆作“廢蒸”。② 而據王注“枲翮曰廢,煏竹曰蒸。言持菎蕗香直之草,雜於廢蒸,燒而燃之”云云,是王本作“廢蒸”。李錫齡本、金陵本并同。

438. 以直鍼而爲釣兮

釣,一作鈎。

按:釣、鈎典籍常混,如張元濟《校史隨筆》“鈎魚”條即言之甚詳。而據《淮南子・説山訓》“不愛江、漢之珠,而愛己之鈎”句,王念孫《雜志》“鈎”字條謂:“正文‘鈎’字本作‘釣’,注本作‘釣,鈎也’。‘釣’爲‘釣魚’之‘釣’,又爲‘鈎’之別名,故必須訓釋。若‘鈎’字則不須訓釋矣。古多謂‘鈎’爲‘釣’,故《廣雅》亦云‘釣,鈎也’。下文云‘操釣上山,揭斧入淵’,《説林篇》云‘一目之羅,不可以得鳥;無餌之釣,不可以得魚’,《鬼谷子・摩篇》云‘如操釣而臨深淵’,東方朔《七諫》云‘以直鍼而爲釣兮,又何魚之能得’,皆其明證矣。”此外,王氏於“鈎餌”條又謂“後人但知‘釣’爲‘釣魚’之‘釣’,而不知其又爲‘鈎’之異名,故以意改之耳。……東方朔《七諫》曰‘以直鍼而爲釣兮,又何魚之能得?’是古人謂‘鈎’爲‘釣’也。”是據王説,本篇“釣”字不誤。本此,王氏《疏證》引此也作“釣”。③

---

①吳棫《韻補》,41 頁。

②A. 顧炎武《唐韻正》,515 頁;B. 王念孫《疏證》,1024 頁、1235 頁、1275 頁。

③A. 張元濟《校史隨筆》,134—135 頁;B. 王念孫《雜志》,2337 頁、2591—2592 頁;C. 王念孫《疏證》,961 頁。

439. 伯牙之絶弦兮,無鍾子期而聽之

"子"字疑衍。

按:反復誦之,總覺於義欠安,疑"鍾子期"本作"鍾期",詩賦文獻中"伯牙、鍾期"常相并舉,如嵇康《琴賦》"伯牙揮手,鍾期聽聲"以及王褒《四子講德論》"是伯牙去鍾期,而舜、禹遁帝堯也"等皆爲此例。[①] 而鍾子期作鍾期者,有如王子僑亦作王僑,介子推亦作介推是也。至於王注稱"鍾子期,識音者也"也不誤,此如《九思・傷時》:"從安期兮蓬萊。"安期即安期生,但王逸徑注:"安期生,仙人名也。"是正文作"鍾期",而王注也可徑稱鍾子期之證。

440. 故叩宮而宮應兮,彈角而角動

一作"叩宮而商應,彈角而徵動"。

按:《吕氏春秋・召類》"故鼓宮而宮應,鼓角而角動"。《淮南子・覽冥訓》:"今夫調弦者,叩宮宮應,彈角角動,此同聲相和者也。"高注謂:"叩大宮則少宮應,彈大角則少角動,故曰'同音相和'。"此外《齊俗訓》也謂"故叩宮而宮應,彈角而角動,此同音之相應也"。[②] 是漢時皆言如此,足證王本不誤。李錫齡本、金陵本并同。

441. 音聲之相和兮,言物類之相感也

一本無"言"及"也"字。

聞一多謂:"'感也'不入韻,句法亦不類。當係舊《注》文,本作'言音聲之相和,物類之相感也',寫者誤爲正文,遂改如今本。然王逸有《注》,是誤在王前矣。"而何劍熏則謂"當從一本删

---

①嵇康、王褒文見蕭統《文選》,840 頁、2247 頁。
②A. 許維遹《吕氏春秋集釋》,558 頁;B. 劉文典《集解》,200 頁、369 頁。

‘言’及‘也’字”。①

　　按：“言”字當係旁批誤入正文。而“也”字當有，“兮……
也”爲固定句式。而“感”則當作“應”。“物類相應”常語也，如
《淮南子·覽冥訓》：“夫物類之相應，玄妙深微，知不能論。”②
《漢書·食貨志第四上》：“夫陰陽之感，物類相應，萬事盡然。”③
其辭皆言“物類相應”是證。而據王注“言鳥獸相呼，雲龍相感，
無不應其類而從其耦也”云云，是王本正作“應”。

442. 夫方圜之異形兮，勢不可以相錯。列子隱身而窮處兮，世莫可以寄託

　　“身”字疑衍。

　　按：此處句子當爲上七下六之句式，而“列子隱身”句爲八言
則殊爲不類。揣其文意，當無“身”字是。此衍“身”字者當因王
注“無可以寄命託身也”之“身”字而誤。

443. 獨便悁而懷毒兮，愁鬱鬱之焉極

　　懷毒，疑爲煩毒。

　　按：據王注“言憂愁之無窮”云云，是其強調“憂愁”爲其中心
義。而“煩毒”一詞常與“憂愁”意相連，如《後漢書·張衡傳》
“曾煩毒以迷或兮，羌孰可與言己？私湛憂而深懷兮，思繽紛而
不理”之“煩毒”與“湛憂”相偶爲詞即爲明證。④　且本句與《哀時
命》之“獨便悁而煩毒兮”詞意并近，故疑作“煩毒”爲是。

444. 甂甌登於明堂兮，周鼎潛乎深淵

　　乎，一作於。

　　①A. 聞一多《校補》，130 頁；B. 何劍熏《新詁》，339 頁。
　　②劉文典《集解》，194 頁。
　　③班固《漢書》，959 頁。
　　④范曄《後漢書》，1294 頁。

按:聞一多《校補》於"朝吾將濟於白水兮"句引季鎮淮意見謂"《離騷》語法,凡二句中連用介詞'於''乎'二字時,必上句用於,下句用乎"。揆之本篇,亦"於""乎"連用也,是作"乎"是。王念孫《疏證》引此亦同王本是不誤。[①]

445. 自古而固然兮,吾又何怨乎今之人

黃靈庚謂:"《涉江》曰'與前世而皆然兮,吾又何怨乎今之人',據此,固然,似作皆然者是也。"[②]

按:黃先生所言甚是。本句顯係模仿《涉江》所作。而《七諫·初放》"舉世皆然兮,余將誰告"也顯係模仿《涉江》"與前世而皆然兮"一句,其詞也作"皆然",此外,《七諫·自悲》"苦衆人之皆然兮,乘回風而遠遊",其詞也謂"皆然",綜合言之,則王本作"皆然"爲是。

四、哀時命

446. 歖愁悴而委惰兮,老冉冉而逮之

(1)歖,疑爲惂之借。

按:雖然如王先謙《釋名疏證補》引此亦同王本。然據王念孫《疏證》"惂者,《説文》'惂,憂困也',《楚辭·哀時命》'歖愁悴而委惰兮'。王逸注云'歖,愁貌也。歖與惂通'"之説,是其意歖爲惂之借。而據《説文》"歖,欲得也"云云,是"歖"與本篇意義不合,而王念孫説可從。至於錢繹《箋疏》引此作"欲"則不

---

①A. 聞一多《校補》,13 頁;B. 王念孫《疏證》,820 頁。
②黃靈庚《辯證》,835 頁。

審也。①

（2）徐仁甫謂：“‘委惰’當作‘委隋’,亦作‘委隨’,《文選·七發》‘四支委隨’,是也。”

按：“委惰”不必校改。王先謙《釋名疏證補》引此即作“委惰”,王氏并謂“委隨、委惰立弱意”也。而王念孫《疏證》、錢繹《箋疏》引此也并同王本是不誤。②

447. 攀瑶木之檀枝兮

檀,一作撢。

按：朱本及王念孫《疏證》引此皆作“攀瑶木之檀枝兮”。③ 但檀爲木名,若作“檀枝”則與“瑶木”及本句表達義悖。檀,當作撢,“撢枝”即斜伸蔓延之枝條。

448. 弱水汨其爲難兮,路中斷而不通

“爲”字疑衍。

按：《楚辭》中“其難”“而難”常作爲一詞出現,如《離騷》“忽緯繣其難遷”,《九歎·憂苦》“志紆鬱其難釋”;《離騷》“芳菲菲而難虧”,《九章·哀郢》“諶荏弱而難持”等皆是。而“爲難”一詞,《楚辭》僅見於此。且“弱水汨”與“其難”語氣上一以貫之,而與“其爲難”的搭配則顯得語氣不貫,故疑“爲”字衍文。

449. 左袪挂於榑桑

榑,一作扶。

按：首先榑當爲榑之誤無疑。朱本、李錫齡本、金陵本等并作

---

①A. 王先謙《釋名疏證補》,118 頁;B. 王念孫《疏證》,61 頁;C. 段玉裁《説文解字注》,723 頁;D. 錢繹《箋疏》,74 頁。

②A. 徐仁甫《楚辭别解》,56 頁;B. 王先謙《釋名疏證補》,118 頁;C. 王念孫《疏證》,61 頁;D. 錢繹《箋疏》,74 頁。

③王念孫《疏證》,1149 頁。

"榑"是證。① 而"榑桑"者不誤也。雖然劉師培《考異》也謂《御覽》引"榑作扶"。但《淮南子·覽冥訓》尚言"朝發榑桑,日入落棠"。且據《廣韻》"榑"字注謂"榑桑,海外大桑日所出也"云云,②是作"榑"不誤。顧炎武《唐韻正》"橫"字注引此正作"榑桑"是亦取捨有本。③

450. 靈皇其不寤知兮,焉陳詞而効忠

"靈皇"疑作"靈懷"。"寤"當作"吾"。

按:據王注"言懷王闇蔽,心不覺寤"云云,是以懷王釋靈皇也。而《九歎·離世》云:"靈懷其不吾知兮,靈懷其不吾聞。就靈懷之皇祖兮,愬靈懷之鬼神。靈懷曾不吾與兮,即聽夫人之諛辭。""靈懷"之詞屢見,而王逸注皆以"懷王"釋"靈懷",是王注完全一致,而彼屢云"靈懷",是可證此之"皇"或爲"懷"形聲之誤。而它篇王注皆謂"不吾…",是"寤"當爲"吾"無疑。

451. 璋珪雜於甑窐兮

璋珪,一作珪璋。

聞一多在劉師培《考異》基礎上謂:"《初學記》一九,《錦繡萬花谷·續集》五,《廣韻》十二齊引并作珪璋,與一本合。惟《御覽》二〇六引作璋圭,然三八二仍作圭璋,圭珪同。疑一本是。"

按:段玉裁《說文解字注》引此也作"圭璋",是爲一本佐證。④但"璋珪"實不誤,"璋珪"典籍習語,且"璋珪"與"甑窐"正美惡相縣,故以爲喻。⑤ 朱本、李錫齡本、金陵本并同。

①據吳棫《韻補》(48 頁)"橫"字注引此亦作"榑"字看,是刻本中多有誤此者。
②A. 劉師培《考異》,1162 頁;B. 劉文典《集解》,204 頁;C. 陳彭年等《廣韻》,20 頁。
③顧炎武《唐韻正》,275 頁。
④A. 詳劉師培《考異》,1163 頁;B. 聞一多《校補》,131 頁;C. 段玉裁《說文解字注》,601 頁。
⑤詳王念孫《雜志》(2341 頁)"甑甀"條。

452. 隴廉與孟娵同宮

徐仁甫謂:"孟娵即《七諫·怨世》之'閭娵',王逸注亦云'閭娵好女'也。蓋閭娵一作明娵,見《荀子·賦篇》楊倞注,後語作明陬。明、孟一聲之轉,故明娵又作孟娵也。"

按:徐先生所言甚是。于鬯《香草續校書》於《荀子》"閭娵子奢"條即謂:"閭娵作明陬。見楊注所引後語。而謝校謂明是閭字之誤、楊未省照。則非也。楚辭哀時命篇云。隴廉與孟娵同宮。王章句云。孟娵、好女也。是好女有名孟娵者。孟明一聲之轉。周禮職方氏賈釋云。明都、宋之孟諸。是也。則明陬即孟娵也。娵陬同諧取聲。通借更無疑義。荀子之閭娵。後語作明陬。然則哀時命之孟娵。即閭娵也。俞蔭甫太史楚辭人名考正云。孟娵疑即閭娵。閭氏、孟字也。其說確矣。"①是俞、于等皆爲徐說先導。

453. 氣涫灊其若波

波,一作湯。

按:顧野王《玉篇》"涫"字注、顧炎武《唐韻正》"施"字注及段玉裁注《説文》"灊"字引此也作"波",皆沿俗本之誤。② "其若湯"典籍習語也,如《九章·悲回風》:"心踊躍其若湯。"《七諫·自悲》"身被疾而不閒兮,心沸熱其若湯"。《後漢書·張衡列傳》"撫軨軹而還睨兮,心灼藥其如湯"③等之"其若湯"皆爲明證。此外,別本作"其若湯"者也正與涫爲湯熱之義合。如《説文》"涫"

---

①A. 徐仁甫《楚辭別解》,57 頁;B. 于鬯《香草續校書》,167—168 頁。此外,其"夫無莊之失其美"(273 頁)條及王念孫《雜志》(1906—1907 頁)"閭娵子奢"條也有相關論述,可參。

②A. 顧野王《玉篇》,443 頁;B. 顧炎武《唐韻正》,249 頁;C. 段玉裁《説文解字注》,200 頁。

③范曄《後漢書》,1307 頁。

字許注"灣"也。段玉裁申之曰："涫、灣一也。《周禮》注曰：'今燕俗名湯熱爲觀。'觀即涫。今江蘇俗語灣水曰'滾水'，滾水即涫，語之轉也。"①此外，據胡文英《吳下方言考》"涫"字條引《史記·龜策列傳》"腸如涫湯"語，是涫、湯之詞也常相爲用也。② 故"波"作"湯"爲是。據王注"若水之波"云云，是王本已誤。

454. 上牽聯於矰矰

矰，一作弋。

按：矰、弋二字相通。如《大廣益會玉篇》"弋"字注謂"繳射也，亦作矰"是證。而據段注《説文》"矰"字謂"經傳多假弋爲之"説，是作"矰"是。③ 而據王注"上恐牽聯於矰躲，身被矰繳也"云云，是王本不誤。

455. 孰魁摧之可久兮，願退身而窮處

退身，疑作側身。

按：《惜誦》"設張辟以娱君兮，願側身而無所"；《七諫·哀命》："傷離散之交亂兮，遂側身而既遠。"《七諫·謬諫》："經濁世而不得志兮，願側身岩穴而自託。"是皆言"側身"也。本處作"退"者，或因王注"願退我身"而誤。殊不知"退"乃釋"側"字。《禮記·曲禮上》："就屨，跪而舉之，屏於側。"鄭注："謂獨退也。"④是"側"有"退"義。故"退身"疑作"側身"爲是。

456. 鑿山楹而爲室兮，下被衣於水渚

而，一作以。

---

①段玉裁《説文解字注》，975 頁。此外長沙方言也稱沸水曰滾水，如楊樹達《長沙方言考》（見楊樹達《積微居小學金石論叢》，185 頁）"涫"字條謂"今長沙亦言沸水曰滾水"。而黔東方言稱沸水曰滾水則存於今日之口語。

②胡文英著，徐復校議《吳下方言考校議》，156 頁。

③A. 顧野王《大廣益會玉篇》，132 頁；B. 段玉裁《説文解字注》，256 頁。

④孔穎達《禮記正義》，50 頁。

按:據王注"言己雖窮,猶鑿山石以爲室柱,下洗浴水涯,被己衣裳,不失清潔也"云云,當作"以"爲是。明胡之驥《彙注》凡引《哀時命》此語即皆作"鑿山楹以爲室"是不誤。①

457. 霧露濛濛其晨降兮,雲依斐而承宇

疑作"霧濛濛其晨降兮,雲霏霏而承宇"。

按:雖然如顧炎武《唐韻正》"者"字條引此也與王本同。但"露"字當衍。本段自"孰魁摧之可久兮,願退身而窮處"至"與赤松而結友兮,比王僑而爲耦"凡七句,除本句外,餘皆"上七下六"句式,而本句當也是仿《涉江》"霰雪紛其無垠兮,雲霏霏而承宇"作。《涉江》句也爲上七下六句式,是本句疑也如此。《御覽》卷一七四引此正無"露"字可證。而"雲依斐而承宇"一本作"雲衣斐斐而承宇"。但參之《涉江》句,疑作"雲霏霏而承宇"是。若此則"雲霏霏"與"霧濛濛"正相偶也。②

458. 魂眐眐以寄獨兮,泪徂往而不歸

(1)洪興祖曰:"眐音征,从目。眐眐,獨行兒也。《博雅》云'眐眐,行也'。其字从耳。"

按:《廣雅》"眐眐,行也",王念孫謂"《楚辭・哀時命》'魂眐眐以寄獨兮',王逸注云'眐眐,獨行貌也'",是王氏以"眐眐"爲是。然洪說或王氏皆誤。檢之《說文》,無"眐"字,眐或當爲睈字之誤。如于鬯《香草續校書》即指出"廣雅釋訓云。眐眐、行也。楚辭哀時命篇云。魂眐眐以寄獨兮。王逸章句云。眐眐、獨行貌也。……眐實睈字之省。睈依說文即目部之睈字。"于氏所謂睈

①胡之驥《彙注》,19 頁、33 頁、334 頁。

②A. 顧炎武《唐韻正》,340 頁;B. 李昉等《太平御覽》,852 頁。另,筆者 2015 年 9 月 10 日晚檢閱何劍熏先生《新詁》(343—344 頁),知何先生已謂"露"爲衍文,是余說不孤。

即逪字。而《説文》謂"逪,相顧視而行也",揆之本篇,則于説信然。① 是眰眰當爲腄腄之誤也。

(2)寄獨,疑作羈獨。

按:寄、羈同音相借。《左傳·莊公二十二年》:"羈旅之臣。"杜注"羈,寄也"是證。② 而《九辯·一》"羈旅而無友生"句,王逸注:"遠客寄居,孤單特也。"是以"寄居"釋"羈"也。而王逸注本句也謂:"言我魂神眰眰獨行,寄居而處。"則也是以"寄居"爲釋也。兩處之注一致,故可證此處之"寄"當爲"羈"之誤。此或涉注文而誤。

459. 處卓卓而日遠兮

卓,一作逴。

按:據王注"卓卓日以高遠"意,則疑當作"逴"是。如《説文》謂"逴,遠也",段玉裁注謂"《哀時命》曰'處逴逴而日遠。'《九章》曰'道逴遠而日忘'"。③ 其字作"逴"是不誤。

460. 形體白而質素兮

質素,疑作素質。

按:據王注"言己自念形體潔白,表裏如素,心中皎潔,内有善性,清明之質也"云云,是王注也先"素"後"質"也。

461. 嘆寂默而無聲

嘆,一作歎。

按:郝懿行《義疏》引此也作"歎",然疑作"嘆"是。《楚辭》中"嘆""歎"常相錯訛,此或是"嘆""歎"右半形近致誤。如

①A. 王念孫《疏證》,687 頁;B. 于鬯《香草續校書》,178 頁;C. "逪"義詳段玉裁《説文解字注》,234 頁。

②孔穎達《春秋左傳正義》,267 頁。

③段玉裁《説文解字注》,133 頁。

《哀時命》“遂悶歎而無名”,一本“歎”作“漠”,或作“嘆”;此外《九懷·昭世》“浮雲漠兮自娛”句,聞一多謂:“漠爲漠之形誤。”①而《説文·口部》云:“嘆,吞歎也。”段玉裁注:“嘆近於哀。故嘆訓吞歎,吞其歎而不能發。”②而據王逸注“吞舌無聲也”云云,則王注與《説文》訓“嘆”之義合,是可證“歎”爲“嘆”之誤。

462. 願陳列而無正

陳列,疑作陳志。

按:《惜誦》“願陳志而無路”句顯爲此所本。王注《惜誦》謂“欲見君陳己志,又無道路也”,而王注此也謂“願陳列己志,無有明正之君聽而受之也”,是彼此之注意義一致。彼作“陳志”,此當也爲“陳志”方是。作“陳列”者當因王注“陳列己志”而誤。

五、九懷

(一) 匡機

463. 芷閭兮葯房

閭,一作室。

按:“芷閭”不誤,顧炎武《唐韻正》“横”字注及王念孫《疏證》引此即皆作“芷閭兮葯房”是證。③ 李錫齡本、金陵本并同。

---

①A. 郝懿行《義疏》,341 頁;B. 聞一多《校補》,135 頁。

②段玉裁《説文解字注》,106 頁。

③A. 顧炎武《唐韻正》,275 頁;B. 王念孫《疏證》,1258 頁。

（二）通路

464. 微觀兮玄圃，覽察兮瑤光

瑤，一作摇。

按：洪《補》引《淮南子·本經訓》"瑤光者，資糧萬物者也"以訓，是皆以"瑤"爲是。此外《文選·西京賦》也謂"正睹瑤光與玉繩"，李善注引"《春秋運斗樞》曰'北斗七星，第七曰瑤光'"，是皆作"瑤光"。然永隆（公元680年）寫本《西京賦》"正文作'瑤'，注作'摇'。'玉'字古寫無旁點"。而"第七曰摇光"者，饒宗頤指出"馬國翰輯本運斗樞，引《曲禮正義》、《檀弓正義》、《史記·天官書索隱》及《藝文類聚》，《太平御覽》皆作'摇光'，惟《西京賦》注作'瑤光'。不知永隆本正作'摇'，與各本引合，《文選》刻本涉正文而作'瑤'耳。"①饒先生援引豐富，其説可信。是"摇光"爲其本來之面目。而今本《楚辭》及《文選》等作"瑤光"者則皆沿俗本之誤。是《九歎·遠遊》"騰羣鶴於瑤光"之"瑤"也當從一本作"摇"也。

465. 遠望兮仟眠

仟眠，一作芊瞑。

按："仟眠"一詞頗多歧異，本篇以外，它如《九思·悼亂》"菫葦兮仟眠"句，《考異》謂"一作千眠，一作仟玄。仟，一作阡"等皆是。或有作"芊眠"者，如《南都賦》"青冥肝瞑"句，李善注"《楚辭》曰'遠望兮芊眠'，王逸曰'芊眠，遥視闇未明也'"。錢繹《箋疏》引此并同。② 而作"千眠"者，則如段玉裁注《説文》"俗"字謂

①A. 蕭統《文選》，58頁；B. 饒宗頤《敦煌本〈文選〉斠證》，詳《饒宗頤二十世紀學術文集》卷十一《文學》卷，408頁。
②A. 蕭統《文選》，152頁；B. 錢繹《箋疏》，199頁。

"《楚詞》及陸機《文賦》皆用'千眠'字"。① 凡此皆是歧異之象。
然據謝玄暉《和王著作八公山》"仟眠起雜樹,檀欒蔭脩竹"句,
或謝氏即據此"仟眠"而作。而李善注此謂"《楚辭》曰'遠望兮
仟眠'"。是其注雖與上揭《南都賦》李注作"芊眠"異,然參之
謝朓所作,或以作"仟眠"是。② 且其後王逸《九思·悼亂》"藿葦
兮仟眠"句今本也作"仟眠"是也可爲旁證。李錫齡本、金陵本
并同。

466. 陰憂兮感余

陰,當爲"隱"之借。

按:"陰憂"即"隱憂、殷憂"。如高亨《古字通假會典》謂:
"《公羊傳·莊公二十五年》'求乎陰之道也'。《唐石經》陰作
隱。"③而《詩·邶風·柏舟》:"耿耿不寐,如有隱憂。"《毛傳》:
"隱,痛也。"馬瑞辰《通釋》進一步謂:"殷、隱古同聲通用,隱者慇
之假借。……《文選》《注》五引《韓詩》作'殷憂',……隱憂、殷
憂皆二字同義,猶《詩》'我心憂傷','我心傷悲'之類。"④馬説甚
是。《哀時命》:"懷隱憂而歷兹。"隱,一本正作殷。是"陰憂"當
爲"隱憂"之借,而不得謂"陰憂"也。⑤

(三)危俊

467. 覽可與兮匹儔

儔,一作疇。

---

　①段玉裁《説文解字注》,992 頁。

　②蕭統《文選》,1414 頁。

　③高亨《古字通假會典》,234 頁。

　④馬瑞辰《通釋》,108—109 頁。

　⑤本條内容原爲 2008 年筆者爲趙逵夫先生主編《楚辭語言詞典》(594—595 頁)
"陰憂"條所撰寫,今特舉出以見筆者對《楚辭》全文之認識。

按：雖然如李善注曹植《贈王粲》“哀鳴求匹儔”句以及顧炎武《唐韻正》“儔”字條等引此也皆作“儔”。① 但段玉裁注“儔”字謂，“然自唐以前，用儔侶皆作疇，絕無作儔者……下逮六朝辭賦，皆不作儔。玄應之書曰‘王逸云：二人爲匹，四人爲疇。疇亦類也，今或作儔’矣。然則用儔者起唐初，以至於今。”此外，段氏注“疇”者又謂“自唐以前，……絕無用从人之儔訓類者。此古今之變，不可不知也”。段氏所論極精，其言可從。而吳棫《韻補》“懤”字注引此則正作“疇”者可證所見尚有不誤者。②

（四）昭世

468. 高回翔兮上臻

回，一作迴。

按：吳棫《韻補》“芬”字條引此即作“高迴翔”。③ 然“回”或“迴”字皆當爲衍文。本篇首四句“世溷兮冥昏，違君兮歸真。乘龍兮偃蹇，高回翔兮上臻”之前三句皆“□□兮□□，□□兮□□。□□兮□□”之結構，依此文例，“高回翔兮上臻”之“高回翔”與此不協。而《楚辭》中“高翔”或“回翔”皆習見，然皆無“高回翔”之例，是“高”或“回”當有一字爲衍。而據“高回翔”後言“上臻”，是作“高翔”其義與“上臻”相仿。故疑“回”或“迴”字皆當爲衍文。

469. 襲英衣兮緹縟，披華裳兮芳芬

（1）襲，一作龍。

黃靈庚謂：“王逸注曰‘重我絳袍，采色鮮也’，王本作龍。鮑

照《河清頌》'珠冕龍衣',龍衣,古之習語。羅本《玉篇·系部》'綹'條、《韻補》卷一'芬'條引並作'襲'。"

　　按:"襲"字不誤。"襲""習"相通,如王先謙《釋名疏證補》"褶,襲也"條、孫詒讓《周禮正義》"襲其不正者"注及遲鐸《小爾雅集釋》"襲,因也"條即言之甚詳。而據望山 1 號墓及葛陵 1 號墓楚簡卜筮祭禱辭"以黄靈習之""習之以黄靈""習之以承惪"等例之,本處之"襲"字不誤。且據饒宗頤先生"習之者,重卜曰習,已屢見於殷文字"之説。是不僅黃先生所引《玉篇》《韻補》等所據不誤,且李賢注《後漢書》"緹綹十重"及桂馥《札樸》"緹綹"條引此也并作"襲"字是也所據有本。①

　　(2)英衣,疑作文衣。

　　按:雖然上引顧野王《玉篇》"綹"字注、李賢注《後漢書》"緹綹十重"及吳棫《韻補》與桂馥《札樸》"緹綹"條引此并作"英衣",但"英衣"實不辭。"英衣"疑作"文衣"。如典籍即通言"文衣",如《史記·孔子世家》:"於是選齊國中女子好者八十人,皆衣文衣而舞康樂。"《漢書·王莽傳》:"是月,杜陵便殿乘輿虎文衣廢臧在室匣中者出。"庾肩吾《奉和武帝苦旱詩》:"文衣夜不卧,蔬食晝忘餐。"是典籍習言"文衣"之例。而據王逸注謂"徐曳文衣,動馨香也"云云,是王本不誤。②

---

　　①A. 黃靈庚《辯證》,890 頁;B. "襲、習"相通例詳王先謙《釋名疏證補》(170 頁)、孫詒讓《正義》(1093—1094 頁)及遲鐸《小爾雅集釋》(48 頁);C. 望山等簡文據陳偉等《楚地出土戰國簡册[十四種]》(274 頁、417 頁)引;D. 饒宗頤説據氏著《殷代〈易〉卦及有關占卜諸問題》文,詳《饒宗頤二十世紀學術文集》卷四,19 頁;E. 顧野王《玉篇》,621 頁;F. 吳棫《韻補》,18 頁;G. 范曄《後漢書》,1089 頁;H. 桂馥《札樸》,115 頁。

　　②A. 顧野王《玉篇》,621 頁;B. 范曄《後漢書》,1089 頁;C. 吳棫《韻補》,18 頁;D. 桂馥《札樸》,115 頁;E. 司馬遷《史記》,1502 頁;F. 班固《漢書》,3053 頁;G. 庾肩吾詩據逯欽立輯校《先秦漢魏晉南北朝詩》(1992 頁)引。

470. 登羊角兮扶輿，浮雲漠兮自娱

（1）輿，一作與。

按："扶輿"或作"扶於"，然罕有作"扶與"者，如王念孫《雜志》"扶於"條即指出"扶輿"即"扶於"，并引本篇"登羊角兮扶輿"以證。①

（2）姜亮夫謂："雲漠不詞，王注引或説作雲漢，誤增漠字，當出後世移録之誤。雲漢固辭賦家恒語，漢人用之極多，《九思》亦言越雲漢也。漠漢字形相近而誤。"此外，黄靈庚也謂"雲漠，不辭。作雲漢是也"。

按：據王逸《九思》"越雲漢兮南濟"云云，是作"雲漢"爲是。而聞一多即謂："漠爲漢之形誤。……'浮雲漢'與'登羊角'文相偶。……張衡《思玄賦》曰'浮雲漢之湯湯'，語與此相似。"②是爲諸説之先導。

471. 握神精兮雍容

握神精，一作握精明，或接精神，或按神明，或按精明。

按："握神精"當作"持神明"。據王注"握持神明，動容儀也"云云，是"神精"當作"神明"，而《説文·手部》謂"持，握也"，③據王注例，一般而言在詞語訓釋中皆是"A，B也"句式，而後在疏通解釋中則是"BA"也之句式規律，如《惜誦》"忘儇媚以背衆兮"，王注"背，違也。言已修行正直，忘爲佞媚之行，違背衆人"之釋"背，違也"而後言"違背"云云即此例。而本篇王注正合此例。是本篇"握"當爲"持"，今本作"握"者當是後人以訓詁字

易之。

（五）尊嘉

472. 余悲兮蘭生，委積兮從橫

聞一多謂："王《注》曰'哀彼香草，獨隕零也'，'隕零'之語與'生'義相左。疑生當爲芷，字之誤也。此以芷缺損成止，與生形近，遂改爲生。一本作萃若悴，與生之字形俱不近，蓋皆探《注》義而臆改。"而黃靈庚以爲據王注"'哀彼香草，獨隕零也'。王本蓋作悴"。①

按：聞說可從。王念孫即謂"古人言香草者必稱蘭芷"。② 而蘭芷委積從橫正是余悲之所因。

473. 江離兮遺捐，辛夷兮擠臧

臧，一作將。

黃靈庚謂："審'擠臧'連文，臧，蓋讀作戕，言傷害也。王逸注曰'仁智之士，抑沉沒也'。王本蓋作齊臧。齊臧，猶言同沒耳。蓋亦通。"

按："擠臧"當作"擠將"，蓋方言俗語。胡文英《吳下方言考》"擠將"條引本篇即作"擠將"，并謂"擠將，雜以他物而無用也。今吳諺謂攪廢曰'擠將'。"揆之本句，"江離兮遺捐，辛夷兮擠臧"，其意謂"江離、辛夷"遭棄，正與胡釋"雜以他物而無用"吻合，是作"擠將"是。③

---

①A. 聞一多《校補》，136 頁；B. 黃靈庚《辯證》，893 頁。

②王念孫《雜志》，2350 頁。

③A. 黃靈庚《辯證》，894 頁；B. 胡文英著，徐復校議，《吳下方言考校議》，19 頁。

（六）畜英

474. 愴恨兮懷愁

黄靈庚謂："恨當作悢，形訛字也。愴悢，連語，言憂恨貌，古書亦無愴恨者。"

按：何劍熏即謂"'恨'，當作'悢'，愴悢疊韻連詞，即後世所謂愴涼興悲之愴涼，淒涼之意"。是爲黄説先導。而《文選・北征賦》"心愴悢以傷懷"句正可證此"恨"當作"悢"是。①

（七）陶雍

475. 淹低佪兮京沶

京，一作洲。

按：據王注"京沶即高洲也"云云，是王本不誤。馬瑞辰《通釋》引此即作"京沶"是不誤。②

476. 吾乃逝兮南娭，道幽路兮九疑

逝，一作遊。

按：作"遊"者非。《説文・辵部》"逝，往也"。③ 而王注"往之太陽，遊九野也"。是王本正以"往"釋"逝"。而洪興祖引《大人賦》"吾欲往乎南娭"以證。是司馬相如以訓詁字易之而入賦也。李錫齡本、金陵本并作"逝"。

477. 霾土忽兮㽪㽪

㽪，一作梅。

---

①A. 黄靈庚《辯證》,900 頁；B. 何劍熏《新詁》,352 頁；C. 蕭統《文選》,429 頁。
②馬瑞辰《通釋》,74 頁。
③段玉裁《説文解字注》,125 頁。

按:洪補謂"塺音梅,塵也",而據王注"風俗塺濁,不可居也"
云云,是王本不誤。王念孫《疏證》、桂馥《札樸》引此也皆作
"塺",是清人所見一致。①

478. 衰色罔兮中怠

按:"衰色罔"不辭,當作"色衰罔兮中怠"。據王注"志欲懈
倦"云云,是王本不誤。而一本色作氣者也誤。據《説文・色部》
"色,顏氣也",②是"色"自有"氣"義,不煩校改。

479. 意曉陽兮燎寤

聞一多謂:"陽讀爲暢,《文選》王子淵《洞簫賦》'時橫潰以
陽遂',《注》曰'陽遂,清通貌',朱駿聲亦云陽借爲暢。曉暢猶通
達也。(《蜀志・諸葛亮傳》曰'曉暢軍事',即通達軍事。)《佩文
韻府》十一軫引此正作曉暢。"③

按:聞説是。覽之典籍,"意""暢"二字常相爲用,如《後漢
書・李王鄧來列傳》:"國家以君知臧否,曉廢興,故以手書暢
意。"此外如逯欽立先生輯《先秦漢魏晉南北朝詩・陳詩》卷四載
陳叔寶《獨酌謠》"三酌意不暢"等皆爲此例。④

480. 撫軾歎兮作詩

撫軾,疑作伏軾。

按:《莊子・漁父》"孔子伏軾而歎"。⑤《文選・覽古》:"奉
辭馳出境,伏軾逕入關。"⑥是皆言"伏軾"也。而據王注"伏車浩
歎,作風雅也"云云,是王本作"伏"也。此外并據高亨《古字通假

---

① A. 王念孫《疏證》,309 頁;B. 桂馥《札樸》,157 頁。
② 段玉裁《説文解字注》,755 頁。
③ 聞一多《校補》,137 頁。
④ A. 范曄《後漢書》,389 頁;B. 逯欽立輯校《先秦漢魏晉南北朝詩》,2513 頁。
⑤ 劉文典《補正》,836 頁。
⑥ 蕭統《文選》,996 頁。

會典》,典籍罕見"撫、伏"相通之例,是疑王本本作伏軾。此作
"撫"者或以聲近致誤。

(八)株昭

481.鷦䴊開路兮

鷦䴊,一作焦明。

按:鷦䴊與焦明常相通用,其義無別。如左思《吳都賦》"稽
鷦䴊"句,劉淵林注引此即作"鷦䴊";司馬相如《上林賦》"搶焦
明"句,李善引張揖注則謂"焦明,似鳳,西方之鳥也"。① 而顧炎
武《唐韻正》"䴊"字注則謂"漢司馬相如《上林賦》'拂翳鳥,捎鳳
皇。捷鴛鸑,掩焦䴊'。《史記》作'明'。亦作明。劉向《九歎》
'駕鸞鳳以上游兮,從玄鶴與鷦明。孔鳥飛而送迎兮,騰羣鶴於
瑤光'。"②是鷦䴊與焦明混淆無別。但據于鬯《香草校書》"凡偏
旁之字多後出之專字"説,③是或作"焦明"爲是。

482.丘陵翔儛兮

儛,一作舞。

按:作"舞"者典籍習見。如《懷沙》"雞鷔翔舞",《新序》"鳳
麟翔舞"等皆是。④ 此作"儛"者乃俗字。而"翔舞"即"蹌蹌""鸧
鸧"等之同聲通假字。而"蹌蹌"等也常用爲舞貌之描摹。如《尚
書·皋陶謨》:"鳥獸蹌蹌,《簫韶》九成,鳳凰來儀。"楊筠如《覈
詁》謂:"蹌蹌,《釋詁》'動也'。《説文》作'牄牄',謂鳥獸來食聲
也。《説苑》作'鸧鸧',皆同聲通假字。《史記》作'翔舞',以意

---

①蕭統《文選》,227頁、373頁。

②顧炎武《唐韻正》,286頁。

③于鬯《香草校書》,20頁。

④石光瑛《新序校釋》,614頁。

訓也。”此外或“蹌蹌”徑作“蹌”者,如《文選·舞鶴賦》“始連軒以鳳蹌,終宛轉而龍躍”之“蹌”者皆與此同。①

六、九歎

(一)逢紛

483. 行叩誠而不阿兮

叩,一作切。

按:一本誤。叩誠爲同義複詞,皆爲“誠”義,如王念孫《疏證》即謂:“《楚辭·九歎》‘行叩誠而不阿兮’,叩亦誠也。王逸注訓叩爲擊失之。”②是據王説,叩不得作切也。吳棫《韻補》“讒”字注及顧炎武《唐韻正》“二十一侵”條引此即皆作“叩”是不誤。③ 李錫齡本、金陵本并同。

484. 椒桂羅吕顚覆兮

于鬯《香草校書》謂“楚辭逢紛歎。王逸章句云。顚、頓也。依説文字當作蹎。走部云。蹎、走頓也。”

按:檢之《説文》“顚、蹎”之釋,于説雖有致,然典籍通言“顚覆”也,且李善注《齊故安陸昭王碑文》“蘭桂有芬”句引此也作“顚覆”是所見不誤。李錫齡本、金陵本并同。④

---

①A. 楊筠如《尚書覈詁》,76 頁;B. 蕭統《文選》,632 頁。

②王念孫《疏證》,680 頁。此外,王念孫《讀書雜志·餘編下》(2661 頁)“行叩誠而不阿兮”條同。

③A. 吳棫《韻補》,2 頁;B. 顧炎武《唐韻正》,325 頁。

④A. 于鬯《香草校書》,59—60 頁;B. 段玉裁《説文解字注》,729 頁、117 頁;C. 蕭統《文選》,2548 頁。

485. 顏黴黧以沮敗兮

黧，《釋文》作黎。

按：據王注"黧，黑也"云云，是王本作"黧"。吳棫《韻補》"耄"字注引此即作"顏黴黧以沮敗兮"，是宋人所見如此。而王念孫《疏證》引此也皆作"顏黴黧以沮敗兮"，是取捨有本。李錫齡本、金陵本并同。而段玉裁注《説文》"黴"字徑寫作"黎"則誤也。①

486. 白露紛目塗塗兮

紛目，疑爲"紛其"之誤。

按：《楚辭》中"目（以）""其"或互用。如《遠遊》"騎膠葛以雜亂兮"，一本"以"作"其"是證。而"紛其"習見於《楚辭》，如《九章·涉江》"霰雪紛其無垠兮，雲霏霏而承宇"；《哀時命》"虹霓紛其朝霞兮，夕淫淫而淋雨"等皆是。且所舉《涉江》《哀時命》皆分別以"紛其"形容"霰雪"與"虹霓"，而據王注本篇"塗塗"謂"厚皃"。是"紛以"作"紛其"以形容"白露"之盛與《涉江》《哀時命》所用"紛其"諸例同。是"紛目"宜爲"紛其"也。

487. 龍卬脀圈，繚戾宛轉

脀，一作綸。

黃靈庚謂："綸本字，脀借字。"

按：揣其文意，黃説是。段玉裁注《説文》"脀"字引此作"龍卬脀圈，繚戾宛轉"，是用借字。而錢繹《箋疏》引此作"龍卬將圈"，則純爲記憶致誤也。②

---

①A. 吳棫《韻補》，84 頁；B. 王念孫《疏證》，327 頁、1040 頁；C. 段玉裁《説文解字注》，854 頁。

②A. 黃靈庚《辯證》，925 頁；B. 段玉裁《説文解字注》，300 頁；C. 錢繹《箋疏》，223 頁。

488. 遭紛逢凶，蹇離尤兮

疑作“逢紛遭凶，蹇離尤兮”。

按：據王注“言己遭逢紛濁之世，而遇百凶”云云，是王注先釋“逢紛”，次釋“遭凶”也。且本篇題名“逢紛”，據《楚辭》例，其篇名多有取自篇中文字者，而本篇文句“遭紛逢凶”最近篇題，且《九歎·愍命》“乃逢紛以罹詬”句也是以“逢紛”爲詞，并且王逸正以“而逢亂世”釋“逢紛”，與本句王逸注“言己遭逢紛濁之世”意義一致，是可證本句當作“逢紛遭凶”爲是。本篇訛作“遭”者，或以其注文“遭”字而誤，殊不知“而遇”之“遇”乃釋“遭”字。

（二）離世

489. 就靈懷之皇祖兮，愬靈懷之鬼神

黃靈庚謂：“羅本、黎本《玉篇》‘言部’‘訴’條引愬作訴。”

按：顧野王謂“訴者，所以告冤枉也。故《楚辭》‘訴靈懷之鬼神’是也。……或爲愬字，在心部”。是其所見作“訴”。而據王逸注“言己所言忠正而不見信，願就懷王先祖告語其冤，使照己心也。鬼神明察，故欲愬之以自證明也”云云，是王本作“愬”。但參之顧野王“訴者，所以告冤枉也”之釋義及王注“告語其冤”云云，是其重點皆在“冤屈”二字。而《説文》於“愬”無釋義，而於“譖”字許慎謂“愬也”，於“譛”字許慎謂“譖”也，是“愬”義近於“譖”，則與“告語其冤”義不合。是當如顧氏所見作“訴”是。①

490. 靈懷曾不吾與兮，即聽夫人之諛辭。余辭上參於天墜兮，旁引之於四時

即，一作惻；夫，一作讒，夫人，一作夫讒人；“余辭”之“辭”一

---

①A. 黃靈庚《辯證》，926 頁；B. 顧野王《玉篇》，274 頁；C. 訴、愬、譛等諸字釋義見段玉裁《説文解字注》，179 頁。

本無。

按："即"與"辭"皆衍。而"夫人"當作"讒人"。本篇自篇首"靈懷其不吾知兮"到"兆出名曰正則兮"凡十四句，除本處所引外，其餘兩句之間皆上七下六結構。而王注"即聽"句謂"言懷王之心，曾不與我合，又聽用讒諛之言，以過怒己也"云云，是王本無"即"字。

而"夫人"當作"讒人"。王注"又聽用讒諛之言"，是以"讒諛"釋"夫人"也。然《楚辭》"夫人"一詞常語，皆未嘗以"讒諛"釋之。而《九章·惜往日》："聽讒人之虛辭。"王注："諂諛毀訾，而加誣也。"①正以"諂諛"釋"讒人"，且一本有作"夫讒人"者也可證"讒人"一詞爲別本所有。是本篇"夫人"當作"讒人"爲是。

而"余辭"前已有"辭"字，本處似不必重出，且"余辭"之"辭"與"諛辭"之"辭"在意義上也并不一致。此外，《楚辭》中言"余上"者有《離騷》"溘埃風余上征"及《涉江》"乘舲船余上沅"等，但言"余辭"者僅此一例，此或因王注"言己所言上參之於天"云云致誤。

491. 余幼既有此鴻節兮，長愈固而彌純

"既"字疑衍。

按：本篇自"指日月使延照兮"到篇末"歎曰"之前兩句之間皆上七下六結構，且據王注"言己幼少有大節度以應天地"云云，是王本無"既"字。

492. 不枉繩以追曲兮，屈情素以從事

情素，當作素志。

按：據王注"不能枉性以追曲俗，屈我素志以從衆人而承事

---

① 王逸注"諂諛毀訾"之"諂"底本作"謟"，今據李錫齡本、金陵本徑改。

之也"云云,是王本作"素志"。而任昉《爲范尚書讓吏部封侯第一表》云:"宿心素志,無復貳辭。"《文選》李善注:"王隱《晉書》,甄彬奏曰:不宜違人之素志。"①其注正可與本文相發明。是亦本篇"情素"當作"素志"之旁證。

493. 讒夫黨旅,其目兹故兮

按:"其"字衍文。因本篇"歎曰"之後凡十二句,除"其目兹故兮"句外,餘皆四言,若此獨爲五言則殊爲不類。而據王注"誠以讒夫朋黨衆多之故而見放弃也"云云,是"其"字當衍。

(三)怨思

494. 征夫勞於周行兮,處婦憤而長望

長望,疑作悵望。

按:"長"當爲"悵"之壞字。據王注"處婦憤懣,長望而思之也"云云,則其强調的乃思婦之怨。而覽之典籍言此相思之情則多以"悵望"屬之,如江淹《雜體詩》(西北秋風至)"相思巫山渚,悵望陽靈台"之類是也。② 揣之詩意,固當作"悵望"爲宜。

495. 弃雞駭於筐簏

雞駭,一作駭雞。

黄靈庚謂:"王本蓋作雞駭。考洪引《戰國策》作'雞駭',……劉向蓋用秦漢語,故作雞駭也。《御覽》卷八九〇引倒乙作駭雞。"③

按:黄説誤。洪引《戰國策》雖作雞駭,但洪引《援神契》及

---

①蕭統《文選》,1739 頁。
②胡之驥《彙注》,165 頁。
③黄靈庚《辯證》,941 頁。

《後漢書》則皆作駭雞。而洪引《戰國策》作"雞駭"者,或據誤本而録入。王念孫《雜志》"遣使車雞駭"條即謂:"《楚辭·九歎》'弃駭雞於筐簏'(今本作'雞駭',非。洪興祖《補注》曰:一作'駭雞'。案:《御覽·獸部》引《楚辭》正作'駭雞'。)……又《御覽·人事部》《珍寶部》《獸部》引此《策》亦作'駭雞',則北宋本尚不誤,至南宋本始誤爲'雞駭',故《楚辭補注》所引與今本同。"①此外,何建章《戰國策注釋》在王説基礎上謂"《藝文類聚·犀聚》引《策》作'駭雞之犀'。《太平御覽》卷806《璧覽》、卷890《犀覽》引此并作'駭雞之犀',當據改"。② 據此,洪引《戰國策》當誤。而"弃雞駭於筐簏"之"雞駭"當本作"駭雞"。

496.顧屈節以從流兮,心鞏鞏而不夷

鞏,一作蛩。

按:《文選·招隱詩》注引此即作"蛩"。而胡文英《吳下方言考》"鞏"字條則謂"劉向《九歎》'心鞏鞏而不夷'。案:鞏,内行也;夷,平也。吳中謂物在内行動曰'鞏'"。是據胡説其字作"鞏"爲是。于省吾《詩經新證》"無不克鞏"條引此即謂"'心鞏鞏而不夷'。言心恐恐而不安也"。③ 李錫齡本、金陵本并同。

497.寧浮沅而馳騁兮,下江湘吕遭迴

江湘,疑作湘江。

按:據王注"言己不能隨俗,寧浮身於沅水,馳騁而去,遂下

---

①王念孫《雜志》,127—128 頁。

②何建章《戰國策注釋》,521 頁。

③A.蕭統《文選》,1029 頁;B.胡文英著,徐復校議《吳下方言考校議》,135 頁;C.于省吾《詩經新證》,見氏著《雙劍誃尚書新證 雙劍誃詩經新證 雙劍誃易經新證》,中華書局,2009 年,525 頁。

湘江,運轉而行也"云云,是王本作"湘江"。且"江湘"一詞《楚辭》習見,但王逸僅於本篇及《九歎·遠逝》"乘隆波而南渡兮,逐江湘之順流"兩處釋之以"湘江",是王逸之釋自有分別。而《九歎·遠逝》句之"江湘"亦當作"湘江",因爲據王注"言己願乘盛波,逐湘江之流"云云,是王本作"湘江"。且《遠逝》上句之"隆波"爲一詞,下句之"江湘"當也是一詞,不得分別謂之"江水、湘水"也。而《怨思》本句上句之"沅"專指沅水,而"湘沅"常相并舉,由於詩的對稱結構,故以"湘江"與"沅"對舉。是此處之"湘江"訛爲"江湘"者,當因"江湘"一詞《楚辭》習見,寫者不察而致訛也。

(四)遠逝

498. 志隱隱而鬱怫兮

鬱怫,疑作怫鬱。

按:"怫鬱"一詞《楚辭》習見,如《七諫·沈江》"心怫鬱而内傷",《九懷·匡機》"怫郁兮莫陳",《九歎·惜賢》"覽屈氏之《離騷》兮,心哀哀而怫鬱","憂心輾轉,愁怫鬱兮",《九思·憫上》"思怫鬱兮肝切剥"等皆是。而據王注"言己心中隱隱而憂愁,思念怫鬱"云云,是王本作"讒"。

499. 杖玉華與朱旗兮

聞一多謂:"華疑當從一本作策。策可言杖,華則不然。王《注》曰'杖執美玉之華',華亦當作策。朱燮元本,大小雅堂本并作策,與一本合。"此外,何劍熏也謂"一本作'策'是。日本莊允益本正作'策'"。①

_____

① A. 聞一多《校補》,141 頁;B. 何劍熏《新詁》,363 頁。

按:説皆可從。古籍中"杖策"一詞例不勝舉,兹不贅。且本句"杖策"與"朱旗"兩詞本平行并列,故當從一本作"玉策"爲是。

500. 横汨羅而下瀝

瀝,一作厲。

按:厲爲瀝之借。《詩·邶風·匏有苦葉》:"深則厲,淺則揭。"《毛傳》:"以衣涉水爲厲。"馬瑞辰謂:"厲者,瀝之省借。……劉向《九歎》'横汨羅以下瀝',又曰'櫂舟杭以横瀝'是也。"①馬説甚是。李錫齡本、金陵本并同。

501. 登大墳而望夏首

大,一作高。

按:"大墳"不誤,此當本於《哀郢》"登大墳以遠望兮"句。此外,今日黔東(故楚地)尚有"大墳"口語相傳。而作"高"者或因本句王逸注"登其高墳以望夏水之口"而誤。殊不知,本處之"高墳"實則是《哀郢》王逸注"水中高者爲墳"之約文也。顧炎武《唐韻正》"久"字條引此正作"大墳"是不誤。② 李錫齡本、金陵本并同。

502. 耳聊啾而懰慌

懰慌,一作黨荒。

按:據王注"懰慌,憂愁也"云云,是王本不誤。馬瑞辰《通釋》引此作"懰恍",③字雖小異,然不作"黨荒"明矣。

503. 欲酌醴以娛憂兮,蹇騷騷而不釋

娛憂,當作娛樂。

①馬瑞辰《通釋》,127 頁。
②顧炎武《唐韻正》,358 頁。
③馬瑞辰《通釋》,428 頁。

按：王注“言己欲酌醴酒以自娛樂”，是以“娛樂”釋“娛憂”。然《楚辭》“娛憂”多見，王注它篇皆不以“娛樂”釋之。而《七諫·謬諫》“棄彭咸之娛樂兮”，王注“言棄彭咸清潔之行，娛樂風俗”，其注“娛樂”與正文一致。是可證本篇當作娛樂也。

（五）惜賢

504. 撥諂諛而匡邪兮

諂，一作讒。

按：覆宋本之“諂”字，李錫齡本及金陵本皆作“諂”，而顧炎武《唐韻正》“濁”字條及王念孫《疏證》引此也皆作“諂”。① 是宜作“諂”是。而據王注“言己如得進用，則治讒諛之人”云云，是王本作“讒”。

505. 懷芬香而挾蕙兮，佩江蘺之斐斐

（1）芬，一作芳。

按：“芬香”爲《楚辭》及王注習語，且北宋吳棫《韻補》“峨”字注引此亦作“芬”。② 是宋人所見猶不誤。李錫齡本、金陵本并同。

（2）斐斐，一作菲菲。

按：上揭吳棫《韻補》“峨”字注引此即作“菲菲”。而王念孫《疏證》謂“《楚辭·離騷》云‘芳菲菲其彌章’，《九歎》云‘佩江蘺之斐斐’，《史記·司馬相如傳》云‘鬱鬱斐斐，衆香發越’，竝與餥餥同。餥餥，各本作菲菲。此後人以意改之也。《集韻》《類篇》引《廣雅》竝作‘餥餥’。”③是王氏以爲“斐斐、菲菲”皆“餥餥”之

---

①A. 顧炎武《唐韻正》，439 頁；B. 王念孫《疏證》，322 頁。

②吳棫《韻補》，4 頁。

③A. 吳棫《韻補》，4 頁；B. 王念孫《疏證》，687 頁。

誤。揆之《廣雅》,王説信然。只是先秦以降"菲菲"盛行而"䬁
䬁"之義漸隱。雖然,王説足證"斐斐"當作"菲菲"也。

506. 握申椒與杜若兮,冠浮雲之峨峨

冠浮雲之峨峨,疑作"冠峨峨之切雲"。

按:雖然如顧野王《玉篇》及吳棫《韻補》"峨"字注等引此亦
同今本。① 然王注"冠切浮雲"。而據《小爾雅·廣詁》"切,近
也",②是"冠"無"切"義。但據王注,當有"切"字。而《涉江》
"冠崔嵬之切雲"③及《哀時命》"冠崔嵬而切雲兮"諸句,其結構
皆爲"冠—崔嵬—而(之)切雲",其詞乃"冠"字後綴以"崔嵬"形
容其高至雲也,而本句"峨峨"即"崔嵬"意,故疑"冠浮雲之峨
峨"當作"冠峨峨之切雲"。而成今本者,或以"切雲"誤爲"浮
雲",再以"冠峨峨之浮雲"不辭而成今本也。

507. 心隱惻而不置

姜亮夫謂:"叔師注云'心中惻然而痛',以痛釋隱,則王所見
本猶作惻隱也。"④

按:姜説是。《楚辭》中"隱惻""惻隱"相訛之例甚多。如
《九辯·四》:"心閔憐之慘悽兮。"王逸注:"内自哀念,心隱惻
也。"而《文選》注則作:"内自哀念,心惻隱也。"是李善所見本作
"惻隱"。以例推之,此處之"隱惻"也當爲"惻隱"之誤。且據本
句王注"心中惻然而痛"云云,是王本作"惻隱"。⑤

---

①A. 顧野王《玉篇》,464 頁;B. 吳棫《韻補》,4 頁。
②遲鐸《小爾雅集釋》,26 頁。
③詳前《涉江》"冠切雲之崔嵬"條(193 條)。
④姜亮夫《通故》(四),578 頁。
⑤本條内容原爲 2008 年筆者爲趙逵夫先生主編《楚辭語言詞典》(597 頁)"隱惻"
條所撰寫,今特舉出以見筆者對《楚辭》全文之認識。

508. 愈氛霧其如麈

愈,一作逾。

按:據王注"而君愈貪濁如氛霧之氣"云云,是王本作"愈"。段玉裁《説文解字注》、王念孫《疏證》引此皆作"愈"是不誤。[①]李錫齡本、金陵本并同。

509. 孰契契而委棟兮

(1)契,一作挈。

按:契、挈常相爲用,如陸德明《經典釋文·毛詩音義上》"契"字條注謂"本亦作挈"是證。然契、挈皆栔之借字。王逸注引"《詩》云'契契,寤歎'"即《詩·大東》篇之"契契寤歎"句。毛《傳》釋此謂"契契,憂苦也"。而馬瑞辰《通釋》則謂:"憂苦即提挈之義所引申。《九歎》云'孰契契而委棟兮',一本作挈挈,其正字也。《廣雅》'挈挈,憂也'。與《詩》契契皆假借字。"馬氏引《九歎》本句以證,雖有所見,然馬氏以"挈挈"爲正字,而以"栔栔與契契"爲借字説則誤。事實上,契、挈皆栔之借字,如王念孫《疏證》"栔栔,憂也"條即謂"《小雅·大東》篇'契契寤歎',傳云'契契,憂苦也'。《九歎》云'孰契契而委棟兮',一本作挈挈。竝與栔栔同"。是王念孫仍以"栔栔"爲正字也。而郝懿行《義疏》引此雖也作"契契",然郝氏也謂"契契者本刻木之聲"。是據王注"契契,憂兒"云云,參之以《廣雅》"栔栔,憂也"之故訓,是本當作"栔栔"也。[②]

(2)何劍熏謂:"'委棟'不詞,疑當作'委惏'。'惏'與'棟',雙聲定母,故'惏'可假爲'棟'。本書嚴忌《哀時命》'欿愁悴而

---

①A. 段玉裁《説文解字注》,1201 頁;B. 王念孫《疏證》,309 頁。

②A. 陸德明《經典釋文》,223 頁;B. 馬瑞辰《通釋》,675—676 頁;C. 王念孫《疏證》,668 頁;D. 郝懿行《義疏》,568 頁。

委惰兮,老冉冉而逮之'。此云'孰契契而委棟兮,日晻晻而下
頹'。皆傷歎時光迫促,年歲晚暮之意。"

　　按:何先生言之有理,可備一說。然據王逸注謂"欲委其梁
棟之謀若己者乎"云云,是王本作"委棟"。而王念孫《疏證》、馬
瑞辰《通釋》及郝懿行《義疏》引此也皆作"委棟"是不誤。[①]

510. 挑揄揚汰,盪迅疾兮

　　汰,一作波。

　　按:李錫齡本、金陵本并作"汰"。或有據王注"言水尚得順
其經脈,揚蕩其波,使之迅疾"云云,而謂王本作"波"者如何劍熏
《新詁》等實亦不然。因王注"揚蕩其波"乃是因"汰,波也"之訓
故,如《廣雅》"汰,波也",王念孫《疏證》即謂"《楚辭·九章》'齊
吳榜以擊汰',王注云'汰,水波也'。《九歎》云'挑揄揚汰,蕩迅
疾兮',濤汰一聲之轉"。汰即汰字,是據《廣雅》及王說作
"汰"是。[②]

(六)憂苦

511. 心紛錯而不受

　　紛錯,疑爲糾錯。

　　按:糾即錯也。而"糾錯"爲詞典籍習見,如《東皇太一》:"璆
鏘鳴兮琳琅。"一本作"糾鏘鳴兮琳琅",注謂:"糾,錯也。琳琅,
聲也。謂帶劍佩衆多,糾錯而鳴,其聲琳琅也。"此外《文選·服
鳥賦》:"雲蒸雨降兮,糾錯相紛。"[③]是皆"糾錯"爲詞。而王注此

---

　　①A. 何劍熏《新詁》,365 頁;B. 王念孫《疏證》,668 頁;C. 馬瑞辰《通釋》,675 頁;
D. 郝懿行《義疏》,568 頁。
　　②A. 何劍熏《新詁》,365 頁;B. 王念孫《疏證》,1156 頁。
　　③蕭統《文選》,606 頁。

謂"紛錯,憒亂也"。《九辯·三》:"枝煩挐而交橫。"王注:"柯條糾錯。"五臣云:"煩挐,擾亂也。"①是"糾錯"也"亂"之義,正與王注此同。是"紛錯"疑爲"糾錯"之誤。

512. 步從容於山庲

庲,一作廈,一作藪。

按:顧野王《玉篇》"廈"字注引此作"廈",而錢繹《箋疏》引此則作"廈",然據王注"庲,隈也"云云,是王本作"庲"。此外,王念孫疏證《廣雅》"庲,隈也"及"庲,隱也"條引此也作"步從容於山庲"。② 李錫齡本、金陵本并同。而一本另作"藪"者,當也是聲義相近而致誤,如《周禮》"廋人,下士"語,鄭玄注"廋之言數",而孫詒讓謂"……庲、藪、數,聲義並相近"是證。③

513. 去飄疾而不可得

"可"字疑衍。

按:"而不可得"與上句"覽其志而欲北"相并列,是當無"可"字方"覽其志而欲北"與"去飄疾而不得"文從字順。而《文選·江淹〈雜擬下〉》注及胡之驥《彙注》等引此正無"可"字是證。④

514. 聊須臾以時忘兮,心漸漸其煩錯

"漸漸"疑爲"慚慚"形聲之誤,而慚之言惛也。

按:"漸、慚"皆從"斬"得聲,例可通假。如梁武帝蕭衍《宴詩》"四主漸懷音。九夷稍革面"之"漸"字,逯欽立輯校《先秦漢

---

①五臣注據洪興祖《楚辭補注》(99 頁)引。

②A. 顧野王《玉篇》,496 頁;B. 錢繹《箋疏》,227 頁;C. 王念孫《疏證》,1144 頁、473 頁。

③孫詒讓《正義》,2272 頁—2273 頁。

④A. 蕭統《文選》,1462 頁;B. 胡之驥《彙注》,148 頁。

魏晉南北朝詩》謂：“《詩紀》作慚。”而何遜《和司馬博士詠雪詩》：“暫蔽卷紈質，復慚施粉人。”逯先生謂本句“慚”字，“《文苑》作漸”。① 是“漸、慚”互用之例。而慚之言憯也。王引之《經義述聞·春秋左傳》“孤斬焉在衰絰之中”條謂：“斬讀爲慚。……慚之言憯也。《說文》：憯，痛也。……古聲憯慚相近。《洪範》：‘沈潛剛克’。文五年《傳》‘潛作漸’。是其例矣。”②而本句前言“内惻隱而含哀”，即言心隱痛也。此處之“心慚慚（憯憯）”則申言心痛之甚。且“漸漸”一詞於《楚辭》凡三見，皆出於本篇《九歎》。出於本句前之《遠逝》篇謂：“涕漸漸其若屑。”而同出《憂苦》位於本句之後辭謂“涕漸漸兮”。王逸注此兩處詞義一致，皆以“漸漸”形容眼淚之出，而與王逸注本句謂“中心漸漸錯亂”，以“漸漸”爲“漸進”之義異。一篇之中“漸漸”凡三見，而一處之意義與其它兩處相異，似於理不通。且以“漸”字重疊而表示逐漸遞進意義的“漸漸”其普遍使用時代當晚。如《史記·宋世家》載箕子《麥秀之詩》曰“麥秀漸漸兮，禾黍油油”。但《索隱》謂：“漸漸，麥芒之狀。”③而潘岳《射雉賦》“麥漸漸以擢芒，雉鷕鷕而朝鴝”。《文選》李善注：“漸漸，含秀之貌也。微子曰：麥秀漸漸。”④是皆不以“漸漸”爲“漸進”之義。故本句之“慚慚”當係後人誤以本篇它處所見之“漸漸”形聲相近之故而易之。殊不知“慚慚”之爲言“憯憯”也。據其注文，則王逸時已誤。

515. 葛藟纍於桂樹兮

纍，一作累。

---

①蕭衍、何遜詩引文見逯欽立輯校《先秦漢魏晉南北朝詩》，1528 頁、1707 頁。
②王引之《經義述聞》，1839 頁。
③司馬遷《史記》，1293 頁。
④蕭統《文選》，416 頁。

聞一多謂:"蘽疑本作纍。(王《注》'蘽,緣也'。亦當作纍。)此涉上虆字而誤加艸頭。《類聚》八九引亦作纍,與一本合。"

按:據王注"蘽,緑也。《詩》曰'葛藟蘽之'"云云,是王本作"蘽"。馬瑞辰《通釋》引此亦同王本是不誤。①

516. 好遺風之激楚

疑作"好激楚之遺風"。

按:典籍通言"激楚遺風"也。如《文選·舞賦》:"激楚結風,陽阿之舞。"張晏曰:"激楚,歌曲也。《列女傳》曰'聽激楚之遺風'。"②此外,如《淮南子·原道訓》:"結激楚之遺風。"③且《列女傳》《淮南子》皆謂"聽(結)激楚之遺風"。其語法未亂,而如本篇若作"好遺風之激楚"則主謂倒置。高注《淮南》曰:"遺風猶餘聲。"④是"好激楚之遺風"即好"激楚之餘聲也"。

(七)愍命

517. 逐下袟於後堂兮

黄靈庚謂"《劉考異》曰'袟字誤'。庚案:王逸注曰'下袟,謂妾御也'。袟,古無妾之稱。下袟,蓋下陳之音訛,指下陳之婢妾也。《戰國策·齊策》'美女充下陳',班婕妤《自悼賦》'充下陳於後庭'。皆是也"。⑤

按:何劍熏即謂"'下袟'即'下陳'",而援引諸例亦與黄先

①馬瑞辰《通釋》,48頁。
②蕭統《文選》,795頁。
③劉文典《集解》,35頁。
④劉文典《集解》,35頁。
⑤黄靈庚《辯證》,971頁。

生略同。但我們認爲袟、陳音遠,恐難致誤。袟當爲佚之誤。據王注"下袟,謂妾御也"云云,是下袟即指君王身邊的妾女。而從"失"之字多混訛,如《戰國策·燕策一》"燕國殷富,士卒樂佚輕戰"之"佚"字,《史記·燕召公世家》即作"軼"。是疑"袟"也"佚"之誤,而"下袟"即"下佚"。而據《離騷》:"見有娀之佚女。"王逸注:"佚,美也。"是本篇王注謂"下袟,謂妾御也"也義同《離騷》所指。而"袟"即"佚"之誤。[1]

518. 慶忌囚於阱室兮,陳不占戰而赴圍

"占"字疑衍。

按:反復誦之本句,總覺於義欠安。"陳不占"疑作"陳不"也。古書稱名,尤其詩賦稱名,未必全舉。如《九思·傷時》:"管束縛兮桎梏,百賀易兮傅賣。"管即管仲,百即百里奚也;而陳不占即有作不占者,如馬融《長笛賦》云:"蒯瞶能退敵,不占成節鄂。"《文選》李善注引《韓詩外傳》云"不占,陳不占也"。[2] 是"陳不占"也可徑作"不占"。而本篇"占、戰"音同并舉,省"占"而爲"陳不"者無損文義,且詞氣通暢。此外,《九思·傷時》:"從安期兮蓬萊。"安期即安期生,但王逸徑注:"安期生,仙人名也。"而王逸注本句也謂"陳不占,齊臣",所以參之王注"從安期兮蓬萊"句,陳不占校爲"陳不",而王逸注也可徑謂"陳不占,齊臣"也。

519. 破伯牙之號鍾兮,挾人箏而彈緯

(1)破,當作奏。

按:雖然如顧野王《玉篇》"徽"字注、李善注《文選·長笛

---

①A. 何劍熏《新詁》,368 頁;B. 何建章《戰國策注釋》,1111 頁;C. 司馬遷《史記》,1251 頁。另,本條內容原爲 2008 年筆者爲趙逵夫先生主編《楚辭語言詞典》(534 頁)"下袟"條所撰寫初稿,今有所增删,故特舉出。

②蕭統《文選》,820 頁。

賦》、吴棫《韻補》“緯”字注以及王念孫《疏證》“號鍾”條及其《雜志》“濫脇號鍾”等條引此皆作“破號鍾”。① 然“破號鍾”實不辭，“破”當作“奏”。《漢書·王褒傳》：“雖伯牙操遞鍾。”臣瓚曰：“《楚辭》云‘奏伯牙之號鍾’。號鍾，琴名也。馬融《笛賦》曰‘號鍾高調’。”②是西晉時人所見尚有作“奏”者。

（2）緯，當作徵。

按：雖然上揭如吴棫《韻補》“緯”字注以及葉德炯疏證《釋名》引此也作“彈緯”，③然“彈緯”實不辭，“緯”當爲“徵”之誤。“彈徵”乃音樂之習語，曹植《贈丁翼》：“秦箏發西氣，齊瑟揚東謳。”《文選》李善注：“《楚辭》曰‘挾秦箏而彈徵’。”《箜篌引》：“秦箏何慷慨，齊瑟和且柔。”李善注：“《楚辭》曰‘挾秦箏而彈徵’。”張景陽《七命》：“音朗號鍾，韻清繞梁。”李善注：“《楚辭》曰‘操伯牙之號鍾兮，挾秦箏而彈徵’。”④是引此皆作“彈徵”。而“徵”誤爲“緯”者，當是“徵”先以形近而誤爲“徽”，再因音近而誤爲“緯”。如顧野王《玉篇》“徽”字注引此即作“破伯牙之號鍾，扶人箏而張徽”。此外潘岳《笙賦》：“晉野悚而投琴，況齊瑟與秦箏。”《文選》李善注：“《楚辭》曰‘扶秦箏而彈徽’。”吴質《答東阿王書》：“秦箏發徽，二八迭奏。”李善注：“《楚辭》曰‘挾秦箏而彈徽’。”⑤是引此皆誤爲“徽”，但“彈徽”不辭，“徽”顯然爲“徵”之誤。而“緯”又因“徽”音近而誤也。

---

①A. 顧野王《玉篇》，625 頁；B. 蕭統《文選》，810 頁；C. 吴棫《韻補》，7 頁；D. 王念孫《疏證》，1052 頁；E. 王念孫《雜志》，2424 頁。

②班固《漢書》，2133 頁。此外，王念孫《雜志》（846 頁）“遞鍾”條引薛（臣）瓚注亦作“奏”，可參。

③A. 吴棫《韻補》，7 頁；B. 葉德炯意見據王先謙《釋名疏證補》引，227 頁。

④《贈丁翼》《箜篌引》《七命》文見蕭統《文選》，1126 頁、1286 頁、1598 頁。

⑤A. 顧野王《玉篇》，625 頁；B.《笙賦》《答東阿王書》文見蕭統《文選》860—861 頁、1910 頁。

520. 烰蠚蠹於筐簏

烰,一作匏。蠚,一作蠹。

按:據吳棫《韻補》"囿"字注"苑有垣也。劉向《九歎》'莞芎棄於澤洲兮,烰蠚蠹於筐簏'"云云,是宋人所見雖與今本略有小異,然大致不誤。此外,王念孫《疏證》、錢繹《箋疏》、于鬯《香草校書》引此也皆作"烰蠚(蠹)蠹於筐簏"。① 則清人所見也基本一致。

521. 懷椒聊之蔎蔎兮

蔎,一作藹。

按:劉師培《考異》謂"《說文繫傳》二亦引作蔎"。而據王注"《詩》曰'椒聊且蔎'。蔎,香貌"也云云,是王本作"蔎"。段玉裁《說文解字注》、王念孫《疏證》、馬瑞辰《通釋》引此即皆作"蔎",是不誤。②

(八)思古

522. 冤佻佂而南行兮

行,一作征。

按:李善注司馬相如《長門賦》"惕寤覺而無見兮,魂迁迁若有亡"句引此也作"南行",③是唐人所見猶如此者。而《說文·人部》:"佂,遠行也。"段玉裁注:"《楚辭》曰'冤佻佂而南征'。"④是段氏引則作"南征"。而據《離騷》"濟沅湘以南征兮",《招魂》

---

①A. 吳棫《韻補》,103 頁;B. 王念孫《疏證》,833 頁;C. 錢繹《箋疏》,301 頁;D. 于鬯《香草校書》,690 頁。
②A. 劉師培《考異》1166 頁;B. 段玉裁《說文解字注》,72 頁;C. 王念孫《疏證》,687頁;D. 馬瑞辰《通釋》,343 頁。
③蕭統《文選》,716 頁。
④段玉裁《說文解字注》,673 頁。

“獻歲發春兮,汨吾南征”等來看,“南征”習語也。且據王注“征,
行也”。是“南行”本當作“南征”。而據《大廣益會玉篇》陳彭年
等所增“徎”字注“《楚辭》曰‘魂徎徎而南征兮’,徎徎,惶遽
皃”。① 是宋人所見尚有作“征”者。

523. 仳佳倚於彌楹

聞一多謂:“王《注》曰‘彌猶遍也,……仳佳醜女反倚立遍兩
楹之間,侍左右也’,疑王本於作而。（下文‘咎繇棄而在壄,’一
本作棄於外野。）此涉上句於字而誤。”

按:聞説可從,“倚於彌楹”不辭。而王念孫《疏證》引此也作
“仳佳倚於彌楹”,②是不審耳。

524. 椉白水而高騖兮,因徙弛而長詞

（1）騖,當爲馳之誤。

按:雖然李善注劉公幹《雜詩》（職事相填委）“方塘含白水”
句時引此作“高騖”,③是略同今本。然“高騖”一詞先秦兩漢典籍
罕見,而“高馳”爲《楚辭》習語,如《離騷》“神高馳之邈邈”,《九
章·涉江》“吾方高馳而不顧”等皆是。且據王注“欲乘白水高馳
而遠遊”云云,是王本作“高馳”。作“騖”者,或因“騖”訓“馳”而
誤。如《招魂》“抑騖若通兮”,王注“騖,馳也”是證。

（2）徙弛,當爲“徙倚”之誤。

按:“徙弛”一詞也罕見於先秦兩漢典籍,一本“弛”作“施”,
但“徙施”也頗不辭。疑“施”本作“倚”,因“倚”“施”聲近而訛爲
“施”,再以形近而訛爲“弛”也。《遠遊》“步徙倚而遙思”,《哀時
命》“獨徙倚而彷徉”等皆言“徙倚”,是“徙倚”常語也。

---

①顧野王《大廣益會玉篇》,14 頁。
②A. 聞一多《校補》,143 頁;B. 王念孫《疏證》,233 頁。
③蕭統《文選》,1360 頁。

(九)遠遊

525. 朝西靈於九濱

聞一多謂：“西當從一本作四，此涉下文‘西山’而誤。‘馳六龍於三危兮，朝四靈於九濱’，文相偶儷。王《注》‘召西方之神會於大海九曲之涯也’，西亦當作四。夫曰‘會於大海九曲之涯’，則不只一神明甚。朱燮元本、大小雅堂本俱作四，與一本合。”

按：聞先生所言甚是，章太炎《膏蘭室札記》“聚宗以朝殺”條引此即作“朝四靈”。是“四”訛爲“西”亦形近而訛也。①

526. 枉玉衡於炎火兮

王逸注：“衡，車衡也。”

按：玉衡指北斗七星的第五顆星。但在此處則是指爲祈求平安而裝飾有玉衡星的車子。張衡《東京賦》：“攝提運衡，徐至於射宮。”《文選》薛綜注：“攝提有六星。玉衡，北斗中星，主迴轉。並飾於車上。”②是據薛綜注可知飾玉衡星於車上或爲祈求平安之習俗。

527. 綴鬼谷於北辰

鬼谷，一作百鬼。

黃靈庚謂據“王逸注文‘使北辰係綴百鬼’云云，王本蓋作百鬼也”。

按：劉師培謂“據注似當作百鬼”。此外何劍熏也謂“當從一本作‘百鬼’，‘百鬼’猶衆鬼，作‘鬼谷’無義。觀王逸以‘百鬼’

　　①A. 聞一多《校補》，143 頁；B. 章太炎《膏蘭室札記》，見《章太炎全集》之《膏蘭室札記 詁經札記 七略別録佚文徵》卷，156 頁。
　　②蕭統《文選》，118—119 頁。

爲《注》,知王本固作‘百鬼’也”。是爲黄説先導。而王念孫《讀書雜志・餘編上》“極星與天俱遊而天極不移”條引此則也本於王本作“鬼谷”是不審也。①

七、九思

(一)逢尤

528. 遽偉遑兮驅林澤,步屏營兮行丘阿

遽,一作遂。偉,一作章,或作憧,或作憒。

按:雙聲疊韻之字,本無一定,“偉遑”即或作“倉皇”,或作“蒼皇”,或作“倉黄”,不一而足。但王念孫《疏證》引此即作“遽偉遑兮驅林澤,步屏營兮行邱阿”,而胡文英《吳下方言考》“偉遑”條引此也作“遽偉遑兮驅林澤”。② 是所見一致。李錫齡本、金陵本并同。

529. 車軏折兮馬虺隤

軏,疑爲抈之借。

按:王念孫《疏證》“抈,折也”條引此謂“‘車軏折兮馬虺隤’,軏與抈通”。而檢之《説文》,段玉裁注“抈”字也謂“其本義則訓折”。而“抈折”同義複指也合於《楚辭》之語例,故軏疑爲抈之借也。③

---

① A. 黄靈庚《辯證》,993 頁;B. 劉師培《考異》,1166 頁;C. 何劍熏《新詁》,371 頁;D. 王念孫《雜志》,2615 頁。此外,許維遹《吕氏春秋集釋》(282 頁)引王念孫説亦作“鬼谷”。

② A. 王念孫《疏證》,719 頁;B. 胡文英著,徐復校議《吳下方言考校議》,17 頁。

③ A. 王念孫《疏證》,131 頁;B. 段玉裁《説文解字注》,1056 頁。

530. 悁殟絶兮咶復蘇

殟，《釋文》作愠。

姜亮夫謂：“殟《釋文》作愠。按悁猶悁悁，不安也。殟當從《釋文》作愠。小篆心與歹形近而誤。愠怨也（從段校）。悁愠連文猶鬱結不舒之義。”

按：殟與愠同，不煩改字。王念孫《疏證》凡引此即皆作“悁殟絶兮咶復蘇”是證。[①] 李錫齡本、金陵本并同。

（二）怨上

531. 進惡兮九旬

聞一多謂：“當從一本作‘進思兮仇荀’。洪興祖云仇荀謂仇牧，荀息，是也。……案仇牧荀息，咸死君難，《公羊》再三稱之。本篇曰‘進思兮仇荀’，即用《公羊》義。‘進思兮仇荀’與下‘退顧兮彭務’，語意相對，言進則思慕仇荀之效忠死難，退則眷懷彭務之抗節赴淵。……下文又云‘擬斯兮二蹤，未知兮所投’，‘二蹤’斥仇荀與彭務，言仇荀死難，彭務赴淵，二者異趣而皆賢，己則不知何所適從也。……朱燮元本、大小雅堂本作‘進慕’亦通。（孫詒讓説同）。”[②]

按：孫詒讓《札迻》卷十二所論爲聞先生所本。惟吳棫《韻補》“脅”字注引此作“進慕兮仇荀”，[③]是與聞先生“朱燮元本、大小雅堂本作‘進慕’亦通”之説更合。而吳棫爲宋人，去古未遠，故疑作“進慕兮仇荀”最近原貌。

---

①A. 姜亮夫《通故》（四），449—450頁；B. 王念孫《疏證》，43頁、172頁。
②聞一多《校補》，146—147頁。
③A. 孫詒讓《札迻》，402頁；B. 吳棫《韻補》，51頁。

532. 心結縎兮折摧

徐仁甫謂:"結縎之結,疑旁注誤入正文。'心縎兮折摧',即心結兮折摧。全篇皆五字句,此不得獨多一字。"

按:"結縎"一詞不誤,而縎當爲惛之借。王念孫《疏證》即謂:"《釋訓》云'結縎,不解也'。《漢書·息夫躬傳》'心結惛兮傷肝'。《楚辭·九思》'心結縎兮折摧'。惛與縎通。"而據《玉篇》"惛:憂也,慮也,悶也,心亂也"之説及《漢書·息夫躬傳》化用本句作"心結惛兮傷肝"來看,則當作"惛"是。①

(三)疾世

533. 媒女詘兮謰謱

一作媒拙訥兮。

何劍熏謂:"此句當從一本作'媒詘訥兮謰謱'。"

按:何説誤。"媒女詘"顯係化用《離騷》"理弱而媒拙"一語。據此而言,似不必言"拙訥"。此外,胡文英《吳下方言考》"謰謱"條引此即作"媒女詘兮謰謱",胡氏并謂"謰謱,因一人牽引累及數人也。吳中因此人旁累及人曰'謰謱'。"其言甚是,媒女因言語詘而累及所託之人也。顧炎武《唐韻正》"謱"字條、王念孫《疏證》、錢繹《箋疏》引此也皆作"媒女詘兮謰謱",是不誤。② 李錫齡本、金陵本并同。

534. 鴟雀列兮譁讙

譁讙,疑作讙譁。

①A. 徐仁甫《楚辭別解》,64 頁;B. 王念孫《疏證》,422—423 頁;C. 顧野王《大廣益會玉篇》,39 頁。此外,何劍熏《新詁》(374 頁)説略同。

②A. 何劍熏《新詁》,375 頁;B. 胡文英著,徐復校議,《吳下方言考校議》,178 頁;C. 顧炎武《唐韻正》,320 頁;D. 王念孫《疏證》,740 頁;E. 錢繹《箋疏》,565 頁。

按:吳棫《韻補》"余"字注引此作"鷃雀列兮讙譁"。而據《説文》"呍"字注"讙聲也"之説,①是王注"競爲佞諂,聲呍呍也"之"呍呍"當即"讙讙"之注語。是吳氏所見已誤。

535. 言旋邁兮北徂

旋,一作逝;一作逝言邁兮。

按:宋吳棫《韻補》"耦"字注引此也作"言旋邁"。② 是宋人所見猶有作此者。但"言旋邁"不辭,疑一本作"逝言邁兮北徂"爲是。因"言邁"常語,而"逝言邁"者,王注也用之,如《九辯·二》"車既駕兮朅而歸"句,王注謂"回逝言邁,欲反國也"之"逝言邁"即爲明證。因此,王逸《九思》於此作"逝言邁"者於《九辯》之注也有其先例。

536. 日陰曀兮未光,閴睄窔兮靡睹

(1)窔,疑爲窈之誤。

按:吳棫《韻補》"耦"字注引此亦同今本,③但據王注"睄窔,幽冥也"云云,是王逸以"幽冥"釋"睄"也,然"睄"實無幽暗之義。"幽冥"當爲"窔"之釋言。而"窔"則爲"窈"之誤。《説文·冥部》:"冥,窈也。"段玉裁謂:"窈,各本作'幽'。唐玄應同。而李善《思玄賦》、《歎逝賦》、陶淵明《赴假還江陵詩》三注皆作'窈'。……《釋言》曰'冥,窈也'。孫炎云'深闇之窈也'。"④是《説文》本作"冥,窈也",而典籍"窈冥"習見,如《楚辭》即有作"窈冥"者,如《山鬼》"杳冥冥兮羌晝晦",一本云"日窈冥兮羌晝晦"是證。而王注作"幽冥"者或以"幽之爲言窈"而借。如《周

①A. 吳棫《韻補》,64 頁;B. 段玉裁《説文解字注》,105 頁。
②吳棫《韻補》,60 頁。
③吳棫《韻補》,60 頁。
④段玉裁《説文解字注》,547 頁。

禮·夏官·職方氏》:"東北曰幽州。"孫詒讓《正義》謂:"《藝文類聚·州部》引《春秋元命苞》云'幽之爲言窈也'。"①此外《淮南子·道應訓》:"可以窈,可以明。"俞樾謂:"窈讀爲幽。故與明相對。"②而劉氏《三餘札記》進一步謂《文子·微明篇》作"可以幽,可以明"。③ 是皆"幽、窈相通之證"。綜合上述諸説,王注"眇窔,幽冥也"當爲"眇窈,幽冥也"之誤。而正文之"窔"爲"窈"誤無疑。

（2）閈,一作閴。

按:"閈""閴"疑皆"闇"之形誤。據上引段注《説文》"《釋言》曰'冥,窈也'。孫炎云'深闇之窈也'"。是"閈"當爲"闇"之形誤。且《九歎·遠逝》:"陵魁堆以蔽視兮,雲冥冥而闇前。"王褒《洞簫賦》:"於是乃使夫性昧之宕冥,生不覩天地之體勢,闇於白黑之貌形。"《文選》李善注:"性昧、宕冥,謂天性闇昧過於幽冥也。"④是"闇"與"幽冥"之意義也相爲用。且作"闇"字則也相應於"日陰曀兮未光"也。

537. 漓滄海兮東遊,沐鹽浴兮天池

遊,當作逝。

按:據《説文·辵部》"逝,往也"及《㫃部》"遊,旌旗之流也"之訓詁看,⑤"東遊"當作"東逝"爲勝。而吳棫《韻補》"義"字注引此即作"東逝"。⑥ 是所見尚有不誤者。

---

①孫詒讓《正義》,2672 頁。
②俞樾《諸子平議》,619 頁。
③劉文典《三餘札記》,32 頁。
④蕭統《文選》,784—785 頁。
⑤段玉裁《説文解字注》,125 頁、545 頁。
⑥吳棫《韻補》,4 頁。

538. 志欣樂兮反征,就周文兮邠岐

欣樂,疑爲"欣欣"之誤。

按:參之《楚辭》它篇及王注"聞惟仁義,故欣喜,復之西方,就文王也"云云,是疑"欣樂"爲"欣欣"之誤。而《九歌・東皇太一》:"君欣欣兮樂康。"王注:"欣欣,喜貌。"《遠遊》:"內欣欣而自美兮。"王注:"忠心悦喜,德純深也。"《九思・傷時》:"咸欣欣兮酣樂,余眷眷兮獨悲。"王注:"言天神衆舞,皆喜樂,獨己懷悲哀也。"是表示喜悦意義之"欣欣"於《楚辭》中之使用乃常例。而《漢書・匡衡傳》:"諸見罷珠崖詔書者,莫不欣欣。"《張騫傳》:"天子欣欣以騫言爲然。"①是東漢時"欣欣"之使用也尚爲普遍。本篇作"欣樂"者,疑因《東皇太一》"欣欣兮樂康"或後世"欣欣樂康"一詞而誤。

539. 吮玉液兮止渴,齧芝華兮療飢

療飢,當作樂飢。

按:"療飢"當本於《詩・陳風・衡門》"可以樂飢"一語。②而《詩》之"樂飢"多有異文,如錢大昕《唐石經考異》謂:"先作'樂',後加'疒',用鄭義也。岳本、今本作樂。"③而陸德明《釋文》謂:"沈云'舊皆作樂字,晚《詩》本有作疒下樂,以形聲言之,殊非其義'……案:……毛本止作樂。"④此外,段注《説文》"㾂"字也謂:"《詩・陳風》'泌之洋洋,可以樂饑'。傳云'可以樂道忘饑'。箋云'可飲以㾂饑'。是鄭讀樂爲㾂也。經文本作樂,

---

①《匡衡傳》《張騫傳》文見班固《漢書》,2487 頁、2037 頁。
②孔穎達《毛詩正義》,443 頁。
③錢大昕《唐石經考異》,見《嘉定錢大昕全集》第一册,17 頁。
④陸德明《經典釋文》,272 頁。

《唐石經》依鄭改爲瘝,誤矣。"①是《詩》"樂飢"當爲此所本,故本
文作"樂飢"最是。

540. 心緊縏兮傷懷

　　緊縏,一作繻綣。

　　按:《詩·民勞》"以謹繻綣",馬瑞辰謂:"《説文》無繻綣字,
《新附》有之。錢大昭曰'繻綣當作緊縏。《楚詞·九思》曰'心
緊縏兮傷懷',王逸《章句》'緊縏,糾繚也'。一作繻綣'。……
今按:緊字糾忍切,從𡘜、絲省,別作絚,《玉篇》引《春秋》成公四
年'鄭伯絚卒',有古千一切,則從𡘜得聲,與繻音近,故繻綣即緊
縏之別體。"而據王注"緊縏,糾繚也"云云,是王本不誤。錢繹
《箋疏》引此即作"緊縏"也。②

541. 時眣眣兮旦且

　　旦且,一作旦旦,一作且旦。

　　按:王念孫《疏證》引此作"時眣眣兮且旦",③而聞一多《校
補》所據文字雖誤作"旦旦",然其謂"'旦旦'當從一本作'且
旦'。(《詩·東門之枌》'穀旦於差',《釋文》引《韓詩》旦作且,
《庭燎》傳'央,且也'。《釋文》且本作旦。)朱燮元本正作且
旦"。④ 比較而言,聞説是。

(四)惜上

542. 衆多兮阿媚,骫靡兮成俗

　　骫,一作委。

---

①段玉裁《説文解字注》,616—617頁。
②A. 馬瑞辰《通釋》,922—923頁;B. 錢繹《箋疏》,99頁。
③王念孫《疏證》,410頁。
④聞一多《校補》,148—149頁。

按:吳棫《韻補》"喔"字注引此也作"委"。但趙逵夫先生謂:"觤,原作'觤',洪興祖引一本作'委'。按當作'觤',與'委'同爲影母,歌微旁轉,古音相近。《後漢書·趙壹傳》李賢注'觤,古委字'。今正之。"趙先生所言甚是。趙先生主編《楚辭語言詞典》所據白化文等點校之《楚辭補注》底本爲金陵書局本,其字作"觤"。而四部叢刊本"觤"也當爲"觤"刻寫之誤,如李錫齡本也作"觤"是證。明顧炎武《唐韻正》"喔"字條引此正作"觤",是不誤。① 而黃靈庚據"王延壽注曰'委靡,面柔也',王本蓋作委"之説或也不然。因爲孫詒讓於《周禮正義》即據黃丕烈經用古字,注用今字之説指出古籍類此現象之衆。而本篇正文作"觤",注文作"委",正吻合於黃丕烈、孫詒讓等所總結論證"經用古字,注用今字"之規律也。②

543. 霜雪兮灌澄

灌澄,一作澄澄;一作灌灌。

按:據洪興祖"灌音攉;澄,五來切。霜雪積聚皃"云云,是宜作"灌澄"是。而王念孫《疏證》於"灌澄,霜雪也"條引此也謂"《楚辭·九思》'霜雪兮灌澄'",③是作"灌澄"不誤也。

544. 冰凍兮洛澤

聞一多謂:"'洛澤'當爲'洛澤'。……《廣韻》十九鐸,《集韻》十九鐸引并作'洛澤',當據正。"④

按:今所見《廣韻》引作"各澤",而《集韻》及顧炎武《唐韻

①A. 吳棫《韻補》,102 頁;B. 趙逵夫先生主編《楚辭語言詞典》,755 頁;C. 顧炎武《唐韻正》,440 頁。

②A. 黃靈庚《辯證》,1013 頁;B. 詳孫詒讓《正義》,36 頁、110 頁、133 頁、530 頁等相關論述。

③王念孫《疏證》,732 頁。

④聞一多《校補》,149 頁。

正》“石”字條引此則皆作“洛澤”。① 是《廣韻》之“各”當爲“洛”之誤無疑。然洛也當爲“垎”之誤。《禮記·學記》：“發然後禁，則扞格而不勝。”鄭注：“格，讀如‘凍洛’之‘洛’。”北大版《十三經注疏》所出校勘記引段玉裁説：“《説文》無洛有垎字，水乾也。《玉篇》土乾也。王逸《九思》自注‘垎，竭也’，則此注及疏洛皆當作垎。”②而據《説文·土部》：“垎，水乾也。”段注謂：“乾音干。《玉篇》、《廣韻》皆作‘土乾也’爲長。謂土中之水乾而無潤也。王逸《九思》‘冰凍兮垎澤’。自注‘垎，竭也。寒而水澤竭成冰’。按，‘水澤竭’，所謂乾也。今《楚辭》作‘洛澤’，《廣韻》、《集韻·十九鐸》皆引‘冬冰兮洛澤’，誤甚。……《學記》曰‘發然後禁，則扞格而不勝’，注曰‘格，讀如凍垎之垎’。……正義本注是‘凍垎’，陸德明本是‘凍洛’，陸非孔是。’”③段説甚覈，當據正。

545. 東西兮南北，罔所兮歸薄

　　罔所，疑作無所。

　　按：《離騷》“欲遠集而無所止兮，聊浮游以逍遥”，《惜誦》“設張辟以娛君兮，願側身而無所”等皆言“無所”。而《七諫·怨世》“卒不得效其心容兮，安眇眇而無所歸薄”，其辭“無所歸薄”與此相仿，且王注彼謂“無所歸附”，王注此亦謂“言四方皆無所停止”，其注皆謂“無所”，是可證本篇亦當作“無所兮歸薄”。而本篇作“罔”者，或以“罔、無”互訓之故而易之也。

546. 獨處兮志不申

　　處，疑作慮。

---

① A. 陳彭年等《廣韻》，149 頁；B. 丁度《集韻》，723 頁；C. 顧炎武《唐韻正》，521 頁。
② 孔穎達《禮記正義》，1062 頁。
③ 段玉裁《説文解字注》，1197 頁。

按:《楚辭》"處、慮"常混,如《大招》:"恣志慮只。"一本"慮"
作"處"是證。而覽之典籍,"志、慮"常相并爲詞,例不勝舉。本
篇"獨慮"與"志不申"意義正偶,當作"慮"是。

547.魁壘擠摧兮常困辱

壘,一作纍。

徐仁甫謂:"'魁纍'當作'魁壘'。……魁壘蓋魁梧、奇偉、磊
落之意。此言賢傑被擠摧而遭困辱,與《九歎·憂苦》'律魁放乎
山間'意同。"

按:徐先生所言甚是。據王注"魁壘,促迫也"云云,是王本
不誤。而王念孫《疏證》引此即作"魁壘"。[1]

548.懷蘭英兮把瓊若,待天明兮立躑躅

蘭,一作華。

按:雖然如顧炎武《唐韻正》"白"字條引此也作"蘭",[2]然
"蘭"當作"華"是。《楚辭》及《章句》皆多言"華英",而僅此
一例言"蘭英",是殊爲不類。且《遠遊》"懷琬琰之華英"句
意與此近,而《遠遊》之"華英"雖本爲"玉英"之誤,[3]然據王
逸本篇所作,是王逸時所見已誤爲"華英",故其《九思》仍本此
而作。

(五)遭厄

549.鶵鶵棲兮柴蔟。起奮迅兮奔走

起,疑爲"超"之形訛。

---

①A. 徐仁甫《楚辭別解》,65 頁;B. 王念孫《疏證》,332 頁。
②顧炎武《唐韻正》,505 頁。
③詳前《遠遊》"懷琬琰之華英"條(275 條)。

　　按:覽之典籍,"起""超"常形近而混,如《古文苑·遂初賦》:"歷岡岑以升降兮,馬龍騰以起攄。"①《文選·赭白馬賦》李善注引"起"作"超"。② 晉張華《博陵王宮俠曲二首》(雄兒任氣俠)"騰超如激電,迴旋如流光"之"超"字,逯欽立輯校《先秦漢魏晉南北朝詩》謂"《類聚》作起"。③ 是"起、超"形近易訛之例。而"奮迅"一詞乃同義複指。《大廣益會玉篇》釋"奮"謂"翬也,飛也"。④ 是"奮"有迅飛之義。而"超"也有迅疾之義。《説文·走部》:"超,跳也。"段注:"跳,一曰躍也。躍,迅也。迅,疾也。"⑤是"超"與"奮、躍、迅、疾"皆可表示迅疾之意義。而"超奮迅"同義複指之用法與《離騷》"覽相觀"等用法亦一律。且"鶒鶒"爲傳説中之神鳥,前言"棲於柴薪",後形容其突然之猛飛,亦當作"超"於義爲暢。

550. 遂踢達兮邪造

　　何劍熏謂:"'踢'同'跌','達'同'澾'。踢達連言,皆跌足也。"

　　按:"踢達"無需校改。胡文英《吳下方言考》"踢達"條引此即同王本。胡氏并謂"踢達,行路聲。今吳諺謂行路聲曰'踢達'"。是"踢達"方言俗語也。而顧炎武《唐韻正》"軌"字條引此即作"踢達",是不誤。⑥

---

①章樵注《古文苑》,117 頁。

②蕭統《文選》,625 頁。

③逯欽立輯校《先秦漢魏晉南北朝詩》,612 頁。

④顧野王《大廣益會玉篇》,115 頁。

⑤段玉裁《説文解字注》,112 頁。

⑥A. 何劍熏《新詁》,379 頁;B. 胡文英著,徐復校議《吳下方言考校議》,225 頁;C. 顧炎武《唐韻正》,332 頁。

(六)悼亂

551. 殽亂兮紛挐

殽,一作散。

按:吴棫《韻補》"挐"字注引此即作"嗟嗟兮悲夫,散亂兮紛挐",[1]是宋人所見猶有作"散"者。然《説文》云"散,雜肉也",是與注文"君任佞巧,競疾忠信,交亂紛挐也"之"交亂"義不相吻合。而《説文》"殽,相雜錯也"之訓詁則與注文一致。[2] 是作"殽"於義爲長。顧炎武《唐韻正》"挐"字注引此正作"殽亂"是不誤。[3] 李錫齡本、金陵本并同。

552. 鹿蹊兮躝躝

躝,一作蹦。

按:段玉裁《説文解字注》及馬瑞辰《通釋》引此即皆作"蹦",并云"亦作躝"。而郝懿行《義疏》則引作"鹿蹊兮蹥蹥",郝氏并謂"《説文》'蹥,踐處也。是蹥即鹿之跡"。[4] 比較而言,郝氏據《説文》立説,更近文義。而作蹦者,乃因"䜌"即古文"絶",而"䜌"即古文"繼",反"䜌"則"蹥"也。[5] 是蹥或作蹦也。故"躝"或"蹦"當皆《説文》"蹥"字之訛。

553. 鶉鶵兮甄甄

甄甄,一作飄飄。

按:據舊注"甄甄,小鳥飛皃"云云,當作"甄甄"是。王念孫

---

①吴棫《韻補》,10 頁。

②"散""殽"之釋見段玉裁《説文解字注》,313 頁、214 頁。

③顧炎武《唐韻正》,266 頁。

④A. 段玉裁《説文解字注》,145 頁;B. 馬瑞辰《通釋》,480 頁;C. 郝懿行《義疏》,1271 頁。

⑤説詳徐仁甫《古詩别解》,142 頁。

《疏證》引此亦作“甄甄”是不誤。①

（七）傷時

554. 惟昊天兮昭靈，陽氣發兮清明。風習習兮穌煖，百草萌兮華榮

榮，一作英。

按：作英是。“明、英”古韻同屬陽部，而“榮”古韻爲耕部，雖“明、榮”合於古韻“耕、陽”旁轉之規律，然終不如“明、英”同韻部而爲疊韻者爽快。且《離騷》“使夫百草爲之不芳”句，王注“言我恐鵜鴂以先春分鳴，使百草華英摧落”云云，是“百草華英”常語也。

555. 聲噭誂兮清和

噭，《釋文》作激。

按：據許慎注“咷”字謂“楚謂兒泣不止曰噭咷”云云，是“噭”字不誤。此外宋丁度《集韻》“咷”字注也謂“噭咷，楚歌。服虔說”云云，是也以“噭”爲是。而吳棫《韻補》“媱”字注、錢繹《箋疏》、王引之《經義述聞》引此也皆作“聲噭誂兮清和”，是不誤。② 李錫齡本、金陵本并同。

556. 音晏衍兮要媱

徐仁甫謂：“揚雄《長揚賦》‘抑止絲竹晏衍之樂。’可見晏衍之音非雅音。‘晏衍’一作‘案衍’，司馬相如《上林賦》‘陰淫案衍之音’，是也。”

---

①王念孫《疏證》，1434 頁。

②A. 段玉裁《說文解字注》，95 頁；B. 丁度《集韻》，752 頁；C. 吳棫《韻補》，37 頁；D. 錢繹《箋疏》，41 頁；E. 此處所引王引之《經義述聞》內容據向宗魯《說苑校證》（503 頁）引。

按：徐説是。吳棫《韻補》“媱”字注引此即作“晏衍”，而段玉裁《説文解字注》、錢繹《箋疏》引此則作“案衍”。是其義一也。①

（八）守志

557. 食時至兮增泉

增，當爲曾。

按：《淮南子·天文訓》“至於曾泉，是謂蚤食”。劉文典謂：“《藝文類聚》、《初學記》、《御覽》引，並作‘臨于曾泉’。《初學記》、《御覽》並有注云‘曾，重也。早食時在東方多水之地，故曰曾泉’。《書鈔》引注云‘曾，源也’。”②據此，是“曾”爲本字。此即于邑所謂“凡偏旁之字多後出之專字”。③

558. 配稷契兮恢唐功

唐功，一作虞功。

按：顧炎武《唐韻正》“雙”字注及郝懿行《義疏》引此皆作“唐功”。④ 而據舊注“恢，大；唐，堯也”云云，是王本不誤。

---

①A. 徐仁甫《古詩別解》，65 頁；B. 吳棫《韻補》，37 頁；C. 段玉裁《説文解字注》，1076 頁；D. 錢繹《箋疏》，551 頁。

②劉文典《集解》，105 頁。

③于邑《香草校書》，20 頁。另，本條內容原爲 2008 年筆者爲趙逵夫先生主編《楚辭語言詞典》（633—634 頁）“增泉”條所撰寫，今特舉出以見筆者對《楚辭》全文之認識。

④A. 顧炎武《唐韻正》，234 頁；B. 郝懿行《義疏》，61 頁。

第三章:由本文的撰寫所得出的幾點認識

　　在本文的撰寫過程中,筆者一方面努力學習和借鑒了前修時賢有意義的研究成果,而在此基礎上也作出了自己的積極思考。在此,本文在借鑒前賢尤其是聞一多先生及其《校補》的基礎上,①融合筆者在本文撰寫過程中的一些思考而對《楚辭》異文及其校證等相關問題試圖作出一些規律性的總結。

一、《楚辭》異文表現形式概説

　　《楚辭》異文繁多,其表現形式,據聞一多《校補》及我們的學習與校證實踐,主要有以下六種。

---

　　①聞一多先生《楚辭校補》堪爲《楚辭》校勘的經典之作,而《校補》一書客觀上對《楚辭》異文的主要表現形式以及如何校勘《楚辭》異文諸多法則的總結實際上可以視爲具有普遍意義的理論概括。而對《校補》相關問題的概括總結對於我們所討論的問題事實上也是具有普遍性的意義。因此,本章第一、第三兩節之論述主要就是通過對《校補》在《楚辭》異文校勘方面的成果總結而顯示《楚辭》異文的多種表現形式以及如何校勘《楚辭》異文的主要原則與方法。其中論述多以聞先生《校補》所論證之實例予以闡發,而所舉諸例除個別情況外,大多也體現了筆者對所舉《楚辭》相關文本的取捨態度,某種程度上此兩節之內容可以與正文校證内容相互補充與完善。

（一）字誤例

1. 天問：羿焉彈日

按：洪興祖《補注》謂："《説文》云，彈，射也，音畢。引弓焉彈日。弓與羿同。然則彈或作彈，蓋字之誤耳。

2. 天問：胡終弊于有扈

按：王國維謂"有易，《天問》作有扈，乃字之誤，蓋後人多見有扈，少見有易，又同是夏時事，故改易爲扈"。①

3. 九章·哀郢：瞭杳杳而薄天

按：聞一多謂"'杳杳'當作'冥冥'，字之誤也"。

4. 九章·思美人：紛郁郁其遠承兮

按：聞一多謂"紛當爲芬，承當從一本作蒸，并字之誤也"。

5. 九辯·三：收恢台之孟夏兮

按：聞一多謂"疑孟當爲盛，字之誤也。……《類聚》三引孟正作盛，是其確證"。

6. 九辯·八：惟著意而得之

按：聞一多謂"得字於義難通，又與部不叶。疑得當爲將，字之誤也"。

7. 七諫·怨思：讒諛進而相朋

按：聞一多謂"朋當從一本作明，字之誤也"。

8. 九思·悼亂：垂屣兮將起

按：聞一多謂"垂當從《釋文》本作'凾'，字之誤也"。②

---

①本處字誤例第 1 例引文見洪興祖《補注》，52 頁。另，洪注"弓焉彈日"之"彈"原作"彈"。今據李錫齡本、金陵本及洪注前後文意改。第 2 例詳王國維《古史新證》，18 頁。

②本處字誤例之 3、4、5、6、7、8 例引文見聞一多《校補》，76 頁、86 頁、100 頁、105 頁、127 頁、152 頁。

(二)聲誤例

1. 九歌·河伯:惟極浦兮寤懷

按:聞一多謂"'寤懷'無義,寤疑當爲顧,聲之誤也"。

2. 天問:大鳥何鳴,夫焉喪厥體

按:聞一多謂"體疑當爲履,聲之誤也"。

3. 天問:逢彼白雉

按:聞一多謂"雉當爲兕,聲之誤也"。

4. 九辯·六:滅規榘而改鑿

按:聞一多謂"鑿當爲錯,聲之誤也。……《文選·思玄賦》《注》引此文作錯,尤其確證"。

5. 卜居:往見太卜鄭詹尹曰

按:湯炳正謂"'詹尹'即'占尹','詹'與'占'古人同聲互借"。此外,徐仁甫也謂"詹尹即占尹"。① 是"詹"乃"占"之聲誤。

(三)脱字、脱句例

1. 離騷:衆皆競進以貪婪兮

按:張衡《思玄賦》"鷦鷯競於貪婪兮,我脩絜以益榮"。李善注:"《楚辭》曰'皆競進以貪婪兮'。"是脱"衆"字。

2. 九歌·山鬼:杳冥冥兮羌晝晦

按:張衡《西京賦》"吞刀吐火,雲霧杳冥"。李善注:"《楚辭》曰'杳冥兮晝晦'。"是脱"冥"與"羌"字。

3. 九歌·山鬼:歲既晏兮孰華予

---

① 本處聲誤例之1、2、3、4例引文見聞一多《校補》,35頁、46頁、56頁、102頁。第5例詳湯炳正《類稿》,402頁;徐仁甫《楚辭別解》,42頁。

按:顏延年《秋胡詩》"慘悽歲方晏,日落遊子顏"。李善注:"《楚辭》曰'歲既晏兮孰華'。"是脫"予"字。

4. 天問:命有殷國

一作命有殷之國。

按:聞一多謂"殷下從一本增之字"。是脫"之"字。

5. 九章·惜誦:又莫察余之中情

按:聞一多謂"此句不入韻,推尋其故,蓋由脫簡所致"。

6. 九章·涉江:哀南夷之莫吾知兮,旦余濟乎江湘

按:聞一多謂"湘字不入韻,疑此文上或下脫二句"。

7. 九章·涉江:露申辛夷,死林薄兮

按:馬融《長笛賦》"王公保其位,隱處安林薄"。李善注:"《楚辭》曰'露新夷,死林薄'。"是脫"申"字。

8. 九章·抽思:望北山而流涕兮,臨流水而太息

按:聞一多謂"本篇韻例亦以二進,此處側得息三字相叶,依例亦當脫二句。尋上文'道卓遠而日忘兮,願自申而不得'二句無《注》,當係今本奪漏。以常情推之,所奪正文二句,宜在所奪《注》文鄰近,故又疑奪去二句當在'望北山'句上"。

9. 九章·思美人:思美人兮,擥涕而竚眙

按:曹植《三良詩》"攬涕登君墓,臨穴仰天歎"。李善注:"《楚辭》曰'美人兮攬涕而竚'。"是脫"思、眙"二字。

10. 九辯·六:無衣裘以御冬兮,恐溘死不得見乎陽春

按:李善注《文選·雪賦》"君寧見階上之白雪,豈鮮耀於陽春"句引此謂"《楚辭》曰'無衣裘以御冬,恐死不得見乎陽春'"。是脫"兮、溘"二字。

11. 招隱士:王孫遊兮不歸

按:胡之驥《彙注》引此作"王孫兮不歸",是脱"遊"字。①

(四)倒字、倒句例

1. 離騷:及前王之踵武

按:左思《魏都賦》"世篤玄同,奚遽不能與之踵武而齊其風?"劉淵林注:"《楚辭》曰'及前王踵之武'"。是"之""踵"互乙。

2. 九歌·東皇太一:吉日兮辰良

按:左思《蜀都賦》"吉日良辰,置酒高堂,以御嘉賓"。李善注:"《楚辭》曰'吉日兮良辰'。"是誤"辰良"爲"良辰"。而左思《吳都賦》"歡情留,良辰征"。劉淵林注:"《楚辭》曰'日吉兮辰良'。"則又誤"吉日"爲"日吉"也。

3. 天問:莆蘿是營

按:聞一多謂"'莆蘿'當爲'蘿莆'之倒。蘿莆即莞蒲"。

4. 天問:中央共牧后何怒? 蠭蛾微命力何固

按:聞一多謂"二句當乙轉"。

5. 天問:驚女采薇,鹿何祐

按:聞一多謂"'驚女'二字當互易"。

6. 天問:荆勳作師夫何長

按:聞一多謂"勳師二字當互易。作猶立也。'荆師作勳'猶言楚師立功"。

7. 九章·惜誦:欲橫奔而失路兮,堅志而不忍

按:聞一多謂"當從一本作'蓋志堅而不忍'。《悲回風》曰'暨志介而不忘',蓋暨聲近。(《哀郢》'好夫人之忼慨',《釋文》

①本處脱字、脱句例之1、2、3、7、9、10例引文見蕭統《文選》,657頁、77頁、1006頁、820頁、986頁、596頁;4、5、6、8例引文見聞一多《校補》,59頁、66頁、74頁、79頁。例11引文見胡之驥《彙注》,18頁。

慨作礚。)堅介義同,語義句法并與此相似,可資互證。朱本亦有
蓋字,惟‘志堅’倒作‘堅志’”。

8.九章·惜誦:矯茲媚以私處兮,願曾思而遠身

按:聞一多謂“二句當互易”。

9.九辯·四:重無怨而生離兮

按:徐仁甫謂“‘重無怨而生離’,謂無重怨而生離也。‘重
怨’見《九章·惜誦》‘恐重怨而離尤’,與此‘重無怨而生離’所
指正同。楚人之詞,副詞多提句首,故‘無重怨’作‘重無怨’”。

10.九章·抽思:望孟夏之短夜兮,何晦明之若歲

按:司馬相如《長門賦》“夜曼曼其若歲兮,懷鬱鬱其不可再
更”。李善注:“《楚辭》曰‘……望孟夏之短夜,何明晦之若
歲’。”是將“晦明”誤爲“明晦”。

11.大招:思怨移只

按:聞一多謂“‘思怨’二字當從古本乙轉。王《注》曰‘移,
去也,言美女可以忘憂,去怨思也’。是王本‘怨思’二字未倒”。

12.九歎·遠遊:建虹采以招指

按:聞一多謂“‘虹采’當從一本作‘采虹’”。

13.九歎·遠遊:囚靈玄於虞淵

按:聞一多謂“‘靈玄’當作‘玄靈’。王《注》曰‘玄帝之神’。
是王本正作玄靈”。

14.九思·逢尤:呂傅舉兮殷周興

按:聞一多謂“‘呂傅’疑當作‘傅呂’,傳寫誤倒也。上云
‘思丁文兮聖明哲’,先武丁(《注》訓丁爲當,謬甚),後文王,此
云‘傅呂舉而殷周興’,先傅説,後呂望,二句相承爲文也”。

15.九思·傷時:忽飇騰兮浮雲

按:聞一多謂“浮雲當從一本乙轉。‘飇騰’與‘雲浮’對文。
司馬相如《大人賦》曰‘猋風湧而雲浮’,句法與此同。又此文以

娸,能(讀爲耐),浮,菜,台五字之幽合韻。今本'浮'倒在'雲'上,則失其韻矣。朱燮元本,大小雅堂本并作'雲浮',與一本合"。①

(五)衍文例

1.遠遊:羨韓衆之得一

按:李善注張衡《思玄賦》"咨姤嫭之難並兮,想依韓以流亡"句引此謂"《楚辭》曰……羨韓衆之流得一"。是衍"流"字。

2.遠遊:舒并節以馳騖兮

按:徐英謂"舒并不可解。王不注并字。洪引淮南云。縱志舒節。又引大人賦云。舒節出乎北垠。並無并字。洪亦不注并字。疑并字衍文"。

3.卜居:寧昂昂若千里之駒乎

按:歐陽詢《藝文類聚》"鴨"字條引此作"寧昂昂若數千里之駒"。是衍"數"字。

4.招魂:倚沼畦瀛兮遥望博

按:黃侃謂"《楚辭·招魂》'倚沼畦瀛兮遥望博',劉逵《蜀都賦》注引《楚辭》'倚沼畦瀛',王逸云'瀛,澤中也'。班固以爲畦。是《楚辭》本作'倚沼瀛',而孟堅解之爲畦,録者並書畦瀛,遂至文不比類"。

5.招魂:湛湛江水兮上有楓

按:李善注顏延年《始安郡還都與張湘洲登巴陵城樓作》"悽

矣自遠風,傷哉千里目”句引此謂“《楚辭》曰‘湛湛江水兮河上有楓’”。是衍“河”字。

6. 招隱士:慕類兮以悲

按:李善注顔延年《夏夜呈從兄散騎車長沙》“屏居惻物變,慕類抱情殷”句引此謂“《楚辭》曰‘思慕類兮以悲’”。是衍“思”字。

7. 七諫·初放:堯舜聖已没兮,孰爲忠直

按:聞一多謂“當從一本删聖字。此蓋涉下章‘堯舜聖而慈仁兮’而衍”。

8. 七諫·亂曰:畜騕駕鵝,鷄鶩滿堂壇兮

按:王念孫《雜志》“騕鵰”條引此作“《楚辭·七諫》“畜騕駕騀,滿堂壇兮”。而其自注謂“今本‘駕騀’下有‘鷄鶩’二字,乃後人所加,與王注不合”。

9. 九懷·蓄英:微霜兮盻盼

按:李善注左思《蜀都賦》“白露凝,微霜結”句引此謂“《楚辭》曰‘微霜結兮盻盼’”。是衍“結”字。

10. 九懷·蓄英:望谿兮滃鬱

按:李善注潘岳《西征賦》“吐清風之颲戾,納歸雲之鬱翁”句引此謂“《楚辭》曰‘望谿谷兮滃鬱’”。① 是衍“谷”字。

(六)避諱例

1. 離騷:民生各有所樂兮,余獨好脩以爲常

按:姚鼐、孔廣森、梁章鉅皆以爲“常”本“恒”字,漢人避諱改

①本節衍文例之 1、5、6、9、10 引文見蕭統《文選》,655 頁、1257 頁、1203 頁、182 頁、455 頁;第 2 例引文見徐英《楚辭札記》,169 頁;第 3 例引文見歐陽詢《類聚》,1581 頁;第 4 例黄侃意見據章太炎《文始》(《章太炎全集》之《新方言 嶺外三州語 文始 小學答問 説文部首均語 新出三體石經考》卷,305 頁)引;第 7 例引文見聞一多《校補》,123 頁;第 8 例引文見王念孫《雜志》,1415 頁。

爲"常"。① 而王念孫《古韻譜》更以"恒懲"爲韻，王氏并謂"《離騷》'民生各有所樂兮，余獨好脩以爲恒。雖體解吾猶未變兮，豈余心之可懲'。今本恒作常乃漢人避諱所改"。此外，徐英《楚辭札記》也謂"朱駿聲曰。常字當作恒。漢人避諱改之。英案。恒與下文懲叶均。朱説是也"。② 是皆可證"常"乃"恒"之避諱字也。

2. 天問：何壯武厲，能流厥嚴

按：聞一多謂"陳本禮、丁晏、俞正燮、江有誥、鄧廷楨、馬其昶等并謂嚴當爲莊，避漢諱改。莊與亡韻。案衆家説是也"。

3. 招魂：肴羞未通

按：聞一多謂"陳本禮云通當爲徹，避漢諱改。案陳説是也。《儀禮・大射禮》'乃徹豐與觶'，鄭《注》曰'徹，除也'"。③

　　本節所舉《楚辭》異文的六種主要表現形式，即我們據聞一多《校補》等著述及我們的學習實踐所總結。雖然其中所例或多據聞先生之《校補》，甚至聞先生之《校補》或也多有採摭前修時賢之處。然總的來説，《校補》客觀上所總結的《楚辭》異文的這些表現形式也是我們在校勘實踐中所常常遇到的，并且總的來看，即使驗之於其它相關典籍，其表現形式也大致不出以上所舉幾種主要情況。因此，以上所示六例可視爲《楚辭》異文表現形式的普遍現象。

二、《楚辭》異文生成原因總結

　　《楚辭》異文的生成原因據我們對歷代相關重要典籍的學習

---

①姚氏等意見據游國恩《離騷纂義》（《游國恩楚辭論著集》第一卷，179 頁）引。

②A. 王念孫《古韻譜》，538 頁；B. 徐英《楚辭札記》，35 頁。

③避諱例 2、3 例之引文見聞一多《校補》，59—60 頁、110 頁。

及我們的寫作實踐，主要有以下七種。

（一）通假字

通假字是《楚辭》異文生成的主要原因，如下所例可窺一斑。

1. 離騷：紛獨有此姱節

按：《後漢書·馮衍傳》"纂前脩之夸節兮，曜往昔之光勛"。李賢注："《楚辭》曰'謇吾法夫前脩'，又曰'紛獨有此夸節'。"是引"姱"作"夸"。而《淮南子·修務訓》"曼頰皓齒，形夸骨佳"，楊樹達《淮南子證聞》謂："《類聚》引作姱，蓋讀夸爲姱，是也。《楚辭·禮魂》云'姱女倡兮容與'。王逸注云'姱，好貌'。"①是"夸、姱"相通。

2. 離騷：苟得用此下土

按：陳第《屈宋古音義》引作"苟德用此下土"。② 而《九思·傷時》："才德用兮列施。"《考異》謂："德，一作得。"是"德、得"相通。

3. 九歌·東皇太一：瑶席兮玉瑱

瑱，一作鎮。

按：《釋名·釋首飾》"瑱，鎮也"。皮錫瑞曰："《周禮·天府注》'故書鎮作瑱'。先鄭云'瑱讀爲鎮'。《典瑞》云'王執鎮圭'。《注》'故書鎮作瑱'。先鄭云'瑱讀爲鎮'。"③此外，孫詒讓《周禮正義》也謂："段玉裁云'瑱鎮皆真聲，聲類皆同'。徐養原云《釋名·釋首飾》'瑱，鎮也。……此瑱鎮音義並同，得相假借

---

① A. 范曄《後漢書》，671 頁；B. 楊樹達《淮南子證聞》，見氏著《淮南子證聞 鹽鐵論要釋》本，上海古籍出版社，2013 年，188—189 頁。

② 陳第《屈宋古音義》，196 頁。

③ 皮錫瑞意見據王先謙《釋名疏證補》引，162 頁。

之故'。"①是"瑱、鎮"相通之證。

4.天問：黑水玄趾

趾，一作沚。

按：《西京賦》"廼有昆明靈沼，黑水玄阯"，饒宗頤謂："叢刊本'阯'下校云'五臣作沚'。案《釋名・釋水》四曰'小渚曰沚'，又《釋丘》五曰'水出其前曰阯'。高步瀛曰：'諸沚字，以沚爲本字，阯借字。"②是"沚"乃本字而"趾"爲借字也。

5.九章・懷沙：滔滔孟夏兮

滔滔，《史記》作"陶陶"。

按：于省吾《尚書新證》即指出从匋从舀之字聲同字通，而歐陽詢《類聚》"夏"字條、胡文英《吳下方言考》"滔滔"條、馬瑞辰《通釋》引此皆作"滔滔"。③ 是"陶陶"者爲借字也。

6.遠遊：遝絶垠乎寒門

遝，一作踔。

按：《後漢書・張衡傳》"望寒門之絶垠兮"。李賢注："《淮南子》曰'北極之山，曰寒門'。《楚辭》曰'踔絶垠乎寒門'。"是一本作踔之證。而據段玉裁注《説文》"遝"字謂"踔即遝字"。是"踔"爲"遝"之借。④

7.九辯・二：超逍遥兮今焉薄

按：徐仁甫謂"'超逍遥'之'逍'當作'迢'。迢遥與逍遥不

①孫詒讓《正義》，1565 頁。

②饒宗頤《敦煌本〈文選〉斠證》，詳《饒宗頤二十世紀學術文集》卷十一《文學》卷，420—421 頁。

③A. 于省吾《尚書新證》，見氏著《雙劍誃尚書新證 雙劍誃詩經新證 雙劍誃易經新證》，437 頁；B. 歐陽詢《類聚》，47 頁；C. 胡文英著、徐復校議《吳下方言考校議》，85 頁；D. 馬瑞辰《通釋》，771 頁。

④A. 范曄《後漢書》，1304 頁；B. 段玉裁《説文解字注》，134 頁。此外，劉師培《考異》（1151 頁）徵引本條異文詳，可參。

同:逍遥是浮游、相羊之意;迢遥是遠的意思。超迢遥三字義同,承上'遠客'而來。此處只取遠義,與浮游、相羊無關,故知'逍'是'迢'之借"。①

8.七諫·初放:舉世皆然兮,余將誰告?

舉,一作與。

按:"舉、與"通假,如孫詒讓《周禮正義》謂"舉與古字通"是證。②

(二)以訓詁字而易本字

以訓詁字而易本字,也爲《楚辭》異文産生之一大端。如下所舉皆爲此類。

1.九辯·八:尚欲布名乎天下

按:"布名"當作"播名"。此乃以訓詁字易本字也。如許注《説文》"播"字謂"一曰,布也"。③ 而凡言名聲之傳揚,多言"播名"。如《後漢書·袁紹傳》"將軍弱冠登朝,播名海内"是證。④

2.七諫·沈江:正臣端其操行兮,反離謗而見攘

按:"正臣"當爲"貞臣"之誤。因爲覽之《楚辭》,"正臣"一詞僅見於此。而"貞臣"《楚辭》習見,如《惜往日》"屬貞臣而日娭""何貞臣之無辜兮""使貞臣爲無由"等皆是。本處作"正臣"者當是後人以"貞,正也"之訓詁字而易本字。

3.哀時命:爲鳳皇作鶉籠兮,雖翕翅其不容

翅,一作翼。

按:作翼是。"翕翅"一詞先秦兩漢典籍罕見,而"翕翼"習語也,如《文選·七發》:"飛鳥聞之,翕翼而不能去。"《四子講德

論》：“飛鳥翕翼，泉魚奮躍。”①《後漢書·崔駰傳》：“遂翕翼以委命兮，受符守乎艮維。”②是皆言“翕翼”。而本篇作“翕翅”者當是以“翼，翅也”③之故訓而以訓詁字易本字也。

4.九思·遭厄：志闋絶兮安如，哀所求兮不耦

安如，當作焉如。

按：“安、焉”雖互通，如《經傳釋詞》謂安“或作焉，其義一也”。又謂焉曰“《廣雅》曰‘焉’，安也”④是證。然揆之《楚辭》，“焉如”習見，且王注《哀郢》“超慌忽其焉如”謂“不知所之也”。而王注本句也謂“不知所之”。是可證“安如”當作“焉如”。此作“安”者，當以訓詁字易之。如《孟子·離婁上》“其子焉往？”趙注：“子將安如？”⑤是以“安”釋“焉”也。

此外如本文之校《離騷》“何桀紂之猖披兮”之“猖”爲“昌”；《惜誦》“竭忠誠以事君兮，反離羣而贅肬”之“忠誠”爲“忠信”；《遠遊》“永歷年而無成”之“歷年”爲“歷兹”；《卜居》“而蔽鄣於讒”之“蔽鄣”爲“蔽壅”等也皆同例。⑥

（三）形音相近而訛

形音相近而産生異文也爲《楚辭》異文産生之一大源，如下所舉諸例皆爲形音近似而産生異文。

1.離騷：固時俗之工巧兮

按：李善注《文選·思玄賦》“泯規矩之員方”句引此謂“《楚

①《七發》《四子講德論》引文見蕭統《文選》，1563頁、2258頁。
②范曄《後漢書》，1151頁。
③詳蕭統《文選》，290頁。
④“安”“焉”引文見王引之《經傳釋詞》，19頁、20頁。
⑤趙歧注，孫奭疏《孟子注疏》，201頁。
⑥分別見本文相關諸條校證（008條、178條、269條、290條）。

辭》曰‘因時俗之工巧兮’”。是“固”以形近而誤爲“因”。

2.九歌·湘君:横大江兮揚靈

按:《後漢書·文苑列傳》“東横乎大河”。李賢注:“《楚辭》曰‘横大江兮揚舲’也。”是靈、舲音近而訛。

3.九歌·湘君:捐余玦兮江中

按:玦,胡之驥《彙注》引作“袂”,是玦、袂形近而訛。

4.九歌·國殤:旌蔽日兮敵若雲

按:虞子陽《詠霍將軍北伐》“乘墉揮寶劍,蔽日引高旍”。李善注:“《楚辭》曰‘旌蔽日兮歆若雲’。”是“敵、歆”形近而訛。

5.天問:女岐無合,夫焉取九子

按:徐文靖《管城碩記》引“夫”作“天”。是形近而訛。

6.天問:黎服大説

按:明屠本畯《楚辭協韻》作“黎伏大説”。是服、伏音近而訛。

7.九章·惜誦:中悶瞀之忳忳

按:明屠本畯《楚辭協韻》作“中悶瞀之肫肫”。是忳、肫形音近似而訛。

8.九章·哀郢:去終古之所居兮,今逍遥而來東

按:明屠本畯《楚辭協韻》作“今消摇而來東”。是逍遥、消摇形音相近而訛。

9.九章·哀郢:冀壹反之何時

按:姜亮夫《重訂屈原賦校注》謂“壹反,渚宫舊事引作一及,及字誤也”。此外,黄靈庚《辯證》也謂“《渚宫舊事》卷三引‘壹反’作‘一及’。……及,當反字之形訛”。① 是反、及形近而訛。

---

① 本節“形音相近而訛”之1、4 例見蕭統《文選》,654 頁、1014 頁;例2 見范曄《後漢書》,1753 頁;例3 見胡之驥《彙注》,11 頁;例5 見徐文靖《管城碩記》,270 頁;例6、7、8 見屠本畯《楚辭協韻》,385 頁、388 頁、389 頁;例9 見姜亮夫《校注》,462 頁;黄靈庚《辯證》,378 頁。

10. 九章・抽思:超回志度

按:明屠本畯《楚辭協韻》作"超回忘度"。是志、忘形近而訛。

11. 遠遊:漠虛靜以恬愉兮,澹無爲而自得

按:李善注嵇康《琴賦》"齊萬物兮超自得,委性命兮任去留"句引此謂"《楚辭》曰'漠靈靜以恬愉,澹無爲而自得'"。是"虛、靈"形近而訛。

12. 遠遊:漱正陽而含朝霞

按:李善注陸機《歎逝賦》"戁瓊蘂之無徵,恨朝霞之難挹"句引此謂"《楚辭》曰'嗽正陽而含朝霞'"。是"漱"以形音相近而誤爲"嗽"。①

13. 遠遊:仍羽人於丹丘兮

按:明胡之驥注江淹《燈夜和殷長史》引作"仍羽人於月丘兮"。是丹、月形近而訛。

14. 招魂:文緣波些

按:緣,胡之驥《彙注》引作"綠",是也形近而訛之例。

15. 哀時命:下被衣於水渚

按:渚,明胡之驥《彙注》引此皆作"府",是音近而訛。②

16. 九歎・逢紛:吸精粹而吐氛濁兮

按:李善注王粲《登樓賦》"遭紛濁而遷逝兮,漫踰紀以迄今"句引此謂"《楚辭》曰'吸精粹而吐紛濁'"。是"氛"以形音近似而訛爲"紛"。

17. 九歎・怨思:惟鬱鬱之憂毒兮

按:李善注鮑照《結客少年場行》"今我獨何爲,埳壈懷百憂"

①例10見屠本畯《楚辭協韻》,390頁;例11、12見蕭統《文選》,842頁、724頁。
②例13、14、15見胡之驥《彙注》,111頁、166頁、19頁(334頁)。

句引此謂"《楚辭》曰'……惟鬱鬱之憂獨兮'"。是"毒、獨"音近而訛。

18. 九歎·思古：黿伀伀而南行兮

按：李善注司馬相如《長門賦》"惕寤覺而無見兮，魂迁迁若有亡"句引此謂"《楚辭》曰'魂迁迁而南行'"。是"伀伀"以形近誤爲"迁迁"。①

19. 九思·守志：目瞥瞥兮西没

按：聞一多謂"目當爲日，涉下瞥字從目而誤。《説文》曰'瞥，……一曰財見也，又目翳也'。此以'瞥瞥'形容日銜山欲墜之狀，妙得神理。'日瞥瞥兮西没，道遐迴兮阻艱（原誤歎，詳下條）'，言日暮道險，與《九歎·遠逝》'日杳杳以西頹兮，路長遠而窘迫'，語意同"。是"目、日"也形近而訛。

20. 九思·守志：道遐迴兮阻歎

按：聞一多謂"歎當爲艱，形近而誤"。②

（四）純爲記憶致誤

有的《楚辭》異文則純爲記憶致誤，如下所舉諸例皆是。

1. 離騷：何桀紂之之猖披兮，夫唯捷徑以窘步

按：《後漢書·馮衍傳》"昔三后之純粹兮，每季世而窮禍"。李賢注："《離騷》曰'昔三后之純粹，何桀紂之昌披'！"是誤將不同位置之句子歸爲一句。

2. 離騷：瞻前而顧後兮，相觀民之計極

按：《後漢書·張衡傳》"向使能瞻前顧後，援鏡自戒"。李賢注："《楚辭》曰'瞻前而顧後兮，援鏡自戒'。"是亦記憶所誤。

---

①16、17、18 例引文見蕭統《文選》，490 頁、1322 頁、716 頁。
②19、20 例引文見聞一多《校補》，154 頁、155 頁。

3.歐陽詢《類聚》"魂魄"條謂"《離騷》曰'百年信荏苒,何爲苦心魂'"。

按:此爲江淹《雜體三十首·左記室詠史　思》之內容,非《楚辭》本文。

4.九歌·河伯:紫貝闕兮朱宮

李善注左思《吳都賦》"玉堂對霤,石室相距"句引此謂"《楚辭》曰'紫貝闕兮玉堂'"。

按:"玉堂"與"朱宮"了不相涉,當爲記憶致誤。

5.天問:羿焉彈日？烏焉解羽

按:汪中《舊學蓄疑》引此作"羿彈日,烏天解羽"。亦爲記憶致誤。

6.九章·涉江:長余佩之陸離

按:清江有誥《楚辭韻讀》引"陸"作"冠",是純爲記憶之誤。

7.左思《魏都賦》:"庶覩蔎家與剝廬,非蘇世而居正。"

劉淵林注:"《楚辭·九章》曰'蔎也必獨立'。"

按:《九章》各本皆無此句,此當爲記憶致誤。

8.九辯·一:悲哉,秋之爲氣也

按:《後漢書·黨錮列傳》"隱情惜己,自同寒蟬"。李賢注:"寒蟬謂寂默也。《楚詞》曰'悲哉秋之爲氣也,蟬寂漠而無聲'。"則也是誤將不同位置之句子歸爲一句。

9.九懷·株昭:鈆刀厲御兮,頓弃太阿

按:《後漢書·班梁列傳》"況臣奉大漢之威,而無鈆刀一割之用乎?"李賢注:"《楚詞》曰'捐弃太阿,寶鈆刀兮'。"是誤同前例。

10.張衡《思玄賦》:"繽幽蘭之秋華兮,又綴之以江離。"

李善注:"《楚辭》曰'結深蘭之亭'。"

按：檢《楚辭》諸本，皆無此句，此純爲記憶致誤。①

（五）避諱而改

有的《楚辭》異文則因歷代避諱而改，除上文“《楚辭》異文表現形式概説”之六“避諱例”節所舉諸例外，如下所示也皆爲此類。

1. 離騷：自前世而固然

按：《文選》李善注本作“自前代而固然”，②是“代”字乃唐人避諱而易“世”爲“代”也。

2. 離騷：朝吾將濟於白水兮，登閬風而緤馬

李賢注《後漢書·張衡傳》“登閬風之曾城兮，構不死而爲床”句引“緤”作“絏”。③

按：《説文·糸部》“緤，犬系也”。段注謂：“緤本犬系，引申之馬亦曰緤。”《糸部》“緤”字又謂：“緤或从枼。”④而“絏”字《説文》所無，疑爲後起字。《玉篇》謂：“絏，繫也。”⑤據王注“緤，系也”，是王本作“緤”，而作“絏”者當是唐人因“緤”有“世”字而以“絏”字易之也。

3. 漁父：聖人不凝滯於物，而能與世推移

按：《後漢書·崔駰列傳》“故聖人能與世推移，而俗士苦不知變”。李賢注：“《楚詞·漁父》曰‘聖人不凝滯於物，而與時推

---

①本節“純爲記憶致誤”例之 1、2、8、9 例引文見范曄《後漢書》，667 頁、1290—1291 頁、1485 頁、1063 頁；例 3 見歐陽詢《類聚》，1358 頁；例 4、7、10 見蕭統《文選》，208 頁、298 頁、652 頁；例 5 見汪中著，田漢雲點校《新編汪中集》，108 頁；例 6 見江有誥《楚辭韻讀》，132 頁。

②蕭統《文選》，1493 頁。

③范曄《後漢書》，1306 頁。

④“緤”“緤”引文俱見段玉裁《説文解字注》，1145 頁。

⑤顧野王《大廣益會玉篇》，126 頁。

移'也。"①是因避諱而改"世"爲"時"。

　　4.漁父：而蒙世俗之塵埃乎

　　按：劉師培謂"《史記·原傳》索隱引無俗字，是也。唐人諱世改之爲俗。嗣則兩字並存"。② 劉説是，是今本"俗"字因避諱而產生也。

（六）漢代篆、隸形體相似而訛

　　有的《楚辭》異文則因兩字篆、隸形體相似而產生。如下所示皆爲此類。

　　1.九歌·大司命：高駝兮沖天

　　洪興祖《考異》謂："駝，一本作馳。"而陳直《楚辭解要》謂："漢代它也二字，篆體相似，如'呼池塞尉'印，即呼沱塞也。……駝馳兩字，在漢時可以通用，故王逸不注。"③

　　按：陳説近是。如《離騷》"忽馳騖以追逐兮"，《東君》"撰余轡兮高馳翔"之"馳"一本即作"駝"。此外，江有誥《楚辭韻讀》本此類現象也甚多，如《離騷》"乘騏驥而馳騁兮"、《涉江》"吾方高馳而不顧"等之"馳"字，《楚辭韻讀》皆作"駝"字是證。④ 而據裘錫圭"從'它'聲之字，漢以後多訛變爲從'也'"之説。⑤ 是"高駝"最近原貌。

　　2.天問：孰其去斯，得兩男子

　　按：聞一多謂"去當從一本作夫，字之誤也。（篆書夫本作夫，

　　①范曄《後漢書》，1166 頁。
　　②劉師培《考異》，1152 頁。
　　③陳直《楚辭解要》，見氏著《文史考古論叢》，5 頁。
　　④《離騷》《涉江》引文見江有誥《楚辭韻讀》，131 頁、139 頁。
　　⑤裘錫圭《詛楚文"亞駝"考》，詳《裘錫圭學術文集》第三卷《金文及其他古文字卷》，321 頁。

去作✿,形最相近)"。

3.天問:而黎服大説

按:聞一多謂"劉永濟氏云服當爲民,字之誤也。服古只作
𠬝。隸書𠬝民形近。民誤爲𠬝,轉寫作服"。

4.招魂:川谷徑復

按:聞一多謂"徑無往義,徑即往之訛。隸書徑或作㣫,與往
形近易混。……然此文王《注》訓徑爲過,則所見本已誤"。

5.九思・怨上:復顧兮彭務

按:聞一多謂"復當從一本作退。退小篆作復,漢隸作復
(《張表碑》,《梁休碑》)若復(《祝睦碑》),與復形近,故傳寫多亂
之"。①

(七)意義近似而改

有的《楚辭》異文則因兩字意義近似而産生。如下所例可窺
一斑。

1.九歌・湘夫人:蓀壁兮紫壇

2.九歌・少司命:蓀獨宜兮爲民正

按:兩"蓀"字,陳第《屈宋古音義》皆作"荃"字。② 此即蓀、
荃意義相通之故而改。

3.九章・惜往日:屬貞臣而日娭

屠本畯《楚辭協韻》作"屬鼎臣而日娭"。③

按:"貞,正也",而段注《説文》"鼎"字謂"鼎之言當也,正

---

①本節"漢代篆、隸形體相似而訛"之 2、3、4、5 例見聞一多《校補》,52 頁、52 頁、
109 頁、147 頁。
②陳第《屈宋古音義》,205 頁、206 頁。
③屠本畯《楚辭協韻》,392 頁。

也”。① 是“貞、鼎”其義一也。故屠氏以“鼎”易“貞”也。

4. 九章·桔頌：麗桂樹之冬榮

按：俞正燮《癸巳存稿》引作“美桂樹之冬榮”。② 是俞氏也以“美、麗”同義，故以“美”易“麗”也。

5. 遠遊：載營魄而登霞兮

按：謝靈運《石門新營所住四面高山迴溪石瀨脩竹茂林詩》“庶持乘日車，得以慰營魂”。李善注：“《楚辭》曰‘載營魂而升霞’。”③是“魄、魂”以及“登、升”以意義近似而訛。

6. 九辯·五：圜鑿而方枘兮，吾固知其鉏鋙而難入

按：《史記·孟子荀卿列傳》“持方枘欲内圜鑿，其能入乎？”《索隱》謂：“……《楚詞》云‘以方枘而内圜鑿，吾固知其齟齬而不入’是也。”④是以“不入”易“難入”也。

以上所舉七種情況即我們在本文寫作實踐中對於《楚辭》異文生成原因的探討和總結。總的來看，縱觀諸家著述及總結歷代以來《楚辭》異文的生成原因其主要表現不出以上所舉。而本節所示則多可與上文“《楚辭》異文表現形式概說”節相發明補充。

三、校勘《楚辭》異文的原則與方法

總結歷代學者，尤其是以聞一多《校補》等爲代表的校勘《楚辭》異文的原則與方法，主要有以下七種。

---

①段玉裁《説文解字注》，558 頁。
②俞正燮《癸巳存稿》，307 頁。
③蕭統《文選》，1399 頁。
④司馬遷《史記》，1803 頁。

　　（一）據《楚辭》反復出現的語詞及典籍之習語相校

　　1.九歌·湘夫人：與佳期兮夕張

　　按：聞一多謂"當從一本於佳下補人字。下文'聞佳人兮召予'，亦作佳人，可資互證"。

　　2.九歌·東君：撰余轡兮高駝翔

　　按：聞一多謂"疑當作'高駝'（同馳），無翔字。《大司命》'高駝兮沖天'，《離騷》'神高駝之邈邈'，皆曰高駝，可資參證"。

　　3.九歌·國殤：首身離兮心不懲

　　按：聞一多謂"《戰國策·秦策》四曰'首身分離，暴骨草澤'。崔琦《外戚箴》曰'甲子昧爽，身首分離'。'首身分離'自是古之恒語。一本身作雖，非是"。①

　　（二）據王逸注校

　　1.九章·抽思：茲歷情以陳辭兮，蓀詳聾而不聞

　　茲歷情，一作歷茲情。

　　按：聞一多謂"當從一本作'歷茲情'。……王《注》曰'發此憤思，列謀謨也'，以'發'釋'歷'，以'此憤思'釋'茲情'，是王本正作'歷茲情'"。②

　　2.九章·悲回風：居戚戚而不可解

　　按：聞一多謂"'居'與上下文'愁'、'心'、'氣'諸字義不類，王《注》曰'思念憔悴，相連接也'，疑'居'爲'思'之誤"。此外，姜亮夫也謂："章句釋云'思念憔悴相連接也'。憔悴釋戚戚；相連接釋不可解；則思念二字，所以釋居；居無思念之義，疑居本思

───────────────

　　①本節所舉1、2、3例引文見聞一多《校補》，26頁、34頁、39頁。

　　②聞一多《校補》，77頁。

字之誤。"①

3.招魂：彼皆習之

皆，一作自。

按：聞一多謂"自字義似較長。王《注》曰'言彼十日之處，自習其熱'，是所見本亦作自"。此外，黃靈庚也謂據"王逸注文'言彼十日之處，自習其熱'云云，王本作自"。②

4.哀時命：上要求於僊者

按：聞一多謂"'要求'於義難通。'求'當從一本作'結'。王《注》曰'上則要結仙者'，是王本正作要結"。

5.九歎·愍命：姿盛質而無愆

按：聞一多謂"'姿盛質'當作'姿質盛'。王《注》曰'姿質茂盛'，是王本未倒"。③

（三）據音韻、韻例校

1.九歌·湘君：美要眇兮宜脩

按：聞一多謂"脩疑當爲笑，聲之誤也。古韻笑在宵部，脩在幽部，最近"。

2.九歌·山鬼：君思我兮然疑作

按：聞一多謂"本篇例，於韻三字相叶者，於文當有四句。此處若柏作三字相叶，而文只三句。當是此句上脫去一句。《禮魂》'姱女倡兮容與'上亦有脫句，例與此同"。④

3.九章·懷沙：懷質抱情，獨無匹兮

按：朱熹謂"匹，當作正，字之誤也，以韻叶之，及以《哀時命》

---

①A.聞一多《校補》，89頁；B.姜亮夫《校注》，541頁。

②A.聞一多《校補》，108頁；B.黃靈庚《辯證》，657頁。

③4、5例見聞一多《校補》，132頁、142頁。

④本節"據音韻、韻例校"之1、2例引文見聞一多《校補》，23頁、37頁。

考之,則可見矣"。"下句云'伯樂既没,驥焉程兮',於韻不叶,故嘗疑之,而以上下文意及上篇'并日夜而無正'者證之,知匹當作正,乃與下句音義皆叶,然猶未敢必其然也。及讀《哀時命》之篇,則其詞有曰'懷瑶象而佩瓊兮,願陳列而無正'。正與此句相似,其上下句又皆以榮、逞、成、生爲韻,又與此同,然後斷然知其當改而無疑也"。①

4. 哀時命:不獲世之塵垢

按:聞一多謂"垢當從一本作埃。埃與革得啀息韻。若作垢,則失其韻矣。《漁父》曰'安能以皓皓之白,而蒙世俗之塵埃乎',即此所本"。

5. 九歎·遠遊:譬彼蛟龍,乘雲浮兮

一作"譬彼雲龍"而無"乘雲浮兮"一句。

按:聞一多謂"以下文韻例推之,此當依一本改'蛟'爲'雲',删'乘雲浮兮'四字。'譬彼雲龍,汎淫澒溶,紛若霧兮,潺湲轇轕,雷動電發,馳高舉兮',龍與溶韻,轕與發韻,'霧兮'則隔二句與下文'舉兮'韻。今本增'乘雲浮兮'一句,則失其韻矣"。②

(四)據别本校

1. 離騷:駕八龍之婉婉兮

婉,《釋文》作蜿。

按:聞一多謂"《漢書·揚雄傳》《注》引晉灼説,《後漢書·張衡傳》《注》,《文選·思玄賦》《注》,王伯大重編《朱校昌黎先生集》一《南山詩》《注》引并作蜿。朱本同"。

2. 九歌·雲中君:聊翱遊兮周章

---

①第3例見朱熹《集注》,90頁、198頁。

②4、5例見聞一多《校補》,131頁、144頁。

按:聞一多謂"……。原本《玉篇·音部》,《文選》沈休文《齊安陸昭王碑文》注,慧琳《一切經音義》二七,王觀國《學林》五所引并作翱翔,與王本合,當據改"。

3.九歌·湘君:鼂騁騖兮江皋

鼂,一作朝。

按:聞一多謂"《文選》謝靈運《從遊京口北固應詔詩》《注》,謝惠連《泛湖歸出樓中玩月詩》《注》,五百家《注》《韓集》一《復志賦》樊《注》,《合璧事類外集》五引并作朝。鼂朝古通"。

4.九歌·山鬼:被薜荔兮帶女羅

羅,一作蘿。

按:聞一多謂"《宋書·樂志》三,《類聚》一九,《御覽》三九一,又九九四,《合璧事類前集》六九,《文選》謝靈運《從斤竹澗越嶺溪行詩》《注》引并作蘿。朱燮元本,大小雅堂本同"。

5.天問:西北辟啓

辟,一作闢。

按:聞一多謂"辟讀爲闢。王鏊本,朱燮元本,大小雅堂本并作闢"。

6.九章·抽思:獨永歎乎增傷

按:聞一多謂"本篇句中例不用乎字。《文選·長門賦》注,張平子《四愁詩》注并引乎作而,當據改"。

7.九章·思美人:與纁黃以爲期

纁,一作曛。

按:聞一多謂"曛纁正借字。《文選》謝靈運《晚出西射堂詩》《注》,慧琳《一切經音義》八四引并作曛。朱燮元本,大小雅堂本同"。

8.九辯·一:登山臨水兮送將歸

按:聞一多謂"《御覽》四八九,《初學記》一八,《白貼》五,又三四,《文選·秋興賦》注引并無兮字,則以'憭慄兮若在遠行登山臨水送將歸'作一句讀,於義似勝"。①

(五)據句法、文法校

1.九歌·湘夫人:麋何食兮庭中? 蛟何爲兮水裔? 朝馳余馬兮江皋,夕濟兮西澨

按:譚介甫謂"第三句'余'字應在下句'夕'字下,《離騷》(47)'夕余至乎玄圃',又(87)'夕余至乎西極'此作'夕余'句例同,又《涉江》(4)'旦余濟乎江湘','余濟'句例也同。蓋余字若移置於下,便成'朝馳馬'和上篇(7)'朝騁馬'句意相同。那末,一本作'朝馳騁',則騁字也當是馬字之誤,且可證明余字確是從下面誤置於上的"。②

2.九歌·湘夫人:芷葺兮荷屋

一本葺下有之字。

按:聞一多謂"當删芷字,從一本於葺下補之字。……'葺之兮荷屋'與上文'葺之兮荷蓋'句法文義并同"。

3.九歌·東君:杳冥冥兮以東行

按:聞一多謂"當從一本删以字。此句'兮'之作用同'而','杳冥冥兮東行'猶'杳冥冥而東行'也。(《哀郢》'杳冥冥而薄天',《九辯》一本同。)今本有以字,則全句讀爲'杳冥冥而以東行',不辭甚矣"。

4.天問:撰體協脅,鹿何膺之

一作撰體脅鹿,何以膺之。

---

①本節據別本校之1、2、3、4、5、6、7、8例引文見聞一多《校補》,20頁、22—23頁、24頁、37頁、44頁、77頁、85頁、98頁。

②本節據句法、文法校之例1見譚介甫《新編》,312頁。

按：聞一多謂"當從一本作'撰體脅鹿，何以膺之'，以與上文'蓱號起雨，何以興之'，句法一律"。

5. 天問：吳光爭國，久余是勝

按：聞一多謂"此句無問詞，與本篇文例不合。當於'久'上補'何'字"。

6. 大招：魂乎無西！西方流沙

按：聞一多謂"方疑當爲有，字之誤也。……'西有流沙'與上文'東有大海'，'南有炎火千里'，下文'北有寒山'句法一律"。

7. 九歎·逢紛：馳余車兮玄石，步余馬兮洞庭。平明發兮蒼梧，夕投宿兮石城

按：聞一多謂"本篇兮字無在句中者。此當作'馳余車於玄石兮，步余馬於洞庭，平明發於蒼梧兮，夕投宿於石城'。今本四於字誤爲兮，乃删一三兩句末之兮字以避複也"。①

（六）據情理校

1. 天問：而快鼀飽

按：郭沫若《屈原賦今譯》謂"'飽'字與上'繼'字失韻，當是'饑'字之誤。'朝飢'是男女情事的隱語。'快朝飢'即圖一時的滿足"。②

2. 天問：湯謀易旅

按：聞一多謂"上下文皆言澆事，此不當忽及湯。牟廷相謂湯爲澆之訛字，是矣"。

———————

①本節"據句法、文法校"之2、3、4、5、6、7例之引文見聞一多《校補》，28頁、34頁、48頁、63頁、116頁、139頁。

②本節"據情理校"之例1見《郭沫若全集·文學編》第五卷之《屈原賦今譯》，305頁。

3. 九章·哀郢:忽若不信兮

洪興祖引一本和朱熹《集注》本"若"下有"去"字。

按:聞一多謂"武延緒云當作'忽若去而不信兮'。案武説近是。忽猶悗忽也。此蓋言身雖去國,猶疑未去,心志瞀亂,若在夢中也。《渚宮舊事》亦有去字。朱本,朱燮元本,大小雅堂本同"。

4. 卜居:龜策誠不能知事

按:聞一多謂"當從一本增此字。詹尹但言龜策不能知屈原所問之事,非謂凡事皆不能知也"。

5. 九辯·四:塊獨守此無澤兮

按:聞一多謂"通審全文,本篇蓋旅途中所作。上文云'皇天淫溢而秋霖兮,后土何時而得漧',方恨積雨難霽,道途泥濘,無時得漧,則下文不得又有'無澤'之歎。疑無當爲蕪之省借,或誤字"。

6. 七諫·自悲:雜橘柚以爲囿兮

按:聞一多謂"囿當從一本作圃。養禽獸處曰囿,(玄應《一切經音義》一二引《三蒼》。)樹果蓏曰圃。(《周禮·太宰》鄭《注》。)此曰'雜橘柚',則字當作圃,明甚"。①

(七)以上方法的綜合運用

以上所舉即校勘《楚辭》異文所採用的常見方法,但是,在具體的校勘實踐中,這些方法都不是孤立使用的,而是交叉綜合的運用於《楚辭》校勘中。如下諸例即爲明證。

1. 九章·哀郢:荒忽其焉極

洪興祖引一本和朱熹《集注》本"荒"上有"怊"字。

---

① 本節"據情理校"之2、3、4、5、6、例引文見聞一多《校補》48頁、76頁、96頁、101頁、128頁。

按:聞一多謂“當從一本補怊字。怊讀爲超,遠也(《方言》七)。荒忽亦遠也。《漢書·嚴助傳》《注》曰‘荒言荒忽絶遠,去來無常也’。《後漢書·馬融傳》《注》曰‘荒忽,幽遠也’。‘怊荒忽’者,連綿詞上又著一同義字爲限制語。本書詞例,此類甚多。(詳《惜誦》‘心郁邑余侘傺兮’條。)《七諫·自悲》曰‘超慌忽其焉如’,蓋即襲此文。《渚宫舊事》三亦有怊字。朱本,朱燮元本,大小雅堂本并同”。

2. 九章·抽思:何毒藥之謇謇兮

一作何獨樂斯之謇謇兮。

按:聞一多謂“毒藥當作獨樂,之當作斯。‘何獨樂斯謇謇兮,願蓀美之可光’(原作完,從一本改)者,猶言余何以獨好爲此蹇蹇忠直之言哉,冀君美德可以光大也。《離騷》曰‘余固知蹇蹇之爲患兮,忍而不能舍也,指九天以爲正兮,夫唯靈脩之故也’,即此二句之恉。今本獨樂作毒藥者,蓋涉《注》文‘忠言(各本均誤作信,今正)不美,如毒藥也’而誤。不知古諺雖以毒藥喻忠言,忠言謂之謇謇可也,毒藥謂之謇謇,則不可。且王逸注此書,有依字立訓,逐句作解者,此尋常傳注之體。有隱括句義,自鑄新詞,大都爲四言韻語者,此王氏自創之變體。本篇《注》文屬後例,故《注》與正文間,不能字櫛句比,一一印合。此注‘毒藥’之語,自是借用古諺成喻以發明正文謇謇之義,奚必正文有‘毒藥’字哉? 後人徒以‘獨樂’與‘毒藥’,或則聲邇,或兼形似,遂據以逕改正文,傎矣。朱子從一本作‘獨樂斯’,最是。其‘斯’下‘之’字,於義似贅,删之爲是”。

3. 九章·思美人:廣遂前畫兮,未改此度也。命則處幽吾將罷兮,願及白日之未暮。獨煢煢而南行兮,思彭咸之故也。

按:聞一多謂“此文疑當作‘廣遂前畫兮,未改此度也,命則處幽兮,吾□□□也。時曖曖其將罷兮,願及白日之未暮也。
獨熒熒其南行兮,思彭咸之故也’。度暮故三字相叶。依二進韻
例,當脱一韻。‘命則處幽,吾將罷兮’,詞意不屬,疑下句文多奪
漏,寫者綴合殘餘,以爲一句。《離騷》、《哀時命》并云:‘時曖曖
其將罷兮。’此‘將罷兮’上若補‘時曖曖其’四字,則與下句語意
適合。既以‘將罷兮’三字屬下讀,則‘吾’下之‘□□□也’四
字,‘幽’下之‘兮’字,又均可以上下句法推得之。暮下一本有也
字,與上下句法合,今亦據補”。

　　4.九章·悲回風:重任石之何益

　　重任石,一作任重石。

　　按:聞一多謂“當從一本作‘任重石’。任猶抱也。‘任重石
之何益’,猶蔡邕《弔屈原文》曰‘顧抱石其何補’。王《注》曰‘雖
欲自任以重石’,是王本正作‘任重石’。朱本,朱燮元本,大小雅
堂本并同”。

　　5.遠遊:夕晞余身兮九陽

　　兮,一作乎。

　　按:聞一多謂“季君鎮淮云‘兮當從一本作乎。《離騷》於二
句分用‘於’‘乎’二介詞時,例上句用於,下句用乎。(案詳《離
騷》‘朝吾將濟於白水兮’條)本篇仿《離騷》而作,此等語法,猶不
失屈子軌範。‘朝發軔於太儀兮,夕始臨乎於微閭’,(《釋文》‘於,
於其切。’案‘於微閭’三字一名,即《爾雅》之‘醫無閭’。於微,醫
無,一聲之轉)‘軼迅風於清源兮,從顓頊乎增冰’,其明證矣。此
文‘朝濯髮於湯谷兮,夕晞余身乎九陽’,亦然。今本乎作兮,傳
寫之誤耳。案季説是也。本篇句中例不用兮字。《文選》張平子
《思玄賦》《注》,盧子諒《贈劉琨詩》《注》,《海録碎事》一,《山谷
内集》三《次韻張詢齋中晚春》《注》并引作‘乎’,與一本合”。

6. 漁父:寧赴湘流

湘流,《史記》作"常流"。

按:朱季海謂"《史記·屈原賈生列傳》'寧赴常流'。《索隱》曰'常流,猶長流也'。《索隱》舉《史記》、《楚辭》異文甚悉,此獨不云《楚詞》作湘流者,知唐本不爾,今謂《史記》所錄,最爲可信。篇中止言江,不言湘。上云'游於江潭',下云'江魚腹中';漁父之《歌》曰'滄浪之水'(下別有考),與湘流故渺不相及也。《涉江》曰'旦余濟乎江湘',江、湘故是二水,靈均初不指湘爲江也。"

7. 招魂:目極千里兮傷春心

傷,一作蕩。

按:聞一多謂"別本作蕩最是,謂搖蕩春心也。今作'傷'者,蓋涉下文'哀江南'而誤。實則此哀字讀爲依"。

8. 九思·悼亂:菅蒯兮樠莽

按:聞一多謂"樠古野字。'野莽'無義,樠當爲楙,字之誤也。《說文》曰'菽,細艸叢生也','茂,艸豐盛也,'楙菽茂同。……。'菅蒯兮楙莽,蘿葦兮仟眠',文相偶。楙莽雙聲,仟眠疊韻,皆草豐盛貌。今本訛作'樠莽',則與'仟眠'之詞不相偶稱矣"。[1]

　　以上所舉即主要據聞一多《楚辭校補》等所總結的校勘《楚辭》異文的主要原則與方法。雖然所舉難免掛一漏萬,然視歷代之著述及我們的學習與寫作實踐,其校勘《楚辭》之法則大致不出以上所舉。倘秉要以執本,執一以御萬,則於《楚辭》之校證庶幾也可觸類旁通也。

---

　　[1]本節"以上方法的綜合運用"1、2、3、4、5、7、8例引文見聞一多《校補》75—76頁、78頁、86—87頁、91頁、93—94頁、113頁、152頁;例6見朱季海《解故》164頁。

四、《楚辭》異文校記的一般撰寫法則

總結以聞一多先生《校補》爲代表的《楚辭》異文校記的一般寫法，傳統的《楚辭》異文校記之寫法大致有以下三種可資借鑒。

（一）先引他人或異本之説，然後證之以己意

1. 離騷：又重之以脩能

聞一多謂："朱校能一作態。能態古字通。……"

2. 離騷：固時俗之工巧兮

聞一多謂："劉永濟氏云：固疑何之誤。……案劉説近是。何固形近而誤。……"

3. 離騷：吾令蹇脩以爲理

聞一多謂："《路史·後紀》注一引《文選》五臣本蹇作謇，最是。……"

4. 九歌·大司命：導帝之兮九坑

洪興祖《考異》謂：《文苑》作岡。

聞一多謂："《文苑》作九岡，最是。九岡，山名。……"①

（二）直接下之以己意，然後證之以材料

1. 九歌·河伯：魚隣隣兮媵予

聞一多謂："案一本作鱗，正字。鱗鱗，比次貌。《容齋三筆》一五，《鼠璞》，《後山詩注》四《湖上》《注》引并作鱗。王鏊本，朱燮元本，大小雅堂本同。"

2. 遠遊：怊惝怳而乖懷

---

① 本節 1、2、3、4 例引文見聞一多《校補》，2 頁、7 頁、14 頁、29 頁。

聞一多謂:"'乖懷'二字無義。乖當爲永,字之誤也。……"

3.卜居:往見太卜

聞一多謂:"當從一本補乃字。《御覽》七二六,……大小雅堂本并同。"

4.九歎・離世:暮去次而敢止

聞一多謂:"暮當爲莫。去爲者之誤,者爲著之省。……"

5.九思・悼亂:趾踖分碩明

聞一多謂:"碩當從一本作須。……"

6.九思・傷時:百賀易分傅賣

聞一多謂:"賀,俗貿字。傅當從一本作傳,讀爲轉。……"①

(三)直接以它本證之,取捨傾向見於其中

1.九歌・大司命:靈衣兮被被

聞一多謂:"本篇被一作披,《書鈔》一二八,《類聚》六七,《御覽》六九二,《文選》潘安仁《寡婦賦》注引并同。"

2.九歌・少司命:秋蘭兮麋蕪

聞一多《九歌解詁》謂:"麋,《類聚》八一,《匡謬正俗》三,《初學記》二七,《緯略》一二,《爾雅翼》卷二,并引作蘼。"

3.九歌・少司命:孔蓋兮翠旍

旍,一作旌。

聞一多《九歌解詁》謂:"《書鈔》一二〇,《類聚》九一,《御覽》七〇二又九二四,《海錄瑣事》一〇上,《山谷内集注》四《次韻答刑敦夫》,《注》引并作旌。"②

---

①本節 1、2、3、4、5、6 例引文見聞一多《校補》36 頁、92 頁、96 頁、140 頁、153 頁、153 頁。

②本節"直接以他本證之"之例 1 引文見聞一多《校補》,30 頁;2、3 例引文見聞一多《九歌解詁》,詳《聞一多全集》第五卷《楚辭編・樂府詩編》,485 頁、486 頁。

4.九章·哀郢:憂與愁其相接

劉師培《考異》謂:"《類聚》六十四、《御覽》四百六十九,亦引愁作憂。"

5.卜居:龜策誠不能知事

知事,一作知此事。

劉師培《考異》謂:"案《御覽》七百二十六亦引作知此事。"

6.七諫·自悲:引八維以自道兮

道,一作導。

劉師培《考異》謂:"案《文選·册魏公九錫文》注引道作導。"

7.哀時命:望閶風之板桐

板,一作阪。

劉師培《考異》謂:"案慧琳《音義》九十六亦引作板。"①

以上所示即以聞一多先生《楚辭校補》爲代表的撰寫校記之際所常採用的三種寫作方式,我們通過寫作實踐覺得以聞先生爲代表而總結的這一撰寫體例對於《楚辭》校勘而言,可謂簡明扼要,值得學習與借鑒。

本章所舉"《楚辭》異文表現形式概説""《楚辭》異文生成原因總結""校勘《楚辭》異文的原則與方法""《楚辭》異文校記的一般撰寫法則"等雖然主要是據聞一多先生《楚辭校補》及筆者寫作本文的實踐所總結,然所總結的若干條例對於相應的問題事實上都具有普遍的理論指導與實踐意義。當然,限於學力,篇中所言未備者則俟達者方家以教之。

①按:本節"直接以它本證之"之 4、5、6、7 例見劉師培《考異》,1147 頁、1152 頁、1162 頁、1162 頁。劉先生於此雖未有明示,但揣其語境,其傾向可見。

　　總之,本文《緒論》及第三章皆以歷代《楚辭》校證的具體實例予以闡發或總結,如對《橘頌》"類可任兮",《離騷》"惟庚寅吾以降"等學術史的重新梳理;如對以聞一多《楚辭校補》爲主所總結的《楚辭》異文相關的若干條例等皆爲此類。而第一、二章所列校證條目五百五十八條,校證《楚辭》文字近七百處,其中或提出新説而證之,如《離騷》"民生各有所樂兮",《九歌》"白黿兮騁望""采三秀兮於山間""霾兩輪兮縶四馬""嚴殺盡兮棄原壄",《天問》"曰遂古之初""何變化以作詐",《九章》"欸秋冬之緒風""憂心不遂,斯言誰告兮",《遠遊》"無滑而魂兮",《招魂》"魂兮歸來! 西方之害,流沙千里兮",《大招》"魂乎無往,盈北極只",《九歎》"處婦憤而長望""心漸漸其煩錯"等諸條;或重提舊説而證之,如《離騷》"吾令帝閽開關兮,倚閶闔而望予",《九歌》"蓀何以兮愁苦"等諸條;或重提舊説而商榷之,如《離騷》"覽察草木其猶未得兮",《天問》"一蛇吞象",《九章》"背膺牉以交痛兮""萬民之生,各有所錯兮"以及諸如《九歎・怨思》"弃雞駭於筐簏"及《九思・憫上》"冰凍兮洛澤"等諸條。而每立一義力求言必有據,信而有徵。當然,學識與見聞所限,其中所議或似是而非,其中所論或言有未備,諸多不足則侍專家學者批評指正爲謝!

主要參考文獻

A、《楚辭》類歷代重要著述

洪興祖著《楚辭補注》,《四部叢刊》初編集部上海商務印書館縮
　　印江南圖書館藏明覆宋刊本。

洪興祖著《楚辭補註》,中華書局 1985 年重印《叢書集成初編》據
　　李錫齡《惜陰軒叢書》翻刻汲古閣排印本。

洪興祖著《楚辭補注》,中華書局 1957 年抽印《四部備要》據金陵
　　書局重刊汲古閣本。

洪興祖著《楚辭補注》,中華書局,1983 年版,2002 年第四次印
　　刷本。

朱熹著《楚辭集注》(端平本),上海古籍出版社,1979 年版。

朱熹著《楚辭集注》(章貢郡齋刻本),北京圖書館出版社,2003
　　年版。

陳第著《屈宋古音義》,據氏著《毛詩古音考 屈宋古音義》本,中
　　華書局,2008 年版。

屠本畯著《楚辭協韻》,據《四庫全書存目叢書·集部一》本,齊魯
　　書社,1997 年版。

汪瑗著,董洪利點校《楚辭集解》,北京古籍出版社,1994 年版。

蔣驥著《山帶閣注楚辭》,上海古籍出版社,1984 年版。

戴震著,褚斌傑、吳賢哲點校《屈原賦注》,中華書局,1999 年版。

胡文英著《屈騷指掌》,北京古籍出版社,1979 年版。

江有誥著《楚辭韻讀》,據氏著《音學十書》本,中華書局,1993
　　年版。

劉師培著《楚辭考異》,據氏著《劉申叔遺書》本,江蘇古籍出版
　　社,1997 年版。

劉永濟著《屈賦通箋 箋屈餘義》,中華書局,2007 年版。

劉永濟著《屈賦音注詳解 屈賦釋詞》,中華書局,2007 年版。

徐英著《楚辭札記》,鍾山書局,中華民國二十四年版。

游國恩著《游國恩學術論文集》,中華書局,1989 年版。

游國恩著,游寶諒編《游國恩楚辭論著集》,中華書局,2008 年版。

聞一多著《楚辭校補》,巴蜀書社,2002 年版。

聞一多著《天問疏證》,三聯書店,1980 年版。

聞一多著《九歌解詁 九章解詁》,上海古籍出版社,1985 年版。

聞一多著《楚辭編》,見氏著《聞一多全集》第五卷,《楚辭編‧樂
　　府詩編》,湖北人民出版社,1993 年版。

蘇雪林著《屈原與〈九歌〉》,武漢大學出版社,2007 年版。

蘇雪林著《天問正簡》,武漢大學出版社,2007 年版。

蘇雪林著《楚騷新詁》,武漢大學出版社,2007 年版。

譚介甫著《屈賦新編》,中華書局,1978 年版。

姜亮夫著《楚辭學論文集》,上海古籍出版社,1984 年版。

姜亮夫著《重訂屈原賦校注》,天津古籍出版社,1987 年版。

姜亮夫著《楚辭通故》(1—4 輯),雲南人民出版社,1999 年版。

姜亮夫著《二招校注》,見氏著《姜亮夫全集》之六,雲南人民出版
　　社,2002 年版。

孫作雲著《〈楚辭〉研究》,見氏著《孫作雲文集》,河南大學出版社,2003 年版。

林庚著《林庚楚辭研究兩種》,清華大學出版社,2006 年版。

朱季海著《楚辭解故》,上海古籍出版社,2011 年版。

于省吾著《澤螺居楚辭新證》,據氏著《澤螺居詩經新證 澤螺居楚辭新證》本,中華書局,2003 年版。

王力著《楚辭韻讀》,據氏著《詩經韻讀 楚辭韻讀》本,中國人民大學出版社,2004 年版。

徐仁甫著《楚辭別解》,見氏著《古詩別解》本,上海古籍出版社,1984 年版。

徐仁甫著《楚辭文法概要》,據氏著《廣古書疑義舉例 楚辭文法概要》本,中華書局,2014 年版。

湯炳正著《屈賦新探》,齊魯書社,1984 年版。

湯炳正著《楚辭類稿》,巴蜀書社,1988 年版。

詹安泰著《屈原與〈離騷〉》,暨南大學出版社,2002 年版。

何劍熏著《楚辭新詁》,巴蜀書社,1993 年版。

魏炯若著《楚辭發微》,據氏著《楚辭發微 杜庵説詩》本,華齡出版社,2013 年版。

陳子展著《楚辭直解》,江蘇古籍出版社,1988 年版。

蔣天樞著《楚辭校釋》,上海古籍出版社,1989 年版。

王泗原著《楚辭校釋》,人民教育出版社,1990 年版。

金開誠著《屈原辭研究》,江蘇古籍出版社,1992 年版。

金開誠等著《屈原集校注》,中華書局,1996 年版

趙逵夫著《屈原與他的時代》,人民文學出版社,2002 年版。

趙逵夫著《屈騷探幽》(修訂本),巴蜀書社,2004 年版。

黃靈庚著《楚辭異文辯證》,中州古籍出版社,2000 年版。

崔富章主編《楚辭集校集釋》(上、下),湖北教育出版社,2002

年版。

湯漳平著《出土文獻與〈楚辭·九歌〉》,中國社會科學出版社,
　　2004 年版。

李大明著《漢楚辭學史》,中國社會科學出版社,2006 年版。

崔富章著《楚辭書録解題》,高等教育出版社,2010 年版。

黄靈庚著《楚辭與簡帛文獻》,人民出版社,2011 年版。

徐志嘯著《日本楚辭研究論綱》,福建人民出版社,2015 年版。

B、《楚辭》外歷代重要典籍

楊筠如著《尚書覈詁》,陝西人民出版社,2005 年版。

楊伯峻編著《春秋左傳注》,中華書局,1990 年版。

馬瑞辰著《毛詩傳箋通釋》,中華書局,1989 年版。

孫詒讓著《墨子閒詁》,中華書局,2009 年版。

孫詒讓著《周禮正義》,中華書局,1987 年版。

徐元誥著《國語集解》,中華書局,2002 年版。

劉文典著《莊子補正》,安徽大學出版社,雲南大學出版社,1999
　　年版。

何建章著《戰國策注釋》,中華書局,1990 年版。

袁珂著《山海經校注》(增補修訂本),巴蜀書社,1993 年版。

郝懿行著《爾雅義疏》,上海古籍出版社,1983 年版。

劉文典著《淮南鴻烈集解》,安徽大學出版社,雲南大學出版社,
　　1998 年版。

司馬遷著《史記》,上海古籍出版社,1997 年版。

錢繹著《方言箋疏》,上海古籍出版社,1983 年版。

班固著《漢書》,中華書局,2005 年版。

許慎著,段玉裁注,許惟賢整理《説文解字注》,鳳凰出版社,2007

年版。

劉熙著,畢沅疏證,王先謙補《釋名疏證補》,中華書局,2008
年版。

遲鐸著《小爾雅集釋》,中華書局,2008 年版。

范曄著《後漢書》,中華書局,2005 年版。

張揖著,王念孫疏證《廣雅疏證》,中華書局,1985 年版。

陸德明著《經典釋文》,上海古籍出版社,2013 年版。

歐陽詢等編《藝文類聚》,上海古籍出版社,1999 年版。

蕭統編,李善注《文選》,上海古籍出版社,1986 年版。

柳宗元著《柳河東集》,上海古籍出版社,2008 年版。

顧野王著《大廣益會玉篇》,中華書局,1987 年版。

陳彭年等編《宋本廣韻 永禄本韻鏡》,江蘇教育出版社,2005 年版。

丁度等編《集韻》,上海古籍出版社,1985 年版。

陸佃著《埤雅》,浙江大學出版社,2008 年版。

吳棫著《宋本韻補》,中華書局,1987 年版。

胡文英著,徐復校議《吳下方言考校議》,鳳凰出版社,2012 年版。

黃生撰,黃承吉合按《字詁義府合按》,中華書局,1984 年版。

C、其它各類重要著述

趙彦衛著《雲麓漫鈔》,遼寧教育出版社,1998 年版。

王應麟著《困學紀聞》,遼寧教育出版社,1998 年版。

陶宗儀著《南村輟耕録》,遼寧教育出版社,1998 年版。

顧炎武著《音學五書》,中華書局,1982 年版。

徐文靖著《管城碩記》,中華書局,1998 年版。

錢大昕著《十駕齋養新録》,江蘇古籍出版社,2000 年版。

桂馥著《札樸》,中華書局,1992 年版。

王念孫、金正煒著,趙丕傑、趙立生點校《戰國策校釋二種》,首都師範大學出版社,1994 年版。

王念孫著《讀書雜志》,上海古籍出版社,2014 年版。

王引之著《經義述聞》,山東友誼出版社。1990 年版。

王引之著《經傳釋詞》,江蘇古籍出版社,1985 年版。

俞正燮著《癸巳類稿》,遼寧教育出版社,2001 年版。

俞正燮著《癸巳存稿》,遼寧教育出版社,2003 年版。

俞樾等著《古書疑義舉例五種》,中華書局,2005 年版。

孫詒讓著《札迻》,中華書局,1989 年版。

于鬯《香草校書》,中華書局,1984 年版。

于鬯《香草續校書》,中華書局,1963 年版。

李詳著《愧生叢錄》,江蘇古籍出版社,2000 年版。

王國維著《王國維全集》,上海書店出版社,1983 年版。

胡小石著《胡小石論文集》,上海古籍出版社,1982 年版。

于省吾著《雙劍誃諸子新證》,中華書局,2009 年版。

于省吾著《雙劍誃尚書新證 雙劍誃詩經新證 雙劍誃易經新證》,中華書局,2009 年版。

劉文典著《三餘札記》,黄山書社,1990 年版。

郭沫若著《郭沫若全集・考古編》(全十册),科學出版社,1982 年版。

郭沫若著《歷史人物》,中國人民大學出版社,2005 年版。

聞一多著《古典新義》,商務印書館,2011 年版。

臺靜農著《臺靜農論文集》,安徽教育出版社,2002 年版。

錢鍾書著《管錐編》,中華書局,1986 年版。

胡厚宣著《甲骨學商史論叢初集》(外一種,上下),河北教育出版社,2002 年版。

胡厚宣主編《甲骨文合集釋文》,中國社會科學出版社,2009 年版。

饒宗頤著《饒宗頤二十世紀學術文集》,中國人民大學出版社,
　2009 年版。

劉起釪著《古史續辨》,中國社會科學出版社,1991 年版。

裘錫圭著《中國出土古文獻十講》,復旦大學出版社,2004 年版。

裘錫圭著《裘錫圭學術文集》(全六卷),復旦大學出版社,2012
　年版。

張啓成著《中外神話與文明研究》,學苑出版社,2004 年版。

李守奎等編著《上海博物館藏戰國楚竹書(1—5)文字編》,作家
　出版社,2007 年。

廖羣著《先秦兩漢文學考古研究》,學習出版社,2007 年版。

鄒芙都著《楚系銘文綜合研究》,巴蜀書社,2007 年版。

方銘著《戰國文學史論》,商務印書館,2008 年版。

陳偉等著《楚地出土戰國簡册[十四種]》,經濟科學出版社,2009
　年版。

劉彬徽、劉長武編著《楚系金文彙編》,湖北教育出版社,2009 年版。

陳偉著《新出楚簡研讀》,武漢大出版社,2010 年版。

劉信芳著《楚系簡帛釋例》,北京師範大學出版集團,安徽大學出
　版社,2011 年版。

馬承源主編《上海博物館藏戰國楚竹書》(八),上海古籍出版社,
　2011 年版。

楊華著《古禮新研》,商務印書館,2012 年版。

陳偉主編《秦簡牘合集》,武漢大學出版社,2014 年版。

徐中舒主編《甲骨文字典》,四川出版集團,四川辭書出版社,
　2014 年版。

王輝、王偉編著《秦出土文獻編年訂補》,陝西出版傳媒集團,三
　秦出版社,2014 年版。

曹錦炎編《商周金文選》,西泠印社出版社,2015 年版。

後　記

　　本書是在我的同名博士論文基礎上所完成。2003 年之前我主要是以《詩經》學習爲主，2003 年所撰碩士畢業論文《論〈詩經·邶鄘衛三風〉》即爲張啓成師所指導之相關成果。留校貴州大學以後，我則希望將《楚辭》也認真學習一下。後 2004 年春因參編某教材而余所撰篇目即有《山鬼》與《涉江》篇，我在撰寫《山鬼》篇時，對“東風飄兮神靈雨”之“神靈雨”有所疑惑而開始詳爲校證，是爲校《楚辭》之始。其後我則開始利用所有時間全力熟悉《楚辭》文本，尤其在主要作品我皆熟背於心後即開始自爲資料長編。在資料檢閱中，我所注重的首先是先秦漢魏晋南北朝原典及其重要注疏，其次則是歷代小學類的重要著述，再次則是歷代重要的學術筆記。檢閱之際，我有意識的摒棄電腦而完全是一本書一本書地翻檢。因於《楚辭》文本較爲熟悉之故，故凡瀏覽之材料而與楚辭相關者則基本不會遺漏。資料略備之後，2006 年開春我即前往北京語言大學隨方銘師訪學。在京期間，多得老師指點與提供許多原先在黔中未能見到之資料。當時除上課以外，大多數時間我則於各大書店購閱相關要籍。隨方銘師訪學結束後，我於 2007 年又在張啓成師的推薦下考入西北師範大學隨趙逵夫老師攻讀古典文獻學博士學位。趙老師根據我的意願，即定博士學位論文爲《〈楚辭〉校證》。其間因參編老師主編《楚辭語言詞典》故，趙老師將其辦公室供我使用，因此在撰寫詞條之際，又有更多機會飽覽老師相關藏書而補充論文資料之未備。2010年論文評審及答辯之際，諸多前輩學者如鄭傑文、徐興無、張廷銀、張崇琛、霍旭東、尹占華、伏俊璉、郝潤華等先生既給予了積極的肯定，同時也給出了很好的修改建議。畢業後的大多數時間我即以此爲基礎而補充修正本論文。後2014年夏，在李其霞的鼓勵與敦促下，我試着以《〈楚辭〉校證》書稿申請當年的國家社科基金後期資助項目并幸而得中（批准號14FZW025）。而國家社科規劃辦在致筆者的電函中謂“五位匿名專家在充分肯定該成果學術價值的同時，也提出了較詳盡的修改意見”。其後我即根據五位匿名專家的意見開始對全文再次修改增删，如對相關出土材料的全面補充與利用等。後2016年9月《〈楚辭〉校證》順利結項（結項證書號20165201），結項成果則由國家社科規劃辦交付中華書局，中華書局審閱討論後同意出版。現在呈現給讀者的即是筆者十二年努力之成果。

余爲是書從青年而至中年，十二年中許多事都因此而放下，是是書殺青，始覺釋然。而余自1994年貴州省思南師範學校畢業先後於小學、中學任教兩年後，即於1996年離開老家求學於外，十餘年中往來南北，一直至博士畢業方略爲安頓。在這漫長的求學路上雖然備爲艱辛，但也一直得到了諸多師友的關心與幫助。作爲一介書生，在此對他們略表謝意大概是最好的表達方式了。

感謝先師廖德章先生於我人生的指點，我自1991年進入思南師範學習始，一直到2007年老師遭遇車禍英年早逝，16年間不管我身處何方，廖師總是時時問候并於生活的方方面面一直給予我無微不至的關心與幫助。我們之間無話不談，其中感情已非師生二字可以形容。廖師雖不治學,然其立世之高則非常人可比。可以説,若非老師之指點則也絶無我之今日。所幸老師的孩子後來我亦有幸教之并略爲照顧且今已工作於貴陽,是聊可安慰先師在天之靈。此外,姑父江東城原貴州大學哲學系畢業留校,後爲貴州大學宣傳部副部長,精於書畫篆刻而淡泊名利,其才氣和人品常爲老貴大人所樂道。我自小時即看姑父寫字畫畫并以爲走出農村之榜樣。後 1996 年余至貴陽求學,更是能就近請益。惜姑父也先廖師於 2004 年因病辭世。撫今追昔,悵然而已!

感謝黎蓉、陳德志伉儷 2006 年夏於貴陽東山寓所專爲我留出房間供我讀書,每至開飯時間則讓蹣跚學步的陳思森小朋友上樓叫我。而我離開貴陽赴蘭州讀博期間,其住所仍然爲我留着,直至 2009 年春我方完全搬離陳家。其實當時賢伉儷僅僅是我同學黎微之妹妹和妹夫,與我平時并無過多交往。而廖湘屏、夏文强伉儷,黎微、安明澤伉儷二十年來也與黎蓉、陳德志一般惠我良多。此外,余航海、陳宗利、萬愛江、李培雄、李紹坤、楊啓明、張雪晴、曠芳、周潔、劉松、鄔江、王芳(遼東學院)、李維君、賀忠、張愛勝、楊恒伏、李冀光、姚其志、王震、朱啓迪、李海浪等友人多年來於我與我的家人也多有幫助,在此一併致謝!

感謝貴州師範學院酈亭山、徐基儒、吳俊諸位老師一直的關心與幫助!

感謝貴州大學張啓成、黃永堂、王曉衛諸位老師以及陶渝蘇、何茂莉、楊仁厚、譚德興、秦進、呂維、黃海、羅緩文、張軍等領導與友人對於我及本研究的關心與幫助!

感謝北京語言大學方銘師以及西北師範大學趙逵夫師一直以來的關心與期望,十餘年來余無論工作還是生活皆得到兩位老師的指點與幫助! 惜余身處邊黔又爲俗事所累,故多負老師之所望!

　　感謝讀博以來陳爍、王興芬、趙莉、李如冰、張曉紅、姚軍諸同學的相互關心與幫助!

　　感謝貴州省社科規劃辦蔡中孚主任以及鍾西輝老師對本項目一直的關心與支持!

　　感謝五位匿名評審專家對拙著的肯定與批評! 專家們的意見都非常之中肯與詳盡,甚至包括錯誤出現在幾頁幾行都詳爲指出。2014 年年底正是我在客觀壓力下對學術極度彷徨萌生去意的時候,由於五位匿名評審專家對本書稿的積極肯定而使之得以立項也方使我有機會和重拾信心從事我所熱愛的職業!

　　感謝中華書局羅華彤主任以及責編許慶江老師對本書的出版所付出的辛勤勞動! 第一部著作能在一向尊崇的中華書局出版,真的由衷高興!

　　感謝李其霞,若非她的敦促,我是沒有信心去申請本項目的。在此,也特別感謝李發傑、喻明芬岳父母對其霞和我的大力支持!岳父爲貴州省優秀的民營企業家,著名詩人李發模大弟,一直以來總是鼓勵我和其霞以學術爲業! 而這些年來若非他們經濟上的大力支持,我與其霞也是不可能安心於此的! 此外,李氏家族的親人們一直以來皆予我以熱情的照顧,在此也一併致謝!

　　感謝家父王勇、家母任孝珍一直以來生活上的照顧與付出!

　　感謝孩子王璽澍給我與其霞帶來了歡樂和生活的動力! 六年來,我們朝夕相處,累并快樂着!

　　　　　　　王偉 2017 年 2 月 3 日立春於花溪頤和花園